KARA THOMAS

DUNKEL SCHWESTER

KARA THOMAS

DUNKEL SCHWESTER

THRILLER

Aus dem Amerikanischen
von Julia Walther

heyne>fliegt

Die Originalausgabe erscheint unter dem Titel
The Darkest Corners bei Delacorte Press,
an imprint of Random House Children's Books, New York

FSC
www.fsc.org
MIX
Papier aus verantwortungsvollen Quellen
FSC® C083411

Verlagsgruppe Random House FSC® N001967

Redaktion: Birgit Förster
Umschlaggestaltung: Das Illustrat, München,
unter Verwendung eines Motivs von
© Anat Skwong/Shutterstock und Nina Malyna/Shutterstock
Satz: Leingärtner, Nabburg
Druck und Bindung: CPI books GmbH, Leck
Printed in Germany

ISBN: 978-3-453-27014-5

Für Kevin Thomas

1

Die Hölle ist ein zweistündiger Zwischenstopp in Atlanta. Die Frau rechts neben mir beobachtet mich, seit ich mich hingesetzt habe. Sie gehört zu denen, die allein die Tatsache, dass man atmet, als Einladung verstehen, ein Gespräch anzufangen.

Kein Blickkontakt. In Gedanken wiederhole ich wieder und wieder diese Worte, während ich nach meinem iPod suche. Den habe ich immer dabei, auch wenn er schon sieben Jahre alt ist und das Display einen Sprung hat.

In meiner Nase fängt es an zu kribbeln. Die Frau neben mir bewegt sich. *Kein Blickkontakt. Und auf gar keinen Fall …*

Ich niese.

Verdammt!

»Gesundheit! Ganz schön heiß hier, was?« Die Frau fächelt sich mit ihrer Bordkarte Luft zu. Irgendwie erinnert sie mich an meine Großmutter: Trotz ihres Alters würde man sie eher in einer Parfümerie an dem Stand mit den Clinique-Produkten antreffen als im Gemeindehaus beim Bingo. Ich nicke ihr unverbindlich zu.

Lächelnd rutscht sie auf ihrem Sitz näher an meine Armlehne heran. Ich versuche, mich mit ihren Augen zu sehen: die fettigen Haare zu einem Knoten zusammengedreht. Immer noch die schwarze Hose und der schwarze Pulli mit V-Ausschnitt – meine Arbeitsuniform aus dem Chili's. Zwischen den Füßen mein Rucksack. Vermutlich sehe ich aus, als müsste ich bemuttert werden.

»Und, wo kommen Sie her?«, fragt sie.

Was für eine seltsame Frage auf einem Flughafen. Interessiert die Leute da nicht eher, wo man hinwill?

Ich muss mich räuspern. »Florida.«

Derweil fächert sie sich immer noch mit der Bordkarte Luft zu und mir damit einen Geruch nach Schweiß und Puder. »Oh, Florida. Toll.«

Nicht wirklich. Nach Florida ziehen die Menschen, um zu sterben.

»Es gibt schlimmere Orte«, sage ich.

Und ich sollte es wissen, denn ich bin auf dem Weg zu einem von ihnen.

Ich wusste sofort, dass jemand gestorben war, als meine Chefin sagte, es hätte jemand für mich angerufen. Auf dem Weg von der Küche in ihr Büro redete ich mir ein, dass es Großmutter sein musste. Als ich ihre Stimme am Telefon hörte, war ich erst mal erleichtert.

Dann sagte sie: »Tessa, es geht um deinen Vater.«

Bauchspeicheldrüsenkrebs, erklärte sie. Im fortgeschrittenen Stadium. Es hätte auch nichts geändert, wenn die Gefängnisärzte es früher bemerkt hätten.

Der Direktor hatte drei Tage gebraucht, um mich ausfindig zu machen, und dann hatte der für meinen Vater zuständige Strafvollzugsbeamte bei meiner Großmutter angerufen, als ich gerade auf dem Weg zur Arbeit war.

Gram, also meine Großmutter, sagte, mein Vater würde die Nacht vielleicht nicht überleben. Deshalb holte sie mich direkt am Chili's ab, meinen gepackten Rucksack auf dem Beifahrersitz. Sie hätte mich gerne begleitet, aber die Zeit reichte nicht, um von ihrem Kardiologen die Erlaubnis zum Fliegen einzuholen. Außerdem wussten wir beide, dass ein zweites Ticket bloß Geldverschwendung gewesen wäre.

Glenn Lowell ist nicht ihr Sohn. Sie ist diesem Mann noch nie begegnet.

Ich kaufte mir mein Ticket nach Pittsburgh direkt am Flughafenschalter. Es kostete dort zweihundert Dollar mehr, als wenn ich im Voraus gebucht hätte. Beinahe hätte ich es einfach sein lassen. Diese zweihundert Dollar brauche ich im Herbst für Bücher.

Du fragst dich jetzt wahrscheinlich, wer seinen Vater wegen zweihundert Dollar allein sterben lassen würde. Aber mein Vater hat für deutlich weniger – plus eine Schachtel Zigaretten – auf einen Supermarktbesitzer geschossen und ihn beinahe getötet.

Darum. Es ist nicht so, dass ich mich nicht verabschieden will, aber mein Vater ist für mich bereits gestorben, als ein Richter ihn vor zehn Jahren zu »lebenslänglich« verurteilt hat.

2

Maggie Greenwood wartet in der Ankunftshalle auf mich. Sie ist einige Schattierungen blonder und mehrere Kilo schwerer als früher.

Früher war vor beinahe acht Jahren. Ich denke nicht gern darüber nach, wie wenig sich seither verändert hat. Die Greenwoods nehmen mich auch dieses Mal wieder wie eine streunende Katze bei sich auf. Nur dass ich inzwischen wohlgenährt bin. Skinny Jeans kann ich jedenfalls vergessen. Wahrscheinlich sind die ganzen Mittagspausen im Chili's schuld.

»Oh, meine Liebe.« Maggie zieht mich mit einem Arm an sich. Obwohl ich gerne Widerstand leisten würde, zwinge ich mich, sie ebenfalls zu umarmen. Dann fasst sie mich an den Schultern und bemüht sich um eine feierliche Miene, doch sie kann ein kleines Lächeln nicht unterdrücken. Ich stelle mir vor, was sie vor sich sieht – kein knochiges, mürrisches kleines Mädchen mehr mit Haaren bis zum Po.

Meine Mutter wollte mir nie die Haare schneiden. Jetzt trage ich sie kaum länger als schulterlang.

»Hallo, Maggie.«

Sie schlingt mir den Arm um die Taille und schiebt mich raus Richtung Parkplatz. »Callie wollte eigentlich mitkommen, aber sie musste früh ins Bett.«

Ich nicke und hoffe, dass Maggie nicht spürt, wie mir ein bisschen elend wird, als sie den Namen ihrer Tochter nennt.

»Sie hat morgen früh einen Twirling-Wettkampf«, erklärt Maggie. Keine Ahnung, wem sie hier was vormachen will. Ich weiß schließlich genau, dass das alles Bullshit ist und Callie selbst dann nicht mitgekommen wäre, wenn Maggie sie an den Haaren herbeigeschleift hätte.

»Das macht sie also immer noch?« Was ich eigentlich sagen will, ist: *Dann wirbeln Leute tatsächlich immer noch Stöcke durch die Gegend und bezeichnen das als Sport?* Aber ich will nicht unhöflich sein.

»Oh ja. Sie hat deswegen sogar ein Stipendium bekommen.« Maggies Lächeln reicht von einem Ohr zum anderen. »Für die East Stroudsburg Universität. Sie hat vor, Sportwissenschaft zu studieren.«

Natürlich weiß ich das alles schon. Ich weiß, mit wem Callie noch befreundet ist (vor allem mit Sabrina Hayes) und was sie letzte Woche zum Frühstück gegessen hat (einen Zimt-Muffin von Jim's Deli Bäckerei). Ich weiß, dass Callie es kaum erwarten kann, aus Fayette (*Fai-it* ausgesprochen, Einwohnerzahl: fünftausend) rauszukommen, und dass sie bereits jetzt mehr Party macht als jeder Erstsemesterstudent.

Obwohl ich seit acht Jahren nicht mehr mit ihr gesprochen habe, weiß ich fast alles, was es über Callie Greenwood zu wissen gibt. Alles außer dieser einen Sache, die mich brennend interessiert.

Denkt sie noch daran?

»Deine Großmutter hat mir erzählt, dass du dich für Tampa entschieden hast.«

Ich nicke und lehne den Kopf an die Fensterscheibe.

Als ich Gram eröffnet habe, dass ich an der University of Tampa angenommen wurde, meinte sie, ich solle mir gut überlegen, ob ich wirklich in einer Großstadt studieren wolle. Städte fressen die Menschen auf und spucken sie dann wieder aus.

Als Maggie die Ausfahrt nach Fayette nimmt, ist mein Kopf von einem einzigen Gedanken erfüllt: Lieber lasse ich mich auffressen und wieder ausspucken, als in einem Stück verschlungen zu werden.

Maggie parkt vor einem weißen zweistöckigen Haus, das in meiner Kindheitserinnerung doppelt so groß war. Beim Geräusch der Autotüren drehen die Hunde auf dem Nachbargrundstück fast durch. Es ist kurz vor ein Uhr morgens. In ein paar Stunden wird sich Maggies Mann Rick auf den Weg machen, Brot auszufahren. Voll schlechtem Gewissen frage ich mich, ob er wohl aufgeblieben ist, bis Maggie wieder heil zu Hause ist. Er ist einer von diesen Ehemännern.

Mein Vater hingegen war einer, auf den meine Mom, krank vor Sorge, bis spät in der Nacht gewartet hat, bis er, nach Johnnie Walker stinkend, hereingestolpert kam.

Die Hunde beruhigen sich, sobald wir Maggies Veranda erreichen, sie haben schon genug vom Bellen. Die Wohnviertel von Fayette zeigen Gefühle, genau wie Menschen. Die Nachbarschaft der Greenwoods zum Beispiel ist müde, voller Arbeiterfamilien, die schon vor Tagesanbruch aufstehen. Die Sorte Menschen, die sieben Tage die Woche gemeinsam zu Abend essen, egal, wie erschöpft sie sind.

Wenn ich an unsere alte Straße denke, fällt mir Wut ein. Baufällige Reihenhäuser, so dicht zusammengequetscht, dass man den Nachbarn direkt in die Küche schauen kann. Ich sehe wütende alte Männer auf den Veranden vor mir, die über die Telefongesellschaft schimpfen oder über die Demokraten oder dass ihre Sozialhilfe nicht pünktlich kommt.

Die Greenwoods haben früher auch in meinem alten Viertel gewohnt. Ein Jahr bevor ich zu Gram nach Florida gegangen bin, sind sie umgezogen, sodass ich nicht mehr einfach die Straße runterlaufen konnte, um mit Callie zu spielen, wie ich es seit meinem sechsten Lebensjahr getan hatte.

Maggie schließt die Haustür auf, und sofort rieche ich den Unterschied. Am liebsten würde ich sie fragen, ob sie ihr altes Haus genauso vermisst wie ich.

Das tut sie natürlich nicht. Und nach dem, was in ihrem alten Haus passiert ist, wäre ich nach dieser Frage hier definitiv nicht mehr willkommen.

»Hast du Hunger?«, erkundigt sich Maggie, während sie die Tür schließt und hinter sich absperrt. »Im Flugzeug bekommt man heutzutage ja nichts mehr zu essen. Es ist noch ein bisschen Lasagne übrig.«

Ich schüttle den Kopf. »Ich bin einfach … total k. o.«

Maggies Gesichtsausdruck ist voller Mitgefühl, wobei mir die vielen Fältchen auffallen, die vor acht Jahren noch nicht da waren. Wahrscheinlich glaubt sie, dass ich durch den Wind bin, weil mein Vater stirbt.

Die Tessa, die sie kennt, wäre deswegen auch echt fertig gewesen. Sie hätte geweint und nach ihrem Daddy gerufen wie an jenem Tag, als die Polizei die Haustür aufgebrochen und ihn in Handschellen abgeführt hatte.

Maggie weiß nicht, dass an die Stelle der alten Tessa ein Monster getreten ist, das einfach nur will, dass sein Vater schnell stirbt, damit es wieder nach Hause fliegen kann.

»Aber natürlich.« Maggie drückt meine Schulter. »Dann packen wir dich mal ins Bett.«

Die Sonne geht in dem Moment auf, als ich einschlafe.

Ich muss ganz dringend duschen, aber ich weiß nicht, wo die Greenwoods ihre Handtücher aufbewahren. Im alten Haus gab es einen Wäscheschrank im Badezimmer. Statt nach unten zu gehen und Maggie um ein Handtuch zu bitten, spritze ich mir etwas Wasser ins Gesicht und trockne mich mit einem Tuch für die Hände ab.

Es fällt mir schwer, Menschen um Dinge zu bitten. Das geht mir schon so, seit ich denken kann, aber ich glaube, richtig schlimm wurde es erst, als Gram mich nach Florida geholt hat.

Am Anfang, bevor sie ihr Büro in ein Zimmer für mich umwandelte, schlief ich auf einer Ausziehcouch. An den Fenstern hingen keine Vorhänge, sodass jeden Morgen um sechs die Sonne hereinschien und mich weckte.

Irgendwann fing ich an, unter dem Sofa zu schlafen, weil es dort dunkler war. Über einen Monat lang hat Gram nichts davon bemerkt. Die Fenster in meinem Zimmer haben jetzt Jalousien, aber manchmal, wenn ich nicht schlafen kann, krieche ich immer noch unters Bett und starre zu den Sprungfedern hinauf, als wären es Sternbilder.

Letzte Nacht habe ich nicht einmal versucht einzuschlafen. Als ich mit Gesichtwaschen fertig bin, finde ich unter dem Waschbecken eine Mundspülung, mit der ich einmal kurz gurgele. Ich mache mir nicht die Mühe, meine Haare zu frisieren. Wozu auch? Schlechter als mein Vater werde ich auf keinen Fall aussehen.

Als ich nach unten komme, brät Maggie gerade Arme Ritter. Auf der Anrichte gurgelt eine Kaffeemaschine.

»Milch oder Sahne?« Sie zeigt auf die Tasse, die sie für mich bereitgestellt hat. Ich bringe es nicht über mich, ihr zu sagen, dass ich Kaffee hasse.

Stattdessen zucke ich mit den Schultern. »Egal.«

Maggie hält die Pfanne schräg, um eine Brotscheibe zu wenden. »Ich habe versucht, Callie zu wecken, aber es geht ihr nicht gut.«

Ich setze mich an den Küchentisch. Ich habe gehört, wie Callie heute Morgen um drei ins Haus geschlichen kam. Garantiert hat sie einen Kater. Kaum war Callie auf der Highschool, tauchten plötzlich überall auf ihren Facebook-Bildern diese roten Plastikbecher auf.

»Sie verpasst damit auch ihren Wettkampf«, fügt Maggie stirnrunzelnd hinzu, während sie den Herd runterdreht. »Aber wahrscheinlich lasse ich sie in Ruhe ausschlafen. Schließlich sind Sommerferien.«

Ich merke, wie meine Muskeln sich verkrampfen, als mir klar wird, dass Callie mir vermutlich nicht den ganzen Tag aus dem Weg gehen kann. Vor allem wenn es nach ihrer Mutter geht.

Nach meinem Umzug nach Florida habe ich eine Woche lang täglich bei Callie angerufen. Jedes Mal ging Maggie ran. Callie war entweder beim Twirling-Training oder mit Ariel Kouchinsky Fahrradfahren oder noch bei den Hausaufgaben. Mit jedem Tag wurde Maggies Stimme verzweifelter und entschuldigender. Sie wollte nicht, dass ich aufgab.

Schließlich versuchte ich es noch einmal pro Woche, dann einmal im Monat. Dann probierte ich es gar nicht mehr.

Letztes Jahr rief mich Maggie an meinem Geburtstag an und schickte uns eine Weihnachtskarte. Beide Male erwähnte sie Callie mit keinem Wort.

Vor drei Jahren entdeckte ich Callie an einem Ort, wo ich sie als Allerletztes vermutet hätte: in einem Online-Forum, in dem es um den Mordprozess des Ohio-River-Monsters ging. Sie postete nur einen einzigen Eintrag. In zwei Zeilen erklärte sie den anderen Forumsteilnehmern, dass sie gefälligst die Schnauze halten sollten – was wüssten sie denn schon über den Fall. Sie seien ein Haufen Möchtegern-Anwälte, die bei ihren Mamis im Keller wohnten. Callie schloss mit den Worten: *Wyatt Stokes ist ein Mörder.* Sie kehrte nie wieder ins Forum zurück, um sich gegen die Horde von Leuten zu verteidigen, die verlangten: *Beweis es.*

Ich weiß, dass es Callie war, weil sie denselben Usernamen benutzt hat, den sie seit unserem zehnten Lebensjahr für alles verwendet: twirlygirly23.

Ich richtete mir einen Account ein und schickte ihr eine Nachricht: *Ich bin's, Tessa. Ich habe dieses Zeug auch gelesen.* Sie hat nie geantwortet.

Jedenfalls ist sie ganz sicher nicht begeistert, dass ich wieder da bin, um sie an den schlimmsten Sommer unseres Lebens zu erinnern.

Maggie klatscht eine Scheibe Arme Ritter auf meinen Teller. Ich blicke auf und erwidere ihr müdes Lächeln. Um acht müssen wir im Gefängnis sein.

Fayette, Pennsylvania, sieht bei Tageslicht noch schlimmer aus. Schlimmer als in meiner Erinnerung. Maggie hält beim Quik Mart in der Main Street, um zu tanken. Die Hälfte der Geschäfte ist mit Brettern vernagelt oder versteckt sich hinter Geschlossen-Schildern, die vermutlich bereits Staub ansetzen.

Ein großer Teil von Fayette ist in den frühen Neunzigern zusammen mit der Stahlindustrie eingegangen. Bevor ich auf die Welt kam, arbeitete mein Vater im Nachbarort im Stahlwerk. Jetzt sieht es aus, als würde Fayette mühsam ums Überleben kämpfen. Wahrscheinlich weil hier alle so verdammt stur sind. Niemand wird zulassen, dass Jim's Deli oder Paul der Schneider dichtmachen müssen.

Die Leute, die noch dageblieben sind, weigern sich, ihre Sachen zu packen und wegzuziehen. Aber mit etwas Glück werden ihre Kinder es tun.

Bis zum Bezirksgefängnis brauchen wir eine halbe Stunde. Ich habe gar nicht gemerkt, dass ich mit dem Bein zappele, bis Maggie den Motor abstellt und mir die Hand aufs Knie legt.

»Mädchen, bist du sicher, dass du das willst?«

Natürlich will ich nicht. »Ist schon okay«, sage ich. »Wir bleiben ja nicht lang.«

Maggie klappt den Rückspiegel nach unten, um eine frische Schicht rosafarbenen Lippenstift aufzutragen. Wir lächeln uns etwas verkrampft an, dann machen wir uns auf den Weg zum Sicherheitstor. Sie legt mir den Arm um die Schultern und zieht ihn auch nicht weg, als sich meine Muskeln bei der Berührung verkrampfen.

Gram steht nicht so auf Körperkontakt. Seit Jahren drücke ich mich jeden Abend im Flur herum und beobachte, wie sie im Wohnzimmer ihr Kreuzworträtsel macht und dabei leise die Antworten auf die Fragen bei *Jeopardy!* murmelt. Wie ein armseliger Penner, der um Zuneigung bettelt, bis sie irgendwann aufblickt. Dann nickt sie mir zu und sagt: »Also, dann gute Nacht, Kindchen.« Und das war's.

Inzwischen habe ich ein Problem damit, angefasst zu werden. Maggie scheint jedoch nicht zu bemerken, dass mein suchender Griff in die Tasche nach meinem Handy in Wirklichkeit ein Versuch ist, mich von ihr zu lösen.

»Vermutlich musst du das am Eingang abgeben.« Sie deutet mit dem Kopf auf mein Telefon. »Und das Hospiz … da darf ich eventuell nicht mit rein.«

Ich schlucke den bitteren Geschmack hinunter, den der Kaffee in meinem Mund hinterlassen hat. Wahrscheinlich sollte ich ungefähr jetzt traurig werden, von Erinnerungen an meinen Vater überwältigt. Stattdessen bin ich neugierig. Ich frage mich, wie er wohl aussieht, ob seine Haut reispapierdünn ist und um seine hohen Wangenknochen herum eingefallen. Früher war er immer gesund. Keiner von uns ist je zum Arzt gegangen. Meine Mom konnte Ärzte nicht ausstehen, und mein Dad behauptete, dass es keine Krankheit gebe, die sich nicht mit einem Glas Whiskey kurieren ließe.

Wortlos folge ich Maggie zum Empfangsschalter. Hinter einer Glasscheibe sitzt eine Frau in grauer Uniform.

»Haben Sie eine Besuchserlaubnis?«, fragt sie, ohne von ihrem Computer aufzublicken.

»Ich habe gestern mit dem Vorsitzenden des Hospizes gesprochen«, erklärt Maggie kurz angebunden.

»Wen wollen Sie besuchen?«

»Glenn Lowell.« Meine Stimme klingt trocken und rau. Die Beamtin hebt den Blick. Sie mustert mich.

»Glenn Lowell ist heute Morgen verstorben«, sagt sie.

Maggie reckt das Kinn in die Höhe. »Aber wie kann das sein?«

»Leute werden krank, und sie sterben«, erwidert die Wärterin ausdruckslos. Als sie die Augen auf mich richtet, sehe ich Mitleid darin aufflackern. Sie legt den Stift beiseite. »Sein Zustand hat sich über Nacht sehr verschlechtert. Es tut mir leid.«

»Warum zum Teufel hat man uns nicht benachrichtigt? Das ist seine *Tochter*.« Maggies Stimme wird lauter. Die wartenden Leute auf der Bank hinter uns blicken von ihren Zeitungen auf. Mein Finger findet die Stelle an meiner Jeans, wo die Seitennaht aufgeht.

»Seine Tochter hat ein Recht darauf, ihn zu sehen«, erklärt Maggie. »Wer ist Ihr Vorgesetzter?«

Die Wärterin verschränkt die Arme vor der Brust. Auf ihrem Namensschild steht WANDA. »Ma'am, ich verstehe ja Ihren Ärger, aber Glenn Lowells Tochter war gestern Abend schon hier. Ich wusste nicht, dass er zwei Töchter hatte.«

»Moment mal.« Meine Knie werden weich. »Sie war hier?«

Ich spüre, wie Maggie sich neben mir versteift. Wortlos blättert die Gefängnisbeamtin in dem Buch vor ihr eine Seite zurück. Dann schiebt sie es unter der Glasscheibe hindurch. Mit zitternden Fingern suche ich nach ihrem Namen.

»Da steht sie aber nicht«, sage ich. Als ich das Buch zurückschieben will, hält mich Wanda zurück.

»Gestern, achtzehn Uhr fünfunddreißig«, sagt sie. »Ich habe sie selbst dort eingetragen.«

Langsam lasse ich den Finger die Spalte hinunterwandern, bis ich den Eintrag finde. *Brandy Butler.*

Geschrieben in der Handschrift meiner Schwester Joslin.

Meine Zehen krallen sich in die Turnschuhe. Ich erkenne ihre Schrift sofort – früher habe ich mich immer darüber lustig gemacht, wie sie den Buchstaben »e« geschrieben hat: der übertriebene Bogen, als würde der Buchstabe versuchen, seine eigenen Zehen zu berühren.

Maggie plustert sich auf und fängt an, mit der Wärterin herumzustreiten und darauf zu bestehen, dass sie den Direktor sprechen will.

»Glenn Lowell hat keine Tochter namens Brandy Butler«, sagt Maggie.

»Sie war es aber.«

Maggie dreht sich zu mir um.

»Das hier ist Jos' Handschrift«, sage ich.

Ungläubig sieht Maggie mich an. Doch es liegt noch etwas anderes in ihrer Miene – Mitleid. Davon habe ich heute langsam echt die Schnauze voll.

»Gehen wir«, sage ich. »Er ist tot, und das war's. Können wir also bitte gehen?«

Maggie zögert. Mein Bein zappelt wieder vor sich hin. Mit einem letzten Blick in Richtung der Beamtin, als wolle sie sagen: *Ich werde mich bei jemandem beschweren,* greift sie nach meiner Hand.

Das Tor hinter dem Tresen summt. Ein Wärter mit Klemmbrett im Arm erscheint. Er blickt nicht auf, als er einen Namen bellt. »Edwards?«

Ein Mann im Anzug erhebt sich verlegen von der Wartebank, wie ein Schuljunge, der mitten im Unterricht ins Büro des Rektors zitiert wird.

»Ihr Klient ist jetzt bereit für Sie«, verkündet der Wärter. Edwards klemmt sich einen braunen Umschlag unter den Arm und geht mit höflichem Kopfnicken an Maggie und mir vorbei. Er hat keine Ahnung, wer wir sind.

Als Maggie meine Hand fester umklammert, weiß ich, dass auch sie ihn wiedererkannt hat. Vielleicht aus der Reportage über die Morde, *Entlarvung des Monsters,* falls sie es über sich gebracht hat, sich die Sendung anzusehen. Oder vielleicht hat sie auch Stokes' Berufungsverfahren verfolgt, weil ihre Nichte sein letztes Opfer war und sie sich dazu verpflichtet fühlte.

Jedenfalls überträgt sich Maggies Nervosität sofort auf mich, und ich weiß, dass sie dasselbe sieht wie ich: den Strafverteidiger, der seit zehn Jahren versucht, ein neues Gerichtsverfahren für Wyatt Stokes zu erwirken.

Wyatt Stokes, auch Ohio-River-Monster genannt, der in der Todeszelle sitzt, weil Callie und ich ihn dorthin gebracht haben.

3

»Komm schon, Tessa«, ruft Maggie, als wäre ich diejenige, die trödelt. Sie lässt meine Hand los, und ich folge ihr nach draußen.

Hinter uns fällt krachend die Tür ins Schloss und schließt damit die Dunkelheit des Gefängnisses ein. Die Sonnenstrahlen blenden mich.

Maggies Gesicht hat denselben Ausdruck wie an jenem Tag vor dem Gerichtsgebäude, als Stokes zum Tode verurteilt worden war – als wäre alles Licht von der Erde verschwunden. Ich war bei der Urteilsverkündung nicht anwesend. Joslin, meine Mutter und ich verfolgten die Lokalnachrichten von unserem Wohnzimmer aus, damit wir die Entscheidung des Richters hören konnten. Eine der Kameras zeigte hinterher ein Bild von Maggie und Bonnie Cawley, Loris Mutter, auf den Stufen vor dem Gebäude.

Ich verstand nicht, weshalb Maggie nicht glücklich aussah. Stokes hatte schließlich die Todesstrafe bekommen, wie alle es gehofft hatten. Maggie weigerte sich, mit den Reportern zu sprechen, aber Bonnie blickte direkt in die Kamera und verkündete, sie wolle bei Wyatt Stokes' Hinrichtung in der ersten Reihe sitzen.

Ich hatte gehört, wie Maggie Callie erklärte, dass sich ihre Tante Bonnie nach dem Mord an Lori verändert hätte. Bei Stokes' Haftprüfungstermin hatte Bonnie auf den Stufen des Gerichtsgebäudes gewartet, bis die Wachmänner ihn brachten, damit sie ihm ins Gesicht sagen konnte, dass er eine Ausgeburt des Teufels sei. Bonnie hasste den Mann, der ihre Tochter getötet hatte, so sehr, dass sie nicht mehr weiterleben konnte ohne die Gewissheit, dass er dafür sterben würde.

Doch wenn ich Maggie jetzt so ansehe, weiß ich, dass man niemandem Hass ins Herz pflanzen kann, indem man ihm etwas Geliebtes wegnimmt. Entweder man trägt den Hass in sich oder nicht, er schlummert im Körper wie ein Geschwür und wartet nur auf den richtigen Moment, um sich auszubreiten.

Bis zu diesem Augenblick war mir nicht klar, wie viel Hass ich in mir habe. Ich hasse Wyatt Stokes nicht dafür, dass wir wegen ihm in Angst leben. Ich hasse meinen Vater nicht dafür, dass man ihn ins Gefängnis gesperrt hat, und ich hasse ihn nicht einmal dafür, dass er nicht noch ein paar Stunden durchhalten konnte, obwohl er wusste, dass ich kommen würde, um mich zu verabschieden.

Es ist meine Schwester, die ich hasse. Meine einzige Schwester, die mich sanft auf die Lider geküsst hat, wenn ich geweint habe, und zuließ, dass ich mich nachts wie ein Äffchen an sie klammerte und trotz meines winzigen Körpers fast das ganze Bett einnahm. Meine Schwester, die mich beschützte, als mein Vater ins Gefängnis kam und unsere Mutter vor unseren Augen den Halt verlor. Joslin, die versprochen hatte, mich nie zu verlassen, und dann zwei Tage nach meinem neunten Geburtstag von zu Hause weglief und nie wiederkam.

Doch, sie ist wiedergekommen. Aber eben nicht wegen mir.

Es hätte so oder so kein Begräbnis für meinen Vater gegeben, selbst wenn er mit genügend Vorlauf gestorben wäre. Es gab kein Geld, um eines zu bezahlen, und ich bin mir nicht sicher, wer überhaupt gekommen wäre, wenn wir die Trauerfeier in der Gefängniskapelle abgehalten hätten. Wanda? Die anderen Insassen? Wie demütigend. Alle, die meinem Vater etwas bedeuteten – und die Liste ist kurz –, sind längst nicht mehr da. Deshalb hatte ich meinen Rückflug nach Orlando bereits für den nächsten Abend gebucht.

Da wusste ich jedoch noch nicht, dass meine Schwester wieder da ist. Wieder da *war*. Wer weiß, wo sie jetzt steckt – schließlich hatte sie zwölf Stunden Vorsprung, um sich aus Pennsylvania zu verdrücken.

Was ich nicht begreife, ist: Woher wusste Jos, dass mein Dad im Sterben lag? Glenn Lowell ist nämlich gar nicht ihr richtiger Vater. Unsere Mutter hat sich von Joslins Erzeuger getrennt, als meine Schwester zwei war. Wir wussten von ihm nichts weiter, als dass er in Louisiana lebte. Er und meine Mutter waren nicht einmal verheiratet gewesen. Ich hatte mich nie getraut zu fragen, ob die Narbe an Joslins Kinn etwas damit zu tun hatte, dass meine Mutter ihn verlassen hat.

Jos sagte Daddy zu meinem Vater, der Mann in Louisiana wurde nie erwähnt. Mein Dad nannte uns beide seine Babys, und Jos weinte genau wie ich, als er wegen bewaffneten Raubüberfalls in drei Fällen und versuchten Mordes ins Gefängnis kam.

Ich bezweifle, dass Jos den Hinweis von unserer Mutter bekommen hat, denn von ihr habe ich seit fast zehn Jahren nichts mehr gehört. Und Gram doppelt so lange. Eigentlich hätte ich vermutet, dass Maggie Kontakt zu Jos aufgenommen hat – Maggie besaß schon immer eine fast mystische Eigenschaft, mit Menschen in Verbindung zu bleiben und stets zu wissen, was alle so trieben. Doch sie war genauso überrascht wie ich, als sie hörte, dass Joslin am Abend zuvor im Gefängnis gewesen war.

Außerdem hatte Maggie meine Schwester noch nie leiden können.

Callie und ich waren schon seit dem Kindergarten befreundet, und trotzdem war Joslin bis zu unserem achten Geburtstag immer »diese Schwester von dir« gewesen, begleitet von einem missbilligenden Seitenblick. Im Juni jenes Jahres kam Lori Cawley nach Fayette, um den Sommer mit den Greenwoods zu verbringen. Das war, bevor Jos an der Highschool in die neunte Klasse kam. Lori hatte gerade ihr erstes Jahr am College in Philadelphia hinter sich. Maggie versuchte, Lori mit Mädchen ihres Alters bekannt zu machen, doch als mich Jos mal bei den Greenwoods vorbeibrachte, lernten die beiden sich kennen, und das war's. Joslin und Lori nahmen Callie und mich fast jeden Tag mit ins Freibad, wenn meine Schwester nicht arbeiten musste. Dort steckten die beiden die Köpfe über der *Cosmo* zusammen und redeten über Dinge, die sie mit Jungs anstellten. Und wenn Callie und ich etwas mitbekamen, erkauften sie sich unser Schweigen in der Eisdiele.

Das war auch der erste Sommer, in dem meine Mutter mich bei meiner Freundin übernachten ließ. Als ich das erste Mal bei den Greenwoods schlief, sahen Callie und ich uns den Film *Mulan* gleich zweimal hintereinander an, weil wir noch nicht schlafen wollten. Unsere Münder waren ganz klebrig vor lauter Süßigkeiten. Ich hatte so viel Spaß, dass ich nicht einmal meine Schwester neben mir im Bett vermisste, wie ich es in jenen Nächten tat, wenn sie sich fortschlich, um ihren Freund Danny zu treffen.

Das letzte Mal, als ich bei den Greenwoods übernachtete, war die Nacht, als Lori Cawley verschwand. In Fayette hatten wir Gerüchte gehört, dass ein Serienmörder junge Mädchen von Rastplätzen entlang der Interstate I-70 entführte. In den vergangenen zwei Jahren hatte man drei Leichen gefunden. Alles drogensüchtige Ausreißerinnen. Straßenmädchen.

Junge Frauen wie Lori hatten nichts zu befürchten. In Fayette waren wir vor dem Monster sicher, das durch die Randbezirke der Stadt streifte, auf der Suche nach dem nächsten verzweifelten Mädchen, das bereit war, bei ihm ins Auto zu steigen.

So dachten wir, bis die Polizei Loris Leiche in einem Waldstück unweit der Autobahn fand, einen Tag nachdem sie verschwunden war.

»Soll ich uns einen Tee kochen?«, fragt Maggie, als wir zurück nach Hause kommen. Ich merke, dass sie nur nett sein will. Eigentlich hat sie all das, was im Gefängnis passiert ist, ziemlich mitgenommen, und sie möchte am liebsten allein sein.

Das ist mir ganz recht. »Ich sollte wahrscheinlich mal meine Großmutter anrufen.«

»In Ordnung.« Maggie lehnt sich mit dem Rücken an die Arbeitsfläche. Sie drückt die Finger in die Augen. Dann blinzelt sie, als sähe sie mich zum ersten Mal. Schnell hat sie sich wieder im Griff und ringt sich ein Lächeln ab. »Wenn du irgendwas brauchst, lass es mich wissen. Egal was.«

Das Einzige, was ich wirklich brauche, kann ich nicht erbitten. Nämlich, dass Maggie mich nach Pittsburgh fährt, damit ich meinen Flug auf heute Abend umbuchen kann, weil ich nicht weiß, wie ich es bis morgen durchstehen soll.

Das sind nur zwei Tage. Wenn du zehn Jahre hier überlebt hast, wirst du wohl zwei weitere Tage auch noch schaffen.

Ich murmle Maggie ein »Danke« zu und mache mich auf den Weg nach oben. Mein Handy liegt zum Aufladen auf dem Nachttisch, wo ich es morgens deponiert habe. Ich wähle die Festnetznummer meiner Großmutter und erwische den Anrufbeantworter. Während ihr Begrüßungstext läuft, überlege ich, was ich sagen soll.

Ich kann Gram nicht erzählen, dass mein Vater, noch bevor ich ihn gesehen habe, gestorben ist. Dann würde sie sich nur schuldig fühlen, obwohl sie nichts dafür kann. Ich lege auf.

Auf meinem Handy habe ich kein Internet. Ich teile mir die Prepaid-Minuten mit Gram, auch wenn ihr Handy meistens ausgeschaltet ist, vergraben unter dem Müll in den Tiefen ihrer Handtasche. Wenn ich meinen Rucksack selbst hätte packen können, hätte ich meinen Laptop mitgebracht.

Ich schlucke den Kloß hinunter, der plötzlich in meinem Hals steckt. Unten im Wohnzimmer habe ich einen Computer gesehen.

Die oberste Treppenstufe ächzt unter meinem Gewicht, und ich zucke zusammen. Ich bin nicht gerne in einem Haus, das ich nicht kenne und wo man mit dem kleinsten Fehltritt Aufmerksamkeit auf sich ziehen kann. In Grams Haus habe ich inzwischen gelernt, alle diese Stellen zu meiden, als wären sie Landminen – die knarrende dritte Stufe von unten auf der Treppe, die Fliegengittertür hinten, deren Scharniere dringend geölt werden müssten.

Das Geräusch der zuknallenden Haustür lässt mich erstarren.

»Callie?«, ruft Maggie aus der Küche.

Ich wage es nicht zu atmen. Ich fühle mich wieder, als wäre ich zehn Jahre alt – stinksauer, weil Callie mich hat fallen lassen, aber trotzdem bereit, alles zu tun, um einen Blick auf sie zu erhaschen.

In den ersten Monaten bei Gram habe ich nicht viel geredet. Irgendwann hatte sie genug von meiner Trauermiene. Sie stellte mich zur Rede und entlockte mir die Wahrheit, auf ähnliche Weise wie mich einst mein Vater verfolgt und mir die Milchzähne ausgerissen hatte, weil er nicht länger mit ansehen mochte, wie ich daran herumwackelte.

Gram erwartete vermutlich zu hören, dass ich meine Mom oder Joslin vermisste, aber um ehrlich zu sein hatte ich bereits akzeptiert, dass die beiden weg waren. Mir blieb nur noch Callie, und Maggie konnte sie nicht einmal für mich ans Telefon holen.

»Ja?« Callies Stimme ist leise, etwas heiser. Ganz anders als in meiner Erinnerung. Ich höre, wie etwas auf dem Sofa im

Eingangsbereich landet – eine Handtasche wahrscheinlich –, dann verklingen ihre Schritte Richtung Küche.

Ich klammere mich am Treppengeländer fest. Das ist lächerlich. Ich kann mich nicht zwei Tage lang im Gästezimmer verstecken.

Vorsichtig schleiche ich auf Zehenspitzen hinunter. Maggie und Callie unterhalten sich murmelnd in der Küche. Im Flur bleibe ich stehen, mit dem unguten Gefühl, dass ich bei dieser Unterhaltung nicht unbedingt erwünscht bin.

Teile davon schnappe ich auf. Maggies Stimme. »… weiß, dass es schwer für dich ist. Aber wo hätte sie denn sonst hinsollen?«

»Wir sind doch kein Resozialisierungszentrum, Mom.« Callies Stimme. Wütend.

Als ich mich gerade wieder auf den Weg nach oben machen will, knarrt der Wohnzimmerfußboden unter mir. In der Küche herrscht vielsagendes Schweigen.

»Tess, Liebes?« Maggie klingt nervös. »Bist du das?«

Scheiße. Ich kneife die Augen fest zu. »Ich wollte mir nur ein Glas Wasser holen.«

Maggie taucht neben mir im Wohnzimmer auf. »Oh, natürlich. Ich bin froh, dass du runtergekommen bist. Rate mal, wer zu Hause ist?«

Sie führt mich durch den Torbogen. Callie blickt vom Tisch auf. Sie trägt ein grünes East Stroudsberg University-Sweatshirt, und um ihre honigbraunen Augen ist der Eyeliner von gestern verwischt. Sie ist auf eine Weise schön, die mir immer das Gefühl gibt, als wäre ich gerade aus irgendeinem dreckigen Loch gekrochen.

Callie begegnet meinem Blick, und die Farbe weicht aus ihrem Gesicht. In diesem Moment sehe ich mich mit ihren Augen: Tessa Lowell, ihre peinliche Assi-Kindergartenfreundin.

Die ewige Erinnerung an das Kindheitsjahr, das ihr durch den Prozess geraubt wurde.

Maggie blickt zwischen ihrer Tochter und mir hin und her. Ihre Augen sind gerötet. Ich stelle mir vor, wie sie sich nach unserer Rückkehr vom Gefängnis davongeschlichen hat, um eine Runde zu heulen, weil sie Tim Edwards gesehen hat.

»Ich bin ja so froh, dass ihr zwei endlich ein bisschen Zeit miteinander verbringen könnt«, sagt sie.

Callie schnaubt. »Ja, klar, weil ich da ja so scharf drauf bin.«

Sie steht auf und schiebt ihren Stuhl an den Tisch. Bevor sich der Schock in Maggies Gesicht in Ärger verwandeln kann, ist sie schon verschwunden. Mit angespannter Miene wendet sich Maggie an mich.

»Tessa, es tut mir so …«

»Schon okay«, sage ich. »Wirklich.«

Maggie greift nach meiner Hand und drückt sie. »Ich muss noch ein paar Sachen im Supermarkt besorgen. Magst du vielleicht mitkommen?«

Ich schüttle den Kopf und behaupte, mich ein bisschen hinlegen zu wollen, dann verdrücke ich mich nach oben ins Gästezimmer. Dort setze ich mich auf die Bettkante, die Hände auf die Knie gestützt, bis ich die Haustür ins Schloss fallen höre. Dann laufe ich schnell hinunter an den Familiencomputer.

Ich habe seinen Namen schon so oft eingegeben, dass meine Finger die Tasten von ganz allein finden.

Wyatt Stokes. Er wird nicht mehr oft in den Nachrichten erwähnt, aber der jüngste Artikel ist von letzter Woche. Ich muss ihn verpasst haben wegen all der Extraschichten, die ich übernommen habe, um die zweite Hälfte meiner Studiengebühren rechtzeitig bezahlen zu können.

RICHTER GENEHMIGT ANTRAG ZUR VORLAGE NEUER BEWEISE IM WYATT-STOKES-BERUFUNGSVERFAHREN

Natürlich wusste ich, dass er Berufung eingelegt hatte. Stokes hatte seinen ersten Verteidiger gleich nach der Verurteilung gefeuert und durch Tim Edwards ersetzt. Nachdem er jahrelang versucht hatte, das Urteil revidieren zu lassen, verweigerte ein Richter Stokes ein neues Verfahren mit der Begründung, das erste wäre angemessen gewesen. Doch Edwards kündigte an, bei der höchsten Instanz Berufung einzulegen.

Das behaupten sie immer, aber es wird nie was draus, hatte meine Mutter erklärt, als ich Angst bekam, Stokes könnte freigelassen werden und sich Callie und mich vorknöpfen, weil wir gegen ihn ausgesagt hatten. Damals, bevor ich begriff, dass niemand – egal, ob schuldig oder unschuldig – kampflos aufgibt.

Ich überfliege den Artikel, doch es steht nicht darin, um welche neuen Beweise es sich handelt. Auch nicht, wann die erneute Anhörung stattfinden wird. Bis dahin könnte es noch Jahre dauern, denn Häftlinge in der Todeszelle haben Zeit im Überfluss. Bis zu jenem Tag, wo auch damit Schluss ist.

Ich habe einen Knoten im Magen, hart und voller Wut.

Im oberen Stock knallt eine Tür.

Shit. Hektisch lösche ich den Artikel aus dem Browserspeicher. Als ich gerade *Wyatt Stokes* aus der Liste der Suchbegriffe entferne, erreichen die Schritte den Fuß der Treppe.

Im selben Moment, als ich vom Schreibtischstuhl aufspringe, biegt Callie um die Ecke ins Wohnzimmer. Als sie mich sieht, bleibt sie abrupt stehen. Ich erwarte, dass sie mich ignoriert und so tut, als wäre ich unsichtbar, während sie sich auf die Couch fallen lässt und den Fernseher einschaltet.

Stattdessen schnappt sie hörbar nach Luft. Ich meine, Alkohol zu riechen. Hektisch fasst sie sich an den Scheitel und streicht ihre ohnehin schon glatten blonden Haare glatt. Als Kind hat sie immer daran gezogen – so sehr, dass sie beim Prozess eine kahle Stelle hatte.

Wir starren einander an. Das Zimmer ist klein, und sie versperrt mir den Ausgang.

Callie hatte schon immer von allem mehr als ich. Ich war die bedürftige Freundin, der es immer an irgendetwas mangelte. Aber ich werde jetzt nicht hier stehen und diejenige sein, die nicht den Mut hat, den Mund aufzumachen.

»Wie geht's dir?«, frage ich.

»Kein Bock.« Sie zieht sich die Kapuze ihres Sweatshirts über den Kopf und geht an mir vorbei.

Ich unterdrücke den Impuls, sie zu packen und gegen die Wand zu schleudern. Ihr die Haare auszureißen. Bis zu diesem Moment war mir gar nicht bewusst, wie stinkwütend ich auf sie bin.

Das letzte Mal habe ich mich Ende der zehnten Klasse mit jemandem geprügelt. Weil so ein bescheuerter Pimpf, den alle bloß Bobby Buckteeth nannten, in Gemeinschaftskunde meinte, die Klappe zum Thema Sozialhilfe aufreißen zu müssen. Er käute alles wieder, was seine Mutter über die Frauen gesagt hatte, die bei ihr im Supermarkt das Geld der Steuerzahler ausgaben und dabei mit ihren iPhones, Designerhandtäschchen und fünf Kindern protzten.

Nach der Schule passte ich ihn ab und fragte ihn, ob diese Kinder denn seiner Meinung nach verhungern sollten. Vielleicht saßen diese Frauen ja mit ihren vielen Kindern daheim, weil der Vater plötzlich tot umgefallen war oder ins Gefängnis musste. Bobby versuchte, sich an mir vorbeizudrängen, und murmelte dabei seinem Freund zu, ich sei selbst bloß Abschaum. Da bin ich hinter ihm her und habe sein Gesicht gegen einen Spind geknallt.

Als Gram mich danach von der Schule abholte, packte sie mich vor den Augen des stellvertretenden Schulleiters so fest am Kinn, dass sich ihre Fingernägel in meine Haut bohrten. »Verwechsle meine Nettigkeit ja nicht mit Schwäche, Tessa.«

In diesem Moment begriff ich, dass sie eben doch mit meiner Mutter verwandt war. Bei beiden schlummert die Gewaltbereitschaft unter einer scheinbar harmlosen äußeren Hülle.

Callie zieht auf der Couch die Knie an die Brust. Dann holt sie ihr Handy heraus, offenbar, um so tun zu können, als wäre ich nicht mehr da.

»Was willst du?«, fragt sie, als ich keine Anstalten mache zu gehen.

Schau mich an! Ich will, dass du dein verdammtes Handy weglegst und nicht so tust, als wärst du nie meine beste Freundin gewesen.

Aber ich habe nicht den Mumm, das zu sagen. Hab ich nie, und werde ich wahrscheinlich auch nie haben. Stattdessen räuspere ich mich.

»Nur weil ich gerade hier bin, musst du deine Mom nicht zusammenscheißen«, sage ich. »Wir waren heute Morgen im Gefängnis.«

»Ich weiß.« Callie balanciert ihr Handy auf einem Knie. Das Display wird schwarz. »Tut mir leid mit deinem Dad«, fügt sie noch hinzu.

»Wir haben gar nicht … Das ist nicht der Grund, weshalb sie durch den Wind ist.« Ich schlucke. »Es ist wegen Stokes.«

Callie zuckt zusammen, und aus irgendeinem Grund gibt mir das Mut.

»Wir haben seinen Anwalt gesehen«, sage ich. »Den, der Berufung eingelegt hat.«

»O-kay.« Callie zieht das Wort in die Länge, als würde sie nicht begreifen, weshalb ich ihr das erzähle. Aber ich sehe, wie sich ihre Finger in die Armlehne des Sofas krallen.

Ich zucke mit den Schultern. »Ich dachte nur, du solltest das wissen. Kann sein, dass es in den Nachrichten kommt.«

Nun verändert sich Callies Miene, und diesen Gesichtsausdruck kenne ich von früher nur zu gut. Damals hielt ich danach

Ausschau, als wäre er eine Tornadosirene. Jetzt hingegen bin ich froh, dass sie wütend ist. Und ich bin froh, dass ich schuld daran bin.

»Warum zur Hölle fängst du jetzt damit an?«, zischt sie, und ihre Wangen sind rot vor Wut.

»Weil es uns betrifft.«

»Tut es nicht mehr. Er ist *schuldig*, und er wird nie wieder freikommen.« Diesen Satz hat zweifellos Maggie ihrer Tochter im Lauf der Jahre eingetrichtert. Callie sieht sogar aus wie ihre Mutter, als sie das sagt – mit derselben schmalen, trotzigen Oberlippe. Ich kann ihr nicht sagen, dass in diesem Artikel behauptet wird, seine Anwälte hätten neue Beweise. Sie wird sofort wissen wollen, was für welche, und wenn ich darauf keine Antwort habe, wird sie mir einen dieser vernichtenden Blicke zuwerfen.

Callie war schon immer eine von denen, auf die die Leute hören. *Acht Jahre alt, aber altklug wie achtzehn,* sagte Maggie immer. Selbst jetzt, wo wir tatsächlich beide achtzehn sind, fühle ich mich in ihrer Gegenwart wie ein dummes kleines Mädchen.

»Die Dinge haben sich verändert«, murmle ich.

»Was redest du denn da?« Callie springt vom Sofa auf. Schließt die Wohnzimmertür. »Sag jetzt bloß nicht, diese Verrückten von Cyber Sleuths haben dir ins Hirn geschissen und du willst deine Aussage zurückziehen.«

Also hat sie meine Nachricht doch erhalten.

»Natürlich nicht«, antworte ich. »Aber das ist zehn Jahre her. Wer weiß, was die finden, wenn sie die Beweislage neu aufrollen.«

Callie verschränkt die Arme vor der Brust. »Tessa. Er hat Lori verfolgt, und er hat sie umgebracht. Du warst dabei, als er ihr im Freibad gedroht hat. Erinnerst du dich denn nicht mehr?«

Natürlich erinnere ich mich. Seit zehn Jahren erinnere ich mich jeden einzelnen Tag daran. Wir waren zu dritt auf dem Weg zu Loris Auto auf dem Parkplatz. Wyatt Stokes lehnte am Maschendrahtzaun und rauchte einen Joint. Am Tag zuvor hatte Joslin ihm ihr Feuerzeug geliehen. Ich weiß nicht, was Stokes zu Lori sagte, aber es war ihr irgendwie unangenehm, und sie ignorierte ihn.

Er zog an seinem Joint und meinte: »Was ist rot, weiß und blau und treibt im Wasser?«

Lori schob uns in Richtung Auto, als er rief: »Eine tote Schlampe«, und lachend im Wald verschwand.

Ich merke, dass ich Callie nicht geantwortet habe, denn sie funkelt mich böse an. »Ich habe ihn *gesehen*«, sagt sie, aber ich höre, was sie wirklich meint: Wyatt Stokes ist der Mann, der ihre Cousine ermordet hat. Allein schon die Möglichkeit in Betracht zu ziehen, dass das nicht stimmt, ist Verrat.

Ich hebe den Kopf, damit ich ihr in die Augen sehen kann, denn Callie war schon immer größer als ich. Inzwischen ragt sie jedoch über mir auf, und über ihren tief sitzenden Jeans ist ein Streifen muskulöser Bauch zu sehen.

»Woher willst du wissen, was du gesehen hast?« Meine Stimme zittert. »Es war dunkel. Wir waren erst acht.«

Callie lacht entnervt und greift nach der Türklinke. »Für mich ist dieses Thema erledigt.«

Doch dann fährt sie auf einmal herum. Erschrocken zucke ich zusammen. Ihre Züge werden weicher – oder vielleicht habe ich mir das auch nur eingebildet, denn nun funkelt sie mich wieder an. »Vergiss ja nicht, dass du gesagt hast, du hast ihn auch gesehen. Du kannst nicht behaupten, ich hätte gelogen, ohne dich ebenfalls zu beschuldigen.«

Dann schlägt sie die Tür hinter sich zu. Der Knall ist wie der Punkt am Ende des Satzes *Wyatt Stokes ist schuldig*.

Noch zwei Tage in Fayette.

Es könnten ebenso gut zwei Jahre sein.

In jener Nacht bettelten wir Lori an, auf der geschlossenen Veranda der Greenwoods schlafen zu dürfen. Maggie hatte uns strikt verboten, Ricks Zelt hinten im Garten aufzubauen. Dafür hatte sie versprochen, dass wir ein andermal draußen übernachten durften, wenn sie und Rick zu Hause waren und mit uns im Zelt schlafen konnten.

Die Veranda war die zweitbeste Wahl. Es gefiel Lori nicht, dass wir nur durch ein Fliegengitter von der Außenwelt abgetrennt sein würden, aber Callie beharrte darauf, dass in unserem Viertel noch nie etwas Schlimmes passiert war. Schließlich gab Lori nach, und wir wühlten uns durch die Campingausrüstung im Schrank unter der Kellertreppe, auf der Suche nach einem alten Schlafsack für mich. Wir schworen uns, die ganze Nacht wach zu bleiben und nach Bären Ausschau zu halten, aber gegen zehn fielen uns die Augen zu, glücklich und erschöpft von Sonne und Chlorwasser.

Ich wachte auf, weil Callie an mir rüttelte. Ihr Cinderella-Schlafsack bauschte sich um ihre Schultern.

»Tessa. Da draußen ist jemand.«

Ich kann mich nicht daran erinnern, Angst gehabt zu haben. Ich dachte, es wäre vermutlich irgendein Tier, bis wir einen weiteren Zweig knacken hörten. Schritte. Callie grub die Fingernägel in meinen Unterarm. »Was, wenn das der Mann vom Schwimmbad ist?«

»Pst«, machte ich, und zusammen spähten wir durchs Gitter. Callie stieß einen spitzen Schrei aus, als eine dunkle Gestalt am Rand des Gartens auftauchte. Schnell zog ich sie durch die Wintergartentür ins Wohnzimmer, wo Lori mit einem umgedrehten Buch auf dem Bauch auf der Couch lag, während der Fernseher ohne Ton lief.

»Da draußen ist jemand«, jammerte Callie.

Lori griff nach einer Taschenlampe. Callie fing an zu weinen.

»Das ist bestimmt ein Waschbär«, erklärte Lori ihr. »Geht in dein Zimmer, und wartet da.«

Wir kauerten uns auf Callies Bett zusammen, bis Lori einige Minuten später zurückkam.

»Im Garten ist niemand«, sagte sie. »Aber vielleicht solltet ihr doch besser hier drin schlafen, einverstanden?«

»Kannst du nicht hier bei uns bleiben?«, bettelte Callie.

Lori lachte. Wir hätten niemals zu dritt in das schmale Bett gepasst. Doch Lori hatte behauptet, dass wir in Callies Zimmer sicher wären.

Stell dir vor, sie hätte das nicht getan, hörte ich meine Mutter hinterher Maggie zuflüstern. *Lori war der Schutzengel der Mädchen.*

Als Maggie und Rick vom Abendessen bei Freunden zurückkamen, war Lori nicht im Gästezimmer, und ihr Bett war immer noch gemacht. Callie und ich hatten keinen Laut gehört. Das Gästezimmer lag aber auch am anderen Ende des Hauses. Loris Mörder hatte sie überrascht, sie wahrscheinlich überrumpelt, als sie nach der Aufregung von zuvor auf dem Sofa eingeschlafen war. Sie hatte nicht einmal die Gelegenheit gehabt zu schreien.

Callie und ich mussten die Ereignisse jener Nacht unzählige Male beschreiben. Irgendwann fühlte es sich an, als wären *wir* die Verbrecher. Maggie versicherte uns immer wieder, dass die Staatsanwälte nur ganz sicher sein wollten, den Mann einsperren zu können, der unserer Lori wehgetan hatte. Sie zerpflückten unsere Zeugenaussagen, suchten nach Stellen, an denen unsere Berichte nicht zusammenpassten. Callie fing an zu weinen, als der stellvertretende Staatsanwalt sie wegen des Abendessens in die Mangel nahm. Ich hatte gesagt, Maggie hätte uns Maiskolben zu den Hotdogs gemacht. Callie hatte den Mais vergessen. Jede mögliche Schwachstelle in unserer Aussage musste gestopft werden. Vor Gericht mussten wir aussagen, dass wir gesehen hatten, wie Wyatt Stokes sich aufs Grundstück der

Greenwoods geschlichen hatte, doch die Staatsanwaltschaft konnte nicht riskieren, dass wir unglaubwürdig wirkten und ihre Anklage zu Fall brachten.

Inzwischen kann ich mich nicht mehr daran erinnern, den Mais gegessen zu haben. Ich weiß auch nicht mehr, wie der Hotdog schmeckte oder was für einen Schlafanzug ich damals trug.

Ist es jetzt wirklich noch wichtig, dass Callie und ich Stokes' Gesicht nie wirklich gesehen haben? Sobald er im Knast saß, wurden keine toten Mädchen mehr entlang des Ohio Rivers gefunden.

Marisa Perez. Rae Felice. Kristal Davis. Alle erdrosselt, ausgeraubt und wie Müll halb nackt am Flussufer abgelegt. Drei Mädchen, die so ganz anders waren als Lori, abgesehen von ihrer Nähe zu Wyatt Stokes.

Sag uns einfach, was du gesehen hast, Liebes. Es gibt keine falschen Antworten.

Ab und zu taucht aus den dunkelsten Winkeln meines Gehirns eine neue Antwort zu den Ereignissen jener Nacht auf. Normalerweise zerquetsche ich sie wie eine Stechmücke – es hat keinen Sinn, über Fragen nachzugrübeln, die mir niemand beantworten kann.

Doch jetzt, wo ich hier bin, kann ich einiges nicht länger ignorieren.

Es gibt schlimmere Dinge auf dieser Welt als Monster, und irgendwie gelingt es denen immer, mich zu finden.

4

Als ich aufwache, geht die Sonne gerade unter. Ich liege zusammengerollt auf dem Bett im Gästezimmer, den Kopf halb neben dem Kissen. Mir fällt auf, dass ich nicht mal die Schuhe ausgezogen habe, und ich setze mich schuldbewusst auf.

Jemand klopft. Maggie öffnet vorsichtig die Tür und streckt den Kopf herein. »Hast du ein bisschen schlafen können?«

»Sieht so aus.« Ich versuche, mich daran zu erinnern, was ich vor ein paar Stunden gemacht habe, aber in meinem Hirn herrscht Nebel. Wahrscheinlich hat mich einfach die Müdigkeit eingeholt, weil ich mehr als vierundzwanzig Stunden wach war.

»Es ist fast Abendbrotzeit«, sagt Maggie, während draußen im Flur eine Tür geschlossen wird. »Ich dachte, wir vier könnten vielleicht ins Boathouse gehen.«

Bevor sie erläutern kann, wen genau sie mit *wir vier* meint, taucht Callies Kopf über Maggies Schulter auf. »Ich bin heute Abend auf Ems Abschlussfeier. Das hab ich dir doch gesagt.«

Maggie sieht kurz ihre Tochter an, dann wieder mich. »Na ja, es war ein langer Tag, und es ist zu heiß zum Kochen, also bist du herzlich eingeladen, mit Rick und mir essen zu gehen.«

Rick Greenwood hat in all den Jahren, in denen ich ihn kenne, vielleicht zehn Worte mit mir gewechselt. Das ist sicherlich nicht persönlich gemeint, er ist einfach so. Ein stiller Typ, die Art von Mann, der von der Arbeit nach Hause kommt und sich eine Runde Online-Poker gönnt. Der bei Callies Tambourstock-Twirling-Wettbewerben mit versteinerter Miene unter den Zuschauern saß und jedes Mal seufzend wegsah, wenn die Darbietung irgendeine Art von Arschgewackel beinhaltete.

»Sie kann mit mir mitkommen«, meint Callie. Als sie merkt, dass wir sie beide sprachlos anstarren, zupft sie am Ende ihres Pferdeschwanzes herum. »Ich meine, wenn sie will.«

Ich weiß nicht, ob ich dankbar sein sollte, dass Callie mir anbietet, mich vor dem unangenehmsten Dinner aller Zeiten zu retten, oder genervt, weil sie mir dabei nicht mal in die Augen sehen kann.

»Tessa kennt Emily«, fügt sie hinzu, als sie Maggies skeptischen Blick bemerkt. »Als Kinder waren sie befreundet.«

»Ich bin aber nicht eingeladen«, werfe ich ein. Beide sehen mich an, als hätten sie ganz vergessen, dass ich direkt vor ihnen sitze.

»Bei so was kann jeder kommen.« Callie scheint davon auszugehen, diese Tatsache sowohl Maggie als auch mir erklären zu müssen. »Vermutlich ist die Hälfte der Leute, die dort auftauchen, nicht eingeladen.«

Maggies Augenbrauen bilden ein V. »Das klingt aber nicht gut.«

»Mom, Emilys Eltern schmeißen die Party für sie«, meint Callie. »Das wird kein Saufgelage oder so was. Ich will, dass Tessa mitkommt.«

Ihr Blick weicht dabei nach rechts aus. Also will sie nicht wirklich, dass ich mit ihr dort hingehe. Warum zum Teufel tut sie dann so als ob?

So oder so, ich möchte genauso wenig zu dieser Party gehen, wie Callie mich dabeihaben will. Am liebsten würde ich hierbleiben – damit ich mich wieder an den Computer der Greenwoods setzen und die erste Spur weiterverfolgen kann, die ich seit Jahren von meiner Schwester habe. Aber ich kenne Maggie: Sie würde mich nie allein hier zurücklassen.

Ich schlucke und sehe sie an. »Vielleicht geh ich dann mit auf die Party. Wenn das okay ist.«

Mir entgeht nicht, wie sich ihre Mundwinkel leicht nach unten biegen, bevor sie sich wieder unter Kontrolle hat. »Natürlich. Aber passt auf euch auf, ja?«

Callie verdreht die Augen. »Ich schick dir 'ne Nachricht, sobald wir dort sind.«

Lächelnd wünscht Maggie uns viel Spaß und erinnert uns daran, die Haustür abzuschließen, wenn wir gehen. Daraufhin nickt Callie mir seltsam zu, als wolle sie sagen: *Okay, also dann,* bevor sie in ihrem Zimmer verschwindet.

Ich blicke an meinem Sweatshirt hinab. Auf dem Ärmel entdecke ich einen Fettfleck von dem Grillkäse, den Maggie mir zu Mittag gemacht hat. Aber es muss trotzdem irgendwie gehen – ich habe keine Wechselklamotten für die kühleren Temperaturen am Abend. Wahrscheinlich wird es sowieso so dunkel sein, dass niemand es sieht.

Als Callie wieder im Türrahmen erscheint, binde ich gerade meine Haare zu einem frischen Knoten. »Fertig?«

Nein. »Ja.« Nun trägt sie eine Jeans, die noch tiefer auf den Hüften sitzt, und eine folkloristisch aussehende Bluse. Ich kremple die Bündchen meines Sweatshirts hoch, um den Fettfleck zu verstecken, und folge ihr nach unten.

»Sollten wir nicht wenigstens eine Karte oder so was mitbringen?« Ich zeige auf Callies leere Hände, als sie die Haustür hinter uns absperrt.

Sie geht an mir vorbei ein Stück die Einfahrt hinunter. »Das ist gar keine Party.«

»Klang aber vorhin ziemlich überzeugend.«

In der Windschutzscheibe von Maggies Minivan spiegelt sich ihr Gesicht. Sie wirkt genervt.

»Willst du etwa lieber den ganzen Abend bei mir zu Hause in der Depri-Bude rumhocken?« Sie schließt das Auto auf, und wir steigen ein.

Callie hat nicht die leiseste Ahnung, was deprimierend ist. Grams Haus ist vollgestopft mit Aschenbechern und Klatschzeitschriften aus der Zeit von Prinzessin Dianas Tod. Aber ich beantworte ihre Frage nicht, und sie hakt auch nicht nach. Callie fährt Richtung Hauptstraße, an den Ampeln tue ich so, als würde ich die Schilder und Plakate studieren. Eines wirbt für einen Gruselspaziergang hinter der Feuerwache – zu Halloween, das ist neun Monate her.

Als Callie sich räuspert, gebe ich die Hoffnung auf, die restliche Fahrt schweigend verbringen zu können. Sie sieht aus, als würde sie gleich ohnmächtig werden.

»Das war wirklich nicht persönlich gemeint.« Sie umklammert das Lenkrad so fest, dass ihre Nagelbetten weiß werden. »Ich meine, wie ich mich verhalten habe, als du weggezogen bist … Es war einfach hart für mich.«

Wenn ich nicht so feige wäre, würde ich sie fragen, was genau ihrer Ansicht nach für mich einfacher war. Dass meine Mutter mich im Stich gelassen hat? Bei einer Frau einzuziehen, der ich noch nie zuvor begegnet war?

»Ist alles lange her«, sage ich bloß.

Sie nimmt eine Hand vom Lenkrad, um sich eine Haarsträhne hinters Ohr zu streichen. Ihre Finger verweilen dort, als könnte sie nicht anders. Fast tut sie mir leid. Aber nicht wirklich.

»Hast du mich gefragt, ob ich mitkomme, damit ich nicht allein mit deiner Mom bin?«, erkundige ich mich. »Hast du Angst davor, worüber ich mit ihr reden könnte?«

Callie lässt die Hand in den Schoß sinken. »Es gibt nichts, was du meiner Mom erzählen könntest.«

Die Unsicherheit, die eben noch in ihrer Stimme lag, ist verschwunden. Ich bohre einen Finger durch ein Loch in meiner Jeans.

»Der Prozess hat meine Familie fast zerstört«, fährt Callie leise fort. »Meine Mom hat sich jahrelang Vorwürfe gemacht – sie meinte, wenn sie und mein Dad an diesem Abend nicht ausgegangen wären, würde Lori vielleicht noch leben.«

Pathos. Diesen Begriff habe ich letztes Jahr in meinem Rhetorikkurs gelernt. *Pathos* ist ein Appell an die Gefühle des anderen. Callies Botschaft ist deutlich: Wenn ich versuchen würde, Dinge aufzuwühlen, die seit dem Prozess begraben wurden, würde ich den Greenwoods nur noch mehr Schmerz bereiten.

Ich würde *Maggie* Schmerz zufügen. Maggie, die mich in jener Nacht an der Tankstelle abgeholt und davor bewahrt hat, in eine Pflegefamilie abgeschoben zu werden. Maggie, die immer ein zweites belegtes Brot in Callies Frühstücksdose gepackt hat, für den Fall, dass mein Vater das Geld fürs Mittagessen aus meiner Jackentasche gestohlen hatte, während ich schlief.

Ich halte den Blick auf den Punkt am Horizont gerichtet, wo die Sonne verschwindet. Während ich mir eine widerspenstige Locke aus der Stirn streiche, denke ich an Lori Cawley und ihre Hände, die immer nach Fliederlotion geduftet haben. Ich stelle mir ihren Körper vor, aufgedunsen vom Flusswasser und farblos, abgesehen von dem Ring aus blauen Würgemalen um ihren Hals. *Das kann nur das Werk eines Monsters sein,* hatte der Staatsanwalt gesagt und auf die Leichenfotos der Opfer gezeigt, die für die Jury nebeneinander aufgereiht waren. Das unangenehme Gefühl in meinem Bauch ist wieder da.

Nicht zum ersten Mal verspüre ich einen Anflug von Neid auf Wyatt Stokes. Denn zumindest wenn er schuldig ist, muss er nicht mehr ewig mit sich leben.

Bei der Party, die keine ist, handelt es sich um ein Lagerfeuer am Stadtrand, auf der anderen Seite des Highways gegenüber einer Wohnwagensiedlung, wo mein Vater ab und zu mit seinen Kollegen Poker gespielt hat. Wir parken in kniehohem Gras und folgen einem ausgetretenen Trampelpfad, bis wir eine Wiese erreichen. Im Schein des Feuers kann ich in der Ferne eine Scheune erkennen. Die Unterhaltungen rund um das Feuer verstummen nach und nach, als sich alle nach den Neuankömmlingen umdrehen.

Ein Mädchen mit einer braunen Papiertüte in der Hand geht als Erste auf uns zu. »Ich dachte schon, du kommst nicht mehr.« Sie beugt sich vor, um Callie einen Kuss auf die Wange zu geben. Instinktiv zucke ich zurück, weil ich mit derselben Begrüßung rechne. Doch offensichtlich täusche ich mich. Stattdessen tritt sie einen Schritt zurück. Ihre braunen Haare gehen auf Schulterhöhe in Blond über.

»Heilige Scheiße«, haucht sie. »Tessa?«

Ich sehe zu Callie hinüber, deren Blick zu sagen scheint: *Was zum Teufel schaust du mich so an?* Also räuspere ich mich und nicke. Abgesehen von ihren Haaren sieht Sabrina Hayes noch genauso aus wie früher. »Hallo, Sabrina.«

Am Feuer beugt sich jemand zu seinem Nachbarn rüber und murmelt meinen Namen. Ich zähle sieben Leute, die auf Campingstühlen sitzen oder auf Kisten hocken. Ein Typ mit einer Steelers-Kappe dreht sich um, um mich anzusehen. Er nimmt einen Schluck von seinem Bier und dreht sich wieder weg, anscheinend wenig beeindruckt.

Sabrina neigt den Kopf Callie zu. »Deshalb habe ich dich also das ganze Wochenende nicht erreicht.«

Ein Kerl mit über den Kopf gezogener Kapuze taucht aus dem Dunkeln auf. Er bleibt neben Callie stehen, schlägt die Kapuze zurück und fährt sich über die kurzen Haare. »Sie war für niemanden zu erreichen. Miss College ist sich jetzt zu fein für uns.«

Callies Mund wird zu einer schmalen Linie. Der Kerl grinst. Mit der Schulter stupst er Callie an – eine Geste, die seltsam intim wirkt. Dann begreife ich plötzlich: Callie hat mit diesem

Typen geschlafen. Ryan Elwood, der in der Pause immer Fußball gespielt hat, während Callie, Ariel und ich wilde Frühlingszwiebeln aus der Erde zogen und so taten, als würden wir Suppe daraus kochen.

Ryan hatte früher einen blonden Wuschelkopf mit Pilzschnitt und ein rundes Gesicht. Inzwischen ist er schlank und hat an den männertypischen Stellen Muskeln angesetzt, aber er verhält sich immer noch wie ein unbeholfener Junge. Zum Beispiel kann er mir nicht in die Augen sehen, als er mit einem Nicken meint: »Hi, was geht?«

Sabrina will Callie die Papiertüte reichen, doch Callie schüttelt den Kopf. »Hab mir selbst was mitgebracht.«

Dann wandern wir alle zum Lagerfeuer rüber, wobei Callie sich etwas abseits hält. Sie zieht einen Flachmann aus der Handtasche und schraubt ihn auf. Einen richtigen Flachmann. Ich dachte, so was gibt es nur in alten Western. Als Sabrina mir die Tüte mit den kleinen Schnapsfläschchen anbietet, schüttle ich den Kopf. Einer muss uns ja heil wieder zurückbringen.

Ryan sieht mich an und deutet mit dem Kopf in Richtung eines umgedrehten Milchkastens, als wolle er mir signalisieren, dass ich mich ruhig setzen kann. Ich hocke mich neben ein Mädchen in Jeans-Shorts und Cowboystiefeln. Sie streckt ihre langen, gebräunten Beine aus und richtet sich auf, um mich zu mustern. »Ich kann echt nicht glauben, dass du das bist«, sagt sie, ein bisschen ehrfürchtig.

Ich erwidere Emily Raymes' zaghaftes Lächeln. Sie trägt ein Piercing in ihrer Unterlippe, und die glatten, goldenen Haare, auf die ich einst so neidisch war, sind jetzt platinblond gebleicht und an den Enden ausgefranst. Sie nippt an ihrem Bier. »Ich will ja nicht unfreundlich klingen oder so, aber was machst du hier?«

Ich drehe eine ungeöffnete Bierdose, die mir jemand gereicht hat, zwischen den Händen hin und her. »Meinen Dad besuchen.«

Emily nickt höflich, und ich weiß nicht, ob sie sich daran erinnert, dass ich die mit dem Vater im Knast bin. Ich beschließe, niemandem zu sagen, dass er tot ist. Auch wenn es sich hier nicht um Emilys Abschlussfeier handelt, ist garantiert irgendjemand da, für den dieser Abend wichtig ist, der denkt, dass das Leben kaum Besseres zu bieten hat, als unter einem wolkenlosen Sommerhimmel zu sitzen und sich vom Alkohol wärmen zu lassen. Da will ich nicht die Spaßbremse sein.

»Hat irgendjemand was von Ari gehört?«, fragt Emily in die Runde und wirkt, als suche sie dringend nach einem Grund, nicht weiter mit mir reden zu müssen. Callie und Sabrina setzen sich Rücken an Rücken auf den letzten freien Milchkasten, damit sie beide draufpassen.

Callie senkt den Blick. Diese Geschichte habe ich mir – da ich lediglich ihr Facebook-Profil als Grundlage hatte – nie zusammenreimen können: Warum sie und Ariel Kouchinsky nicht mehr miteinander sprechen.

Kurz nach meinem Umzug nach Florida hat Ariel mir ein paar Briefe geschrieben. Blumenverzierte Umschläge mit so vielen Disney-Stickern darauf, dass der Postbote meine Adresse kaum noch lesen konnte. Ariels Eltern erlaubten ihr nicht, mich anzurufen – ihr Vater war ein echt mieser Typ, der uns immer anmotzte, wir sollten gefälligst nach draußen verschwinden und Fahrrad fahren.

Vor einem Jahr oder so fiel mir auf, dass Callie mit Ariel auf Facebook nicht mehr befreundet war. Oder vielleicht war es auch andersherum.

»Du hast Ari eingeladen?« Sabrina zieht an der Zigarette, deren Ende zwischen ihren Fingern orange aufleuchtet. »Ist doch irgendwie komisch.«

»Mir ist das egal.« Es ist nicht Callie, die das sagt, sondern dieser Typ mit der Steelers-Kappe. Der, den ich nicht kenne. Hier am Feuer kann ich sein Gesicht besser sehen. Es ist breit, mit rotbraunen Bartstoppeln am Kinn. Er wirkt irgendwie massiger als die meisten Kerle aus Fayette, und sein breiter Mund lächelt nicht.

Dann merke ich, dass ich ihn doch von irgendwoher kenne – und zwar von Aris Fotos, bevor sie ihren Account vor ein paar Monaten gelöscht hat. Dieser Kerl ist ihr Freund. Oder *war* es. Zumindest sah es danach aus.

Er zerdrückt seine Bierdose und wirft sie in die Flammen. Emily neben mir checkt ihr Handy, die Lippen besorgt zusammengekniffen.

»Hast du überhaupt irgendwas von ihr gehört, Nick?«, fragt sie ihn. Er zuckt mit den Schultern.

»Ihr Alter hat heute Morgen bei mir gegen die Tür gehämmert und wollte wissen, ob sie bei mir wohnt«, meint er. »Wahrscheinlich hat sie die Fliege gemacht.«

Emily runzelt die Stirn. »Wo*hin* denn?«

»Scheiße, woher soll ich das denn wissen?« Nick macht sich ein frisches Bier auf und lehnt sich in seinem Adirondack-Sessel zurück. Mir kommt der Gedanke, dass dies hier seine Farm sein könnte, und ich fühle mich noch mehr wie ein Eindringling.

Als er bemerkt, dass ich ihn anstarre, wird mein Gesicht so rot und heiß, dass ich das Gefühl habe, gleich zu Asche zu zerfallen. Schnell schaue ich ins Feuer.

»Hoffentlich ist alles okay mit ihr«, murmelt Sabrina. Callie blickt immer noch zu Boden und biegt dabei die Spitze ihres Flipflops um. Als sie loslässt, schnalzt das Gummimaterial gegen ihre Fußsohle.

»Ihr wisst doch, wie sie immer redet.« Nick nimmt seine Kappe ab und knetet sie zwischen den Händen. »Dass sie abhauen will und sich eine eigene Bleibe suchen.«

Ariel ist das zweitälteste von fünf Kindern. Ihre Schwester

Katie ist nur zehn Monate jünger als sie. Die beiden haben ununterbrochen gestritten. Einmal haben Callie und ich sie besucht, um uns den Hund anzuschauen, der Aris Vater von der Arbeit auf einer Baustelle bis nach Hause nachgelaufen war. Ari und Katie haben so lange gestritten, wie er heißen soll, bis beide am Heulen waren. Als Mr. Kouchinsky die beiden so laut zanken hörte, nahm er sein Gewehr vom Kaminsims und ging nach draußen, wo der Hund angebunden war. Ari klammerte sich an seine Hosenbeine und brüllte, bis Mrs. Kouchinsky kommen und sie losreißen musste.

Als ihr Vater zurück ins Haus kam, sagte er, es wäre ein Gnadentod gewesen, weil der Köter fast verhungert und mit Flöhen und Milben verseucht war. Wir haben uns alle auf dem Sofa aneinandergeklammert und hysterisch geheult, doch Mr. Kouchinsky ging an uns vorbei, als wären wir Luft.

Ich konnte gut verstehen, dass Ariel weglaufen wollte. Manchmal denke ich, ich hätte das auch getan, wenn ich in Fayette hätte bleiben müssen. Wäre in die Fußstapfen meiner Schwester getreten. Aber ich würde mir etwas vormachen, wenn ich glaubte, ich könnte allein überleben so wie Jos.

Meine Schwester konnte die Leute so lange zulabern, bis sie zum Abendessen eingeladen wurde, während ich mit aufgesprungenen Lippen winselte, dass ich Hunger hätte und Käsemakkaroni wollte. Wenn Joslin vom Fahrrad fiel, stieg sie sofort wieder auf, während ich wegen eines aufgeschlagenen Knies jammerte. Bis zum heutigen Tag blieb ich lieber hungrig oder ernährte mich von Kartoffelchips, als den Mut aufzubringen, den Drive-in zu nutzen, aus Angst, dabei etwas falsch zu machen.

Ari würde niemals allein klarkommen, denke ich. Sie war noch hilfloser als ich und brach schon in Tränen aus, wenn sie ihre Lunchtüte im Bus vergessen hatte. In der ersten Klasse stellte unsere Lehrerin eine Schachtel Taschentücher auf Aris Tisch, weil Ari ständig vergaß, sich die Nase zu putzen, und ihr dann der Rotz übers Gesicht lief, während sie die Buchstaben im Schreibübungsheft nachfuhr.

Ich spüre einen Schmerz in der Brust und wünsche mir, sie wäre jetzt hier. Würde sich mit ihren knochigen Fingern mit den abgekauten Nägeln an mich klammern.

»Ari hätte mir doch was gesagt, bevor sie abgehauen wär.« Emily zieht die Lasche ihrer Bierdose auf, zuckt ein bisschen und schiebt sich den eingerissenen Daumennagel zwischen die Lippen.

Als Ryan sich einmischt, fällt mir auf, dass auch er sein Bier nicht trinkt. »Mein Onkel hat jedenfalls nichts erwähnt. Wenn es was Ernstes wäre, hätten ihre Eltern sie doch als vermisst gemeldet.«

Ein Bild taucht in meinem Kopf auf: ein Foto auf der Titelseite der Lokalzeitung. Officer Jason Elwood, in Uniform, als einer der Sargträger bei Harvey Elwoods Beerdigung. Ryans Vater. Er war Feuerwehrmann gewesen und zusammen mit vier weiteren Männern gestorben. Ein Großbrand in einer verlassenen Lagerhalle. Fast die Hälfte von Fayettes Feuerwehrmännern war in weniger als einer Stunde ums Leben gekommen. Ryan war damals fünf Jahre alt.

Sein Onkel Jay hatte mit Lori Cawleys Fall nichts zu tun, aber er kam zur Gerichtsverhandlung, um die Beamten zu unterstützen, die aussagen mussten. Die gesamte Polizeibelegschaft war erschienen.

Ryan wirft Callie einen kurzen Blick zu. Irgendetwas an der Art, wie er sie ansieht, löst einen kleinen Stich der Eifersucht in mir aus. Danny, Joslins Freund, hat meine Schwester auch so angesehen.

»Du liebst ihn mehr als mich«, hatte ich eines Nachts gejammert, als Jos unter die Decke gekrochen kam, nachdem sie bis spät am Abend fort gewesen war. Sie roch nach Schweiß und Zigaretten und noch etwas anderem, das ich nicht einordnen konnte. Ich erwartete, dass sie mich kneifen und mir sagen würde, sie würde mich immer am liebsten mögen, doch stattdessen zischte sie: »Lass das. Du klingst wie Mom.« Dann drehte sie sich zur Wand.

Ich hatte immer geglaubt, dass das der erste Riss gewesen war, der Beginn der Kluft, die sich zwischen uns auftat. Aber jetzt denke ich, dass es noch früher angefangen haben muss – als sie meinen Vater verhaftet hatten und ich auf einmal nicht mehr allein schlafen konnte, ohne hysterisch vor Angst aufzuwachen. Jos fand es wahrscheinlich lächerlich, dass ich bei ihr im Bett schlafen musste.

Genauso wie es Callie jetzt ankotzt, mich an der Backe zu haben.

Rings um das Lagerfeuer nehmen die Leute wieder ihre Unterhaltungen auf. Neben mir flüstert Callie Sabrina zu: »Ich kann mir einfach nicht vorstellen, dass Ari einfach so weglaufen würde.«

»Echt jetzt? Und wenn *wir* nicht aufs College gehen würden, sondern den Rest unseres Lebens hierbleiben müssten?«

Callie zieht die Knie an die Brust. »Das will ich mir gar nicht vorstellen.«

»Musst du ja auch nicht«, meint Sabrina. »Nicht mal mehr zwei Monate, Babe. Dann können wir dieses Loch hier für immer hinter uns lassen.«

Da blickt Callie schließlich auf. Und sieht mich direkt an. Ich weiß genau, was sie denkt.

Solange Tessa nicht alles versaut.

5

Maggie spült gerade Geschirr ab, als ich am nächsten Morgen die Treppe herunterkomme. Als sie sich zu mir umdreht und ihren Schwamm sinken lässt, wird mir elend zumute. Sie und Rick waren schon im Bett, als wir am Abend zuvor zurückkamen. Hat sie gemerkt, dass ich ihren Minivan gefahren habe, weil Callie komplett dicht war?

Sie lächelt. »Ihr zwei – ich bin so froh, dass ihr endlich ein bisschen Zeit zusammen verbringen konntet. Hattet ihr Spaß?«

»Klar«, schwindle ich. »Macht es dir was aus, wenn ich eine Runde spazieren gehe? Ich würde gerne ein paar Leuten Hallo sagen.«

»Aber natürlich nicht.« Sie trocknet sich die Hände an einem Lappen ab und dreht den Hahn zu. »Soll ich dich fahren?«

»Nein danke«, sage ich. »Ich muss mal ein bisschen allein sein, wenn das okay ist.«

Maggie nickt gedankenverloren. Alles wäre so viel leichter, wenn ich einfach fragen könnte, ob ich den verdammten Computer benutzen darf. Ich weiß, daran muss ich echt arbeiten.

Dabei befürchte ich nicht einmal, dass Maggie Nein sagen könnte. Natürlich würde sie das nicht. Aber es ist mir schon immer besonders schwergefallen, Dinge von Menschen anzunehmen, die mir alles geben würden.

Von *einem* Menschen, korrigiere ich mich.

Bis zur Bücherei sind es vom Haus der Greenwoods zwanzig Minuten zu Fuß, außerdem habe ich sowieso keinen Ausweis, um die Computer dort benutzen zu dürfen. Der Copyshop in der

Main Street, der mit Internetzugang wirbt, ist viel näher, also mache ich mich auf den Weg dorthin.

Mit der Schulter drücke ich die Tür auf. Hinten im Laden klingelt eine Glocke. Vorn gibt es einen Computer und darüber hängt ein laminiertes Schild, auf dem steht: NUR ZUM DRUCKEN!!! Doppelt unterstrichen und fett. Das ist echt zum Kotzen und weckt in mir sofort den Drang, das Schild zu ignorieren.

Bei Google bekomme ich zwei Ergebnisse für Brandy Butler. Eines ist die Facebook-Seite einer Dame mittleren Alters in Delaware, die eindeutig nicht meine Schwester ist. Jos müsste inzwischen sechsundzwanzig sein.

Das andere ist ein Archiveintrag für einen Autokredit. Jemand mit dem Namen Brandy Butler hat ihn vor vier Jahren beantragt, und zwar in einer Stadt namens Catasauqua. Ich suche nach *»von Catasauqua nach Fayette«* und stelle enttäuscht fest, dass Catasauqua kurz hinter Allentown liegt – ungefähr fünf Autostunden entfernt. Noch länger in einem Greyhoundbus. Als ich gerade den Busfahrplan aufrufe, taucht ein haariger Arm oben über dem Bildschirm auf. Sein Besitzer, ein untersetzter Mann in einem schweißfleckigen Polohemd, starrt mich an.

»Der Computer ist nur zum Drucken da«, grunzt er.

Ich schlucke und halte den Blick auf die Suchergebnisse gerichtet. Der letzte Greyhoundbus nach Allentown fährt in einer Viertelstunde, von einer Haltestelle, die eine halbe Stunde von hier entfernt liegt.

»'tschuldigung.« Ich schließe die Fenster und rutsche hastig vom Hocker.

»He!« Der Typ folgt mir nicht, aber ich renne trotzdem weiter.

Er kam mir irgendwie bekannt vor. Erst als ich einige Straßen vom Copyshop entfernt bin, beschließe ich, ihn nicht zu kennen. Hier sehen einfach alle gleich aus.

Jetzt, wo ich nur noch einen knappen Tag in Pennsylvania sein werde, weiß ich, dass meine Schwester höchstwahrscheinlich hier im Bundesstaat wohnt. Jahrelang dachte ich, sie säße irgendwo in den Colorado Mountains oder in einer Strohhütte auf Maui, und nun ist sie *hier*.

Es kommt mir vor, als würde das Universum mich an der Nase rumführen – bis ich mich daran erinnere, dass es, selbst wenn ich den Bus rechtzeitig erwischt hätte, fast unmöglich gewesen wäre, meine Schwester in der kurzen Zeit bis zu meinem Abflug in einer Stadt mit mehr als fünftausend Einwohnern zu finden. Ich biege in die Gasse zwischen der Pizzeria und einem Zigarettenladen ab, den es vor acht Jahren noch nicht gab, während meine Gedanken weiter um meine Schwester kreisen. Niemand hier in Fayette war überrascht, als Jos sich aus dem Staub machte. Sie war wie ein Model aus einem Hochglanzmagazin in einem Meer von Mädchen mit schiefen Zähnen und flachen Brüsten. Keine Mutter wollte Jos in der Nähe ihrer Söhne haben. Oder ihrer Ehemänner. Sie schmiss die Schule vor dem Abschluss, ein paar Monate bevor sie verschwand. Es gab Gerüchte, dass sie schwanger sei, dass unsere Mutter sie rausgeschmissen hätte oder beides.

Und jetzt ist sie wieder da. Es ist egal, dass sie mich nicht sehen will. Sie hat die Antworten, die ich brauche, und ich werde nie wieder so dicht an ihr dran sein. Dieses Mal darf sie mir nicht entwischen.

Ich kann nicht in dieses Flugzeug steigen.

Maggie hat gesagt, ich darf so lange bleiben, wie ich möchte. Aber mit Callie in der Nähe scheint das keine brauchbare Option. Das Lagerfeuer gestern Abend hat mir gezeigt, dass ich eindeutig nicht hierher gehöre. Ich bin von Fremden umgeben und auf der Suche nach Joslin, die vielleicht schon lange wieder weg ist.

Ich überquere die Hauptstraße und bleibe dann abrupt auf dem Gehweg stehen, als ich sie sehe.

Polizeistreifen. Drei Fahrzeuge, direkt vor einem blauen Stadthaus mit baufälliger brauner Veranda. Auf dem Rasen davor liegen ein Roller und ein Fußball.

Ich kenne dieses Haus. Manchmal, wenn ich einen streunenden Hund sehe, höre ich immer noch den Schuss und Ariels Geheul.

Eine Gruppe Jugendlicher hat sich an der Ecke gegenüber von Kouchinskys Haus versammelt. Da ich die Gesichter der Jungs nicht richtig sehen kann, weiß ich nicht, ob ich sie kenne. Beziehungsweise *kannte*.

»Halt die Klappe, Mann«, sagt einer von ihnen.

Ein anderer, ein Rothaariger, lehnt sich an sein Fahrrad. »Ich schwör dir, sie ist es.«

»Wer ist was?«

Die Jungs drehen sich um und starren mich an, als wäre ich eine Außerirdische. Der Typ mit den schwarzen Haaren, der wollte, dass der Rotschopf die Klappe hält, ist Decker Lucas. In der Grundschule musste ich immer neben ihm sitzen, weil er im Alphabet direkt nach mir kam. Decker bekam immer wegen irgendetwas Ärger: weil er seine Turnschuhe zu Hause liegen lassen oder ein Wurstbrot übers Wochenende in seinem Pult vergessen hatte.

Er hat sich nicht sehr verändert, mit Ausnahme seines Gesichts. Irgendetwas fehlt. *Die Brille.* Mit großen blauen Augen blinzelt er mich an, während ihm die Kinnlade runterfällt. Er sieht aus wie eine lebendig gewordene Comicfigur. »Boah. Tessa Lowell.«

»Was ist bei den Kouchinskys passiert?« Ich spiele an dem Loch im Hosenbein herum, damit meine Finger etwas zu tun haben. Wenn ich damit weitermache, ist es irgendwann so weit aufgerissen, dass ich gleich nackt gehen kann. Aber ich kann trotzdem nicht aufhören. Der Anblick all dieser Polizisten macht mich nervös.

»Ariel ist verschwunden.« Der Rothaarige spuckt auf den Gehweg, während seine glänzenden kleinen Augen mich von oben bis unten mustern. »Die Bullen in Mason haben heute Morgen eine Leiche gefunden.«

»Sie wissen aber nicht, wer es ist«, unterbricht ihn Decker. »Es könnte irgendwer sein. Irgendein Rentner oder so.«

Auf einmal bekomme ich nicht mehr richtig Luft. Ich sehe wieder vor mir, wie sie sich an das Bein ihres Vaters klammert.

Ich sehe die Prinzessinnensticker auf den lilafarbenen Briefumschlägen. *Schreib zurück!!*

»Wo in Mason wurde die Leiche gefunden?«, presse ich heraus. »Nicht in der Nähe der Interstate 70, oder?«

Deckers Freund, der Rotschopf, zuckt mit den Schultern und springt auf sein Skateboard. Er wippt darauf vor und zurück, während wir stumm auf das Haus der Kouchinskys starren.

Einen Moment später kommt Bewegung auf die Veranda. Ein uniformierter Beamter führt eine gebrechlich wirkende Frau mit grauen Haaren zur Hollywoodschaukel. Ariels Mutter. Sie ist so viel kleiner und dünner als früher, als hätte die Zeit an ihr genagt.

Sie bricht in den Armen des Polizisten zusammen und stößt einen gellenden Schrei aus. Hinter ihr spähen zwei kleine Gesichter durchs Fenster.

Der Rothaarige spuckt wieder aus und positioniert sein Skateboard so, dass er nicht über den nassen Fleck fährt. »Klingt nicht so, als wäre es irgendein Unbekannter.«

6

Als das Haus der Greenwoods schließlich in Sicht kommt, ist mein Sweatshirt am Rücken durchgeschwitzt und meine Nase sonnenverbrannt. Den Großteil des Weges bin ich gerannt, weil ich so schnell wie möglich herausfinden will, ob es stimmt.

Ich höre eine Fliegengittertür zuschlagen. Callie kommt die Verandastufen heruntergepoltert, ohne mich auf dem Gehweg zu bemerken. Auf halber Höhe bleibt sie auf der Auffahrt stehen und vergräbt ihr Gesicht in den Händen. Mir wird elend zumute.

Es stimmt, und Callie hat es in der Viertelstunde erfahren, die ich für den Rückweg gebraucht habe.

Sie dreht sich um und geht in Richtung Garten, bevor ich nach ihr rufen kann. An den Briefkasten gelehnt versuche ich, zu Atem zu kommen. Es fühlt sich an wie eine Million Nadelstiche in meiner Lunge.

Bei der Party gestern Abend dachten alle, Ariel wäre abgehauen. Vielleicht starb sie genau zu der Zeit, als wir um das Lagerfeuer herum saßen.

Als sich meine Atmung schließlich beruhigt, folge ich dem Zaun seitlich am Haus entlang. Callie hat das Tor offen gelassen.

Sie sitzt im Gras, das Gesicht in den Händen vergraben. Ich muss husten, damit sie mich hört, und als sie mich entdeckt, werden ihre Wangen rot. »Was willst du?«

»Ist Ariel tot?«

Mit einer einzigen, heftigen Bewegung reißt sie eine Handvoll Gras ab und lässt dann die Halme durch ihre Finger rieseln. »Sie müssen die Leiche erst noch identifizieren lassen, aber, ja, sie ist es.«

Leiche. Ich stelle mir Ariel vor, weggeworfen neben einer Leitplanke. Ariel mit ihren aufgeschürften Ellbogen und Knien, weil sie immer vom Rad gefallen ist, und ihrem rosafarbenen Mund, der nach künstlichen Erdbeeren roch, wegen des Lippenpflegestifts, den sie benutzte und in der Hosentasche bei sich trug, damit ihre Schwester ihn ihr nicht klauen konnte.

Schlagartig wird mir klar, dass ich mir Ariel so vorstelle, wie sie vor zehn Jahren war. Mein Magen zieht sich zusammen. »Wie ist sie gestorben?«

»Weiß nicht.« Callies Gesicht ist immer noch dunkelrot. Ich erwarte, dass sie ausflippt, heult, *irgendetwas* tut, aber stattdessen holt sie nur tief Luft. Dann sieht sie mich direkt an. »An der Highschool gibt es heute Abend eine Mahnwache. Vielleicht willst du ja auch kommen.«

Die böse Tessa will Nein sagen. Wenn jemand so jung stirbt, versammeln sich eine Menge Leute, und in aller Regel meide ich Orte, wo sich viele Leute versammeln. In solchen Situationen sind entweder alle völlig fertig oder krankhaft neugierig. Ich weiß nicht, was schlimmer ist. Ich hatte zu Ari schon seit Jahren keinen Kontakt mehr.

Aber sie war einmal meine Freundin, und Maggie wäre enttäuscht von mir, wenn ich nicht hingehe. Aus irgendeinem Grund ist das wichtig. Vielleicht, weil ich nicht mehr viele Menschen habe, die ich enttäuschen könnte.

Wir stecken in einer Schlange von Autos vor dem Parkplatz fest. Fayette High ist eine kleine Schule. Weniger als hundert Kinder gingen auf meine Grundschule. Ungefähr zu der Zeit, als ich wegzog, fingen die Leute an, Panik wegen der großen Zahl von

Schulabbrechern zu schieben, und engagierten sich für die Wiedereinführung von Berufsvorbereitungsprogrammen.

Maggie auf dem Beifahrersitz blickt starr geradeaus, auf dem Schoß einen Laib Zucchinibrot. »Vielleicht setzen wir euch beide auch einfach nur ab. Daddy und ich können uns eine Weile zu Ruth gesellen und euch dann später wieder abholen.«

Daraufhin schnallt Callie sich ab und steigt wortlos aus dem Wagen. Maggie wirft mir über die Schulter einen hilflosen Blick zu. Wenn Rick nicht da wäre, würde ich ihr sagen, was mich beschäftigt. Nämlich dass ich glaube, herausgefunden zu haben, wo meine Schwester wohnt, und dass ich noch ein paar Tage in Pennsylvania brauche, um Gewissheit zu haben.

Stattdessen danke ich ihr fürs Mitnehmen und folge Callie, die mir bereits ein gutes Stück voraus ist.

»He«, rufe ich. »Du bist aber ziemlich scheiße zu deiner Mom.«

Callies Schultern verkrampfen sich, aber sie bleibt nicht stehen. Als ich sie einhole und sie seufzt, rieche ich etwas Säuerliches.

»Weiß sie, dass du ein Alkoholproblem hast?«, frage ich.

»Das klingt wie aus einer Broschüre.«

Kurz vor dem Eingang zur Sporthalle bleibt sie plötzlich stehen. Ihre geschäftsmäßige Miene verdüstert sich. »Ich kann da noch nicht rein.«

»Okay.« Wir treten zur Seite, um den Leuten hinter uns den Weg frei zu machen. Ich ziehe an den Ärmeln meines Sweatshirts, das immer noch nach dem Rauch vom Lagerfeuer riecht.

Callie verschwindet um die Ecke des Gebäudes, Richtung Aula, wo am Ende des Schultages die Busse warten. Als ich ihr folge, protestiert sie nicht.

Hinten auf dem Busparkplatz steht eine alte Eiche, darunter drei Typen. Selbst aus der Ferne kann ich die Rauchfäden aus ihren Nasen aufsteigen sehen. Beim Näherkommen entdecke ich Nick, den Steelers-Kappen-Typ von gestern Abend. Im Mondlicht ist sein Gesicht gespenstisch weiß. Seine Augen sind blutunterlaufen.

»Was für eine Scheiße, Mann«, sagt er und bietet Callie seinen Joint an.

Kopfschüttelnd schlingt sie die Arme um die Brust. »Was hast du sonst noch?«

Nick greift in seine Tasche und zieht eine etikettlose Flasche mit bernsteinfarbenem Inhalt heraus. Callie greift danach, bevor ich meine Meinung darüber loswerden kann, wie unvernünftig es ist, Getränke anzunehmen, die nicht vertrauenswürdig aussehen. Die Meinung deckt sich ziemlich mit der, was das Treffen von Menschen auf dunklen Parkplätzen angeht.

Callie schraubt den Deckel ab und schnuppert. »Was ist das?«

»Stärker als alles, was du hast«, meint Nick. Callie leert die halbe Flasche in einem Zug, bis er die Hand danach ausstreckt und sie ihr aus dem Mund zieht.

»Hey, hey, mach mal langsam«, sagt er.

Callie wischt sich mit dem Handrücken die Lippen ab. »Du hast das gute Zeug doch mitgebracht.«

»Hm, tja, es passiert ja auch nicht alle Tage, dass deine Ex umgebracht wird«, murmelt er. Die Bitterkeit in seiner Stimme beunruhigt mich. Nick holt aus und tritt gegen die Eiche. »*Fuck.*«

Callie zuckt zusammen. Die anderen beiden Jungs – einen davon erkenne ich vom Lagerfeuer wieder – werfen sich einen Blick zu und murmeln irgendwas von Reingehen. Callie bleibt mit Nick zurück. »Ich brauch noch kurz«, sagt sie.

Etwas steif warte ich ein Stück entfernt auf sie, statt allein in die Halle zu gehen. Eine Minute später kommt sie angetrabt. Sie wirkt lockerer. Als wir uns durch die Menschentraube am Eingang schieben, sehe ich, wie sie sich einen Kaugummi in den Mund steckt.

An der Tür hat jemand eine Staffelei mit einer Postertafel aufgestellt. Der Karton ist mit verschiedenen Fotos von Ariel beklebt – überrascht stelle ich fest, dass ich auf ein paar der älteren zu sehen bin. Meine Finger jucken, sie abzureißen und in die Tasche zu stecken. Wir hatten nie einen Fotoapparat, und die wenigen Familienfotos, die wir erbetteln konnten, gingen verloren, als meine Mutter und ich zwangsgeräumt wurden.

In die Mitte der Tafel hat jemand mit silberfarbenem Stift ein Zitat geschrieben. *Es ist besser auszubrennen, als zu verblassen. – Kurt Cobain.* Callie neben mir starrt stumm darauf.

Ich berühre die Ecke des Kartons. »Das stammt in Wirklichkeit aus einem Neil-Young-Song«, sage ich. »Kurt Cobain hat es für seinen Abschiedsbrief nur geborgt.«

»Mein Gott, ist doch völlig egal, wer das gesagt hat, verdammt!«, zischt Callie. Sie stakst davon, und mir wird wieder mal klar, weshalb ich normalerweise nicht viel rede. Den Leuten scheint nicht zu gefallen, was ich zu sagen habe.

Jemand schubst mich und ich gehe weiter, damit die Mädchen hinter mir auch das Poster anschauen können. Zu meinen Füßen befindet sich bereits eine Sammlung von billigen Teddybären und unangezündeten Votivkerzen. Von der Seite der Halle aus lasse ich den Blick über die Menge schweifen, aber ich kann Callie nirgendwo entdecken.

Eigentlich hatte ich erwartet, dass mich mehr Leute wiedererkennen würden, vermutlich weil ich eine narzisstische kleine Soziopathin bin. Stattdessen stehe ich wie ein Geist in der Ecke herum und tue so, als würde ich die gelegentlichen verwirrten Blicke nicht bemerken, die man mir zuwirft.

Ich war schon immer gut darin, mich in Fayettes Gesellschaftsschichten einzufügen. Meine Noten waren gut genug, sodass nie irgendwelche Schulbriefe nach Hause geschickt werden mussten, aber nicht so gut, dass ich deshalb aus der Masse hervorgestochen wäre. Ich trug die abgetragenen Sachen meiner Schwester, aber das taten in der Schule fast alle Kinder, die ältere Geschwister hatten. Ein Mädchen in unserer Klasse musste sogar die Kleidung ihres Bruders auftragen.

Ich bohre meine kurzen Nägel in die Handflächen. Wenn ich nicht aufhöre, daran herumzukauen, reißt die Haut darunter auf und blutet. Während ich noch auf meine Faust hinabsehe, greift eine dünne, knotige Hand danach.

»Du bist es *doch!*« Ich blicke in wässrige blaue Augen. »RAY! Komm her. Sie ist es!«

Ich ziehe meine Hand weg. *Wer zum Teufel ist diese alte Frau, und weshalb fasst sie mich an?*

»Du bist es wirklich«, keucht die Frau wieder, während ein dünner alter Mann mit Stock zu uns herübergehumpelt kommt. In seinen Mundwinkeln hängt Puderzucker. Wahrscheinlich hat er sich noch Kekse von den Tischen in die Taschen gestopft.

»Ja, ich bin es.« Ich lächle die Frau schmallippig an.

»Na, das ist ja eine Überraschung! Tessa Lowell, in Fayette!« Sie mustert mich. »Du kennst uns nicht mehr, oder? Ich bin es, Marie Durels. Marie und Ray. Eure alten Nachbarn.«

»Oh.« Ich ringe mir die üblichen Höflichkeiten ab – »Ja, wie geht es Ihnen? … Gelenkrheumatismus? Das klingt nicht gut … Ich gehe im Herbst aufs College« –, aber meine Gedanken sind woanders. Sie kreisen um die Sycamore Street, um den Rasen vor unserem alten Haus. Ich bin sechs, in meinem Kleine-Meerjungfrau-Bikini, und trinke Wasser aus dem Gartenschlauch, mit dem mir Joslin ins Gesicht spritzt, als wäre ich ein Golden Retriever. Maria Durels schaut von ihrer Veranda aus missbilligend zu.

»Furchtbar, nicht wahr?« Marie krallt sich an meine Schulter und deutet mit dem Kopf auf die Gruppe weinender Mädchen vor der improvisierten Gedenkstätte für Ariel.

Ich nicke. »Ich hoffe, sie finden heraus, wer ihr das angetan hat.«

»Oh, das werden sie.« Maries Griff wird fester. »Sie werden ihn finden und ihn einschläfern wie diese andere Bestie, die all den anderen Mädchen das angetan hat.«

Ray wackelt zustimmend mit dem Kopf, ohne sich der Zuckerspuren in seinem Gesicht bewusst zu sein. Ich muss wegschauen. Ich muss *weg* – raus aus dieser stickig heißen Halle voller Trauer, an der ich kein Recht habe teilzunehmen. Weg von diesen Menschen, die die Macht besitzen, mich geradewegs zurück in das braune Haus in der Sycamore Street mit den zerbrochenen Verandastufen zu katapultieren.

Marie beugt ihren Kopf zu mir herüber. Ich spüre ihren heißen Atem, der nach Knoblauch und Marinarasoße riecht, an meinem Hals. Ich wette, ihr Mann und sie haben bei dem neuen Italiener gegessen, bevor sie für einen kostenlosen Nachtisch hierherkamen. Unwillkürlich balle ich die Hand zur Faust, während sie mir ins Ohr kräht: »Es bricht mir das Herz, wenn ich an Ruth Kouchinsky denke. Die Leute sagen, Ariel hat in Mason *gearbeitet,* wenn du weißt, was ich meine.«

Weiter als bis Mason kamen meine Mutter und ich nicht, als sie beschloss, dass wir Fayette verlassen mussten, bevor die Leute merkten, dass wir seit zwei Wochen in ihrem Auto wohnten. Nicht einmal Callie wusste Bescheid. Jos war zu diesem Zeitpunkt bereits vier Monate weg und Lori seit elf Monaten tot.

In jener Nacht hielten wir an einer Tankstelle. Meine Mutter ließ mich im Auto zurück, während sie die Toilette dort benutzte. Ich öffnete das Handschuhfach auf der Suche nach meinem Lieblingsspielzeug – eine dieser Klebehände, die man an die Decke hinaufklatschte und dann wartete, bis sie wieder herunterfielen. Stattdessen fand ich eine Pistole.

Ich rannte quer über den Highway, auf die Lichter der Fernfahrerkneipe zu. Dort bat ich darum, das Telefon benutzen zu dürfen, damit ich Maggie anrufen konnte. Ich erzählte ihr alles – dass wir im Auto gewohnt hatten, dass meine Mutter mir Angst machte –, alles, nur nicht von der Pistole.

Sie und Rick waren eine halbe Stunde später da. Ich wartete in der Kneipe und las eine Fernsehzeitung, während ich betete, dass meine Mutter noch nicht die Bullen gerufen hatte, als sie mein Verschwinden bemerkte.

Maggie ging allein rüber zur Tankstelle. Ich weiß nicht, was passiert ist, aber sie kam mit Grams Telefonnummer zurück. Seither habe ich meine Mutter nicht mehr gesehen.

Rick wartete mit mir im Gebäude, während Maggie draußen am Bordstein saß und mit ihrer besten Freundin Angela telefonierte. »Wir möchten das regeln, ohne das Jugendamt einzuschalten.«

Während Rick und ich uns eine Tüte Chips teilten und uns über den Kometen unterhielten, der an der Erde vorbeifliegen sollte – ich habe mich schon immer für solche Sachen interessiert –, kamen zwei junge Frauen in den Laden. Sie können nicht viel älter als meine Schwester gewesen sein. Eine kaufte eine Telefonkarte, die andere spielte am Saum ihres Jeansrocks herum und versuchte, mich und Rick nicht anzusehen. Ich war zehn Jahre alt und wusste genau, was sie hier an der Fernfahrerkneipe taten.

Wie die meisten unschönen Dinge hatte ich auch die Sache mit den Mädchen von meinem Vater gelernt. Er erzählte immer von den Frauen, die ihn an den Truck Stops entlang der Interstate 95 angesprochen hatten, damals in den Achtzigerjahren, als er sich auf der Suche nach Arbeit treiben ließ, bevor er schließlich im Stahlwerk hängen blieb. Nach den Monstermorden gab es einen Erlass der Regierung, um die Prostitution an den Rastplätzen einzudämmen. Sie rissen die fettigen Buden ab, die Trockenfleisch und Pornohefte verkauften, und errichteten stattdessen McDonald's und Dunkin' Donuts.

Ich kann mir vorstellen, wie Ariel an der Kasse einer Burger-King-Filiale arbeitet. Nicht im Fahrerhaus irgendeines Truckers. Und Marie Durels ist ein echtes Stück Scheiße, dass sie hier solche Andeutungen macht, wo die Leute zusammengekommen sind, um um Ari zu trauern.

Über Maries Schulter hinweg halte ich nach einem Fluchtweg Ausschau. Ryan Elwood kommt aus dem Flur durch die Doppeltür, in der Hand eine Dose Limo. Er geht hinüber zu den Tribünenplätzen, wo ich jetzt auch Callie entdecke. Sie sieht aus, als müsste sie gleich kotzen. Sie hatte ja noch mehr Alkohol in der Tasche, und ich frage mich, ob sie ihn wohl heimlich auf der Toilette getrunken hat.

»War schön, Sie zu sehen«, lüge ich Marie an. Dann bahne ich mir einen Weg durch die Menschenmenge. Als ich sehe, wie Ryan sich vorbeugt und Callie etwas ins Ohr sagt, bleibe ich stehen. Sie zuckt zurück, wobei sie ihre Handtasche vom Stuhl stößt. Ryan beugt sich runter, um ihr beim Einsammeln ihrer Sachen zu helfen. Von meinem Standort aus kann ich sehen, dass er dabei immer noch redet. Alle Farbe weicht aus Callies Gesicht.

Ich erreiche die beiden, als Callie gerade aufsteht und dabei über ihre eigenen Füße stolpert. Schnell packe ich ihren Arm, damit sie nicht auf die Fresse fällt. »Was ist los mit dir?«, zische ich.

»Ich muss nach Hause«, murmelt sie. »Ryan fährt mich. Uns. Außer du willst meine Eltern anrufen, damit sie dich abholen.«

Eher würde ich zu Fuß zurückgehen, als Maggie und Rick anzurufen. Außerdem werde ich nicht zulassen, dass irgend so ein Typ Callie allein zu seinem Auto schleppt, wenn sie völlig dicht ist – selbst wenn es nur Ryan Elwood ist. Ich folge den beiden zum Parkplatz, wo Ryan neben einem roten Pick-up stehen bleibt.

Callie stolpert auf die Tür zu. Ich habe den Eindruck, dass sie gleich quer über den Gehweg reihern wird, aber stattdessen klettert sie nach hinten auf die Rückbank und streckt sich aus.

Es nervt mich, dass ich jetzt bei einem Fremden vorn sitzen muss, aber ich verkneife mir einen Kommentar. Ryan setzt sich ans Steuer und packt das Lenkrad mit beiden Händen. Nach einigen Minuten fängt Callie leise an zu schnarchen. Ich entspanne mich ein bisschen, denn solange sie noch Geräusche von sich gibt, muss ich keine Angst haben, dass sie da hinten einen auf Jimi Hendrix macht.

Ryans Truck startet mit einem tiefen Grollen. Er greift nach dem Radioknopf, zieht dann aber in letzter Sekunde die Hand zurück, wahrscheinlich weil ihm klar wird, dass zu dieser Situation keine Musik passt.

»Was hast du zu Callie gesagt?«, frage ich ihn.

Er zieht die Augenbrauen hoch. »Ich habe gar nichts …«

»Ich hab euch gesehen«, unterbreche ich ihn leise. »Bei den Tribünen. Du hast etwas zu ihr gesagt, und dann ist sie ausgeflippt.«

Ryan massiert sich die Stirn. Biegt unnötigerweise seinen Rückspiegel zurecht. »Ich hab nicht mehr dran gedacht. Ich hab das mit ihrer Cousine vergessen.«

Mir bleibt fast das Herz stehen. »Ihre Cousine Lori?«

»Ja.«

Der Truck holpert über die Temposchwelle an der Parkplatzausfahrt. Callie rollt nach vorn und gibt ein leises »Uuf« von sich.

»Tut mir leid«, murmelt Ryan. Ich sehe ihn von der Seite an, bis er den Kopf dreht und meinen Blick bemerkt.

»Was hast du zu ihr gesagt?«, wiederhole ich.

Er kratzt sich mit dem Daumen an der Nase. Trommelt mit den Fingern aufs Lenkrad. »Ich hab ihr erzählt, dass Ari ermordet wurde.«

Ermordet, nicht gestorben. Es fühlt sich an wie ein Schlag in die Magengrube. *Gestorben* bedeutet, dass Ari vielleicht auf dem Raststättenparkplatz ins Auto gestiegen ist, die Augen zugemacht hat, und das war's. Vielleicht ein Herzfehler oder einer dieser Migräneanfälle, bei denen man nicht mehr aufwacht.

Ermordet bedeutet, dass sie genau wusste, was mit ihr passiert. Ich schlucke mühsam und versuche, die Geräusche in meinem Kopf abzuschalten. Ari, wie sie um ihr Leben bettelt. Aris Schreie, während sie versucht, sich zu wehren.

»Woher weißt du, dass sie umgebracht wurde?«, frage ich Ryan. »Sie haben doch nicht ... Bisher hat niemand gesagt, was passiert ist.«

Ryan schweigt. Mir fällt wieder ein, wie er gestern Abend erzählt hat, dass sein Onkel Bescheid wüsste, wenn jemand Ari als vermisst gemeldet hätte. Sein Onkel, der Bulle. Kalter Schweiß tritt mir auf die Stirn, denn ich weiß, was auch immer Ryan sagt, stimmt.

Er klopft mit dem kleinen Finger aufs Lenkrad, gleichmäßig wie ein Metronom. Ich bin kurz davor zu explodieren.

»Ich war ihre Freundin«, sage ich.

Das Klopfen verstummt. Ryan zögert. »Du darfst es aber niemandem erzählen, verstanden?«

»Ich habe niemanden, dem ich es erzählen könnte«, erwidere ich, auch wenn das vermutlich nicht die Antwort ist, die er hören wollte. Ryan schnauft.

»Sie wurde erwürgt«, sagt er. »Und sie war nackt.«

Ich schlucke. Das muss nicht das bedeuten, was ich glaube – aber offenbar hat auch Ryan die Parallele bemerkt, sonst hätte er Callie nichts davon gesagt.

»Wo hat man sie gefunden?«, frage ich, obwohl ich die Antwort schon vorausahne.

»An der 80, nicht weit vom Truck Stop entfernt. Ein Typ hat

angehalten, um zu pissen, und hat ihre Klamotten gesehen … hat die Polizei verständigt, und die hat sie dann ein paar Meilen weiter gefunden.« Er schluckt. »Sie lag am Fluss.«

Genau wie die anderen Mädchen. Mit den Fingern fahre ich seitlich am Sitz entlang und finde eine Stelle, wo die Füllung aus einem Loch im Polster quillt. Ich stelle mir vor, die Stelle aufzureißen und hineinzukriechen. Nie wieder herauszukommen.

Ich hätte niemals hierher zurückkehren dürfen.

»Ich weiß auch nicht. Es hat mich einfach total fertiggemacht, mir Ari so vorzustellen.« Ryans Blick wandert kurz zum Rückspiegel, der so gekippt ist, dass ich Callies regloses Gesicht sehen kann. »Ich weiß nicht, warum ich Cal davon erzählt habe … Sie haben es noch nicht mal Aris Familie gesagt. Also bitte erzähl niemandem davon.«

Ich starre aus dem Fenster, während draußen die Straßenlaternen rhythmisch vorbeisausen, als würden sie den Takt zu den Namen in meinem Kopf klopfen. Marisa Perez. Rae Felice. Kristal Davis. Lori Cawley. Und jetzt Ariel Kouchinsky.

»Offensichtlich wollen sie nicht, dass die Presse erfährt, wie sie gestorben ist«, redet Ryan weiter. »Die würden es gleich so darstellen, als gäbe es hier einen neuen Serienmörder.«

Die Pause, die dann folgt, zieht sich. Ich bin überrascht, dass Callie nicht die Anspannung spürt und aufwacht.

»Findest du es nicht seltsam, dass sie auf dieselbe Weise und am selben Ort ermordet wurde wie Callies Cousine?«, frage ich schließlich.

Ryan streicht sich mit dem Daumen übers Kinn. Einen Moment lang steht sein Mund ein Stück offen, dann sagt er: »Der Kerl, der diese ganzen Mädchen umgebracht hat, sitzt doch im Gefängnis. Das muss ein Zufall sein. Oder vielleicht irgend so ein kranker Irrer, der besessen ist von den Morden.«

Ein Zufall.

Ein Nachahmer.

Oder eine dritte Erklärung. Eine, die ich nicht auszusprechen wage, solange Callie im Wagen ist, aufgrund dessen, was sie für uns bedeuten würde.

Alles ist falsch. Die Polizei hat sich getäuscht, was den Mörder von Lori und diesen anderen Mädchen betrifft – sie haben sich getäuscht, und das Monster läuft immer noch dort draußen herum.

Wir haben ihnen dabei geholfen, den Falschen zu schnappen, und vielleicht ist Ari deshalb jetzt tot.

Hinten auf der Rückbank murmelt Callie kaum hörbar etwas vor sich hin, aber ich kann sie gerade noch verstehen.

»Ich habe mich nicht mal bei ihr entschuldigen können.«

7

Ryan hilft mir dabei, Callie ins Bett zu bringen. Sobald er weg ist, hole ich ihr Handy aus ihrer Tasche und schicke Maggie eine Nachricht. *Mir ging's nicht gut. Tessa und ich konnten mit jemandem nach Hause fahren.* Dann öffne ich das Fenster, um zu lüften. Sie fängt an, das Gift herauszuschwitzen, das sie ihrem Körper vorhin eingeflößt hat. Draußen fällt der Sommerregen jetzt in Strömen.

Ich schließe Callies Zimmertür und verschwinde im Gästezimmer. Nachdem ich meinen Pyjama angezogen habe, krieche ich unters Bett und stecke die Kopfhörer in die Ohren. Meine Finger zittern so sehr, dass ich drei Anläufe brauche, bis ich das Lied finde, nach dem ich suche: Peter Gabriels »Red Rain«.

Sobald ich die Augen schließe, sehe ich Ariel vor mir, wie sie mit ihrem *Regina-Regenbogen*-Rucksack mit dem Gesicht nach unten im Ohio River treibt.

Ich denke an Wyatt Stokes – blonder Pferdeschwanz, mürrischer Blick, leere Augen.

Wyatt Stokes, der seine Opfer erdrosselt und nackt entlang des Ohio River in West Pennsylvania hat liegen lassen.

Wyatt Stokes, der Ariel nicht umgebracht haben kann, weil er im Gefängnis sitzt.

Stokes war dreiundzwanzig zum Zeitpunkt des ersten Mordes – Marisa Perez, eine siebzehnjährige Ausreißerin. Acht Monate später folgte Rae Felice, zwanzig Jahre alt und Truck-Stop-Prostituierte.

Ein Jahr später fand man die sterblichen Überreste von Kristal Davis, neunzehn, eine Stripperin und Drogenabhängige, die einen Monat zuvor verschwunden war. Jemand hatte den Medien einen Tipp gegeben, dass es in Fayette County einen Serienmörder gab. Aber niemand hatte wirklich Angst. Der Killer hatte es schließlich auf Mädchen abgesehen, die niemanden mehr hatten, der sich Sorgen um sie machte.

Bis Lori Cawley an der Reihe war. Eine junge Studentin. Zweitbeste in ihrer Abschlussklasse an der Lehigh Valley High School. Das Mädchen, das einem im Jahrbuch wegen seines Lächelns ins Auge fiel.

Niemand in Fayette hatte ernsthaft hinterfragt, ob Stokes die Mädchen wirklich umgebracht hatte. Er war ein Schulabbrecher, der einige Jahre in einer Jugendstrafanstalt verbringen musste, weil er die Garage seiner Stiefmutter abgefackelt hatte. Seine strähnigen Haare reichten ihm bis auf die Schultern, sein Blick war dumpf. Die Art von Typ, bei dem man die Autotüren verriegelte, wenn man ihn am Straßenrand sah.

Wie Charlie Volk, der Beamte, der ihn festgenommen hatte, in einem inzwischen berüchtigten Zitat gesagt hatte: *Wyatt Stokes sah einfach aus wie ein Serienmörder.*

Es half auch nicht, dass Stokes ein Arschloch war.

Er konnte einfach nicht die Klappe halten. Im Verhörraum lächelte er, als er die Fotos von den Fundorten berührte. Als die Cops seinen Wohnwagen filzten, fanden sie beunruhigende Zeichnungen von Mädchen. Von toten, nackten Mädchen, über die immer und immer wieder, auf jeden freien Fleck, das Wort *Schlampe* gekritzelt worden war.

Nach seiner Verurteilung gab Stokes noch ein letztes Interview, in dem er behauptete, in Wahrheit sei ihm von der Presse der Prozess gemacht worden, und wenn er Schwarzer wäre, hätte sich mittlerweile irgendein Anwalt von der NAACP oder der ACLU seines Falls angenommen.

Also, ja, die meisten Menschen waren sich einig, dass Stokes, selbst wenn er diese Mädchen nicht umgebracht haben sollte, es trotzdem verdiente, eingesperrt zu werden.

Der Fall Stokes war nie wasserdicht gewesen. Es gab Zeugen, die ihn bei den Rastplätzen, wo die anderen Mädchen regelmäßig verkehrten, gesehen haben wollten, auf der Suche nach Drogen oder Gelegenheitsjobs. Stokes war ein Widerling, der eine ganze Menge Exfreundinnen und ehemalige Chefs bedroht hatte – praktisch jeden, der ihm nicht gab, was er wollte.

Doch der einzige echte Beweis, der Stokes mit den Morden in Verbindung brachte, war ein Tierhaar, das man auf Kristal Davis' Leiche gefunden hatte. Laut kriminaltechnischer Untersuchung stammte es von dem Schäferhund von Stokes' Mutter. Eine Augenzeugin wollte Kristal am Tag ihres Verschwindens im Trailer der Stokes gesehen haben, doch als die Polizei Stokes dazu befragte, behauptete er, Kristal seit Wochen nicht mehr gesehen zu haben, um dann seine Story zu ändern und zu sagen, sie hätten an jenem Morgen gemeinsam Drogen genommen.

Es waren jedoch Callie und ich, die sein Schicksal besiegelten. Per Videoübertragung machten wir am vorletzten Tag von Wyatt Stokes' Prozess unsere Aussage. Wir beschrieben, was an jenem Morgen am Pool passiert war, und identifizierten Stokes als den Mann, der Lori bedroht hatte. Wir schworen, es sei derselbe Mann gewesen, der in der Nacht von Loris Ermordung in den Garten der Greenwoods geschlichen war. Die Jury beriet sich einen Tag lang und befand ihn aller vier Morde schuldig.

Dann vergaß der Rest der Welt den Ort Fayette, Pennsylvania und seine toten Mädchen.

Ich kann weder schlafen noch mich aufraffen, für den Rückflug am Morgen zu packen, also liege ich mit meiner Musik im Dunkeln und gehe in Gedanken meine gesamte Unterhaltung mit Marie Durels noch einmal durch, bis Ariels Gesicht mit dem von Lori verschwimmt.

Mehrere Songs später drehe ich die Lautstärke meines iPods runter, weil ich das Gefühl habe, dass jemand im Zimmer ist. Von meinem Platz unterm Bett aus sehe ich, dass die Tür einen Spalt offen steht. Ich vergrabe die Finger in meinen Oberschenkeln. Neben meinem Ohr tapsen nackte Füße über den Teppich. Die Zehennägel sind türkis lackiert. Erleichtert seufze ich auf.

»Tessa?«, flüstert Callie.

Ich drücke mich flach auf den Boden und schiebe mich unter dem Bett hervor. Callie schaut mich fragend an.

»Hast du da unten geschlafen?« Sie sieht besser aus als vorhin. Ihr Gesicht hat wieder Farbe, sie hat geduscht und die Haare hochgesteckt.

»Ich … Was machst du hier?« Ich stehe auf und setze mich aufs Bett, als wäre sie diejenige, die sich komisch verhält. Laut der Uhr an der Wand ist es fast eins.

»Wir müssen reden«, flüstert sie. Sie setzt sich ans Fußende. Schlägt graziös die Beine unter. Dann sieht sie sich im Zimmer um, fast so, als wäre sie in einem fremden Haus und nicht daheim.

»Worüber?«, frage ich. Ich weiß genau, über was sie reden will, aber ich muss es aus ihrem Mund hören. Wir sollten uns damals während des Prozesses nicht darüber austauschen, deshalb hielten unsere Mütter uns voneinander fern. Als er schließlich vorbei war, hatte sich irgendetwas in unserer Freundschaft grundlegend verändert. An den seltenen Tagen, an denen Callie mich zum Spielen dahaben wollte, war Maggie immer in Hörweite, ständig in der Nähe, als würden wir uns in Luft auflösen, sobald sie uns nur den Rücken zukehrte.

Selbst wenn ich den Mut gehabt hätte, Callie zu fragen, ob sie das Gesicht der Person in ihrem Garten in jener Nacht wirklich gesehen hatte, hätte ich sie nie allein darauf ansprechen können.

»Über das, was Ryan im Auto gesagt hat.« Callie kneift die

Augen zu. Reißt sich dann zusammen und atmet tief durch. »Es könnte immer noch Zufall sein.«

»Vielleicht«, erwidere ich leise.

Das Ticken der Wanduhr füllt den Raum zwischen uns. Callie zieht die Knie an die Brust. »Ich habe über sein Berufungsverfahren recherchiert … Eine Menge Leute glauben wirklich, dass er's nicht getan hat.«

»Ich weiß.« Das weiß ich, seit ich alt genug bin, um nach den Antworten zu suchen. Sobald ich selbst das Internet benutzen konnte, wusste ich, dass es Leute gab, die glaubten, Wyatt Stokes sei nicht das Ohio-River-Monster.

Callie senkt den Kopf, kratzt an einer abgesplitterten Nagellackstelle an ihrem großen Zeh herum. »Das Verfahren könnte dieses Mal neu aufgerollt werden. Wenn es eine Verbindung zwischen Ari und den anderen Mädchen gibt … könnten sie ihn *freilassen*.«

Wyatt Stokes raus aus dem Gefängnis. Wyatt Stokes, der unsere Namen kennt.

»Meine Eltern können es sich nicht leisten, noch mal umzuziehen«, meint Callie. »Ich gehe nach Stroudsburg aufs College, aber sie können Fayette nicht verlassen, mein Dad kann seinen Job nicht aufgeben.«

»Callie.« Ihr Name fühlt sich ungewohnt an auf meiner Zunge. »Was hast du wirklich gesehen in jener Nacht?«

Eine Träne schlängelt sich über ihre Wange. »Ich habe nicht gelogen.«

»Das habe ich auch nie behauptet.«

Wir starren uns eine Weile an.

»Hast du wirklich sein Gesicht gesehen?«, frage ich schließlich.

Ich erwarte, dass sie wütend wird. Aus dem Zimmer stürmt. Stattdessen wird ihre Stimme ganz weich, und sie sagt: »Ich weiß es nicht mehr.«

Das Schweigen im Raum ist so aufgeladen, dass das Geräusch des großen Zeigers der Uhr wie eine tickende Zeitbombe klingt.

»Was willst du damit sagen?«

»Dass ich noch ein Kind war und dass ich mich getäuscht haben kann, was sein Gesicht angeht. Natürlich *dachte* ich, ich hätte ihn gesehen – Stokes war so etwas wie der schwarze Mann, und ich hatte solche Angst, dass er sich Lori holen würde, nach dem, was er zu ihr gesagt hat.«

Tränen der Wut laufen über ihre rosigen Wangen. Inzwischen sieht sie mich nicht mehr an.

Hast du dich deshalb von mir abgekapselt?, würde ich sie gerne fragen. *Weil du dachtest, ich weiß, dass du lügst?*

»Selbst wenn ich mich getäuscht habe«, fährt Callie fort, »es gab Beweise, dass er diese anderen Mädchen umgebracht hat. Er hat es ja vor Gericht nicht mal geleugnet. Sie hatten genug in der Hand, um ihn zu verurteilen.«

»Vielleicht«, sage ich. Aber ich weiß nicht, ob ich das je ganz geglaubt habe. Aufgrund der Dinge, die in jener Nacht wirklich passiert sind.

Die Dinge, von denen die Jury nichts erfahren hat. Die Dinge, von denen Callie immer noch nichts weiß.

Ich schlucke und kralle mich in der Daunendecke fest.

»Was hast du ihnen erzählt«, flüstert Callie, »als sie dich gefragt haben, was du gesehen hast?«

»Ich habe gesagt, du hättest mich geweckt und gemeint, da draußen ist jemand«, antworte ich. »Die Person ist auf der Seite um den Garten herumgerannt. Ich hatte dich sagen hören, dass es Stokes war, und die Polizei trichterte uns immer wieder ein, dass unsere Geschichten sich decken mussten.«

Ich zupfe einen Faden von der Decke und lasse ihn auf den Boden fallen. »Also habe ich gesagt, es war Stokes. Obwohl ich das Gesicht nie gesehen habe.«

»*Sein* Gesicht«, verbessert mich Callie.

Ich schweige.

»Du glaubst nicht, dass Stokes es getan hat«, flüstert Callie schließlich. Ihre Miene drückt aus, was ich befürchtet habe: dass es sich hierbei um den ultimativen Verrat an den Greenwoods handelt. Es ist eine Sache, infrage zu stellen, was wir in jener Nacht gesehen haben, aber in diesem Haus ist die Aussage »Wyatt Stokes ist das Ohio-River-Monster« eine unumstößliche Tatsache. Y ist gleich y.

»Ich will bloß wissen, was wirklich passiert ist«, verteidige ich mich. Die Wahrheit ist, ich *muss* es wissen. Manchmal habe ich das Gefühl, vor Nichtwissen zu explodieren.

»Wenn das bedeutet, dass das wahre Monster noch immer dort draußen ist, müssen wir herausfinden, was wirklich passiert ist«, verbessere ich mich. »Er könnte sich noch weitere Mädchen schnappen. Vielleicht hat er nie damit aufgehört, und die Polizei hat die anderen bloß nicht gefunden.«

Ich versuche, den widerlichen Geschmack in meinem Mund herunterzuschlucken. Ich muss an all die Mädchen denken, die niemand vermissen würde, deren Überreste mit dem Müll vom Fluss davongespült werden.

»Du meinst, wir müssen unsere Aussage zurückziehen?«, wispert Callie. »Das würde mir meine Familie nie verzeihen.«

»Nein. Das können wir nur tun, wenn wir absolut sicher sind«, sage ich. »Wir müssen uns sicher sein.«

»Wie wollen wir das anstellen?« Callie schlingt die Arme um den Bauch. »Das ist jetzt fast *zehn Jahre* her. Falls noch jemand außer uns etwas gesehen hat, hätte er doch damals was gesagt.«

Der Druck in meiner Magengrube wird stärker. »Außer, er oder sie hatte einen Grund zu schweigen.«

»Wo sollten wir überhaupt anfangen?«, fragt Callie. »Du redest hier davon, einen *Mörder* zu finden.«

Oder mehrere. Ich wage nicht, es laut auszusprechen – die Möglichkeit, dass Lori gar nicht vom Monster umgebracht wurde, sondern von jemandem, der es bloß danach aussehen lassen wollte.

Ich wische mir die Handflächen an meinem Schlafanzug ab. Das Zimmer kommt mir vor wie eine Sauna – klein und stickig. »Wir waren da, als Lori verschwunden ist. Es muss etwas geben, das wir übersehen haben … etwas, das uns dabei helfen könnte, die Puzzlestücke zusammenzusetzen.«

»Aber du fliegst doch morgen nach Hause.«

Es fühlt sich komisch an zu hören, wie jemand Florida als mein Zuhause bezeichnet. Für mich ist es immer noch der Ort, wo meine Großmutter wohnt. Ein Boxenstopp entlang der Strecke in diesem riesigen Kreis, den ich abwandere.

Denn auch Fayette ist nicht mein Zuhause. Es ist lediglich der Ort, an dem ich gestartet bin. Der Ort, den ich um jeden Preis für immer hinter mir lassen will. Und wenn Callie und ich diese ganze Sache mit Stokes wieder in Ordnung bringen, dann gelingt mir das vielleicht auch.

»Ich buche meinen Flug um«, sage ich.

»Okay.« Callie atmet zischend aus. »Also, wo fangen wir an?«

»Das weiß ich noch nicht.«

Es ist eine Lüge, entsprungen aus der Wahrheit, an der ich all die Jahre festgehalten habe. Den Teil der Geschichte, den ich der Staatsanwaltschaft nicht erzählt habe, weil ich nicht wollte, dass sie Schwierigkeiten bekommt und man sie mir wegnimmt. Der Teil, von dem ich mir eingeredet habe, dass er nichts zu bedeuten hat. Bis jetzt.

Meine Schwester weiß etwas über jene Nacht. Sie weiß, wer außer Wyatt Stokes Lori etwas hätte antun wollen.

Eine Stunde bevor wir an diesem Abend eingeschlafen sind, habe ich nämlich gehört, wie Lori Joslin anrief und zu ihr sagte, sie solle sie gefälligst in Ruhe lassen.

8

Ja, ich bin eine Lügnerin, aber es gibt ein paar Dinge, die ich gerne dazu sagen möchte.

Erstens: Ich stamme aus einer Familie von Lügnern. Mein Vater war vermutlich der Schlimmste von uns. Er rief bei der Kreditkartenfirma an und schwor, seine Karte sei gestohlen worden, nur damit zwanzig Dollar von der Abrechnung gestrichen wurden.

Auch meine Schwester war eine Lügnerin. Ich habe sie gehört, als die Polizei zu uns nach Hause kam und von ihr wissen wollte, wann sie Lori das letzte Mal gesehen hatte. Ich sah, wie Joslin dastand, die Hände hinten in den Hosentaschen vergraben, und behauptete, sie hätte mit Lori seit dem Morgen nicht mehr gesprochen, obwohl ich wusste, dass sie mit Lori am Abend von deren Verschwinden noch telefoniert hatte.

Zweitens: Ich war acht Jahre alt. Ich wusste nicht viel, aber ich wusste, dass es falsch war, die Polizei anzulügen. Und wenn ich dieses Telefonat erwähnt hätte, würde Joslin mächtig in der Scheiße sitzen.

Als sie mich also aufforderten, ihnen *alles* zu erzählen, was an jenem Abend passiert war, sagte ich nichts von dem, was ich zufällig zwischen Lori und Jos mitgehört hatte.

Was hätte ich denn tun sollen? Sie war meine Schwester, und ich hatte Riesenschiss, dass man sie mir wegnehmen könnte. Ich dachte, sie müsste ins Gefängnis, weil sie die Polizei angelogen hatte. Deshalb musste ich ihr Geheimnis hüten.

Erst als Joslin die Stadt verließ, wurde mir etwas klar. Erst da war ich in der Lage, die Möglichkeit in Erwägung zu ziehen, dass meine Schwester, die keiner Spinne etwas zuleide tun konnte, in den Mord an ihrer Freundin verwickelt sein könnte.

Es war eine kleine Notlüge, dass ich der Polizei nichts von dem Anruf erzählt hatte. Eine kleine Notlüge, die zu einer Monsterlüge anwuchs, weil ich zu viel Angst hatte, es zuzugeben. Ich war damals ein kleiner Feigling.

Und ich schaffe es nicht, Callie davon zu erzählen, weil ich immer noch ein Feigling bin.

Maggie weckt mich um sechs mit dem Hinweis, dass Frühstück in der Küche wartet. Schnell ziehe ich mein Sweatshirt über das Top, in dem ich geschlafen habe, und gehe zu ihr hinunter. Ich habe kein gutes Gefühl im Bauch.

Maggie zieht sich einen Stuhl heran und setzt sich. Ihre Augen sind gerötet. Ich nehme ihr gegenüber Platz, wo bereits ein Teller mit Spiegeleiern wartet. Ich kann kaum fassen, dass sie sich nach all den Jahren noch daran erinnert, wie ich meine Eier am liebsten mag. »Wie war die Mahnwache?«, erkundigt sie sich.

»Schwierig.« Ich pikse mit der Gabel in ein Eigelb.

Die Kaffeemaschine signalisiert piepsend, dass die Kanne voll ist. Maggie steht auf. »Musst du noch an den Computer, um nach deinem Flug zu schauen?«

Ich lege die Gabel weg. »Äh, um ehrlich zu sein, würde ich meinen Flug gerne auf Ende der Woche verschieben. Damit ich zu Aris Beerdigung gehen kann. Wenn das in Ordnung ist.«

Beim Anblick von Maggies verwirrter Miene wird mir noch elender – bis ich auf der Treppe Schritte höre. Callie kommt in die Küche geschlurft und reibt sich die Augen.

»Sieh an, wen haben wir denn da?«, meint Maggie. »Was machst du denn schon so früh auf den Beinen?«

Callie schenkt sich eine Tasse Kaffee ein. Lehnt sich an den Tresen und zuckt mit den Schultern.

»Ist das dann okay«, erkundige ich mich bei Maggie, »wenn ich noch ein paar Tage bleibe?«

Sie wendet ihre Aufmerksamkeit wieder mir zu. »Natürlich. Du kannst so lange hierbleiben, wie du magst. Aber für die Beerdigung brauchst du etwas zum Anziehen. Wir drei könnten mal bei Target vorbeischauen.«

Callie beobachtet uns über den Rand ihrer Tasse hinweg. »Eigentlich wollte Tessa heute mit mir zu Emily kommen. Die nimmt das alles ziemlich mit.«

»Oh.« Maggie verbirgt ihre Enttäuschung sofort hinter einem Lächeln. »Na gut, dann vielleicht morgen.«

»Klar. Tessa kann sich bis dahin ja was von meinen Sachen leihen«, meint Callie und deutet mit dem Kopf Richtung Treppe. »Ich zeig dir mal, was ich so im Schrank habe.«

Niemand macht eine Bemerkung darüber, dass Callie Größe sechsunddreißig hat und ich Größe zweiundvierzig trage. Es ist ganz offensichtlich, dass Callie bloß versucht, mich wegzulotsen, aber Maggie scheint es nicht seltsam zu finden, dass ihre Tochter, die mich vor zwei Tagen noch mit einem Straßenkind gleichgesetzt hat, jetzt mit mir in ihrem Zimmer Verkleiden spielen will.

Ich bedanke mich bei Maggie fürs Frühstück und leere meinen Teller, dann folge ich Callie nach oben. Das Fenster in ihrem Zimmer steht immer noch offen, und der Alkoholgestank ist dem Geruch nach nasser Erde von draußen gewichen. Wenn es in Orlando regnet, hängt die Feuchtigkeit in der Luft, bis man fast erstickt. Hier rieche ich den Regen und bekomme eine Ahnung davon, wie Fayette gewesen sein muss, bevor wir Menschen es mit all der Hässlichkeit ruiniert haben.

Callie nimmt auf ihrem Schreibtischstuhl Platz und fängt an, ihre Haare zu flechten. »Ich habe gestern Abend gedacht – ich habe mich gefragt, weshalb Ari? Sie ist nicht wie die anderen Mädchen.«

»Das war Lori auch nicht.«

»Okay, aber Ari war auch nicht wie Lori«, meint Callie und scheint dann nach Worten zu suchen, um nicht gemein zu klingen. »Ich meine, Ari war hübsch, aber nicht wirklich selbstbewusst. Sie hielt sich gerne für clever, aber eigentlich hatte sie keine Ahnung von irgendwas.«

Nick hatte behauptet, Ari hätte die Stadt verlassen wollen. Vielleicht war sie bloß beim falschen Mann ins Auto gestiegen.

Oder schlimmer, denke ich und spüre wieder Marie Durels' heißen Atem an meinem Ohr.

»Hatte Ariel einen Job in Mason?«, frage ich Callie.

Sie lässt ihren Zopf los und legt das Haargummi beiseite. »Nicht dass ich wüsste. Sie hat früher mal als Babysitter gejobbt, aber sobald ihre Mom wieder arbeiten ging, hat ihr Dad sie gezwungen, auf Kerry Ann und Dave aufzupassen.«

Ich strecke die Beine auf Callies Bett aus, wobei mein Knie knackst. Ich weiß nicht, wie ich das formulieren soll, was Marie angedeutet hat, ohne Ariel als Nutte hinzustellen. Auf einmal muss ich wieder daran denken, wie wir früher bei Callie zu Hause »Hotel« gespielt haben: die siebenjährige Ari als Empfangsdame, in einem von Maggies alten Blazern und einem Seidenschal, wie sie geduldig hinter ihrem Klapptisch saß. Egal, was wir spielten, Ariel akzeptierte jede Rolle, die man ihr gab.

Callie hat offenbar meinen abwesenden Blick bemerkt. »Was ist?«

»Gestern Abend, bei der Mahnwache, hat Marie Durels irgendwie so Andeutungen gemacht, dass Ari, du weißt schon … sich verkauft hat.«

Callie schnaubt. »Deine alte Nachbarin? Klar, die ist auch megaglaubwürdig. Ari war keine *Prostituierte*.«

Ich verknote meine Beine zum Schneidersitz. Vom vielen

Gehen gestern tun mir die Waden weh. »Marie muss es aber irgendwo aufgeschnappt haben.«

»Die Leute in dieser Stadt labern jede Menge Scheiße.« Callie wendet sich wieder dem Spiegel zu und entscheidet sich für einen lockeren Knoten statt eines Zopfes. »Highschool-Mädchen gehen nicht an der Raststätte in Mason auf den Strich.«

Vielleicht nicht in deiner Welt, würde ich gerne sagen. Aber ich werde Callie keine reinwürgen, bloß weil ich es kann.

»Du würdest dich wundern«, sage ich stattdessen. »In den Nachrichten gab es mal einen Bericht über Mädchen in Columbia, die das machen. Sie haben sich im Internet angeboten und Tausende Dollar pro Woche verdient.«

Callie beißt sich auf die Lippe.

»Was denkst du?«, frage ich sie.

»Ari hat letztes Jahr in der Mittagspause mal was erwähnt«, antwortet Callie meinem Spiegelbild. »Sie wollte von Nick wissen, ob sie die Einwilligung ihrer Eltern bräuchte, um ein Konto zu eröffnen.«

Ich studiere die schmutzige Unterseite meiner Socken. »Das macht Sinn, falls sie verbergen wollte, wie viel Geld sie verdient.«

»Oder weil ihr Dad ein Voll-Psycho ist, der alles kontrollieren will.« Callies Miene verdüstert sich. Ich weiß, dass sie vor Daryl Kouchinsky immer Schiss hatte. Doch seltsamerweise schien sie sich an meinem Vater mit seinen kautabakfleckigen Zähnen und dem hemmungslosen Gekiffe auf der vorderen Veranda nie zu stören. Wahrscheinlich weil er trotz seines ganzen Gebrülls und der Drohungen, Jos und mich windelweich zu schlagen, uns in Wirklichkeit nie ein Haar gekrümmt hat.

»Hat Ari sonst noch irgendwas Seltsames gesagt?«, frage ich Callie.

Sie zuckt mit den Schultern. »Ich hab seit vorletztem Schuljahr nicht mehr mit ihr geredet.«

Stumm sehe ich zu, wie Callie das Penn-State-Twirl-Championships-T-Shirt auszieht, in dem sie geschlafen hat. Als sie im Spiegel meinem Blick begegnet, wird sie rot. Vielleicht hat sie vergessen, dass wir uns seit zehn Jahren nicht mehr voreinander umgezogen haben.

Während Callie ein ärmelloses Top überzieht, schaue ich weg. »Was ist zwischen euch passiert?«, frage ich.

»Was meinst du damit?«

»Ari und du. Gestern Abend hast du gesagt: ›Ich konnte mich nicht mal mehr bei ihr entschuldigen.‹« Ich kann Callie nicht sagen, dass ich außerdem weiß, dass sie Ari aus ihren Facebook-Freundschaften gelöscht hat, ohne zuzugeben, dass ich ihr all die Jahre heimlich hinterherspioniert habe.

An der Art, wie sie an ihrem Haarknoten herumnestelt, merke ich, dass ihr die Frage unangenehm ist. »Nichts ist passiert. Ich war fies zu ihr, und irgendwann hatte sie vermutlich genug davon.«

Fragend sehe ich sie an. »Das ist alles?«

Callie zuckt mit ihrer sommersprossigen Schulter. »Nachdem du weg warst, wurde sie automatisch meine beste Freundin oder so was. Sie hat einfach so geklammert, und das ging mir auf die Nerven.«

Callie seufzt und fährt sich durch ihre Ponyfransen. »Egal, falls das stimmt, was sie in Mason gemacht haben soll, dann hat sie uns gegenüber nichts davon erwähnt. Die anderen hätten sicher nicht ihre Klappe halten können.«

»Irgendjemand muss es aber gewusst haben«, seufze ich zunehmend frustriert. Lieber würde ich mir die Augen ausstechen, als bei Marie Durels zu klopfen und sie zu fragen, wer ihr erzählt hat, dass Ari auf den Strich ging.

Callie blickt auf. Hält inne. »Es gibt eine Möglichkeit, das herauszufinden«, sagt sie. »Wir könnten zum Rastplatz fahren und herumfragen, ob irgendjemand Ari dort gesehen hat.«

Wahrscheinlich ist es Zeitverschwendung. Alle Frauen, die dort anschaffen gehen, haben sich aus Angst vor den Bullen bestimmt verdrückt, sobald die Zeitung von heute, mit Aris Foto auf der Titelseite, erschienen ist. Vermutlich werden sie die Gegend ein paar Tage lang meiden. Die, die bleiben, wollen sicher nicht reden. Und mit uns erst recht nicht.

Aber das Gefängnis von Fayette County liegt auf dem Weg zum Rastplatz. Falls Joslin meinen Vater dort neulich abends besucht hat, hat sie vielleicht irgendeinen Hinweis hinterlassen, wie ich sie finden kann.

»Klar«, antworte ich. »Dort können wir anfangen.«

Ich muss mich schwer beherrschen, nicht auf den Fußballen zu wippen, während Callie Maggie fragt, ob wir ihren Minivan ausleihen dürfen. Ich kann es förmlich fühlen. Ich werde das Gefängnis mit einer Telefonnummer oder Adresse von meiner Schwester verlassen. Dazu muss ich lediglich Callie überreden, auf dem Rückweg von Mason dort zu halten.

Maggie schärft uns ein, nicht unterwegs zu essen, weil sie noch jede Menge Aufschnitt im Kühlschrank hat, den sie sonst am Ende der Woche wegwerfen muss. Wir winken ihr zum Abschied von der Einfahrt aus zu, und sie verschwindet lächelnd vom Wohnzimmerfenster. Als ich mich anschnalle und dann in die Tasche nach meinem iPod greife, bemerke ich Callies Seitenblick.

»Du hast dieses Ding ziemlich viel in den Ohren«, sagt sie.

Ich zucke mit den Schultern. »Hilft mir dabei, den Lärm auszublenden.«

Callie legt die Stirn in Falten. Es ist derselbe Gesichtsausdruck wie früher als Kind, wenn ich etwas gesagt habe, das für ihren Geschmack zu düster war. Eines Abends, als ich bei den Greenwoods zu Besuch war, jammerte Callie, weil ich nach dem Abendessen nach Hause gehen musste. »Warum, warum, warum muss ich Hausaufgaben machen?«

Maggie verlor die Geduld. »Damit du gute Noten bekommst und auf ein gutes College gehen kannst und einen guten Job findest«, fuhr sie ihre Tochter an.

Ich weiß noch, wie ich von dem Sessel aufblickte, auf dem ich saß, um meine Schuhe anzuziehen. »Was hat das Leben für einen Sinn«, fragte ich, »wenn man in die Schule geht, dann zur Arbeit und dann stirbt?«

Callie sah mich völlig entsetzt an.

Ich war schon immer so eine kleine Nihilistin. Ich gebe den Schimpftiraden meines betrunkenen Vaters die Schuld. Die wurden besonders schlimm, nachdem er von dem Lieferanten entlassen wurde, für den er arbeitete, ungefähr sechs Monate bevor die Firma dichtmachte.

Fünfzehn Jahre lang habe ich mir für Ed den Arsch aufgerissen, und dann kann er es mir noch nicht mal ins Gesicht sagen. Menschen sind nichts weiter als die Scheiße am Absatz von wem auch immer, der uns auf diesem gottverdammten Planeten abgeladen hat.

Callie und ich wuchsen jedenfalls sehr unterschiedlich auf, und das scheint jedes Mal deutlich zu werden, wenn ich den Mund aufmache.

Callie streckt die Hand nach dem Radio aus. »Stört's dich, wenn ich …«

Ich schüttle den Kopf, packe den iPod weg. Sie sucht so lange, bis sie einen Sender mit Alternative Rock findet. Ich warte auf eine Werbepause, um mich zu räuspern.

»Ich hab mir gedacht … wenn wir mehr darüber herausfinden wollen, was in dem Sommer damals mit Lori los war, sollten wir wahrscheinlich meine Schwester finden.«

Callie schaltet das Radio aus. »Sie finden?«

Ich sehe aus dem Fenster. »Seit sie weggegangen ist, habe ich nichts mehr von ihr gehört.«

»Das ist ja echt scheiße, Tess«, flüstert Callie. »Tut mir leid.«

Das Mitleid in ihrer Stimme weckt in mir den Wunsch, in meinem Sitz zusammenzuschrumpfen. Meine nächsten Worte wähle ich mit Bedacht. »Ich glaube, sie ist wieder in der Stadt. Sie hat meinen Dad besucht, bevor er gestorben ist.«

»Echt?« Callie klingt genauso überrascht, wie ich es war. Warum sollte Joslin zurückkommen, um meinen Vater zu treffen, aber niemanden sonst von uns?

»Dann sollten wir ihre Nummer rausfinden und sie anrufen«, meint Callie.

»Hab ich schon versucht«, sage ich. »Sie hat einen anderen Namen angenommen. Aber vielleicht habe ich sie trotzdem gefunden. Ich glaube, sie wohnt in Allentown.«

Callie ist still.

»Ich will damit nicht sagen: ›Lass uns nach Allentown fahren‹«, fasle ich. »Aber es wäre sicher nicht verkehrt, mit ihr zu reden.«

»Das ist es nicht.« Offenbar ist Callie jetzt diejenige, die nach Worten sucht. »Es ist nur so, also nimm's mir nicht übel, aber deine Schwester hat dich einfach sitzen lassen. Selbst wenn sie uns helfen könnte … vielleicht will sie es gar nicht.«

Ich finde kein Gegenargument – schließlich hat meine Schwester einen anderen Namen angenommen –, also halte ich die Klappe und schaue aus dem Fenster. Auf der anderen Highwayseite sehe ich ein riesiges Schild, das orange beleuchtet ist: UMLEITUNG. Ein kurzer Anfall von Panik. Wir werden auf dem Rückweg eine andere Strecke fahren müssen und also nicht am Gefängnis vorbeikommen.

Damit kann ich meinen einstudierten Text vergessen: *Hey, da es sowieso auf dem Weg liegt, könnte ich doch kurz im Gefängnis nachfragen, ob sie zufällig Joslins Nummer haben.* Callie hat ihre Einstellung zu meiner Schwester bereits klar und deutlich zum Ausdruck gebracht.

Mir bleibt keine Zeit, sie von der Idee, Joslin zu suchen, zu überzeugen. Da ist ein Schild. BEZIRKSVOLLZUGSANSTALT FAYETTE – NÄCHSTE AUSFAHRT RECHTS.

»Äh, du«, platze ich heraus. »Macht es dir was aus, kurz beim Gefängnis vorbeizufahren? Ich soll dort ein paar Sachen abholen. Von meinem Dad.«

»Oh.« Callie kaut auf ihrer Unterlippe herum. »Haben sie die dir nicht mitgegeben?«

»Ich hab nicht danach gefragt«, antworte ich, was nicht mal gelogen ist. »Ich dachte nur, es wäre vielleicht schön, sie zu haben.«

Callie zuckt mit den Schultern. »Von mir aus. Aber du musst die Adresse bei mir ins Navi eingeben.«

Zehn Minuten später erreichen wir den Parkplatz. Als Callie den Wagen abgestellt hat, habe ich mich schon abgeschnallt.

»Bin gleich wieder da«, sage ich. »Brauchst nicht mit reinkommen.«

Bevor sie protestieren kann, habe ich die Tür schon zugeknallt. Es wäre sowieso nur halbherziger Protest, und das kann ich ihr nicht verübeln. An ihrer Stelle würde ich mich auch nicht gerne ins Gefängnis begleiten. Vor allem nicht in eines, in dem Wyatt Stokes einsitzt.

Anders als am Samstag gleicht der Eingangsbereich einer Geisterstadt. Die Beamtin, Wanda, erkennt mich gleich wieder. Legt ihren Stift weg. Sie scheint in Verteidigungshaltung zu gehen, denn wahrscheinlich denkt sie, ich bin hier, um – wie Maggie es angedroht hat – Stunk zu machen, weil mein Vater außerplanmäßig gestorben ist. Wir liefern uns ein bizarres Blickduell, während wir beide darauf warten, dass die jeweils andere zuerst den Mund aufmacht. Wanda hat ja keine Ahnung, dass ich das, wenn nötig, den ganzen Tag durchhalten kann. Ich habe lebenslange Übung darin, die Menschen mit meiner Gegenwart zu verunsichern.

Schließlich gibt sie nach, denn ihre freundlichere Seite gewinnt. »Wie heißt du, Liebes?«

»Tessa.«

Wanda verschränkt die Arme vor der Brust und lehnt sich in ihrem Stuhl zurück. »Was brauchst du denn, Tessa?«

»Meine Schwester war neulich abends hier«, sage ich. Ich weiß nicht, wie ich es am besten formulieren soll. »Ich bin auf der Suche nach ihr. Hat sie vielleicht eine Telefonnummer hinterlegt oder …«

»Diese Informationen können wir nicht herausgeben.« Wanda schüttelt den Kopf, um ihre Aussage zu bekräftigen.

Verzweiflung packt mich. »Aber sie ist meine *Schwester*. Ich brauche bloß eine Telefonnummer oder so was.«

Wandas Miene wird etwas weicher. Bestimmt erinnert sie sich daran, dass ich nicht die Gelegenheit hatte, mich von meinem Vater zu verabschieden. Wenn ich ihr leidtue, kann ich das zu meinem Vorteil nutzen.

»Bitte«, flehe ich, das arme Waisenkind spielend. »Ich hab sie seit zehn Jahren nicht mehr gesehen.«

Wanda stößt sich vom Tisch ab und rollt auf ihrem Stuhl davon. Dabei hält sie die ganze Zeit Blickkontakt mit mir, bis sie etwas in ihren Computer eingibt. Ich stehe da und bohre einen Fingernagel in mein zappelndes Bein. Ich höre das Summen eines Druckers, dann kommt Wanda mit einem Blatt Papier zurück, das sie mir hinschiebt.

Es ist ein Scan von Brandy Butlers Führerschein.

Instinktiv balle ich die Hand zur Faust, um nicht das Foto von ihrem Gesicht zu berühren. Obwohl es nur schwarz-weiß ist, kann ich erkennen, dass Joslins Haare blond gefärbt sind. Ihre Augenbrauen passen nicht dazu. Sie sind immer noch buschig und dunkel – *wie bei Brooke Shields,* hat Lori immer gesagt.

Es ist ihr Gesichtsausdruck, der sie verrät. Ihre Augen sind weit geöffnet – zu weit. Jos musste beim Blitz immer blinzeln, deshalb riss sie, wenn eine Kamera auf sie gerichtet war, automatisch die Augen auf. Bei diesem Anblick habe ich mich immer fast eingeschifft vor Lachen.

Wir besaßen nie einen Fotoapparat, deshalb hatten unsere Eltern auch keine Babybilder von uns. An den Tagen, an denen der Schulfotograf kam, behielt meine Mutter uns zu Hause, um sich die Peinlichkeit zu ersparen, uns ohne Geld für die Abzüge in die Schule schicken zu müssen.

Aber ich brauche keine Fotos, um zu wissen, dass Brandy Butler ohne jeden Zweifel meine Schwester ist.

Wanda reicht mir ein Post-it, damit ich mir die Adresse aufschreiben kann. Ich greife nach dem Stift, der mit einer Kette am Tisch befestigt ist, und kritzle auf den Zettel: *34E Federal Street, Allentown, PA.*

»Du hast das nie gesehen«, sagt Wanda sanft, aber mit Nachdruck. Ich sehe sie an und nicke.

»Ähm.« Wieder fehlen mir die Worte. »Was ist mit Annette? Glenns Frau. Ist sie auch gekommen, um sich zu verabschieden?«

Das Mitgefühl in Wandas Miene verwandelt sich in ausgewachsenes Mitleid. Natürlich ist meine Mutter nicht gekommen.

»Annette wird immer noch als seine nächste Angehörige geführt«, sagt sie. »Soweit ich weiß, ist sie seit Jahren nicht mehr da gewesen. Die Nummer, unter der wir versucht haben, sie zu erreichen, war eine Arbeitsstelle. Angeblich ist sie auch dort seit einer Weile nicht mehr gewesen.«

Ich nicke, nicke, nicke. Auf keinen Fall werde ich dieser Fremden gegenüber zeigen, dass ich schon seit Jahren nicht mehr so viele Informationen über meine Mutter bekommen habe.

Meine Mom sprach nie über meine Großmutter, als ich klein war. Klar, sie hatte uns schließlich glauben lassen, ihre Eltern seien beide tot. Als Gram von mir erfuhr, wirkte sie nicht sonderlich überrascht darüber, dass es mich gab. Oder dass meine Mutter gelogen hatte.

»Ich sag dir, was ich deiner Schwester auch gesagt habe.« Wanda beugt sich vor. »Ich darf eigentlich keine Angaben über die Familienangehörigen von Insassen rausgeben, aber die Nummer der Black Rock Tavern steht im Telefonbuch, also kann ich dich ja schlecht davon abhalten, selbst dort anzurufen und nach einer ehemaligen Angestellten zu fragen.«

Was ich deiner Schwester auch gesagt habe. Meine Knie zittern. Ich stelle mir vor, wie sich jemand von hinten anschleicht und mir mit einem Baseballschläger in die Kniekehlen haut.

»Meine Schwester … hat nach meiner Mutter gefragt?«, krächze ich.

Wanda blinzelt, als wäre es das Normalste auf der Welt, dass meine Schwester unsere Mutter sehen will. In jeder anderen Familie wäre das so.

»Alles in Ordnung?«, erkundigt sie sich mit gerunzelter Stirn.

»Ja, es ist nur so, dass …« Dass ich gleich hier und auf der Stelle kotzen muss. »Egal. Danke.«

Es ist nur so, dass Joslin unsere Mutter gehasst hat, und trotzdem hat sie sich die Zeit genommen, nach ihr zu suchen. Es ist nur so, dass meine Schwester genau wusste, wo ich sein würde, wenn ich zurückkäme, und sie hat nicht einmal angerufen.

An der Tür fällt mir wieder ein, was ich Callie als Grund genannt hatte, hier vorbeizufahren. Beim Umdrehen knicke ich mit dem Knöchel um. Ich zittere. Callie hatte recht mit ihrer Vermutung, dass meine Schwester mich nur enttäuschen würde.

»Hat mein Dad irgendwas hinterlassen?«, frage ich Wanda. »Irgendwelche persönlichen Sachen?«

Sie runzelt die Stirn. »Meistens werfen wir diese Dinge weg, außer jemand von der Familie kommt sie abholen. Warte kurz, dann rufe ich den Kollegen aus seinem Block an.«

Ich vergrabe die Hände in den Taschen meines Kapuzenshirts, um sie zu wärmen. Die Klimaanlage lässt mir die Haare im Nacken zu Berge stehen. Ich muss an Callie draußen im Auto denken, der die Mittagssonne auf die Windschutzscheibe knallt.

Sofort habe ich ein schlechtes Gewissen. Aber nicht genug, um hier ohne etwas von meinem Dad rauszulaufen und sie damit noch misstrauischer zu machen.

Wanda legt den Hörer auf und bittet mich, kurz Platz zu nehmen. Der Beamte ist unterwegs. Ich ziehe mein Handy aus der Hosentasche, weil ich es nett finde, Callie zu schreiben, dass ich noch ein paar Minuten brauche. Dann wird mir klar, dass ich ihre Nummer gar nicht habe.

Stattdessen wende ich meine Aufmerksamkeit dem kleinen Fernseher zu, der in der Ecke an der Decke hängt. Der örtliche Nachrichtensender ist eingestellt.

Die kurze Meldung im Newsticker unten im Bildschirm sehe ich nur, weil ich dem nichtssagenden Bericht über die bevorstehende Hitzewelle keine Beachtung schenke:

Im Oktober werden dem Bundesberufungsgericht neue Beweise im Fall Wyatt Stokes vorgelegt. Wenn er kein neues Verfahren bekommt, könnte Wyatt Stokes bereits nächstes Jahr hingerichtet werden.

Ich ziehe den Reißverschluss meines Sweatshirts so weit zu wie möglich. *Oktober*. Bis dahin sind es nur noch ein paar Monate.

Was für neue Beweise haben seine Anwälte? Was halten sie zurück?

Ein Summen am Tor unterbricht meine Gedanken, und ein untersetzter Mann mit buschigem Bart in Gefängnisuniform betritt den Warteraum. »Lowell?«

Mit zitternden Beinen stehe ich auf. Er streckt mir eine durchsichtige Mülltüte hin.

»Das ist alles«, erklärt er mit einem dünnen Lächeln. Gefängnisangestellte sollten nicht so nett sein. Ich greife nach der Tüte und gehe, ohne mich bei ihm zu bedanken, denn offensichtlich habe ich für heute alle Dankbarkeit gegenüber Leuten, die Mitleid mit mir haben, aufgebraucht.

Sobald ich draußen bin, lasse ich mich mit dem Rücken gegen die Backsteinwand fallen. Kneife fest die Augen zu. Ich will eigentlich nichts von seinem Zeug. Ich will keine Erinnerungsstücke an den Mann, der uns verlassen hat, als das Geld ausging, und einmal im Jahr vom Gefängnis aus anrief, um Nachschub zu erbetteln.

Durch die Plastiktüte hindurch kann ich den Inhalt erkennen. Da sind eine Bibel, was echt witzig ist, und Zeichenblöcke. Jede Menge Zeichenblöcke, mit Skizzen darauf.

Dann hat mein Vater also im Gefängnis angefangen zu zeichnen. Besser als seine alten Hobbys, schätze ich, die sich hauptsächlich darauf beschränkten, Pillen einzuwerfen und Geld zu klauen.

Mir ist völlig egal, was sich in der Tüte befindet, rede ich mir ein, und dass es pure Neugier ist, die mich den Briefumschlag herausziehen lässt, der seitlich darin klemmt.

In seiner ungleichmäßigen Druckbuchstabenschrift ist ein Name draufgekritzelt.

TESSA.

Ich recke das Kinn Richtung Himmel und starre in die Sonne, bis der Druck hinter meinen Augen nachlässt. Ich werde ganz sicher nicht gefühlsduselig werden, nur wegen so eines Versagers, dem es wichtiger war, Geld für Schnaps und Zigaretten zu stehlen, als seine Kinder aufwachsen zu sehen.

Sie haben ihn geschnappt, nachdem er den dritten Laden überfallen hat – den, wo er Manuel Gonzalo in den Oberkörper geschossen hat. Der Pflichtverteidiger, der meinem Vater zugeteilt wurde, stellte ihn als Familienvater dar, den die kriselnde Wirtschaft und die Arbeitslosigkeit zum Äußersten getrieben hatten.

Mein Vater sei ein ehrlicher Mann gewesen, hätte hart gearbeitet. Er hätte Manuel Gonzalo niemals etwas antun wollen – mein Vater hätte lediglich Panik bekommen, als er sah, wie der Kassierer eine Waffe unter dem Tresen hervorzog, also hatte er zuerst geschossen.

Auch als Kind merkte ich, wenn jemand Quatsch erzählte. Mein Vater hatte diesen Laden mit einer Knarre und einem Plan betreten. Wir alle haben eine Wahl, und er hatte seine getroffen.

Ich drehe den Umschlag um, fahre mit dem Daumen über die Klebestelle. Jemand hat ihn bereits aufgerissen.

Er ist leer.

Wieder starre ich in die Sonne. *Du bist jetzt nichts mehr als Fleisch und Knochen,* denke ich, *und hast es trotzdem noch geschafft, mich zu enttäuschen.*

Ich höre den Minivan, bevor ich ihn sehe – *sie* sehe. Callie funkelt mich durchs heruntergelassene Beifahrerfenster an, die Hände zu einer *Was-soll-der-Scheiß?*-Geste erhoben.

Ich steige ein und stelle die Tasche zu meinen Füßen ab. »Tut mir leid.«

»Wir müssen nach Hause.« Ihre Fingerknöchel am Lenkrad treten weiß hervor. »Meine Mom hat angerufen. Die Polizei will wegen Ari mit mir reden.«

Alles, was sie sonst noch sagt, ist bloß ein dumpfes Rauschen in meinen Ohren. Ich bin immer noch ganz benommen von dem, was Wanda mir gesagt hat und was es bedeutet.

Jos war mir die ganze Zeit, die sie in Fayette war, einen Schritt voraus. Vielleicht hat sie unsere Mutter schon getroffen oder mit ihr geredet.

Den einzigen Vorsprung, den ich meiner Schwester gegenüber habe, ist jene eine Person, die alles daran gesetzt hat, mich von ihr fernzuhalten.

Callie ist so nervös, dass sie beinahe vergisst, die Handbremse anzuziehen, als wir bei ihr zu Hause ankommen. Auf der anderen Straßenseite parkt ein Streifenwagen. Durch das Wohnzimmerfenster der Greenwoods sehe ich den Hinterkopf eines Mannes.

»Es ist Ryans Onkel«, murmelt Callie, als wir die Stufen zur Haustür hinaufgehen. »Ich bin geliefert. Unter meinem Bett liegt eine große Flasche Wodka.«

»Die sind von der Mordkommission«, beruhige ich sie. »Ich bezweifle, dass die sich für deine Alkvorräte interessieren.«

Maggie lächelt nicht, als wir das Wohnzimmer betreten. Auf dem Sofatisch vor Jay Elwood steht eine Kaffeetasse. Auf dem anderen Sofa sitzt ein weiterer Beamter.

»Tessa, in der Küche stehen Sandwichs«, sagt Maggie. »Du hast bestimmt Hunger.«

Jay beobachtet mich. Er ist Ende vierzig, glatt rasiert. Er trinkt einen Schluck Kaffee, stellt die Tasse wieder ab. Stahlgraue Augen bohren sich in meine. Ich frage mich, ob er wohl erkennt, dass ich eine Lowell bin.

»In Ordnung«, sage ich. Die Küche liegt direkt neben dem Wohnzimmer, das heißt, solange sie nicht flüstern, kann ich die Unterhaltung mithören. Auf dem Tresen steht eine Platte mit Aufschnitt und Brötchen. Ich schiebe mir eine Scheibe Käse in den Mund und stelle mich dann neben den Kühlschrank, von wo aus ich einen Teil des Wohnzimmers überblicken kann.

»Wie geht's dir?«, erkundigt sich Jay. Keine Antwort.

»Das ist Pete.« Wieder Jay. »Ich hoffe, es ist in Ordnung, dass wir hier sind.«

»Wenn es um Ariel geht, dann sollten Sie besser mit ihren Freundinnen reden«, sagt Callie.

»Wir haben den Eindruck, dass ihr zwei euch nahestandet.« Jay zieht einen Stift aus der Hemdtasche. Klickt hintendrauf, einmal, zweimal.

Callie zögert. »Das ist lange her. Wir haben schon seit einer Weile nicht mehr miteinander geredet … Da hätten Sie bei Emily Raymes mehr Glück.«

Klick, klick. »Was ist mit Nick Snyder?«

Ich sehe Nick vor mir, wie er Callie bei der Mahnwache dieses Fläschchen gibt. Sein Ausraster, bevor wir reingegangen sind. Ich merke, dass Callie auch daran denkt, denn sie zögert. »Was ist mit ihm?«

»Er und Ariel waren zusammen, richtig?«

»Ja. Ein paar Monate lang, aber vor dem Abschluss haben sie sich getrennt.«

Klick, klick. »Er scheint ziemlich wütend auf sie gewesen zu sein.«

Pete, der Beamte auf der Couch, beugt sich vor. »Kennst du Nick gut?«

»Wir hängen mit denselben Leuten ab«, antwortet Callie.

»Wird er oft wütend?«, fragt Pete.

Callie ist still. Ich merke, dass es sie beunruhigt, wie schnell die Beamten die Unterhaltung auf Nick gelenkt haben. Natürlich fragen sie nach Ariels labilem Exfreund.

Callie murmelt etwas, und ich lehne mich an den Türrahmen, um sie besser hören zu können.

»Sie glauben, er hat Ari das angetan?«

Die Männer schweigen. Schließlich antwortet Jay.

»Wir wollen nur eine Vorstellung davon bekommen, mit wem sie ihre Zeit verbracht hat.«

»Dann sollten Sie mal bei ihrem Vater anfangen«, meint Callie. »Ari hatte total Schiss vor ihm. Er hat die Familie wie ein Nazi tyrannisiert, und sie konnte es kaum erwarten, da rauszukommen.«

»Callie«, mischt Maggie sich ein. »Das reicht.«

Unverständliches Gemurmel folgt. Dann stehen alle auf. Jay

steckt den Kuli zurück in die Hemdtasche. »Falls Nick irgendetwas weiß, ist es besser, wenn er jetzt damit zu uns kommt, bevor die Dinge unschön werden.«

»Was meinen Sie damit?«, fragt Callie.

Jays Miene ist ausdruckslos. »Er ist achtzehn, Callie. Falls es ein Unfall war und er das zugibt, läuft für ihn alles wesentlich unproblematischer.«

Callie schweigt. Ich klammere mich an den Griff der Kühlschranktür.

Jays Botschaft ist eindeutig: Nick Snyder ist alt genug, um vom Staat Pennsylvania hingerichtet zu werden.

9

Nachdem die Polizeibeamten gegangen sind, verschwindet Maggie mit dem Telefon in der Hand raus auf die Terrasse. An ihrer Stimme höre ich, dass sie mit Rick spricht. Die Stimme der Leute klingt unterschiedlich, je nachdem mit wem sie reden. Maggies Rick-Stimme ist sachlich, obwohl sie offensichtlich ziemlich durch den Wind ist. Das erkenne ich daran, dass sie eine Zigarette raucht – das habe ich sie seit meiner Kindheit nicht mehr tun sehen.

Ich gehe nach nebenan ins Wohnzimmer, wo Callie gerade eine Nachricht in ihr Handy tippt. Ihre Finger fliegen über das Display.

»Das ist echt so was von bescheuert«, schimpft sie, ohne mich anzusehen. »Die verschwenden bloß ihre Zeit.«

Etwas Ähnliches hatte ich auch gedacht. Die Polizei weiß, dass Ariel auf dieselbe Weise umgebracht wurde wie die Opfer des Monsters. Glauben die Beamten wirklich, dass Nick geplant hat, Ari umzubringen und ihre Leiche dann so zu drapieren, dass es aussieht wie ein Nachahmungsmord, oder wollen sie bloß schnell jemanden verhaften?

In den Nachrichten kam bisher noch nichts über eine mögliche Verbindung zwischen Ariels Tod und den Ohio-River-Morden. Ich kann mir vorstellen, wie der Pressesprecher der Polizei von Fayette mit der Chefredakteurin der Lokalzeitung telefoniert und anordnet, nichts zu veröffentlichen, was die Gerüchte wieder anheizen könnte, dass Wyatt Stokes unschuldig ist.

In der Gegend von Fayette hatte es nie einen ähnlich prominenten Fall gegeben wie den des Ohio-River-Monsters, und gewiss keinen, den sie hatten lösen können. Einer der Ermittler, die das Hundehaar auf Kristal Davis gefunden hatten, wurde Polizeichef. Der Staatsanwalt, der die Anklage gegen Stokes leitete, wurde zum Bezirksstaatsanwalt befördert.

Viele Leute kletterten durch den Monster-Fall auf der Leiter nach oben. Sollte das jetzt alles in sich zusammenstürzen, würden sie ganz schön tief fallen.

Das gilt für uns alle, wird mir klar. Wenn Maggie herausfindet, dass ich das mit dem Telefonat für mich behalten habe, wird sie mir nie wieder so begegnen wie bisher.

Und Callie … ich muss es Callie sagen. Ich muss meine Schwester nicht mehr beschützen. Sie hat es all die Jahre über selbst prima hinbekommen, sich vom Mord an Lori zu distanzieren. Aber Callie hat es verdient, über dieses Telefonat Bescheid zu wissen, vor allem jetzt, wo wir gemeinsam nach der Wahrheit suchen.

Ich weiß nur nicht, wie ich ihr erklären soll, warum ich es für mich behalten habe. Zuerst dachte ich, meine Schwester müsste ins Gefängnis – genau wie mein Vater –, wenn ich erzählen würde, dass sie die Polizei angelogen hatte. Ich ertrug die Vorstellung einfach nicht, sie zu verlieren, aber als sie sich aus dem Staub machte, wurde die Angst, ohne sie leben zu müssen, von etwas Schlimmerem abgelöst.

Was, wenn meine Schwester wirklich etwas mit Loris Tod zu tun hatte? Und was, wenn ich ihr unabsichtlich dabei geholfen habe zu entkommen?

Das wäre noch unverzeihlicher als die Lüge, Wyatt Stokes' Gesicht gesehen zu haben.

Ich schaue Callie an, die Worte bereits auf der Zunge. *Ich muss dir was sagen.* Doch sie hält den Blick aufs Handy gerichtet.

»Ich geh zu Ryan«, verkündet sie. »Irgendwie kann niemand Nick erreichen. Ich muss wissen, ob alles in Ordnung ist.«

»Okay«, sage ich und komme mir ein bisschen blöd vor, weil Callie mich nicht fragt, ob ich mitkommen will. Sie verlässt das Haus und ruft dabei noch ihrer Mutter zu, sie sei bald zurück. Maggie kommt wieder herein, immer noch im Morgenmantel. Mit einem müden Lächeln erklärt sie mir, dass sie ein Bad nehmen wird.

Ich bin allein.

Jetzt kann ich den Computer benutzen.

Zuerst aber rufe ich Gram an und hinterlasse ihr die Nachricht auf dem Anrufbeantworter, dass ich nicht heute mit dem 15-Uhr-59-Flug in Orlando ankommen werde. »Eine alte Freundin ist unerwartet gestorben, ich bleibe noch bis zur Beerdigung, keine Sorge, mir geht's gut. Ach so, und ich habe immer heimlich die einäugige Katze gefüttert, die unter der Veranda herumlungert. Sorry. Unter meinem Bett stehen ein paar Dosen Whiskas, wenn du das übernehmen könntest. Noch mal sorry.«

Dann rufe ich Jana an, meine Chefin im Chili's, und sage ihr, dass ich mir noch ein paar Tage freinehmen möchte wegen des Todes meines Vaters. Sie meint, ich soll mir so viel Zeit nehmen, wie ich brauche. Was ich wirklich brauche, ist das Geld, aber ich nehme sie beim Wort, dass mein Job noch auf mich wartet, wenn ich zurückkomme – obwohl es in Orlando nicht an vom Disneykonzern Abgelehnten mangelt, die bereit sind, in einer Restaurantkette Tische abzuräumen.

Wenn ich etwas über das Leben gelernt habe, dann, dass nicht jeder den Micky-Maus-Anzug tragen darf.

Ich warte, bis ich oben das Wasser rauschen höre, dann schalte ich den Computer ein, dasselbe Modell von Dell, das die Greenwoods schon vor acht Jahren hatten. Das Teil hat so viele Systemupdates erlebt, dass es wie ein hirntoter Patient läuft. Rick war früher schwer internetpornosüchtig. Vielleicht hat ihm die

Therapeutin, zu der Maggie ihn gezwungen hat zu gehen, das mit dem Online-Poker vorgeschlagen.

Als der Computer stotternd zum Leben erwacht ist, suche ich als Erstes nach der Adresse auf dem Führerschein meiner Schwester: *34E Federal Street, Allentown, PA.*

Laut Google steht 34E Federal Street in Allentown zum Verkauf. Es handelt sich um eine Zwangsvollstreckung. Die Bilder zeigen kahle, schlecht verspachtelte Wände. Einen Teppich, der wahrscheinlich einmal beige war. Eine Küche, aus der die Geräte herausgerissen worden waren.

EINLIEGERWOHNUNG VERFÜGBAR!, prahlt die Anzeige. Dazu Fotos eines angegliederten Ein-Zimmer-Apartments.

Laut der Immobilienanzeige ist das Haus seit achtundvierzig Tagen auf dem Markt. Wer auch immer in der 34W Federal Street gewohnt hat, ist schon eine Weile weg. Joslin könnte inzwischen überall sein.

Trotzdem klicke ich mich durch alle Bilder. Das Haus ist verglichen mit fast allem ein Drecksloch, aber ich bin so neidisch auf Jos, dass ich beinahe zittere. Irgendwann hat sie mal da gewohnt. Allein. Wahrscheinlich hatte sie die kleine Wohnung gemietet.

Ich muss daran denken, wie Jos und ich aneinandergequetscht in einem Einzelbett oben in unserem Haus lagen. Ich denke an den zu Kleinholz gehackten Schaukelstuhl auf unserer alten Veranda, eine Verzweiflungstat, um den Ofen im Wohnzimmer zu befeuern. Das Haus roch immer nach Rauch und Alkohol und irgendetwas Ekligem in den Teppichen von den Vormietern.

Jos hat all das hinter sich gelassen. Uns hinter sich gelassen.

Ich lösche *34E Federal Street, Allentown* aus der Chronik. Dann, bevor ich es mir noch anders überlege, google ich *Black Rock Tavern.*

Ich bekomme eine Adresse und Telefonnummer von einem Restaurant in Clearwater. Auf Yelp hat es noch schlechtere Bewertungen bekommen als das Chili's, in dem ich in Florida arbeite.

Es sieht so aus, als wäre meine Mutter nicht ganz so weit gekommen wie Jos. Clearwater liegt ungefähr eine halbe Stunde nördlich von Fayette. Ich wähle, wobei ich jede Zahl dreimal überprüfe, während ich sie eingebe. Nach dem zweiten Läuten nimmt ein Mann ab.

»Black Rock.«

Als ich beschloss, meine Schwester ausfindig zu machen, kam mir nie in den Sinn, dass ich es möglicherweise über meine Mutter würde tun müssen – was aus zweierlei Gründen problematisch war.

Erstens: Der einzige Mensch aus meiner Vergangenheit, den ich noch weniger wiedersehen will als meinen Vater, ist meine Mutter.

Zweitens: Ich bin ein Feigling.

Ich lege auf.

Mein Vater hat mir aus dem Gefängnis einen Brief geschickt, ein einziges Mal. Eine Seite, vorn und hinten beschrieben, über mein Leben, so, wie er sich erinnerte. Er schrieb, ich sei als Kleinkind ein »Schreihals« gewesen, und wenn er mir den Sauger eines Fläschchens in den Mund steckte, damit ich still war, hätte Jos immer gesagt: »Nein, Daddy, so geht das«, und anhand ihrer Puppe den richtigen Gebrauch eines Schnullers vorgeführt.

Dann gab es noch unsere Papa-Tochter-Abende im Boathouse, einem Restaurant am Fluss. Dort teilten wir uns eine Portion Eis und spielten mit dem Platzset aus Papier und den Buntstiften auf dem Tisch Tic Tac Toe.

In meiner Erinnerung ist das alles anders. Ich weiß noch, wie mein Vater Jos angebrüllt hat, dass sie fast zehn sei und zu alt dafür, dauernd eine verdammte Babypuppe herumzutragen. Ich weiß noch, wie er alle paar Monate mit ein bisschen Extrageld nach Hause kam und mich ins Boathouse geschleppt hat, bevor meine Mutter von ihrem Putzjob zurückkam. Dort parkte er mich mit einem Becher Eis in einer der Nischen, während er den Rest seines Kleingelds an der Theke versoff.

Und mehr als an alles andere erinnere ich mich daran, wie meine Mutter reagierte, als sie den Brief unter meinem Kissen fand, die Ecken fleckig von fettigen Fingerabdrücken und an den Stellen, wo ich das Papier immer wieder gefaltet und aufgefaltet hatte, die Tinte schon ganz verblasst. Sie warf ihn in den Holzofen, während ich schluchzend nach meinem Daddy rief. Dann packte sie mich an den Schultern und brüllte: »Daddy kommt nie wieder zurück.«

Selbst damals wusste ich, dass sie genau das immer gewollt hatte: Jos und mich für sich allein zu haben. Meine Mutter wollte immer gerne glauben, dass wir ihr mehr gehörten als irgendjemandem sonst. Wahrscheinlich hegte sie deshalb so einen Groll gegen Joslin und meinen Vater. Joslin wurde genau wie er, obwohl sie nicht seine leibliche Tochter war. Jos und mein Vater lachten beide gern über krasse Dinge: *South-Park*-Folgen zum Beispiel, oder wenn mein Vater sich mit einer Drahtzange die Fußnägel schnitt, während meine Mutter sich kreischend beschwerte, wie eklig er sei.

Vor allem hasste sie es, dass Joslin sie nicht brauchte. Wann immer meine Mutter wegen uns Panik schob, was sie oft tat, wenn wir uns verletzt hatten oder eine von uns nicht mehr aufhören konnte zu kotzen, fuhr mein Vater sie an. »Himmelherrgott, Net, jetzt reiß dich mal zusammen. Kinder sind zäher, als du denkst.«

Ich wusste immer, dass er eigentlich von Joslin sprach, wenn er das sagte.

Ich habe nie einen weiteren Brief von ihm bekommen. Vermutlich hat meine Mom sie abgefangen und verbrannt.

Jedenfalls habe ich keine Angst vor meiner Mutter. Ich habe Angst davor, was ich tue, wenn ich sie sehe.

Sie war alles, was mir noch geblieben war, und sie ließ zu, dass Gram mich von dem einzigen Zuhause wegholte, das ich je gekannt hatte. Diese Wunde hat die Zeit nicht geheilt. Stattdessen hat mich die Zeit mit genug Wut ausgestattet, um mich wenn nötig selbst zu zerstören und sie dabei mitzureißen.

Die Zeit hat mich meinem Vater ähnlicher gemacht.

Ich hole tief Luft und wähle noch einmal.

»Black Rock.« Dieses Mal klingt der Mann genervt.

»Ähm. Arbeitet bei Ihnen jemand namens Annette?«

»Seit über einem Jahr nicht mehr, nein.«

»Oh. Okay. Tut mir leid.« Ich zupfe an einem der Fäden an meiner Jeans herum. »Haben Sie eine Ahnung, wo sie jetzt sein könnte?«

In diesem Moment fängt das Telefon der Greenwoods an zu läuten und übertönt beinahe die Antwort des Mannes. Ich stecke mir einen Finger ins Ohr.

»… drüben in Deer Run gewohnt«, sagt er. »Aber das war vor mehr als einem Jahr, wie schon gesagt.«

»Okay. Danke.«

Deer Run ist eine Wohnwagensiedlung am Rand von Clearwater. Es gibt dort einen Walmart, was bedeutet, dass meine Mutter zum Einkaufen nicht mehr nach Fayette musste, berühmt für sein heruntergekommenes Mega-Store-Viertel.

Es überrascht mich nicht wirklich, dass Annette dort gelandet ist. Für heimelige Wohnanlagen mit Ein-Zimmer-Apartments muss man weiter nach Norden. Hier in der Gegend gibt es bloß leer stehende Häuser mit Gehört-der-Bank-Schildern auf dem Rasen und eben die Wohnwagensiedlungen. Jede Menge davon.

Im Erdgeschoss der Greenwoods ist es ruhig, denn Maggie liegt immer noch in der Badewanne. Ausnahmsweise könnte ich mich verdrücken, ohne eine Erklärung abgeben zu müssen. Ich mag Maggie nicht anlügen, aber lieber sterbe ich, als ihr die Wahrheit zu sagen. Nämlich dass meine Mutter in den vergangenen zehn Jahren weder angerufen, geschrieben noch mich besucht hat und dass ich nicht einmal genau weiß, wo sie jetzt lebt.

Als ich gerade loswill, knarren die Treppenstufen. Maggie bindet ihren Bademantel fester zu und sieht mich mit schief gelegtem Kopf an.

»Gehst du?«, fragt sie.

»Nur ein bisschen … raus.«

»Wenn du nicht möchtest, dass ich dich fahre, kannst du dir auch Callies Fahrrad aus der Garage nehmen«, meint sie. »Das hat sie schon seit Jahren nicht mehr benutzt.«

»Danke. Das wäre super.«

Also mache ich kehrt und gehe durchs Wohnzimmer zur Tür, die aus der Küche in die Garage führt. Das Sonnenblumenfahrrad, das Callie als Kind besaß, hängt kopfüber von einer Schiene an der Decke. Ein Erwachsenenrad – babyblau im Retrolook – mit einem weißen Korb steht hinten in der Ecke an Ricks Werkbank gelehnt. Als ich den Lenker berühre, flattert ein Weberknecht aus dem Korb. Ich trete die Spinnweben zwischen den Speichen weg und schiebe das Fahrrad aus der Garage hinaus die Einfahrt hinunter.

Seit meiner Kindheit habe ich nicht mehr auf einem Rad gesessen. Beim Aufsteigen schieße ich übers Ziel hinaus und lande fast auf dem Asphalt. Hoffentlich hat das niemand gesehen.

Es heißt doch immer: »Fahrradfahren verlernt man nicht«, sage ich mir, während ich die Straße entlangeiere und versuche, geradeaus zu fahren. Nach einigen Tritten in die Pedale werde ich sicherer, aber ich drehe trotzdem eine Übungsrunde um den Block, einfach nur weil ich heute noch nicht sterben will.

Der Schmerz in meinen Waden und der Fahrtwind im Nacken machen mich sofort hellwach. Es ist toll, nicht mehr zu Fuß gehen zu müssen. Ich schalte hoch und trete fester, worauf die Kette unter mir ächzt. Wahrscheinlich hätte ich sie ölen sollen, wenn Callie seit Jahren nicht mehr gefahren ist.

Die Ampel an der Kreuzung zur Hauptstraße überrascht mich, sodass ich rutschend zum Stehen komme. Unter mir erklingt ein beunruhigendes *Plopp*. Auf der Straße ist kein Verkehr, aber ich schiebe das Fahrrad trotzdem vorsichtig an den Seitenstreifen, um mir den Schaden genauer anzusehen.

»Verdammt!«, zische ich. »Scheiße. Was für 'ne Kacke, echt. Verdammt noch mal.«

Mit einem Platten werde ich die fünfzehn Kilometer nach Deer Run und zurück niemals schaffen. Ich bin nur zehn Minuten von den Greenwoods entfernt, falls ich umdrehen und wieder zurückfahren will. Allerdings befindet sich die Tankstelle nur ein paar Hundert Meter die Straße rauf. Dort könnte ich versuchen, Callies Reifen wieder aufzupumpen. Vielleicht sind sie bloß alt und brauchen etwas Luft.

Mit dem Ärmel meines T-Shirts wische ich mir den Schweiß aus den Augen. Irgendwie muss ich nach Deer Run kommen, und ich werde sicher nicht zu Fuß gehen, also bleibt mir nur eine Möglichkeit. Ich steige vom Fahrrad und schiebe es die Main Street entlang bis zum Quik Mart. Die Jungs, die gestern mit mir die Polizei vor Aris Haus beobachtet haben, fahren auf dem Parkplatz mit ihren Skateboards herum. Decker Lucas sieht vom Randstein aus zu, eine Tüte Süßigkeiten auf dem Schoß.

»Hey.« Er winkt mich mit einer seiner Zuckerstangen zu sich herüber. »Du schon wieder.«

»Ich schon wieder«, sage ich.

»Wow, wie kannst du denn damit fahren?« Decker zeigt auf Callies Reifen.

Ich nehme die angebotene Zuckerstange, während Decker das Vorderrad inspiziert. »Hübsches Loch«, sagt er. »Ich hab Flickwerkzeug.«

»Echt?« Ich könnte ihn vor Freude umarmen. Aus irgendeinem Grund ist der Wunsch, *jetzt sofort* nach Deer Run zu kommen, wie ein Pochen in meiner Brust.

»Aber bei mir zu Hause«, sagt er, und ich falle in mich zusammen.

»Oh.« Mit den Zähnen reiße ich die Süßigkeit auseinander.

»Ich wohne gleich um die Ecke, hinter der Schule«, meint Decker. »Wir können kurz hinlaufen.«

»Super. Danke. Ich kauf dir auch Zuckerstangennachschub oder so.«

Decker winkt lachend ab. Er sagt seinen Freunden nicht, wo er hingeht, und es scheint sie auch nicht zu interessieren. Ich schiebe Callies Rad den Gehweg entlang, während Decker auf seinem Skateboard die Straße runterrollt.

»Und, bist du jetzt, du weißt schon … wieder da?« Decker bleibt plötzlich stehen und wartet, bis ich ihn eingeholt habe, vermutlich weil er gemerkt hat, dass es unhöflich war, mich einfach so abzuhängen.

»In Fayette?« Es ist keine schwierige Frage, aber ich habe trotzdem Probleme, sie zu beantworten.

»Ja. Bist du für länger hier?«

»Nein.« Ich zupfe am Gummiband von Callies Lenker herum. »Mein Dad war krank. Ich bin gekommen, um mich zu verabschieden.«

Ich blicke zu Decker auf, der große Augen macht. »Das ist ja echt Mist«, sagt er. »Wir können die Abkürzung hier über den Fußballplatz nehmen.«

Ich folge ihm, dankbar, nichts weiter dazu sagen zu müssen. Rechts von uns zieht sich ein Maschendrahtzaun am Spielplatz der Grundschule entlang. Die Geräte aus meiner Kindheit haben sie alle ausgetauscht.

»Ich wohne gleich auf der anderen Straßenseite«, sagt Decker. »Pass auf die Gänsekacke auf.«

Wir bahnen uns einen Weg zwischen den grünen Haufen hindurch, als wäre es ein Minenfeld, und durchqueren dann ein kleines Wäldchen am Rand des Fußballplatzes. Es führt zu einer ruhigen Seitenstraße. Nachdem ein Auto vorbeigefahren ist, folge ich Decker auf die andere Seite.

Das Haus ist ein dunkelgrünes Gebäude im Ranch-Stil. In der Einfahrt parkt ein altes Auto. Als Decker das Steckschloss an der Garage öffnet und das Tor aufschiebt, sehe ich, weshalb das Auto nicht drinnen steht: Es gibt keinen Platz dafür. Von einer Wand zur anderen stapeln sich wasserfleckige Kartons. Alte Telefonbücher. Es sieht aus wie bei einer dieser Shows, die Gram gerne anschaut, wo so ein Typ im Schutzanzug ein Haus betritt, in dem er vielleicht eine tote Katze oder zwei finden wird, und am Ende weinen alle Freudentränen.

»Ähm«, macht Decker, »meine Mom wirft nicht gerne etwas weg.«

»Kein Problem«, sage ich, weil seine Ohren am Rand ganz rot sind.

»Vieles davon ist Zeug von meinem Dad«, murmelt er weiter. »Elf Jahre, und meine Mom glaubt immer noch, dass er zurückkommt, um es abzuholen oder so.«

Er tippt sich mit dem Finger auf das Grübchen in seiner Kinnmitte, als hätte er vergessen, weshalb wir hergekommen sind. »Ach ja! Das Flickzeug.«

Ich stehe etwas linkisch herum, die Hände in den Taschen, während Decker in den Tiefen der Garage verschwindet. Es raschelt, dann kehrt er mit Fahrradflickzeug zurück. Ich setze mich ins Gras, ziehe die Knie an die Brust und sehe zu, wie er sich am Reifen zu schaffen macht.

»Und, für wie lange bist du dann hier?«, erkundigt er sich.

»Eigentlich sollte ich schon wieder weg sein. Aber ich wollte noch bis zu Ari Kouchinskys Beerdigung bleiben.«

»Ich erinnere mich noch dunkel daran, wie ihr mit diesen kleinen Plastikbären in Ms. Brogans Kindergartengruppe gespielt habt. Sie hat gesagt, die Dinger wären zum Zählenüben da, aber ihr habt immer Bärenarmeen draus gemacht.« Decker hockt sich auf die Fersen und klemmt die Zunge in den Mundwinkel, während er nach Callies Reifen nun auch die Kette inspiziert. »Ich kann gar nicht glauben, dass sie tot ist. Wer sollte ihr etwas antun wollen? Sie war so nett.«

Es sind immer die netten Mädchen, denen man wehtut. Als würde das Universum eine Art perverse Befriedigung daraus ziehen, die netten Mädchen eines nach dem anderen auszuschalten, während die ganze Welt zusieht und dann ebenfalls eine perverse Befriedigung daraus zieht, den Verlust eines weiteren netten Mädchens zu betrauern.

»War wahrscheinlich irgend so ein Widerling«, sage ich.

Decker pumpt Luft in beide Reifen. »Ich hab gehört, es soll wieder das ORM gewesen sein.«

Er deutet mein Schweigen als Unverständnis. »Das Ohio-River-Monster. Sorry, ich hab schon wieder vergessen, dass du von hier weggezogen bist, als das passiert ist.«

Mir läuft es kalt den Rücken runter. »Wo hast du das gehört?«

»Von meiner Mom.« Es scheint ihm peinlich zu sein. »Aber sie liest viel komisches Zeug. Verschwörungstheorien, dass die Polizei weiß, dass sie wahrscheinlich den Falschen verhaftet haben, aber sie wollen nicht zugeben, dass das Monster immer noch frei herumläuft.«

Also erinnert sich Decker offenbar nicht daran, dass ich gegen Stokes ausgesagt habe. Oder vielleicht wusste er es auch nicht. Die Zeitungen haben Callie und mich nie namentlich als Zeugen genannt, da wir noch minderjährig waren und der Richter eine Nachrichtensperre über unsere Aussage verhängt hatte, um uns zu schützen. Viele Leute wussten trotzdem, dass Callie und ich irgendwie in den Prozess verwickelt waren, aber die meisten unserer Klassenkameraden hatten keine Ahnung, warum wir so oft vom Unterricht befreit waren. Ich greife nach einem Zweig auf dem Rasen und zerbreche ihn über meinem Daumen. »Ich glaube nicht, dass es das Ohio-River-Monster war. Die Bullen scheinen überzeugt davon, dass es Ariels Exfreund war.«

»Nick Snyder?« Decker wirkt nachdenklich. »Der Typ ist ein Idiot. In der zehnten Klasse hat er mich mal voll ins Gesicht geboxt. Dabei hatte ich ihm gar nichts getan. In diesem speziellen Fall zumindest nicht.«

Gegen meinen Willen muss ich lächeln. »Was hast du denn angestellt?«

»Nichts.« Decker wischt sich die verschmierten Hände an den Shorts ab. »Ich habe nur so vor mich hin gegrinst, wie ich das eben manchmal mache, und Nick dachte, ich lache über ihn. Also hat er mir eine reingehauen.«

Mein Lächeln erstirbt. Decker tut mir leid. Es muss in dieser Stadt schwierig sein, einen freien Geist zu haben. Wohin auch immer man geht, ständig will ihn jemand auslöschen.

Als ich aufstehe, ist mir ein bisschen schwindelig.

»Danke dir.« Ich zeige aufs Fahrrad und nicke Decker zu. Er strahlt.

»Jederzeit. Hey, ich krieg vielleicht einen Job in diesem Fahrradladen in der Stadt. Dann könnte ich dir neue Reifen besorgen.«

Er scheint so unbedingt helfen zu wollen, dass ich es nicht übers Herz bringe, ihm zu sagen, dass es nicht mal mein Rad ist. »Klar. Okay.«

Decker kratzt sich am Nacken, wobei sein T-Shirt hochrutscht und einen Streifen bleichen, haarigen Bauch freigibt. »Hast du dein Handy dabei? Dann geb ich dir meine Nummer.«

Ich krame in meiner Hosentasche herum und bin dabei so ungeschickt, dass mein Handy herausfällt und über die Einfahrt Decker genau vor die Füße schlittert. Bevor ich mich danach bücken kann, hat er es schon aufgehoben und aufgeklappt, um mit gerunzelter Stirn seine Kontaktdaten einzugeben.

Am liebsten würde ich es ihm aus der Hand reißen, falls er sieht, dass ich die Nummer vom Bezirksgefängnis von Fayette gespeichert habe. Doch seine fröhliche Miene bleibt unverändert. Als er fertig ist, reicht er mir das Handy mit aufgeklapptem Display zurück.

Er hat sich in meine Kontakte als »DECKER, DEIN GUTER FREUND« eingetragen.

Ich winke ihm zum Abschied zu und steige wieder auf Callies Rad. Vermutlich werde ich seine Nummer behalten, weil man nie weiß, wann man hier in der Gegend einen guten Freund brauchen kann.

Die Strecke nach Deer Run verläuft geradeaus Richtung Süden. Braune, vertrocknete Erde erstreckt sich kilometerlang auf beiden Seiten. *Wir brauchen mal wieder einen ordentlichen Platzregen,* pflegte meine Mutter zu sagen. Aber wenn der Regen dann endlich nach Fayette kommt, fühlt es sich an, als würde er Tage anhalten.

Auf dem Schild steht WILLKOMMEN IN DEER RUN: EINE MOBILE SIEDLUNG. Zwei Typen mit nacktem Oberkörper, vermutlich Mitte zwanzig, blicken von ihrem Trinkspiel-Pingpong auf dem Rasen auf, um mich anzustarren.

Deer Run gehört nicht zu den Crystal-Meth-Siedlungen. Hier leben vor allem Familien – das erkenne ich an den Wäscheleinen, die vor jeder Behausung gespannt sind. Schlafanzughosen, Stoffwindeln, ein T-Shirt mit *Thomas, die kleine Lokomotive* drauf.

Ich stelle mir vor, wie meine Mutter und Jos in einem der Wohnwagen sitzen, so eine Art seltsames Familientreffen, zu dem ich nicht eingeladen wurde, und ich mache beinahe kehrt.

Doch dann folge ich dem Lärm – kreischende Kinder, Planschgeräusche, ein Radiosender, der die Top 40 spielt – zu einem weißen Gebäude mit der Aufschrift VERWALTUNG. Drinnen sitzt eine Frau neben einem Ventilator und liest eine Ausgabe der Zeitschrift *People*. Sie blickt auf, als ich mich räuspere.

»Ich suche Annette Lowell.«

Die Frau wendet sich wieder ihrer Zeitschrift zu. Blättert eine Seite um. »Wohnt hier nicht mehr.«

Da hätte ich auch selbst draufkommen können. Normalerweise hätte ich mich jetzt davongeschlichen, vor lauter Peinlichkeit, überhaupt den Mund aufgemacht zu haben, aber ich bin nicht den ganzen Weg durch die Death-Valley-Hitze geradelt, um ein Nein zu akzeptieren.

»Ich muss sie finden.« Ich bin selbst erschrocken, wie nachdrücklich es klingt.

Die Frau lässt ihre Zeitschrift sinken. »Tja, nun, wenn du sie findest, kannst du ihr ausrichten, dass sie uns zwei Monatsmieten schuldet.«

Ich balle die Hand zur Faust. »Okay. Dann klopfe ich hier jetzt an jede Tür, bis ich jemanden finde, der weiß, wo sie ist.«

Eigentlich rechne ich damit, dass sie mich anschnauzt oder mir sagt, es ist sinnlos, weil niemand hier weiß, wo Annette Lowell steckt. Stattdessen zuckt sie mit den Schultern. »Dann fängst du am besten mit Maddie an.«

»Maddie?« Ein schrecklicher Gedanke kommt mir: Ist Maddie die Tochter meine Mutter? Es ist lange genug her, dass meine Mutter eine neue Familie hätte gründen können.

»Babysitter«, sagt die Frau. »Gleich da hinten.«

Ich nicke ihr zu und gehe dort hinaus, wo ich reingekommen bin. Dann umrunde ich das Gebäude. Auf der Rückseite gibt es eine Betonplatte mit einer Schaukel und einem Sandkasten. Ein trauriger Ersatz für einen Spielplatz. Dahinter befindet sich ein Schwimmbecken, wo eine Gruppe älterer Kinder herumplanscht.

Ein kleines Mädchen, das einen Kinderwagen mit einer schmutzigen Decke darin herumschiebt, bleibt stehen, um mich anzuglotzen. Außer einem knallpinkfarbenen Bikinihöschen hat sie nichts an. Sie zieht den Daumen aus dem Mund, um mit mir sprechen zu können. »Hi.«

»Hi«, sage ich. »Ist Maddie da?«

Sie zeigt auf eine Reihe von Gartenstühlen. Auf einem von ihnen sitzt ein Mädchen, das kaum älter als fünfzehn sein kann. Ihre Augen kleben an ihrem Handy. Zu ihren Füßen stolpert ein Kleinkind in einer Windel herum, eine Löwenzahnblüte in der Faust.

Als ich mich Maddie nähere, werde ich auf einmal unsicher. Sie trägt ein Bikinitop und Jeans. Alles an ihr ist ein bisschen zu schrill, angefangen bei ihren messingfarbenen Strähnchen bis hin zum Eyeliner, aber sie ist hübsch. Obwohl ich mindestens drei Jahre älter bin, komme ich mir klitzeklein vor.

»Bist du Maddie?«

Sie lässt das Handy genervt in den Schoß sinken. »Ja.«

»Ich suche Annette Lowell«, sage ich. »Kennst du sie?«

»Sie hat auf die Kinder aufgepasst und so.« Maddie zuckt mit den Schultern. »Vor mir.«

»Wie lange ist das her?«

»Sie war 'ne Weile hier. Mehr als ein Jahr. Phoebe hing ziemlich an ihr.«

Maddie sieht das kleine Mädchen mit dem Kinderwagen an, das mit großer Sorgfalt die Decke zurechtzieht. Sie kann nicht älter als fünf oder sechs sein. Ich muss hier raus, weg von diesem Kind, das mich mit seinem unsichtbaren Baby schrecklich deprimiert. Hat sie geweint, als meine Mom ging? Ich darf nicht daran denken.

»Was ist mit einer blonden jungen Frau, so um die sechsundzwanzig?« Ich bohre den Finger durch das Loch seitlich am Hosenbein. »Hat sie diese Woche nach Annette gefragt?«

Maddies Augenlider flattern, als sie mich das erste Mal richtig ansieht. Hoffnung macht sich in mir breit, aber sie greift nach ihrem Handy. »Nö.«

Ich hasse mich dafür, dass ich ein kleines bisschen enttäuscht bin. »Wann ist Annette weggegangen?«

»Vor ein paar Monaten«, sagt Maddie. »Sie hat gemeint, sie zieht in die Hütte ihrer Familie. Mehr weiß ich nicht«, fügt sie noch hinzu, den Blick wieder aufs Display gerichtet. Das Baby zu ihren Füßen kriecht unter den Stuhl und taucht dann auf der anderen Seite wieder auf. Stolpert auf die Musik zu, die vom Pool kommt.

Ich wende mich zum Gehen, doch dann bleibe ich doch noch mal stehen. »Du solltest ein Auge auf das Baby haben. Das Tor zum Pool ist offen.«

Maddies Reaktion warte ich nicht mehr ab. Auf einmal spüre ich, wie etwas sanft an meiner Hand zieht.

»Geht's Nettie gut?« Phoebe, das kleine Mädchen, blickt mit großen babyblauen Augen zu mir auf.

»Ich weiß nicht«, antworte ich. »Aber ich werde versuchen, sie zu finden.«

Phoebes Augen werden schmal, und sie zieht ihre Hand

zurück. Ich habe wohl etwas gesagt, womit ich ihr Vertrauen verspielt habe.

»Du kannst sie nicht finden«, flüstert Phoebe dumpf. »Weil sie sich vor dem Monster versteckt.«

10

Ich gebe dem Klappständer von Callies Fahrrad einen etwas heftigeren Tritt als nötig, bevor ich mich wieder in den Sattel schwinge. Dabei stoße ich mir den Zeh an und fluche leise. Jos war nicht hier, um meine Mutter zu suchen, und ich bin den beiden kein Stück näher gekommen.

Bis ich wieder die Hauptstraße erreicht habe, bin ich überzeugt davon, dass ich mir Dinge einbilde. Phoebe hat garantiert nicht gesagt, dass meine Mutter sich vor *dem Monster* versteckt. Bestimmt hat sie *den Monstern* oder *einem Monster* gesagt. Irgendeine Kombination aus Hitze und meinem Hirn hat mir einen Streich gespielt und mich *das* Monster hören lassen.

Aber was für eine Art von Monster? Hat sich meine Mutter mit einem gewalttägigen Mann eingelassen oder einem Schwerverbrecher aus Deer Run? Ist sie dort weggegangen, um ihm zu entkommen, und hat es Phoebe gegenüber so formuliert, damit das kleine Mädchen nicht traurig ist?

Oder vielleicht denkt Phoebe sich einfach irgendwas aus, weil sie ein Kind ist und Kinder so etwas tun.

Aber was ist, wenn meine Mutter Phoebe *wirklich* gesagt hat, dass sie sich vor dem Monster versteckt? Weiß meine Mutter etwa, wer diese Mädchen in Wirklichkeit umgebracht hat?

Wissen sie und Jos beide, wer er ist? Hat meine Mom deshalb zugelassen, dass Gram mich zu sich holt – um auch mich vor dem Monster zu schützen?

Meine Gedanken rasen mit Callies Fahrrad um die Wette. Mein Vater kannte eine Menge widerlicher Leute, denen er teilweise Geld schuldete. Männer mit fahlen Wangen und zerknitterten Lederjacken. Männer mit Gewehren und rotäugigen Hunden hinten auf ihren Pick-ups. Jeder von ihnen könnte jemanden ermordet haben.

Vielleicht hat das Monster Lori umgebracht, und Jos konnte es nicht verhindern. Sie hat den Mund gehalten, weil sie ihn kannte – vielleicht kannten wir ihn alle. Sie ist nicht deshalb abgehauen, weil sie etwas zu verbergen hatte, sondern weil sie sonst als Nächste dran gewesen wäre.

Es gibt nichts, um das zu beweisen, aber es könnte trotzdem stimmen. Mir fällt der leere Briefumschlag mit meinem Namen darauf ein, und ich erlaube mir, die abwegige Möglichkeit in Betracht zu ziehen, dass er die Identität des Monsters enthielt.

Alle anderen in meiner Familie haben Geheimnisse. Warum sollte mein Vater nicht auch welche gehabt haben?

Als ich zurückkomme, ist Callie immer noch unterwegs. Zwei Stufen auf einmal nehmend, laufe ich zum Gästezimmer hinauf und wische mir dabei mit dem Kragen meines T-Shirts den Schweiß aus dem Gesicht. Ich rieche, als hätte ich in einer Scheune übernachtet.

Die Tasche mit den Sachen meines Vaters liegt immer noch auf dem Bett, wo ich sie heimlich abgelegt hatte, bevor ich nach Deer Run aufgebrochen war. Ich setze mich hin, leere den Inhalt auf der Decke vor mir aus und greife den zerrissenen Umschlag heraus.

Mein Vater hatte mir etwas zu sagen; auf dem Umschlag stand mein Name. Nicht der von Jos und nicht der von Annette. Vielleicht hatte er gedacht, dass ich nicht kommen würde, um mich zu verabschieden, und mir deshalb einen Brief geschrieben. Ich stelle mir meine Mutter vor, wie sie in unserem alten Wohnzimmer am Holzofen steht und die Flammen hungrig nach dem Brief in ihrer Hand züngeln. Mein Brief.

Mir wird eng in der Brust.

Meine Mutter kann diesen Umschlag nicht geöffnet haben. Laut der Vollzugsbeamtin hatte sie meinen Vater seit Jahren nicht mehr besucht. Wer auch immer ihn geöffnet hat, hat es nicht ohne Grund getan. Vielleicht irgendein Wärter, der dachte, es könnte sich Geld darin befinden.

Oder jemand, der nicht wollte, dass ich erfuhr, was in dem Brief stand.

Meine Mutter hat meinen Dad nicht am Sterbebett besucht. Aber Joslin.

Ich schiebe den Umschlag beiseite, damit ich ihn nicht ansehen muss.

Meine Schwester habe ich immer am meisten geliebt. Ich weiß, dass es meine Mutter wahnsinnig machte, wenn Jos mich auf ihre Hüfte setzte, mit mir durchs Wohnzimmer wirbelte und mich herumschwenkte. Immer wenn meine Mutter »Hör auf damit« zischte, lag eine Portion Gift in ihrer Stimme. Es ging nicht darum, dass mir etwas passieren könnte, sondern dass sie nicht mit ansehen konnte, wie Jos mich zum wilden Kichern brachte.

Ich hatte Angst vor meiner Mutter. Davor, dass sie mir eines Tages meine Schwester, den Menschen, den ich mehr liebte als alles andere auf der Welt, wegnehmen könnte, genau wie sie versucht hat, mir die Greenwoods wegzunehmen.

Nur ein einziges Mal hatte ich Angst vor Jos. Sie und meine Mutter hatten mal wieder Streit – sobald Jos sechzehn war, stritten sie ständig miteinander. Hässliche Szenen, bei denen ich mich im Schrank versteckte.

Bei den schlimmsten ging es immer darum, dass meine Mutter Jos nicht erlaubte, den Führerschein zu machen. Einige Monate zuvor hatte es einen schrecklichen Unfall gegeben, nicht weit von der Highschool entfernt. Zwei Jungs waren auf dem Weg vom Fußballtraining nach Hause gewesen – kurz vor dem Abschluss, einer davon mit einem Stipendium für die Pennsylvania

State University; sie lagen wie aufgeschlitzte Eichhörnchen auf dem Bürgersteig, während der Truck des Unfallverursachers von einem Telefonmasten fast entzweigerissen wurde. Er war zu schnell gefahren. An der Stelle, wo es passiert ist, steht immer noch ein Holzkreuz mit ihren Namen drauf neben der Straße.

Meine Mutter hatte immer von diesen Jungs geredet – Rob McQueen und Tyrone Williams –, als hätte Joslin sie nicht tagtäglich selbst in der Schule gesehen oder sie bei Sportveranstaltungen angefeuert. Sie waren Geister, warnende Beispiele. Der Grund, weshalb Jos vor ihrem achtzehnten Geburtstag nicht hinters Steuer durfte.

An jenem Abend rannte ich die Treppe hinunter, weil ich unten etwas krachen hörte.

Ich fand Jos in der Küche, in der Hand die Scherbe eines Wasserglases, mit einem manischen Ausdruck in den Augen. *Als würde sie einen Exorzisten brauchen,* scherzte mein Vater immer, wenn er in der Nähe war, um die beiden zu trennen. Jos hielt die Scherbe wie eine Waffe vor sich und schrie meine Mutter an: »Geh weg von mir, verdammt!«

Als sie mich weinend in der Tür stehen sah, war es, als hätte jemand einen Schalter umgelegt. Jos ließ das Glas fallen und lief zu mir, um mich zu trösten. »Tessa, ich würde dir nie, nie, niemals wehtun.«

Ich hasse es, dass ich immer wieder zu diesem Augenblick zurückkehre, wenn ich versuche, mir einzureden, dass Joslin nie zugelassen hätte, dass jemand Lori etwas antut. Ich hasse den Gedanken, was Joslin mit der Scherbe in ihrer Hand gemacht hätte, wenn ich nicht aufgetaucht wäre.

Da mein Magen knurrt, hole ich den letzten der Müsliriegel aus dem Rucksack, die Gram für mich eingepackt hat. Mit den Zähnen reiße ich die Verpackung auf, während ich durch die Zeichnungen meines Dads blättere.

Ich muss zugeben, er ist ziemlich gut. *War* ziemlich gut. Ob er sich das wohl im Gefängnis beigebracht hat? Oder war er ein Naturtalent, und ich wusste bloß nichts davon? Ein Bild zeigt einen Wasserfall, der so detailgetreu gezeichnet ist, dass ich beinahe die einzelnen Tropfen in der Gischt erkennen kann.

In die Ecke unten ist etwas gekritzelt: *Rattling Run, 1986.*

Ich sehe mir die anderen Bilder an – fast alles Landschaften, Naturdarstellungen. Nur dass sie etwas seltsam Konkretes an sich haben. Ein Fenster, das auf einen Hof hinausgeht, zwei Mädchen in einem Adirondack-Stuhl.

Jos' Geburtstag, Sommer '01

Das sind keine Porträts. Das sind Erinnerungen.

Ich hasse mich dafür, wie ich hektisch suchend die Zeichnungen durchblättere. Ich muss wissen, ob er sich auch daran erinnert hat. An unsere Reise nach Laurel Caverns, als ich fünf war. Die einzige Reise, die wir als Familie unternommen haben.

Mitten im Stapel bleibe ich bei einer Skizze von einer Holzhütte hängen.

Ich halte sie ins Licht der Deckenlampe, um besser sehen zu können, und merke, wie meine Hände zittern. *Baracke* wäre wahrscheinlich eine bessere Bezeichnung für das Haus. Es steht auf einem Holzfundament und besitzt eine geschlossene Veranda. Mein Vater hat sogar einen Riss in eines der Fliegengitter vor den Fenstern gezeichnet.

Bear Creek, 1986.

Ich zerbreche mir das Hirn beim Versuch, mich zu erinnern, ob mir zu einem Ort namens Bear Creek irgendetwas einfällt. Vergeblich. Bear Creek muss ja nicht mal in Pennsylvania liegen. Hat mein Vater als Kind in dieser Hütte gewohnt? Warum sollte er es nicht erwähnt haben, falls seine Familie ein Haus besaß? Aber, Moment mal … hatte Maddie nicht gesagt, Annette wäre in eine Hütte gezogen, die ihrer Familie gehörte?

Ich stopfe alles zurück in die Tüte und schiebe sie unters Bett. Ein kurzer Blick aus dem Fenster Richtung Garage zeigt mir, dass Callie immer noch nicht zurück ist. Ich strecke den Kopf raus auf den Flur. Ihre Zimmertür steht einen Spalt offen.

Bevor ich hineingehe, vergewissere ich mich kurz, dass Maggie nicht im Zimmer nebenan ist. Der laminierte blaue Ausweis liegt auf ihrem Frisiertisch, wo ich ihn zuvor gesehen hatte. FAYETTE LIBRARY.

Unten in der Küche bereitet Maggie das Abendessen vor. Sie telefoniert, spricht diesmal aber nicht mit ihrer Rick-Stimme. Ich schiebe mich an ihr vorbei durch die Seitentür zur Garage, wo ich Callies Fahrrad vorhin wieder abgestellt habe.

Du, Maggie, ich müsste mal kurz an den Computer, um nach Flügen zu schauen. So einfach wäre das. Natürlich hätte sie nichts dagegen. Aber ich kann nicht riskieren, dass sie sieht, wonach ich gesucht habe. Ich kann die Fragen nicht beantworten, die sie dann bestimmt stellen würde.

Die Bücherei befindet sich um die Ecke von Deckers Zuhause, von der Grundschule aus ein Stück die Straße runter. Ich stelle das Fahrrad in den Fahrradständer davor, obwohl ich kein Schloss habe. Es ist niemand in der Nähe, der es klauen könnte, und ich werde es sicher nicht mit reinschleppen.

Die Schiebetüren öffnen sich mit einem Zischen, und mir weht ein Schwall kalter Luft ins Gesicht. Als ich noch ganz klein war, brachte meine Mutter uns an drückend heißen Tagen wegen der kostenlosen Klimaanlage hierher.

Eine Menge Leute machen das so. In den Gängen zwischen den Regalreihen muss ich über ein Kleinkind steigen, das eine nackte Barbie an den Haaren auf den Teppich knallt. Auf einem Regal mit der Aufschrift NEUERSCHEINUNGEN ist ein James-Patterson-Roman ausgestellt, der letztes Jahr veröffentlicht wurde. Das weiß ich, weil Gram meine Hilfe dabei brauchte, ihn auf ihren E-Reader zu laden.

Ich biege um die Ecke in den Lesesaal, wo sich die Computer befinden. Dort logge ich mich mithilfe des Barcodes auf Callies Ausweis ins Internet ein.

Als Erstes suche ich nach *Bear Creek*. Die automatische Eingabe fragt mich, ob ich *Bear Mountain* meine, der laut Karte zweieinhalb Stunden Fahrt von hier entfernt liegt. Anscheinend war Bear Mountain früher ein Skigebiet, bevor es in den Achtzigerjahren dichtmachte. In der Stadt Bear Creek hatte es ein paar Restaurants für die Skifahrer gegeben, aber die waren jetzt alle geschlossen.

Es gibt keine Bevölkerungsstatistik für den Ort. Im Grunde gibt es nichts, was nahelegen würde, dass Bear Creek überhaupt eine Stadt ist, in der Leute wohnen. Höchstwahrscheinlich bedeutet die Zeichnung meines Vaters, dass er auf dem Berg Skifahren war und übers Wochenende in einer Hütte gewohnt hat.

Meiner Familie hat nie irgendwas gehört. Das akzeptiere ich inzwischen, mit einem kleinen Anflug von Enttäuschung. Leute, denen was gehört, beklauen keine anderen Leute.

Ich lehne mich im Stuhl zurück, ein wenig überwältigt von der Aussicht auf uneingeschränkten Internetzugang. Letztlich tue ich genau das, was ich am Ende immer tue, wenn ich an einem Computer sitze: Ich suche nach Wyatt Stokes.

Es gibt einen neuen Artikel von heute Morgen, der zu dem passt, was ich im Gefängnis im Fernsehen gesehen habe. Der Richter hat eine Voranhörung für Oktober festgelegt, um zu entscheiden, ob die neuen Beweise ausreichen, um Stokes' Berufungsverfahren zu beschleunigen. Kein Wort darüber, um was für Beweise es sich handelt. Ich reibe mir die Augen und werfe einen Blick auf den letzten Absatz.

Während Stokes' Anwälte bisher nicht offengelegt haben, welche Beweise sie dem Obersten Bundesgericht vorlegen werden, haben viele spekuliert, dass forensische Beweise, die im ursprünglichen Verfahren nicht berücksichtigt wurden, ins Spiel kommen könnten. Ermittlungsbeamte fanden unter den Fingernägeln von zweien der Opfer ein unvollständiges DNS-Profil, konnten aber nicht eindeutig feststellen, ob dieses zu Stokes passt oder nicht. Rachel Steinhoff, Professorin für Strafrecht an der Northeastern University, meint: Würde man die DNS eines Tages in CODIS eingeben, die FBI-Datenbank für DNS von Gewaltverbrechern, wäre es durchaus möglich, dass die Ermittler einen neuen Verdächtigen hätten.

Ich schließe das Fenster mit dem Artikel. Über das DNS-Profil habe ich schon vor Jahren gelesen und weiß, dass Kristal Davis und Lori Cawley nicht die DNS ihres Mörders unter den Nägeln hatten. Nur eine weitere unwesentliche Ungereimtheit, für die die Anklage eine Erklärung parat gehabt hatte: Kristal und Lori hatten keine DNS unter den Nägeln, weil sie sich nicht gewehrt hatten.

Ich schließe die Augen und sehe sie vor mir. Joslin mit der Glasscherbe.

Manchmal denke ich, dass ich diesem Telefonat im Lauf der Jahre zu viel Bedeutung zugemessen habe. Freunde streiten sich. Jos und Lori wirkten unzertrennlich, aber sie waren trotzdem Teenager. Da war es fast unvermeidbar, dass sie sich irgendwann in die Haare kriegten, wahrscheinlich wegen irgendetwas völlig Blödsinnigem. In diesem Fall bekamen sie nie die Gelegenheit, sich wieder zu vertragen.

Ich habe versucht, wenigstens einen einzigen Moment vor jener Nacht festzumachen, in dem Lori von meiner Schwester bedroht zu werden schien – ein Flüstern, ein seltsamer Blick –, aber beim Versuch, mich zu erinnern, tappe ich nur im Dunkeln herum.

Heute bin ich mit meinen Hinweisen auf Joslin – oder meine Mutter – bisher kein Stück weitergekommen, deshalb weigere ich mich, die Bücherei ohne Ergebnis zu verlassen. Und wenn es nur ein Name ist. Jemand, der immer noch in der Stadt wohnt, mit dem ich reden kann – jemand, der etwas über die Freundschaft von Jos und Lori sagen kann und weiß, ob es Probleme zwischen den beiden gab.

Ich brauche jemanden, der bereit ist, mit einem Mädchen zu sprechen, das wie ein neugieriger Reporter plötzlich vor der Tür steht.

Natürlich. Zeitungen. Die Lokalzeitung hat doch bestimmt einige Einwohner von Fayette interviewt, die Lori kannten und wahrscheinlich auch Jos.

Ich beende meine Internetsitzung und mache mich auf den Weg zur Ausleihtheke. Die Bibliothekarin wirkt ein bisschen alternativ in ihrem Poncho und mit rot gefärbten Haaren, die ihr bis zur Taille reichen. Als ich an der Reihe bin, blickt sie auf meine leeren Hände. »Was brauchste, Schätzchen?«

»Alte Zeitungen.«

»Wir archivieren nur die *Gazette*«, sagt sie, als sollte die Sache damit vom Tisch sein.

»Klingt gut.«

Die Dame mustert mich und runzelt die Stirn. Dann ruft sie einem Mann zu, der ein paar Meter von uns entfernt Bücher einräumt: »Darius, wo haben wir die alten *Gazette*-Ausgaben?«

Darius murmelt etwas, das selbst dann unverständlich wäre, wenn wir direkt neben ihm stünden. Die Bibliothekarin scheucht mich mit der Hand beiseite. »Darius wird dir weiterhelfen.«

»Danke«, sage ich zu Darius, der nun neben mir steht und nicht allzu begeistert wirkt, seinen Bücherwagen verlassen zu müssen. Er führt mich in den Keller hinunter und murmelt etwas, das klingt wie: »Wozu brauchst du Zeitungen?«

Ich zucke mit den Schultern. »Ich bin auf der Suche nach was.«

»Sind wir das nicht alle?« Darius schaltet das Licht an, bevor er wieder die Treppe hinaufgeht. Die Neonlampen an der Decke summen, als wären tausend Bienen darin gefangen. Als ich mich gerade umdrehen und Darius hinterherrufen will, dass er nicht gesagt hat, wo sich die Zeitungen befinden, entdecke ich sie: Kisten. Stapelweise Kartons, auf die mit Filzstift Daten geschrieben sind. Also im Grunde eine minimale Verbesserung zu Deckers Garage.

Ich sehe *2004* mit zwei weiteren Kartons darauf und denke, dass ich ein Scheißpech habe. Ich werde diese Dinger niemals allein bewegen können, aber ich versuche es trotzdem und stelle erleichtert fest, dass sie doch nicht so schwer sind wie erwartet. Ich baue die Kartons wie eine Burg um mich herum auf und setze mich im Schneidersitz in die Mitte.

Die *Gazette* von Fayette erscheint jeden zweiten Freitagmorgen. Lori wurde spät an einem Donnerstagabend umgebracht und ihre Leiche Freitagnacht gefunden, daher schaffte sie es nicht mehr auf die Titelseite. In der Coverstory geht es stattdessen um eine Wohnhausexplosion in Arnold, der Stadt südlich von Fayette. Irgendeine Art von Meth-Labor, das in die Luft flog.

Ich lege die Zeitung zurück und ziehe die nächste Ausgabe heraus, zwei Wochen nach Loris Tod.

Loris Schulabschlussfoto prangt auf der ersten Seite, zusammen mit der Überschrift STUDENTIN DER DREXEL UNIVERSITY BEERDIGT, von Shana Rosenberg.

Für Lori Michelle Cawley, 19 J., aus Chestertown wurde ein Gottesdienst abgehalten. Ms. Cawley hatte den Sommer über bei ihrer Tante und ihrem Onkel in Fayette gewohnt, die sie spät am Donnerstagabend als vermisst meldeten.

Der Vater des Opfers, James Daniel Cawley, kam im vergangenen

Jahr bei einem Unfall in einer Motorradrallye ums Leben. Sein letztes Geschenk an seine Tochter Lori war eine silberne Halskette mit ihrem Namen. Lori wurde mit der Kette und der Motorradjacke des verstorbenen Mr. Cawley beerdigt.

Die Behörden gehen davon aus, dass Ms. Cawley das jüngste Opfer des »Ohio-River-Monsters« ist, eines Serienmörders, der Frauen in Fayette und der Gegend um Westermoreland auflauert. Auch wenn das Monster in den letzten vier Jahren nicht gefasst werden konnte, verkündete die Polizei diese Woche einen Durchbruch in dem Fall. Ein Einwohner Fayettes namens Wyatt Paul Stokes, 24 J., wurde im Zusammenhang mit den Ohio-River-Morden verhaftet. Seine anderen mutmaßlichen Opfer sind Marisa Perez, 17 J., Rae Felice, 20 J., und Kristal Davis, 19 J.

Ich frage mich, woher Shana Rosenberg das mit Loris Halskette wusste. Vor der Beerdigung hatte Maggie Sorge gehabt, dass die Presse auftauchen könnte, obwohl das Begräbnis hundert Meilen von Fayette entfernt in Loris Heimatort stattfand. Die Polizei hatte versprochen, die Reporter fernzuhalten. Shana Rosenberg musste sich mit irgendeiner Lügengeschichte Eintritt verschafft haben, oder vielleicht hatte sie auch vor der Kirche gewartet und einen der Trauergäste dazu gebracht, mit ihr zu sprechen.

Ganz schön viel Aufwand, um ein kleines unbedeutendes Detail in ihre Story einzubauen.

Oder zumindest ein Detail, das sie für unbedeutend halten musste.

Ein verschwommenes Bild taucht aus meiner Erinnerung auf: Lori, wie sie nach einem Sprung in den Pool am tiefen Ende auftaucht und sich an den Hals fasst, um festzustellen, ob ihre Kette noch da ist. Sie sprach selten von ihrem toten Vater, aber diese Kette nahm sie nie ab.

Wenn Lori mit der Kette beerdigt wurde, hat der Mörder sie ihr nicht gestohlen.

Scheiße.

Ich rolle die Zeitung zusammen und schiebe sie mir unters Hosenbein, damit niemand merkt, dass ich sie mitnehme.

Das ist echt schlecht.

Der gestohlene Schmuck war beim Prozess nie Thema. Schließlich fand die Polizei in Wyatt Stokes' Wohnwagen nichts, was den Opfern gehörte. Die Tatsache, dass das Monster seinen Opfern Schmuck abnahm, wurde erst Jahre später bekannt und dazu verwendet, die Reportagen und Bücher über wahre Kriminalfälle auszuschmücken, an denen sich Leute mit einer Vorliebe für Serienmörder aufgeilen.

Bekannte von Marisa Perez und Kristal Davis sagten aus, dass den Mädchen Schmuck fehlte, als die Leichen geborgen wurden. Doch Kristal war bekannt dafür, ihre Sachen zu verpfänden, um an Geld für Drogen zu kommen. Niemand konnte beweisen, dass sie überhaupt irgendetwas getragen hatte, was das Monster ihr wegnehmen konnte.

Das mit dem gestohlenen Schmuck kam erst einige Jahre nach Stokes' Verurteilung an die Öffentlichkeit, als Rae Felices Mutter sagte, ihrer Tochter hätte ein goldenes Medaillon gefehlt, das ihrer Urgroßmutter gehört hatte. Raes Mutter hatte eine Schachtel in Raes Apartment durchsucht und das Medaillon nicht gefunden. Doch zu dem Zeitpunkt war dieser Hinweis nicht mehr von Belang.

Es ist bloß eine beiläufige Zeile in einer hinterwäldlerischen Lokalzeitung – *Sie wurde mit ihrer Halskette beerdigt.* Shana Rosenberg war offensichtlich nicht bewusst, dass diese eine Zeile darauf hinweisen konnte, dass Lori Cawley von jemand anderem als dem Ohio-River-Monster umgebracht worden war.

Jemand, der ihr die Kette nicht wegnahm, weil er nicht wusste, dass es dabei helfen würde, sie wie eines der Opfer des Monsters aussehen zu lassen.

Stokes' Verteidiger müssen darüber Bescheid wissen. Sie hatten doch sicher jeden Aspekt des Falles zerpflückt, auf der Suche nach etwas, das Zweifel an der Version der Anklage aufkommen lassen würde.

Die Theorie, dass Lori Cawley nicht vom Ohio-River-Monster umgebracht worden war, würde den gesamten Fall auf den Kopf stellen. Wenn damals *zwei* Mörder aktiv waren, wie konnte dann irgendjemand sicher sein, dass Wyatt Stokes überhaupt einer von ihnen war?

Ist die Halskette der neue Beweis, den sie gefunden haben? Oder lassen sie eine noch größere Bombe platzen, die beweist, dass Stokes Lori Cawley nicht umgebracht hat – schwerwiegender als die DNS?

Ein Schweißtropfen rinnt mir über den Rücken.

Zwei Mörder. Und falls Stokes tatsächlich unschuldig ist, laufen beide immer noch dort draußen herum.

Statt die Bücherei zu verlassen, kehre ich wieder zum Computer zurück. Logge mich erneut ein.

Ich öffne meinen E-Mail-Account und verfasse eine Nachricht an die Strafvollzugsanstalt von Fayette County.

11

Ich komme noch rechtzeitig zum Abendessen zurück, was Maggie mächtig freut. Sie schiebt mir einen Teller mit gebratenem Hähnchen hin. Niemand kommentiert meine Erscheinung, aber ich ertappe Callie dabei, wie sie die Nase rümpft, als sie sich neben mich auf den Stuhl setzt.

»Wo bist du denn hingedüst?«, erkundigt sich Maggie und reicht mir eine Schüssel Erbsen. »Ich hoffe, du denkst daran, immer genug zu trinken.«

Callie beobachtet mich über den Rand ihres Wasserglases hinweg, als warte sie gespannt auf meine Antwort auf die erste Frage.

Ich zucke mit den Schultern. »Hatte ganz vergessen, wie gerne ich Rad fahre. In Florida ist es zu feucht dafür.«

»Na ja, hier ist es gerade auch ziemlich unangenehm.« Dann wendet sich Maggie an Rick. »Du solltest dringend nach dem Fenster im Gästezimmer sehen, damit Tessa die Klimaanlage benutzen kann.«

Rick murmelt etwas Unverständliches, während mich Callie unterm Tisch mit dem Knie anstößt.

Mein Zimmer, signalisiert sie mir tonlos, *nach dem Essen.*

Ich schwitze, und zwar nicht vom Radfahren. Ich weiß nicht, wie lange ich noch alles für mich behalten kann. Callie kann unerbittlich sein. Als Kind brachte sie mich stets dazu, Dinge zuzugeben – wie damals, als wir acht waren und sie das erste Mal in einen Jungen verknallt war. Evan Merrill. Sie war überzeugt davon, dass ich auch jemanden aus unserer Klasse mochte, also ließ sie mir keine Ruhe, bis ich wahllos irgendeinen Namen nannte.

Wenn Callie spürt, dass ich ihr etwas verschweige, schüttelt sie mich so lange, bis die Wahrheit herausfällt.

Irgendwann zwischen der Klimaanlagendebatte und Maggies Bemerkung, dass sie Emily Raymes begegnet ist, die im Supermarkt hinter der Kasse stand, beschließe ich, dass ich Callie heute Abend alles sagen muss. Und damit meine ich wirklich alles: das Telefonat, die Kette und die nagende Angst, dass wir nicht nur nach einem Mörder suchen, sondern nach zwei.

Als wir fertig gegessen haben, bittet Callie, aufstehen zu dürfen. Ich bin zu unruhig, um ein schlechtes Gewissen zu haben, weil ich nicht beim Spülen helfe, und folge Callie nach oben in ihr Zimmer.

»Du musst dir anschauen, was Ryan mir gezeigt hat«, flüstert sie, sobald die Tür zu ist, und winkt mich an ihren Schreibtisch.

Auf ihrem Laptop ist eine Website aufgerufen – *Connect*. Schlichte schwarze Buchstaben. Diskret.

»Was ist das?«, frage ich.

»Das ist eine gruselige Seite, auf der Leute nach unverbindlichen Dates in ihrer Gegend suchen«, erklärt Callie. »Ein paar von den Einträgen sind echt widerlich.«

Ich werfe einen Blick auf einige der Links auf der Homepage und muss mich zwingen, nicht wegzusehen. *Abenteuerlustiges Paar sucht nach dritter Person (Region Philly-Stadt)*

Callie wählt aus einem Drop-down-Menü *Unverbindliche Begegnungen* und passt die Suchkriterien an. *Maximales Alter: 19. Gegend: Fayette und Somerset Counties.* Eine halbherzige Meldung, die uns auffordert, mögliche Ausbeutung Minderjähriger zu melden, poppt auf, bevor die Ergebnisse geladen werden.

Callie scrollt gezielt nach unten, als wäre sie schon einmal auf dieser Seite gewesen. Sie klickt auf *Nettes Mädchen wünscht sich einen Mann, der keine Angst davor hat, ein bisschen ungezogen zu sein. BILDER.*

»›Neunzehnjährige Brünette ist bereit für reifen Mann, der Gesellschaft sucht‹«, liest Callie vor. »›Lass uns was ausmachen. Nur ernst gemeinte Zuschriften.‹«

Das Mädchen auf dem Foto trägt ein schwarzes Kleid, das so eng sitzt, als wäre es ihr direkt auf den Körper gemalt. Sie steht vor einem Spiegel, sodass ihr Hintern zur Geltung kommt. Ihr Gesicht ist abgeschnitten. Dunkelbraunes Haar reicht ihr bis zu den knochigen Ellenbogen.

Callie zeigt auf die Hand des Mädchens, die sie nicht in die Hüfte gestützt hat. Sie hält eine Digitalkamera vor den Spiegel. An der Stelle zwischen Daumen und Zeigefinger befindet sich ein Fleck weiße Haut. Der, von dem wir immer sagten, er hätte die Form von Alaska.

»Ariel«, flüstere ich.

Callie schließt die Seite, bevor ich den Rest lesen kann.

»Ryan sagt, das ist total der Escort-Jargon«, flüstert sie. »›Lass uns was ausmachen.‹ So zeigen sie, dass sie sich verkaufen. Ich versteh nur nicht, warum.«

»Offensichtlich damit man sie nicht wegen Prostitution drankriegt.«

»Nein, ich meine, warum hat *sie* das gemacht?«, will Callie wissen. »Okay, dein Leben ist scheiße, und du willst hier raus, aber deshalb mit irgendwelchen fremden Ekeltypen Sex für Geld haben?«

Ihr Gesicht ist ganz rot und fleckig. Sie stößt sich vom Schreibtisch ab, aber bevor sie sich wegdreht, sehe ich die Tränen in ihren Augen.

Schließlich räuspert sie sich. »Ich hab zu ihr gesagt, sie sei eine Hure.«

Ihre Stimme klingt so verzagt, wie sie aussieht, auf dem Bett sitzend, den Rücken ans Kopfteil gedrückt und die Knie an die Brust gezogen. »Ich habe Ari eine Hure genannt, weil sie was mit diesem Typen angefangen hat, den ich mochte. Ich war sauer und hab ihr das ins Gesicht gesagt. Das war vor zwei Jahren. Deshalb haben wir nicht mehr miteinander geredet.«

Ich schweige. Vor allem weil ich das Gefühl habe, dass das Callie lieber ist.

»Ich hatte keine Ahnung«, fährt sie fort. »Ich hätte das *niemals* sagen dürfen … ich hatte einfach keinen blassen Schimmer.«

Zum ersten Mal, seit ich wieder hier bin, kann ich Callie verstehen. Ich weiß, wie sie sich jetzt fühlt – fast so, als wäre die Welt, in der Callie glaubte zu leben, teilweise zerbrochen, seit sie die Wahrheit über Aris zweites Leben erfahren hat.

Es ist durchaus möglich, einen anderen Menschen zu kennen, also *richtig* zu kennen. Aber so langsam glaube ich, dass die meisten von uns es nicht einmal versuchen wollen, bis es dann zu spät ist, um den anderen noch zu retten.

Callie trocknet sich die Augen mit einem Taschentuch aus der Schachtel auf ihrem Nachttisch. Auch mir ist irgendwie nach Weinen zumute, und ich beschließe, Callie heute Abend doch nichts von Jos zu erzählen.

Wenn wir uns selbst Vorwürfe machen, es bereuen, uns nicht anders verhalten zu haben, dann kommt irgendwann der Punkt, an dem es keine Hoffnung mehr gibt.

Ohne Aris Computer haben Callie und ich keine Möglichkeit herauszufinden, mit wem sie sich über *Connect* getroffen hat. Also beschließen wir, meinen Plan weiterzuverfolgen und nach den Leuten zu suchen, die in jenem Sommer zu Jos' und Loris Clique gehört haben, um zu überprüfen, ob es irgendjemanden gibt, mit dem die Polizei damals nicht gesprochen hat.

Da war zum einen Danny, Jos' Freund. Jos reichte ihm nur bis zur Brust. Er war dünn wie eine Bohnenstange, und seine Jeans hingen ihm immer auf den Hüftknochen. Seine Zähne hatten

Nikotinflecken, und in der ganzen Zeit, in der ich ihn kannte, hat er genau fünf Worte zu mir gesagt: *Hände weg vom Auto, Kleine.*

Danny konnte durchaus noch in Fayette wohnen. Er besaß weder den Grips noch die nötige Motivation, um hier rauszukommen – zumindest war das damals so, als er mit meiner Schwester zusammen war. Selbst wenn er keine Ahnung hat, wo Jos jetzt steckt, könnte er wissen, weshalb sie und Lori an jenem Abend Streit hatten.

Jede Minute, die Jos nicht mit Lori verbrachte, war sie bei Danny. *Du hängst zu viel mit diesem Jungen rum,* schimpfte meine Mutter immer, obwohl Danny eigentlich schon ein Mann war. Er war neunzehn, zwei Jahre älter als Jos.

Wenn der Sommer vorbei ist, bin ich hier weg. Ihn kannst du das ganze Jahr über sehen. Das habe ich Lori mal zu Jos sagen hören, als sie zu Danny ging statt mit uns ins Freibad.

Ich weiß nicht, was Danny mir sagen kann, falls ich ihn finde. Ich weiß, was ich hören will – dass die Mädels sich gestritten haben, weil Jos Lori wegen ihm versetzt hat oder so was. Dass Danny alles mitgehört hat, weil Jos bei ihm war, genau wie sie gesagt hat. Jos hat der Polizei gegenüber nichts von dem Telefonat erwähnt, weil es nicht von Bedeutung war. Es war tatsächlich das Monster, das Lori umgebracht hat, und meine Schwester hatte damit nichts zu tun.

Ich liege im Bett und lasse zu, dass dieser Wunsch von meinem ganzen Körper Besitz ergreift wie ein dumpfer Schmerz. Und das erste Mal seit meiner Landung in Pennsylvania schlafe ich ohne meine Musik ein.

Ich habe verschlafen. Das erkenne ich daran, dass die Sonne durch den Spalt im Vorhang des Gästezimmers fällt. Doch es ist nicht die Sonne, die mich geweckt hat, sondern das Klingeln meines Handys.

Das Herz schlägt mir sofort bis zum Hals, als ich die ersten paar Ziffern erkenne. Sie passen zu der Nummer auf der Gefängniswebsite, die ich mir gestern angeschaut habe, bevor ich die Mail losgeschickt habe.

Nachdem ich darüber geschlafen habe, kommt mir die Idee, mit Wyatt Stokes zu sprechen, völlig bescheuert vor. Ich starre mein Handy an, als wäre es eine Handgranate. Ich hatte diesen Anruf frühestens in ein paar Tagen erwartet, wenn überhaupt.

Ich habe keine Ahnung, was ich zu ihm sagen soll.

Kurz bevor der Anruf auf meine Mailbox weitergeleitet wird, drücke ich auf *Annehmen*. Eine automatische Stimme begrüßt mich.

»Dies ist die Strafvollzugsanstalt von Fayette County. Sie haben einen Anruf von …«

Eine Pause folgt. Dann ein verschleimtes Husten. Und dann eine Stimme, bei der es mir kalt bis auf die Knochen wird.

»Wyatt Stokes.«

Auf einmal fühlt sich mein ganzer Körper taub an. Die Automatenstimme ist wieder da.

»Drücken Sie die Eins, um den Anruf anzunehmen.«

»Hallo?« Meine Stimme hallt in meinem Kopf, fast als wäre das hier ein Traum.

»Hallo.« Seine Stimme ist anders. Nicht so rau wie in meiner Erinnerung. Weniger beängstigend. Er klingt fast gelangweilt, als würde er bloß anrufen, weil er nichts Besseres zu tun hat. Was vermutlich der Fall ist, da er ja im Gefängnis sitzt.

Ich hole tief Luft und sage: »Mein Name ist Tessa Lowell. Ich weiß nicht, ob Sie sich an mich erinnern.«

»Ich erinnere mich.« Ein gedämpftes Geräusch ist zu hören. Ein Niesen. »Sagst du mir, warum du beantragt hast, auf meine Liste mit genehmigten Anrufen zu kommen? Es wird ja wohl kaum Teil eines Seelsorgeprojekts sein.«

Ich musste eines der Kästchen ankreuzen, bei denen es um

den Grund meines Gesprächsantrags mit einem Insassen ging. Es hat funktioniert. Ich kann nicht fassen, dass es funktioniert hat. Auf einmal schwitzt meine Hand so sehr, dass mir beinahe das Telefon wegrutscht. »Weil ich ein paar Fragen an Sie habe.«

»Wie kommst du auf die Idee, dass ich deine Fragen beantworten würde?« Jetzt klingt er wieder wie der Typ aus meiner Erinnerung. Der die Bullen, die ihn verhört haben, schier zur Weißglut getrieben hat. Den der Richter und der Staatsanwalt voller Verachtung angesehen haben. *Sozialer Abschaum. Teufelsanbeter. Freak. Soziopath. Monster.*

In der Reportage über die Morde gibt es eine Szene, in der der Interviewer Stokes fragt, weshalb die Polizei es seiner Meinung nach auf ihn abgesehen hatte. Er blickt direkt in die Kamera und sagt, als hätte er die Antwort einstudiert: »Sie wollten glauben, dass ich es war. Ich denke nicht, dass sie Angst vor mir haben, weil ich anders bin. Ich glaube, sie haben eher Angst, dass sich rausstellt, dass das Monster aussieht wie einer von ihnen.«

Ich nehme das Handy in die andere Hand und wische meine verschwitzte Handfläche an der Bettdecke ab. Lausche auf Geräusche draußen auf dem Flur. Es ist still.

»Ich stand Lori Cawley nahe«, erkläre ich Stokes, meine Stimme kaum mehr als ein Flüstern. »Ich möchte verstehen, was mit ihr passiert ist.«

»Ich bin nicht blöd«, sagt Stokes. »Die einzigen Leute, die mit mir reden wollen, sind die, die glauben, dass ich's nicht war. Also du gibst jetzt entweder zu, dass wir dieses Gespräch führen, weil du deine Meinung geändert hast, oder ich lege auf.«

»Ich glaube nicht, dass Sie Lori Cawley umgebracht haben«, sage ich. »Ich weiß nicht, wer diese anderen Mädchen getötet hat oder ob Sie etwas damit zu tun hatten, aber ich glaube, wer auch immer Lori ermordet hat, wollte nur, dass es aussieht wie die Tat des Monsters.«

»Ich habe diese anderen Mädchen nicht umgebracht.«

Ich umklammere das Telefon. »Ich glaube Ihnen.«

Und das meine ich wirklich so, denn jemand hat Ariel Kouchinsky erwürgt und ihren nackten Körper am Flussufer zurückgelassen. Es gibt zu viele andere Leerstellen zu füllen – die zehnjährige Abwesenheit des Monsters, ob Ari Schmuck gestohlen wurde oder nicht –, aber ausnahmsweise suche ich nach Antworten, die sich in meiner Reichweite befinden und nicht in meiner Erinnerung an die Nacht, in der Lori starb, begraben sind.

Am anderen Ende herrscht Schweigen.

»Du weißt, dass das hier aufgezeichnet wird«, sagt er schließlich.

»Ja, das weiß ich.«

Es raschelt bei ihm, als würde er den Hörer ans andere Ohr wechseln. »Tja, Tessa Lowell. Wenn ich deine Freundin nicht umgebracht habe, wer war es dann?«

Eine Sekunde lang denke ich, er meint Ariel, aber er spricht von Lori.

Ich wünschte, ich hätte keine Antwort auf diese Frage. Ich wünschte, ich hätte nie gesehen, wie Joslin unsere Mutter mit dieser Glasscherbe bedroht hat, und ich wünschte, ich hätte die Angst in Loris Stimme nicht gehört, als sie meine Schwester an jenem Abend angeschrien hat.

Ich dachte, wenn ich in Fayette bliebe, bekäme ich genug Antworten, um die Zweifel in meinem Kopf zu zerstreuen – diesen Verdacht, den ich mit mir herumtrage, seit ich begriffen habe, mit wem Lori an diesem Abend am Telefon stritt. Ich dachte, ich könnte die Hinweise neu arrangieren, bis sie passen und ich nicht immer wieder zum selben Schluss komme.

Dass Joslin nicht nur weiß, wer Lori getötet hat, sondern dass sie selbst ihrer Freundin die Hände um den Hals gelegt und zugedrückt hat.

12

Nachdem ich pinkeln war und mir die Schlafkörnchen aus den Augen gewischt habe, schlurfe ich nach unten, wo sich Callie, bereits angezogen, einen Kaffee macht. Sie sieht mich an, als wäre sie sauer auf mich.

Sie hat mich am Telefon gehört, denke ich.

Meine Knie werden ganz weich, bis sie sagt: »Du hast ziemlich lang geschlafen.«

Die Uhr am Herd zeigt ein paar Minuten nach neun an. Normalerweise bin ich jeden Tag um sieben wach, ein Rhythmus, den ich seit Jahren nicht durchbrechen konnte. Zumindest kam ich dadurch nie zu spät zur Schule.

»Wahrscheinlich war ich müde.« Ich rutsche auf einen Stuhl am Küchentisch, wo Maggie einen Pappteller mit zwei Bagels hinterlassen hat. Ich kann mich aber nicht überwinden, etwas zu essen. Es war so unendlich dumm von mir, in diesem Haus mit Wyatt Stokes zu sprechen.

Ich weiß, Callie würde nicht verstehen, weshalb ich mit ihm reden musste. Ich weiß, dass sie nur mit mir in der Vergangenheit wühlt, weil sie fürchtet, dass die Polizei Nick den Mord an Ari anhängt und das wahre Monster sich noch weitere Mädchen schnappen kann. Sie hat ein schlechtes Gewissen wegen ihres Verhaltens Ari gegenüber und Angst, dass wir schuld an ihrem Tod sind. Obendrein werden wir noch als kleine Lügnerinnen bloßgestellt, kurz bevor wir eigentlich unser schönes neues Leben am College beginnen wollen.

Aber sie will nicht, dass Stokes aus dem Gefängnis freikommt.

Sie glaubt, dass er sich an uns rächen wird, sobald er draußen ist, weil wir gelogen haben.

Hatte ich deshalb das Gefühl, mit ihm reden zu müssen? Um mich davon zu überzeugen, dass er uns nichts tun will?

Ich reiße ein Stück vom Bagel ab. Es klebt in meinem Mund.

Callie trinkt in kleinen Schlucken ihren Kaffee und sieht mich an. »Ich habe über das nachgedacht, was du gestern Abend gesagt hast, über den Freund deiner Schwester. Das wäre vermutlich ein guter Ansatzpunkt.«

Ich nicke und schlucke mühsam die Reste des Bagels hinunter. »Ich weiß aber nicht, wie er mit Nachnamen heißt.«

»Vielleicht finden wir ihn in einem alten Jahrbuch.«

Ich schüttle den Kopf. »Keine Ahnung, auf welche Schule er gegangen ist, aber in Fayette war es nicht. Und er hat keinen Abschluss gemacht.«

Callie umfasst die Tasse mit beiden Händen. »Dann weiß ich auch nicht weiter. Ich hab ihn seit dem Sommer damals nicht mehr gesehen.«

»Er könnte also kurz nach Jos die Stadt verlassen haben.« Ich zermartere mir das Hirn, ob ich Danny in den wenigen Monaten nach Jos' Verschwinden und bevor ich zu Gram nach Florida gezogen bin noch mal gesehen habe.

»Du meinst, das hat eine Bedeutung?« Callie wirkt skeptisch.

»Wie zum Beispiel, dass sie geplant haben, gemeinsam abzuhauen? Keine Ahnung.« Ich habe nie die Möglichkeit in Betracht gezogen, dass der einfältige Danny in die Ereignisse jener Nacht verwickelt sein könnte. Er hing immer nur mit Jos allein ab, vielleicht um sich selbst weiszumachen, dass er nicht mit einem Highschool-Mädchen zusammen war. Auch mit Lori hatte er nie viel zu tun, außer einem Kopfnicken, wenn wir ihm über den Weg liefen. Manchmal hörte ich ihn und meine Schwester von meinem Platz auf der Wohnzimmercouch aus draußen auf der Veranda. Jos nörgelte an Danny herum, dass er nie was mit Lori unternehmen wollte, und er nuschelte, Lori sei eingebildet.

Aber soweit ich weiß, hat Danny Lori nicht gehasst. Er betrachtete sie auf dieselbe Weise, wie er mich betrachtete, als unwichtiges Ärgernis, das ihm im Weg stand, wann immer er Joslins Aufmerksamkeit wollte.

»Hat Jos nicht gesagt, sie wäre an dem Abend, als Lori ermordet wurde, mit Danny zusammen gewesen?« Callie blickt zu mir auf. Ich sehe, wie es in ihrem Kopf rattert. Ich schlucke.

»Ja. Hey, wie wäre es, wenn wir jemanden vom Schwimmbad fragen?«, schlage ich vor, um abzulenken. »Danny hat doch für die Firma gearbeitet, die für die Reinigung zuständig war.«

Meine Schwester interessierte sich nie für Highschool-Jungs, egal, wie sehr meine Mutter versuchte ihr einzubläuen, dass ältere Männer nur Ärger machten. Meine Mutter sprach nie gern über Jos' leiblichen Vater, außer um zu sagen, dass er einundzwanzig war, als er die siebzehnjährige Annette schwängerte und versprach, für sie zu sorgen, was er nicht getan hat.

Jos lernte Danny in jenem Sommer am Memorial-Day-Wochenende kennen, bevor Lori kam. Ich erinnere mich nur daran, weil meine Mutter uns befahl, zu Hause zu bleiben, während sie unterwegs war, um zu putzen, doch sobald die Tür hinter ihr ins Schloss gefallen war, zeigte mir Jos, dass sie ihren Badeanzug bereits anhatte. Die Greenwoods campten übers Wochenende in Cranberry Run, deshalb gingen Jos und ich allein ins Freibad.

Ich übte gerade am flachen Ende Luftblasen zu machen, wie sie es mir gezeigt hatte, als ich sah, wie Jos den Typen anstarrte, der Blätter aus dem Abfluss vom Poolhaus fischte. Danny grinste sie an. Jos grinste nicht zurück. Stattdessen hatte sie diesen Ausdruck im Gesicht wie immer, wenn sie etwas sah, was sie haben wollte, und das war's.

Callie wischt übers Display ihres Smartphones. »Das Freibad hat bis fünf offen. Also los.«

Die Parkgenehmigung an der Windschutzscheibe von Maggies Minivan ist abgelaufen, deshalb gehen wir zu Fuß zum Freibad. Es ist so krass, wie vertraut sich das anfühlt, dass ich mir dauernd bewusst machen muss, in wie vielerlei Hinsicht es nicht mehr dasselbe ist. Wir haben uns keine Handtücher über die Schulter geworfen. Das neue Haus der Greenwoods liegt weiter vom Schwimmbad entfernt, und wir müssen eine andere Route dorthin nehmen.

Der längere Weg ist blöd, weil wir mehr Zeit mit Small Talk füllen müssen. Irgendwann beschließt Callie, dass es nicht der Mühe wert ist, zieht ihr Handy heraus und fängt an zu tippen. Sie hält dabei nur inne, wenn wir eine Straße überqueren müssen.

Ich hasse mich dafür, wie gerne ich die Lücken für sie füllen würde, ihre Fragen beantworten, was aus meinem Leben geworden ist, obwohl sie gar nicht gefragt hat. Ich möchte ihr erzählen, dass ich im Herbst nach Tampa gehe und Astronomie studiere. Darüber, wie es ist, in Grams Rentner-Anlage zu wohnen, und von unserem ätzenden Nachbarn Frank, der ständig rummotzt, dass meine Anwesenheit die Fünfundfünfzig-plus-Regel verletzt. Über Ariels Briefe in rosafarbenen Umschlägen und ihr nachdrückliches Flehen *Schreib zurück!!!!*, obwohl ich das sowieso immer tat.

Ich hasse mich, und ich hasse Callie dafür, dass ich mir vorkomme wie ein totaler Loser. Es bestärkt mich in meiner Überzeugung, dass ich ihr noch nichts von Joslin erzählen kann – nicht, solange Callie niemals verstehen würde, warum ich geschwiegen habe.

Wir hören den Pool, bevor wir ihn sehen – Planschen, Kreischen und dazwischen die Trillerpfeife des Bademeisters. Der Parkplatz ist so voll, dass wir uns zwischen den Autos hindurchschlängeln müssen, bis wir ans Tor kommen, ein wackeliges altes Stacheldrahtgebilde, neben dem ein Schild mit Verhaltensregeln hängt.

Die kleine Imbissbude ist weg, ersetzt durch einen Betonklotz und eine Reihe Liegestühle. Einer der Jungs, die damals dort arbeiteten, hatte im Prozess ausgesagt – Kevin, der Callie und mir manchmal heimlich Pommes schenkte.

Ein völlig verschwitzter Mann schiebt eine Kühlbox durch die Gegend und preist halbherzig gefrorene Snickers und SpongeBob-Eis am Stiel an.

Ich merke, wie Callie eine Gruppe Mädchen beobachtet, die gerade Jeans-Hotpants über ihre Bikinis ziehen und ihre Sachen packen. Sie schauen über die Schulter zu uns herüber – genauer gesagt, zu Callie – und tuscheln.

Callie setzt sich die Sonnenbrille auf, die sie auf den Kopf geschoben hatte. »Mein Gott, wie ich es hier hasse.«

Ich weiß nicht, ob sie Fayette, das Freibad oder beides meint. »Komm schon«, sage ich, weil mir unangenehm ist, wie diese Mädchen uns anstarren.

Das Poolhaus-Schrägstrich-Verwaltungsgebäude ist immer noch dasselbe hässliche jagdgrüne Haus wie vor acht Jahren. Ein Typ mit einem Gesicht voller Aknenarben sitzt auf einem Hocker neben einem Getränkeautomaten und blättert durch die Zeitung von heute. Trotz der Hitze trägt er lange Jeans. Er hat eines dieser Gesichter, die genauso gut das eines Dreizehnjährigen wie das eines Dreißigjährigen sein können.

»Hallo«, sagt Callie. »Wir suchen jemanden, der mal hier gearbeitet hat.«

Der Typ klemmt sich die Zeitung unter den Arm. »Wir haben hier keine Personalkartei. Fragt im Rathaus nach.«

»Er hat nicht für die Stadt gearbeitet«, sage ich, »sondern für eine von den Landschaftsgärtnereien.«

»Welche?« Er rutscht von seinem Hocker, um eine Taube zu verjagen, die durch die offene Tür hereinspaziert ist. »Die Stadt hatte in den letzten zehn Jahren Verträge mit vier, vielleicht fünf solchen Betrieben.«

Ich versuche, mir den Pick-up-Truck vorzustellen, mit dem Danny immer davonfuhr. »Das Logo war ein Blatt, glaube ich.«

Callie verdreht die Augen, als wolle sie sagen: *Das hilft uns garantiert weiter.* »Das war vor ungefähr zehn Jahren. Wissen Sie, welche Firma da beauftragt war?«

Der Typ zuckt mit den Schultern. »Damals hab ich noch nicht hier gearbeitet, tut mir leid.«

»Trotzdem danke.« Callie wendet sich zum Gehen, aber ich starre ihn an. Er könnte ungefähr im Alter meiner Schwester sein.

»Waren Sie auf der Fayette Highschool?«, frage ich ihn.

Er nickt.

»Kannten Sie eine Joslin Lowell?«

Callie neben mir wird stocksteif.

»Der Name kommt mir irgendwie bekannt vor.« Der Typ verschränkt die Arme vor der Brust. »Ich glaub, sie war ein paar Klassen unter mir.«

»Was ist mit einem Kerl namens Danny?«, frage ich weiter. »Ziemlich dünn, Raucher, blonde Haare?« Je mehr ich versuche, ihn zu beschreiben, umso verschwommener wird sein Gesicht in meiner Vorstellung. Hatte er ein Muttermal? Kaputte Zähne? Ich kann mich nicht erinnern.

Der Typ sieht mich blinzelnd an, und Callie zerrt an meinem Arm. »Trotzdem danke noch mal«, sagt sie zu ihm, bevor sie mich nach draußen zieht.

»Es hätte doch sein können, dass er Danny kennt«, verteidige ich mich und zupfe am Saum meines Rocks. »So abwegig war das gar nicht.«

»Das ist es nicht. Ich muss jetzt *echt* weg hier.«

Brav trotte ich hinter Callie her zurück zum Parkplatz, wo ich sie schließlich einhole. Ich höre ihren keuchenden Atem neben meinem Ohr. Ihr Gesicht ist aschfahl. Ich weiß, was mit ihr los ist, weil ich's selbst schon erlebt habe.

»Seit wann hast du Panikattacken?«, frage ich sie.

Sie zuckt mit den Schultern. »Ich glaub, beim ersten Mal war ich elf. Wir wohnten schon eine Weile im neuen Haus, und auf einmal hab ich gemerkt, dass es immer noch Fenster gab, von denen ich nichts wusste, und eine Kellertür. Irgendwie bin ich da durchgedreht, denn wenn ich nicht mal alle Zugänge zum Haus kannte, wie sollte ich da jemanden davon abhalten reinzukommen?«

Wir ducken uns unter einem tief über den Gehweg hängenden Ast einer Eiche hindurch, die auf der anderen Zaunseite wächst.

»Ich hatte das auch«, sage ich nach einer kurzen Pause. »Als ich an meiner neuen Schule angefangen habe und es im Klassenzimmer keine Toilette gab, so wie an der Eagle Elementary.«

Den Teil der Geschichte, wo ich mir in die Hose mache und zur Schulkrankenschwester geschickt werde, lasse ich aus. Nachdem Gram am Telefon erklärt hat, dass ich im Jahr zuvor Zeugin eines Mordes wurde, war die Lehrerin netter zu mir, aber statt dass es mir dadurch besser ging, kam ich mir nur noch erbärmlicher vor.

Außerdem hatte ich den Mord an Lori ja gar nicht wirklich beobachtet. Ich habe keine Ahnung, ob Gram sich einfach nicht die Mühe machte, die Geschichte richtig zu erzählen, oder ob sie den Leuten diese Version auftischte, weil sie einfacher zu verarbeiten war.

»Ich bin seitdem nicht mehr im Freibad gewesen«, sagt Callie leise. »In der achten Klasse sollte ich mal mit Sabrina hin, aber nachdem ihre Mom uns dort abgesetzt hatte, hab ich totale Panik bekommen. Wir mussten sie anrufen, damit sie uns wieder abholt.«

Callie sieht mich an. »Ich will – ich will einfach nur weg von hier. Ich werde mich hier nie sicher fühlen, und das ist scheiße, weil es das einzige Zuhause ist, das ich je hatte. In Florida bist du wenigstens weit weg von allem.«

Ich nicke und kicke ein Stück Asphalt weg, das sich vom Gehweg gelöst hat. Nach zehn Jahren vertraut sich Callie mir endlich an, da will ich es nicht versauen, indem ich ihr sage, dass sie sich täuscht.

Es gibt keinen Ort auf der Welt, der sicher ist. Egal, wie weit weg wir sind oder wie sehr wir versuchen, vor jener Nacht davonzulaufen, die Monster werden uns immer finden.

Uns fällt keine Begründung für Maggie ein, weshalb wir schon so früh vom Pool wieder zurück sind, deshalb halten wir beim Park nebenan, um uns dort die Zeit zu vertreiben. Callie sucht die Nummer des Amtes raus, das für Grünflächen und Sportanlagen zuständig ist, und ich rufe dort an.

Der Beamte nennt mir den Namen der Gärtnerei, die die Stadt vor zehn Jahren beauftragt hatte – Faber & Sons –, doch als Callie im Internet danach sucht, findet sie nur einen abgelaufenen Domain-Namen. Bei der einzigen Nummer, die in den Ergebnissen der Suchanfrage auftaucht, geht auch nach langem Klingeln keiner ran.

Schließlich legt Callie auf. »Sind wahrscheinlich pleitegegangen. Wie alles andere in diesem Drecksloch hier.«

Dem kann ich nichts entgegensetzen. Sicherlich denken viele Leute schlecht über ihren Heimatort, aber Fayette ist wirklich ein Drecksloch. Ehrlich, man kann die Kuhscheiße schon riechen, wenn man vom Freeway die Ausfahrt nimmt.

Die Stadt hat zu viel Vorstadtcharakter, um ländlich zu wirken, liegt zu weit im Osten, um tatsächlich ab vom Schuss zu sein, zu weit im Norden, um zum Hinterland zu zählen. Fayette ist einfach die Art von Ort, an den niemand denkt. Die Art von Ort, den die Menschen verlassen, und wenn man Jahre später nach ihnen fragt, ist es, als hätte es sie nie gegeben.

»Wir werden ihn finden«, sage ich, mehr zu mir selbst als zu Callie. Ich *muss* Danny finden, und zwar nicht nur, weil er vielleicht weiß, was zwischen Lori und Jos wirklich passiert ist. Es geht nicht einmal mehr nur um Loris Ermordung. Mein Vater ist tot, meine Mutter ist weiß Gott wo, und ich werde Fayette nicht eher verlassen, bis ich meine Schwester gefunden habe.

In der ersten Zeit bei Gram habe ich ab und zu versucht, über Jos zu reden. Wenn es Käsemakkaroni zum Abendessen gab: *Meine Schwester hat mir früher oft Käsemakkaroni gemacht.* Wenn Gram und ich uns eine Soap ansahen: *Meine Schwester liebte* Friends. Grams Gesicht bekam dann diesen leeren, mitleidigen Ausdruck, als würde ich mir das alles nur ausdenken – als wäre diese *Schwester* bloß Einbildung. Eine Fantasiefreundin, die ich mir erschaffen hatte, um mit dem Trauma der Trennung von meiner Mutter fertigzuwerden.

Ich schiebe den aufsteigenden Groll auf meine Großmutter, die nie über meine Familie reden wollte, beiseite. Sie war Glenn Lowell oder Joslin ja nie begegnet, und wann immer das Gespräch auf meine Mutter kam, trat dieser müde Ausdruck in Grams Augen. Sie war enttäuscht darüber, was aus ihrer einzigen Tochter geworden war, so viel war mir klar. Es schmerzte Gram, darüber zu reden, wie ihre Beziehung zu meiner Mutter in die Brüche ging, deshalb sprachen wir einfach gar nicht über sie.

Hätten wir es getan, wüsste ich jetzt vielleicht genug über

Annette, um sie und meine Schwester aufzuspüren. Vielleicht würde ich mich dann nicht ganz so verloren fühlen in einer Stadt, in der ich mein halbes Leben verbracht hatte.

Auf dem Rückweg zu ihr nach Hause schweigen Callie und ich. Vermutlich ist ihr plötzliches Bedürfnis von vorhin, mit mir über ihre Panikattacken zu sprechen, verflogen. Sie sagt kein Wort mehr, bis sie die Haustür aufschließt.

»Ups!«, ruft sie erschrocken und stolpert rückwärts gegen mich.

Maggie sitzt im Wohnzimmer in Ricks Sessel, als hätte sie auf uns gewartet.

»Ich hatte keine Lust mehr zu warten, bis du dein Zimmer aufräumst.« Ihr Tonfall ist seltsam, als würden ihre Worte miteinander verschwimmen. »Also hab ich es selbst gemacht.«

Vor Maggie auf dem Tisch steht eine Flasche Wodka. Sie ist fast leer. Callie erstarrt. Offensichtlich handelt es sich um die Flasche, die unter ihrem Bett gelegen hatte und wegen der sie sich Sorgen gemacht hatte.

Ich weiß, ich sollte jetzt besser nicht hier sein, und sause blitzschnell die Treppe hinauf wie eine Maus, die vom Besen gejagt wird.

Bevor ich mich im Gästezimmer verschanzen kann, schnappe ich noch Teile ihres Streits auf.

»… wir dich nicht erzogen, mit Problemen umzugehen.« Maggie.

»Es war eine schlimme Woche, okay? Und mit dir kann ich ja wohl auch nicht drüber reden.« Callie.

»Callie, das ist lächerlich. Du kannst mit allem zu mir kommen.«

»Mit allem außer mit Lori!«

Ich lasse die Türklinke los, drücke das Ohr an die Wand zum Flur und warte auf Maggies Reaktion.

Doch es ist Callie, die weiterspricht. Sie weint. »Du hast mich nicht einmal gefragt, ob ich vor Gericht aussagen will.«

»Natürlich wolltest du. Du wolltest helfen.«

»Nein. Du hast mir das Gefühl gegeben, ich hätte keine andere Wahl. Dass er freikommt, wenn ich nicht sage, dass Tessa und ich ihn im Garten gesehen haben …«

»Hör auf damit!«, brüllt Maggie. »Du weißt doch gar nicht, was du da sagst.«

»Doch, das tue ich«, heult Callie. »Ich bin nicht mehr acht Jahre alt. Ich bin alt genug, um zu wissen, dass wir uns vielleicht getäuscht haben und dass das, was der Mann von der Polizei mit uns gemacht hat, total *beschissen* war …«

Ein kurzer Knall ist zu hören. Haut auf Haut. Ich schlucke. *Maggie hat ihr eine runtergehauen.*

»Callie, warte. Es tut mir so leid …«

Schritte auf der Treppe. Schnell ziehe ich den Kopf zurück und schließe den Türspalt, aber zu spät. Callie rennt bereits an mir vorbei. Sie weiß, dass ich alles gehört habe.

Dann das Geräusch, wie Maggie die Treppe heraufstolpert. Ich halte die Luft an.

»Ich weiß nicht, warum ich das gemacht habe«, schluchzt Maggie vor Callies Tür. »Ich hab einfach rotgesehen. Bitte lass mich rein.«

Keine Antwort. Ich presse das Ohr an die Tür und höre Maggie sagen: »Hat *sie* das zu dir gesagt? Versucht sie, dir einzureden, dass du nicht hättest aussagen sollen?«

Sie, also ich. Maggie glaubt, dass ich nach Fayette zurückgekommen bin, um die verrückte Idee zu verbreiten, dass wir Stokes in jener Nacht gar nicht wirklich gesehen haben.

Maggie gibt auf, und einige Augenblicke später wird die Tür zu ihrem Zimmer geschlossen. Ich warte zwanzig Minuten, bis ich sicher bin, dass sie nicht wieder rauskommt, bevor ich nach unten schleiche und mich durch die Garagentür verdrücke.

Ich steige auf Callies Fahrrad und trete voll in die Pedale. Vom

Haus der Greenwoods folge ich der Hauptstraße bis nach Deer Run. Dort radle ich um die Wohnwagensiedlung herum und frage mich, was Phoebe, das kleine Mädchen mit dem Kinderwagen, wohl gerade macht. Und ob Maddie in der Nähe des Schwimmbeckens diesmal besser auf das Baby aufpasst.

Ich fahre so lange im Kreis herum, bis die Sonne anfängt unterzugehen und mir in den Sinn kommt, dass die Greenwoods mich vielleicht suchen.

Als ich zurückkomme, liegt Maggie immer noch in ihrem Zimmer. Rick ist zu Hause. Callie sagt ihm, dass es Maggie nicht gut geht und sie den ganzen Nachmittag geschlafen hat. Rick bittet Callie, Pizza für uns zu bestellen.

Nach dem Essen entschuldige ich mich und ziehe mich ins Gästezimmer zurück. Dort blättere ich durch die Zeichnungen meines Vaters, bis mir die Augen zufallen. Immer wieder höre ich Maggies Worte von vorhin, als würden sich die scharfen Kanten abschleifen, wenn ich sie lange genug in meinem Kopf hin und her drehe.

Hat sie das zu dir gesagt? Versucht sie, dir einzureden, dass du nicht hättest aussagen sollen?

Maggie hat Callie unter Druck gesetzt zu behaupten, sie hätte Stokes in jener Nacht im Garten gesehen. Das hat Callie vorhin im Flur selbst zugegeben. Genau das hatte ich immer vermutet. Maggie brauchte uns, um Stokes ins Gefängnis zu bringen, damit der Mörder ihrer Nichte weggesperrt wurde und mit ihm der Schmerz.

Für sie musste Stokes schuldig gesprochen werden. Sie war überzeugt davon, dass er alle vier Mädchen umgebracht hatte und dass es richtig für Callie und mich war, diese Aussage zu machen.

Manchmal hatte ich nachts wach gelegen mit dem sicheren Gefühl, dass mich all diese Fragen, die ich zu Loris Tod und Jos'

Verschwinden hatte, auffressen würden, bis nichts mehr von mir übrig war. Ich hatte eine Heidenangst davor, dass die Jahre verrinnen und ich irgendwann sterben würde, ohne je die Details zu kennen von dem, was wirklich passiert war.

Ich hatte immer geglaubt, dass mich die Zweifel kaputtmachen würden. Doch nun frage ich mich, ob das Gegenteil von Zweifel nicht viel gefährlicher ist – wenn stattdessen die Dinge, derer wir uns so sicher sind, die Macht haben, uns zu zerstören.

Ich denke daran, wie Bonnie Cawley Wyatt Stokes angebrüllt hat, er möge in der Hölle schmoren, weil er ihr Baby umgebracht hat. Ich denke an Maggie, die Callie mit versteinerter Miene in den Gerichtssaal begleitet hat und sich weigerte, ihn anzusehen.

Sie waren immer überzeugt davon, dass Stokes es war, der ihnen Lori genommen hatte. Wenn auch er ihnen genommen wird, wenn sie nicht mehr auf ihn als den Mörder zeigen können, woran können sie sich dann noch festhalten?

Mein Herzschlag fällt in einen Takt mit der Kuckucksuhr an der Wand. Ich setze meine Kopfhörer auf und drehe die Lautstärke von Pink Floyds »Us and Them« hoch. Das hat mir mein Vater immer vorgespielt, nachdem er gemerkt hatte, dass es mir beim Einschlafen half.

Die Hilfe könnte ich jetzt gut brauchen. Morgen ist Ariels Beerdigung.

13

Es ist halb zehn, und der Gottesdienst beginnt in einer halben Stunde. Ich trage die schwarzen Jeans von der Arbeit, die ich auf dem Flug hierher anhatte, und mein T-Shirt. Wahrscheinlich wird man mich für jemanden von der Catering-Firma halten. Als Callie aus ihrem Zimmer kommt und mich im Flur sieht, seufzt sie. Sie trägt einen schwarzen Bleistiftrock und eine Bluse. Ihre Augen sind verquollen.

Sie verschwindet wieder in ihrem Zimmer und kommt mit einem zerknitterten schwarzen Teil wieder. Eine Strickjacke, die mir bis zu den Oberschenkeln reicht. Sie ist mit Parfüm getränkt, als hätte Callie sie aus ihrem Wäschekorb gezogen und versucht, den Gestank zu übertünchen.

»Danke.« Ich ziehe die Strickjacke an und folge ihr nach unten. »Alles okay bei dir?«, füge ich hinzu, als ich sehe, dass in Küche und Wohnzimmer niemand ist.

»Bestens«, antwortet sie auf eine Art, die keine weiteren Fragen zulässt.

Wir fahren alle gemeinsam zur Beerdigung. Rick kommt in einem grauen Anzug herunter ins Wohnzimmer, dessen Hose bis über die Knöchel hochrutscht, als er sich in seinen Sessel setzt. Er hat sich heute freigenommen. Maggie erscheint als Letzte und lächelt mich müde an. Ihr Gesicht ist unter einer dicken Schicht Make-up und Puder verborgen.

Ich zwinge mich, das Lächeln zu erwidern. So zu tun, als hätte ich den Wortwechsel zwischen ihr und Callie gestern Abend nicht gehört. Ich ignoriere das nagende Gefühl, dass sie mich nach der Beerdigung bestimmt fragen wird, wann ich vorhabe, nach Florida zurückzufliegen.

Auf der Fahrt sagt keiner ein Wort. Ich bin erst ein Mal hier gewesen. In jenem Sommer damals nahm Lori Callie und mich mit zu einem Sommerfest auf dem Kirchplatz. Wir aßen Blaubeerkuchen aus Servietten statt von Tellern, während Lori die selbst gemachten Ohrringe durchstöberte, die an den Ständen verkauft wurden. Jos war bei der Arbeit.

Rick parkt am Straßenrand, neben dem Eingang zur Sonntagsschule. Die Kirche sieht immer noch genauso aus, abgesehen von einer neuen Botschaft an der Anschlagtafel: SIEBEN TAGE OHNE GEBET MACHEN SCHWACH.

Die Leute stehen Schlange, obwohl wir zwanzig Minuten zu früh sind. Jemand ruft Callies Namen. Als ich aufblicke, sehe ich Sabrina durch die Menge auf uns zukommen.

»Du siehst scheiße aus«, sagt sie. Callie wirft einen Blick über die Schulter, aber Maggie und Rick machen Small Talk mit dem Paar hinter uns.

»Ist spät geworden gestern«, murmelt Callie, und wir schieben uns ein Stück nach vorn.

Sobald wir in der Kirche sind, entfernen wir uns von Maggie und Rick. Wir sitzen am Rand einer Bank ungefähr in der vierten Reihe. In Callies Strickjacke ersticke ich fast. Die Ventilatoren an der Decke schaffen kaum mehr, als die stickig heiße Luft durchzurühren.

Vorn steht ein vergrößertes Porträt von Ari aus dem Abschlussjahr, auf dem ihre Haare in der Septemberhitze hartnäckig schlapp herunterhängen. Der Sarg daneben, mit weißen Nelken bedeckt, ist leer. Das weiß ich, weil hinter mir jemand flüstert, dass Ariels Leiche noch als Beweismittel gilt und in einem Metallschubfach beim Rechtsmediziner liegt. Ihr eigentliches Begräbnis wird warten müssen.

Ich starre hartnäckig geradeaus und blende die Geräusche der Trauer um mich herum aus, indem ich an Lori Cawley in ihrem Sarg denke, die Kette mit dem Namensanhänger um den Hals. Dass ich nervös mit dem Bein wippe, merke ich erst, als Callie mir einen Blick zuwirft, der zu sagen scheint: *Reiß dich gefälligst zusammen.*

Hat Ari eine Kette getragen, als man sie fand?, würde ich gerne jemanden fragen. Ohrringe vielleicht oder einen dieser Stimmungssteine am Daumen, die ihre Farbe verändern und die sie so mochte?

Fehlt etwas, das ihr das Monster weggenommen hat?

»Das ist furchtbar«, flüstert Sabrina auf Callies anderer Seite. Die beiden schauen in Richtung der Kouchinskys, die vorn an der Kanzel dicht gedrängt beisammenstehen und die Trauergäste empfangen. Aris Geschwister sind wie zur Musterung in einer Reihe aufgestellt – Kyle, ihr älterer Bruder, der sein Kurzarmhemd bereits durchgeschwitzt hat; David, der Jüngste, ganz am Rand, fährt sich mit einem Mini-Spielzeug-Skateboard über die Fingerknöchel. Als ich ihn das letzte Mal sah, trug er noch Windeln. Jetzt ist er größer als die Zweitjüngste, Kerry Ann, die inzwischen fast vierzehn sein muss. Katie, die jetzt die älteste Schwester ist, steht neben Kerry Ann in einem schlichten schwarzen Kleid, das ihr viel zu weit ist und bis zu den Knien reicht. Wahrscheinlich hat es mal Ari gehört.

Kyle umklammert fest Mrs. Kouchinskys Hand, als würde er versuchen, sie damit aufrecht zu halten. Ich kann sie nicht ansehen.

»Sollen wir hingehen und mit ihr reden?«, flüstert Callie. Als ich den Kopf zur Seite drehe, merke ich, dass sie mit Sabrina spricht, nicht mit mir.

»Können wir nicht warten, bis …« Sabrina beendet ihren Satz nicht. Das braucht sie auch nicht.

Mr. Kouchinsky steht auf der anderen Seite seiner Frau. Er hat seiner Tochter Katie die Hand auf die Schulter gelegt. Selbst von unserem Platz aus wird deutlich, dass die Geste nichts Beschützendes an sich hat.

Katie gleicht einer Statue unter dem Griff ihres Vaters. Ich muss blinzeln und mich daran erinnern, dass es nicht Ariel ist. Katie ist die Einzige der Kinder, die Ari ähnelt. Groß und schlaksig, sonnengebräunt, mit braunen Haaren. Die anderen haben alle runde Gesichter, helle Haut und dunkelblonde Haare wie ihre Mutter.

Bei Katie und Ari haben sich die Gene ihres Vaters durchgesetzt. Mr. Kouchinsky ist groß, mit den eckigen Gliedmaßen einer Gottesanbeterin. Er trägt die Haare zum Seitenscheitel gekämmt wie auf Fotos von vor zwanzig Jahren. Auch sein buschiger Schnurrbart ändert wenig daran, dass es aussieht, als würde er pausenlos die Zähne fletschen.

Wir hatten schon immer eine Scheißangst vor ihm.

»Ich hab gehört, er ist fuchsteufelswild geworden«, flüstert Sabrina.

»Auf wen? Auf Ari?«

»Auf Katie«, antwortet Sabrina. »Sie hat Ari gedeckt, als die heimlich weg ist. Deshalb haben sie sie auch erst am nächsten Tag als vermisst gemeldet.«

In dieser Kirche ist es ungefähr hundert Grad heiß, aber Katie trägt ein Kleid mit langen Ärmeln. Ich stelle mir die blauen Flecken auf ihren Armen darunter vor.

Der Pastor tippt gegen das Mikro auf seiner Kanzel. Die Rückkopplung hallt durch die gesamte Kirche, als er die Leute auffordert, Platz zu nehmen.

Doch ich kann nichts anderes hören als Mr. Kouchinsky, wie er diesen Hund abknallt, und den Klang von Ariels Schreien.

Nach dem Gottesdienst gibt es Erfrischungen in den Räumlichkeiten der Sonntagsschule. Als wir Sabrina durchs Kirchenschiff folgen, vibriert Callies Handy.

»Meine Mom«, murmelt sie. »Sie sagt, wir treffen uns am Auto.«

Maggie und Rick müssen die Kirche gegen Ende der Trauerfeier verlassen haben. Unbehagen breitet sich in mir aus. Was, wenn Maggie Callie für den Wodka bestrafen will, indem sie mich heute Abend nach Hause schickt?

Callie schirmt die Augen gegen die Vormittagssonne ab, als wir ins Freie treten. Ich ziehe sofort die Strickjacke aus und hoffe, dass mein T-Shirt dunkel genug ist, um die Schweißflecken am Rücken und unter den Armen zu verbergen.

»Hey«, ertönt eine männliche Stimme hinter uns. Am Fuß der Treppe holt Ryan uns ein. Er hat sich für diesen Anlass rasiert und eine Krawatte umgebunden. Er ist fast nicht wiederzuerkennen.

»Ich hab euch da drin gar nicht entdeckt«, nuschelt er und vergräbt die Hände in den Taschen. »Habt ihr Nick gesehen?«

Callie sieht mich an, und ich zucke mit den Schultern. In der Kirche war es so voll, dass ich Nick nicht mal dann bemerkt hätte, wenn ich mich nach ihm umgeschaut hätte.

Callie zögert. »Ich glaub nicht, dass er gekommen ist.«

Ryan knackst mit den Fingerknöcheln. Wirft einen Blick auf all die Leute, die aus der Kirche strömen. »Ich hoffe, du täuschst dich.«

»Ist doch keine große Sache«, widerspricht Callie. »Viele sind nicht gekommen.«

»Ja, aber er ist der, den die Bullen hier sehen wollen.« Ryan senkt die Stimme. »Das sieht *echt* schlecht aus für ihn, Cal.«

»Mein Gott, du klingst schon wie dein Onkel«, fährt sie ihn an.

»Manche würden das für ein Kompliment halten.«

Jay Elwood ist hinter uns aufgetaucht, seinen Partner im Schlepptau. Beide tragen Jacketts und ihre Pistolenhalfter an der Hüfte.

»Hat Nick Snyder heute mit einem von euch Kontakt aufgenommen?« Detective Elwoods Blick geht durch mich hindurch, als wäre ich gar nicht anwesend. Callie und Ryan schütteln beide den Kopf.

»Seid ihr euch da sicher?«

»Ja«, sagt Ryan. »Warum? Was ist denn los?«

Der zweite Bulle gibt einen kehligen *Hmm*-Laut von sich und zieht seine Hose hoch. Jay massiert das Grübchen in seinem Kinn, die Augen fest auf seinen Neffen gerichtet.

»Wir sind heute Morgen bei seinem Stiefvater gewesen«, sagt Jay. »Sieht aus, als wäre Nick Snyder gestern Abend abgehauen.«

14

Auf dem Heimweg hält Rick an, um noch Brötchen fürs Mittagessen zu kaufen. Solange er im Laden ist, sitzen Callie und ich stumm auf der Rückbank, während Maggie am Radio herumspielt und vermeidet, uns anzusehen.

Callie stupst mich an und zeigt mir ihr Handy. Sie hat eine Nachricht getippt.

Er war es nicht.

Ich will in die Tasche greifen, als mir wieder einfällt, dass ich mein Telefon am Ladegerät neben dem Bett habe liegen lassen. Stattdessen bedeute ich Callie, dass sie mir ihres geben soll. Ich zögere kurz, bevor ich meine Antwort tippe.

Woher weißt du das?

Callie nimmt das Handy wieder an sich und runzelt beim Lesen die Stirn. Ich blicke ihr über die Schulter, während sie die Nachricht löscht und tippt: *Ich kenne Nick.*

Automatisch muss ich an eine Szene aus *Die Entlarvung des Monsters* denken. Die Filmemacher haben Wyatt Stokes' Mutter interviewt – was eine beachtliche Leistung ist, denn sie mussten sie erst einmal nüchtern genug bekommen, um sie vor eine Kamera setzen zu können. Sie filmten die ganze Szene direkt in ihrem Wohnwagen, wo sie auf einer zerschlissenen Couch saß und durch einen Nebel aus Zigarettenrauch hindurch darauf bestand, ihren Sohn zu kennen. Er sei kein Mädchenmörder.

Ich frage mich, ob Callie Nick so gut kennt, wie sie glaubt, oder ob sie lediglich die Art, wie die Polizei ihn behandelt, an den Umgang mit Stokes erinnert, und sie etwas wiedergutmachen will. Die Polizei davon abhalten, den Erstbesten ins Gefängnis zu stecken, den sie finden, einfach nur um den Fall abschließen zu können.

Doch was ist, wenn Nick Snyder Ariel tatsächlich umgebracht hat? Ich weiß nichts über den Typen, abgesehen vom allgemeinen Eindruck, dass er nicht clever genug ist, den Mord an seiner Exfreundin so aussehen zu lassen, als wäre es ein Serienmörder von vor zehn Jahren gewesen.

Als Lori umgebracht wurde, sah die Sache anders aus. Die Monster-Morde waren überall präsent. Die Medien veröffentlichten so viele Details über die Tatorte, dass sie dem Nachahmer praktisch alle Arbeit abnahmen.

Oder der Nachahmerin, kann ich nicht umhin, in Gedanken hinzuzufügen.

Rick kommt mit einer braunen Papiertüte aus dem Laden. Ich nehme Callies Handy und tippe: *Erzähl mir was über Nick!*

Bis Callie mit ihrer Antwort fertig ist, hat Rick schon ausgeparkt.

Er hat mit seinem Dad in North Carolina gewohnt, aber sie haben sich nicht vertragen. Nick ist dann bei seiner Mom und ihrem Freund eingezogen. Sie ist vor zwei Jahren gestorben. Eierstockkrebs. Ihr Freund ist ein Idiot, aber Nick kriegt ihn nicht aus dem Haus raus.

Als ich mit Lesen fertig bin, antworte ich: *Was ist mit seinem Dad passiert?*

Callie runzelt die Stirn. *Ist das wichtig?*

Ich zucke mit den Schultern. Für das, was ich eigentlich sagen will, fehlen mir die Worte. Also lehne ich mich an die Kopfstütze zurück und denke an das Gesicht meines Vaters auf der Überwachungskamera vor dem Supermarkt, nachdem er Manuel Gonzalo angeschossen hat. Ich denke an meine Schwester mit dieser Glasscherbe in der Hand, die sie wie einen Dolch auf meine Mutter gerichtet hält.

Ich denke an Bobby Buckteeth und daran, wie etwas in mir entfesselt wurde, als ich seinen Kopf gegen den Spind geknallt habe. Dass ich nicht aufgehört hätte, wenn mich nicht ein Lehrer von ihm weggezogen hätte.

Wir sind alle zu Gewalt fähig, aber manche von uns haben es von Geburt an im Blut. Es gab Gerüchte, mein Vater hätte vor meiner Geburt mal einen Mann in einer Bar so heftig zusammengeschlagen, dass der Typ mit zwanzig Stichen genäht werden musste.

Nick könnte es auch im Blut haben. Manchmal muss man nur die Wurzeln betrachten, um zu sehen, ob der Rest des Baumes vergiftet ist.

Callie macht dicht, sobald wir wieder zu Hause sind und ich ihr sage, dass wir herausfinden müssen, ob Ari irgendein Schmuckstück fehlt.

»Nein.« Sie schüttelt den Kopf. »Sie haben sie noch nicht mal beerdigt. Was soll ich tun? Katie eine Nachricht schicken und ihr sagen, sie solle die Sachen ihrer toten Schwester durchwühlen?«

Wir sitzen draußen am Terrassentisch, jede mit einer Flasche Eistee vor sich, um Maggie nicht in die Quere zu kommen, die im Wohnzimmer staubsaugt. Wahrscheinlich hofft sie, dass das Geräusch die Gedanken an Aris Beerdigung und die von Lori übertönt. Maggie wollte allein sein – ich habe es in ihrem Gesicht gesehen, als wir nach dem Mittagessen den Tisch abräumen wollten und sie sagte: »Lasst mich das machen.«

Ich studiere Callies Miene, während sie das Etikett von ihrer Eisteeflasche pult. »Jemand muss aber ihren Schmuck durchsehen«, beharre ich. »Falls etwas fehlt, ist das ein weiterer Hinweis darauf, dass es das Monster war.«

»Verdammt noch mal, Tessa. Sie haben ihren Eltern noch nicht mal gesagt, wie sie ums Leben kam.« Callie wirft einen

Blick Richtung Terrassentür, aber da ist nur das Brummen des Staubsaugers. »Wir werden Aris Sachen nicht durchsuchen können oder überhaupt nur in Katies Nähe kommen.«

Ich schnipse ein Körnchen Blütenstaub weg, das oben vom Baum auf mein Knie gefallen ist.

»Die Trauerfeier war erst *heute Morgen*«, fügt Callie nach einer Weile hinzu. »Können wir ihr nicht wenigstens das zugestehen? Es muss noch etwas anderes geben.«

Ich bin still, denn ich habe die Botschaft verstanden. Aris Familie und Freunde in Ruhe lassen. Da bleibt uns nicht viel, außer vielleicht ein Name – die Gärtnerei Faber & Sons, für die Danny gearbeitet hat.

Nach unserem Ausflug ins Freibad gestern konnten Callie und ich online so gut wie nichts über Faber & Sons herausfinden, deshalb planen wir, in der Stadt herumzufragen. Ich möchte lieber hier draußen warten, während Callie fragt, ob wir das Auto ausleihen dürfen, aber sie will, dass ich mit reinkomme.

Wir stehen eine Weile im Türrahmen herum, bevor Callie sich räuspert. »Ist es okay, wenn Tessa und ich noch zu Emily Raymes fahren? Sie hat ein paar Leute eingeladen.«

Rick hat sich mit einem Bier ins Nebenzimmer zurückgezogen, aber er befindet sich in Hörweite. Maggies Miene ist verkniffen.

»Callie, es wäre mir lieber, wenn du hierbleibst«, sagt sie. Auch wenn sie Rick möglicherweise nichts von dem Wodka erzählt hat, wird sie es noch im Hinterkopf haben, Beerdigung hin oder her.

Callie verzieht das Gesicht.

»Mich hat sie nicht erwähnt«, sage ich, nachdem Maggie zu Rick rübergegangen ist.

»Ja, aber was willst du denn ohne mich machen?«, flüstert Callie. »Du kennst doch hier niemanden mehr.«

»Ich kenne schon ein paar Leute.« Decker Lucas' Gesicht taucht vor meinem inneren Auge auf. Seine traurige Garage mit den ganzen alten Kartons und Telefonbüchern. Sein freundliches, schiefes Lächeln.

Telefonbücher. Decker hat gesagt, seine Mom würde über elf Jahre altes Zeug aufheben – in einem dieser Telefonbücher muss es einen Eintrag für Faber & Sons geben. Ich taste nach meiner Hosentasche, bis mir einfällt, dass mein Handy immer noch oben am Ladegerät hängt.

Callie beobachtet mich. »Was hast du …«

»Ich erzähl's dir, wenn ich es finde«, sage ich, bereits auf dem Weg nach oben.

Mein Handy liegt auf dem Nachttisch. Ich scrolle durch die Kontakte. Seine Nummer steht ganz oben in der Liste, wo er sie eingetragen hat. DECKER, DEIN GUTER FREUND.

Hi … seltsame Frage, aber sind bei den Telefonbüchern in eurer Garage auch welche von vor zehn Jahren?, schreibe ich ihm, weil Unterhaltungen am Telefon peinlich sind. Ich verstehe nicht, weshalb manche Leute immer noch auf Anrufen bestehen, obwohl es eigentlich alle hassen.

Alle außer Decker. Keine Minute nachdem ich ihm die Nachricht geschickt habe, klingelt mein Handy.

»Wozu brauchst du zehn Jahre alte Telefonbücher?«, will er wissen.

»Ich such bloß nach jemandem.« Die Zimmertür steht einen Spalt offen. Mit dem Fuß gebe ich ihr einen leichten Schubs, um sie zu schließen.

»Hast du's mal mit Google versucht?«

Mann. Ich drücke mir den Handballen gegen die Stirn. »Ja, hab ich. Es ist eine Firma, die vor Jahren dichtgemacht hat … Wenn ich die Adresse weiß, kann ich vielleicht rausfinden, wo der Besitzer jetzt ist.«

»Verstehe«, sagt er. »Dann ist das so eine Art Sherlock-Holmes-Ding.«

Ich weiß, es soll ein Witz sein, aber ich muss mir trotzdem auf die Zunge beißen. Wenn er wüsste. »Hast du was dagegen, wenn ich kurz vorbeikomme und die Telefonbücher durchgehe? Dauert wirklich nicht lange.«

»Klar! Ich meine, nicht *klar, macht es mir was …*«

Ich bin bereits unterwegs zur Garage, um Callies Fahrrad zu holen.

Decker erwartet mich schon in der Einfahrt. Er trägt dieselben unglücklichen Jeansshorts wie neulich. Die eng geschnittenen Ärmel seines Old-Navy-T-Shirts schlackern um seine Oberarme. Verglichen mit Ryan Elwoods Baumstämmen sind sie Zweige, was nahelegt, dass die Gewichte, die Decker stemmt, eher die Form eines Videogamecontrollers haben.

Ich weiß nicht, seit wann mir Dinge wie der Oberarmumfang von Männern auffallen, aber es hat nichts mit Sex zu tun oder so.

»Hallo«, begrüßt mich Decker.

»Danke schon mal. Wird nicht lange dauern.«

Zumindest hoffe ich das. In Deckers Garage riecht es nach Schimmel. Er hebt einen Karton vom Telefonbuchstapel herunter, in dem einige Modellautos liegen.

»Ich sag meiner Mom ständig, wir sollten einen Garagenflohmarkt veranstalten.« Er klingt verlegen, und mir fällt wieder ein, dass er mir erzählt hatte, die meisten Sachen würden seinem Vater gehören.

»Siehst du ihn oft?«, frage ich. »Deinen Dad.«

Decker zuckt mit den Schultern. Er fischt ein mintgrünes Cabrio aus der Schachtel und fährt mit dem Finger über die Räder. »Nicht wirklich. Er wohnt jetzt in Jersey.«

Die Telefonbücher sind nicht chronologisch geordnet. Ich lasse den Daumen über die Buchrücken wandern, bis ich das Jahr, in dem Lori umgebracht wurde, finde.

»Hast du deinen Dad mal besucht?«, fragt Decker. »Du weißt schon, während er …«

»Im Gefängnis saß?«, beende ich seinen Satz. Dabei hebe ich den Blick nicht vom Telefonbuch. »Nein.«

Ich blättere an Anzeigen für Anwaltskanzleien vorbei, an Zwei-zum-Preis-von-einer-Angeboten für professionelle Autoreinigung und suche nach Firmen, die mit *F* beginnen. Eigentlich dachte ich, das Thema sei beendet, bis er fragt: »Warum nicht?«

Ich kaue auf der Innenseite meiner Unterlippe herum. »Meine Mom wollte es nicht.«

Decker runzelt die Stirn. »Und wolltest du?«

Ich bin selbst überrascht, wie die Worte nur so aus mir herauszupurzeln scheinen. »Ja, ich wollte es unbedingt.« Als ich Deckers entsetzte Miene sehe, zucke ich mit den Achseln. »Meine Mom war der Meinung, dass Gefängnisse keine Orte für Kinder sind.«

»Hm«, macht Decker bloß. Ich halte die Klappe und weiß selbst nicht, weshalb ich überhaupt was gesagt habe. Niemand hat je verstanden, wie es ist, wenn ein Elternteil im Gefängnis sitzt. Callie konnte es nicht, und weshalb sollte Decker da anders sein?

Ich blättere das Verzeichnis des Telefonbuchs für *Dienstleistungen: Garten und Pool* durch. Darunter befindet sich eine drei Zentimeter breite Anzeige für Faber & Sons Landscaping mit der Telefonnummer, die Callie und ich gestern schon probiert haben, und ein Name: Joe Faber.

ERSTKLASSIGER SERVIS UND ZUFRIEDENHEIT
GARANTIERT

Schade nur, dass niemand Joe Faber einen Korrektur-Service empfohlen hat.

Ich speichere die Adresse in mein Handy, falls ich sie vergesse: 312 South Township Road.

Decker hatte angeboten, mich in die 312 Township Road zu fahren, aber auf seiner Rückbank und im Kofferraum war so viel Müll, dass Callies Fahrrad nicht reingepasst hätte. Außerdem wollte ich das sowieso allein erledigen und nicht noch einer weiteren Person erklären müssen, wie entfremdet ich wirklich von meiner Familie bin.

Die South Township Road ist eine gefährliche Straße zum Fahrradfahren. Das ausgebleichte Holzkreuz, das an Rob McQueen und Tyrone Williams erinnert, mahnt stumm, in den Kurven langsam zu fahren. Wenig hilfreich ist auch, dass das South Township Inn, eine ziemliche Spelunke, an dieser Straße liegt. Als ich klein war, nannten die Leute es immer STI – kurz für »sexually transmitted infection«, und inzwischen kapiere auch ich den Witz. Ich glaube allerdings, der Spitzname ist eher treffend als lustig.

Es gab mal das Gerücht, Rob und Tyrone hätten vor ihrem tödlichen Crash im STI haltgemacht; an dem Unfall waren aber auf jeden Fall die Kurven schuld. Inzwischen gibt es entlang der Straße eine Leitplanke, an die ich mich so dicht wie möglich halte, auch wenn nicht viele Autos an mir vorbeibrausen. Die Hauptsehenswürdigkeit in der South Township Road ist die Highschool, die über die Sommermonate geschlossen ist.

312 South Township Road befindet sich im selben Straßenabschnitt wie das STI. Die Bar bildet den Abschluss von drei Geschäften in einer Reihe. In der Mitte gibt es einen Feinkostladen und am anderen Ende einen Friseursalon.

Ich fahre auf den Gehweg hinauf, um die Hausnummern besser lesen zu können. Der Feinkostladen, der bereits geschlossen hat, ist die 312, wo Faber & Sons Landscaping einst seinen Firmensitz hatte.

Ein Schild im Fenster verkündet, dass das Geschäft an Wochentagen um fünf Uhr schließt. Jetzt ist es Viertel nach. Frustriert trete ich gegen den Randstein.

Ich lehne Callies Rad an die Backsteinmauer vor dem Friseursalon, wo ich es im Blick habe, und gehe hinein. Mein Magen zieht sich zusammen.

Joslin hasste es, wenn meine Mutter ihr die Haare bürstete. Annette zog immer zu heftig, war zu grob mit den Knoten. Sie zerrte so lange, bis unsere Kopfhaut brannte und wir heulend ins Bett gingen. Es war auch nicht gerade hilfreich, dass sie uns nie die Haare schnitt. Sie selbst hatte als Kind immer lange Haare haben wollen, sagte sie, wie ihre Barbies, aber Gram hatte auf einem praktischen Bob bestanden.

Eines Abends beschloss Joslin, dass sie genug davon hatte. Sie schloss sich mit einer Schere im Zimmer ein und säbelte an ihren Haaren herum. Meine Mutter brachte Jos zum Friseur, mich im Schlepptau, damit sie Jos' Frisur retteten.

»Ohne Termin?« Die Stimme kommt von den Waschbecken, wo eine rothaarige Frau Mitte zwanzig den Kopf eines Herrn schamponiert. Es dauert einen Moment, bis ich begreife, dass sie mit mir spricht.

»Ähm. Nein. Ich hätte nur eine Frage.«

»Okay. Sekunde.« Sie spült dem Herrn den Seifenschaum vom Kopf und rubbelt ihn mit einem Handtuch trocken. Während er auf einem Stuhl vor dem Spiegel Platz nimmt, kommt die Frau zu mir nach vorn an die Kassentheke.

»Kennen Sie einen Garten- und Landschaftspflegebetrieb namens Faber & Sons?«, frage ich. »Der war mal nebenan.«

Die Friseurin stützt die Ellenbogen auf die Theke. »Solange ich hier bin, war da immer das Feinkostgeschäft.«

Auch den Namen Joe Faber hat sie noch nie gehört. Ich bedanke mich bei ihr und gehe wieder nach draußen. Ein Seufzer entfährt mir. Aus der offenen Tür des STI dröhnt Musik.

Ein Schild im Fenster verkündet: DONNERSTAGABENDS LIVE-JAZZ! Auf dem Bürgersteig vor der Bar sind Stimmen zu hören. Ein junger Typ und ein Mädchen biegen um die Ecke. Er beugt sich vor und zündet ihre Zigarette mit seiner an. Dann geht er zurück nach drinnen, während sie in meinem Blickfeld stehen bleibt.

Emily Raymes, die sich neulich am Lagerfeuer Sorgen um Ariel gemacht hat. Sie zieht an ihrer Zigarette und lehnt sich an die Backsteinwand des Gebäudes. Offenbar hat sie mich am anderen Ende des lang gezogenen Gebäudes nicht entdeckt. Rauch strömt aus ihrer Nase, während sie einen Blick auf ihr Handy wirft und dann wieder um die Ecke hinter einem Müllcontainer verschwindet.

Ich schiebe Callies Fahrrad am Eingang der Bar vorbei. Ein bulliger Mann im Türrahmen hat mir den Rücken zugedreht. Ich folge Emily auf die Seite des Gebäudes, vorbei am Müllcontainer. Dort befindet sich eine Hintertür, die von einem Betonblock-Türstopper aufgehalten wird.

Ich strecke den Kopf hinein – hier gibt es keinen Türsteher. Nur den Geruch von Toiletten und einen schwach beleuchteten Korridor. Vorsichtig trete ich ein.

In der Bar selbst ist es gerade so dunkel, dass man den schmutzigen Linoleumboden und die Holzvertäfelung im Siebziger-Jahre-Stil nicht sieht. Weiter vorn versucht ein älterer Mann mit Mikrofon, die Leute zum Karaokesingen zu bewegen. Einer der Fernseher über der Theke zeigt die Lottozahlen, während im anderen ein Baseballspiel läuft.

Alle Anwesenden sind entweder männlich oder über vierzig oder beides – mit Ausnahme von Emily, die mit dem Typen von vorhin und einem anderen Kerl in einer Ecke steht. Als die beiden Männer zu einem Billardtisch hinübergehen, sehe ich, dass auch sie viel älter sind, als ich zuerst geschätzt hatte. Anfang dreißig mindestens.

Während Emily etwas schläfrig an ihrem Drink nippt, gehe ich zu ihr hinüber. Als sie mich sieht, reißt sie erstaunt die Augen auf.

»Hallo. Wie bist du denn hier reingekommen?«

»Durch die Hintertür.« *Genau wie du.*

»Oh.« Emily knabbert am Rand ihres Plastikbechers herum. »Ich hab einen gefälschten Ausweis. Wenn man sich unauffällig verhält und keinen Ärger macht, ist Tom aber ganz cool.«

Sie sieht zu dem breitschultrigen Mann am Eingang hinüber. Er verlässt seinen Posten und stellt sich hinter die Bar, wo er mit einem Lappen unterm Zapfhahn herumwischt. Er ist kahl, abgesehen von einem dichten rotblonden Bart. Offensichtlich ist er der Besitzer-Türsteher-Barmann.

Emily hebt ihren Becher mit beiden Händen an die Lippen; sie zittert.

»Alles okay?«, frage ich.

Sie sieht mir in die Augen. »Ja, geht so. Im Vergleich zu Ari.«

Emily nippt an ihrem Drink und macht dabei ein schmatzendes Geräusch. »Warst du heute Morgen dort?«

Die Trauerfeier. Es kommt mir vor, als wäre das bereits ewig her, als wäre ich seit Wochen in Fayette und nicht erst seit ein paar Tagen. »Ja.«

»Ich wollte gerne etwas sagen.« Emily wischt sich am inneren Augenwinkel entlang und kontrolliert dann ihren kleinen Finger nach Eyeliner-Spuren. »Immerhin war ich ihre beste Freundin.«

Der Pastor hatte Ariels Grabrede gehalten – zwei kurze Absätze, geschrieben von Mrs. Kouchinsky, die aber zu sehr schluchzte, um sie selbst vorzulesen.

»Sie war einfach so *lieb*, weißt du?« Emily nimmt wieder einen Schluck von ihrem Drink. »Man konnte sie nicht dazu bringen, über irgendjemanden etwas Schlechtes zu sagen. Selbst über Leute, die scheiße zu ihr waren.«

»Wie Callie?« Ich versuche, beiläufig zu klingen und nicht so, als würde ich sie aushorchen. Aber mit dem Streit zwischen Callie und Ari könnte es mehr auf sich haben, als Callie mir gegenüber zugibt – und es könnte wichtig sein.

Emily zerbeißt einen Eiswürfel und sieht mich flüchtig an. »Ja. Das, was Callie gemacht hat, war echt ätzend. Aber sie ist sich sowieso zu fein für alle außer Sabrina, jetzt, wo sie aufs College geht.«

Ich spüre ein unsichtbares Band, das mich zu Emily hinzieht. Ich weiß genau, wie es sich anfühlt – wie Callie einem das Gefühl geben kann, man wäre unwichtig. Etwas, das sie schnell hinter sich lassen will.

Am anderen Ende der Bar singt ein Mann etwas Unverständliches ins Mikro. Der Songtext wandert über den Monitor neben ihm. *I've got friends in low places.*

»Callie scheint sich ziemlich gut mit Nick zu verstehen«, höre ich mich selbst sagen. Was ich eigentlich fragen will, ist, warum Callie sich so sicher ist, dass Nick Ari nicht umgebracht hat. Wenn Callie mir etwas verheimlicht, dann ist jetzt die Gelegenheit, das herauszufinden.

»So gut befreundet dann auch wieder nicht«, sagt Emily. »Niemand ist wirklich mit ihm befreundet. Ich hab Ari gesagt, dass man ihm nicht trauen kann, aber ich glaube, dadurch fand sie ihn nur noch toller. Sie war so naiv, weißt du? Sie wollte tough sein, aber so war sie einfach nicht.«

Ich schiele zum Barmann hinüber, der ein Bier zapft. Er beobachtet uns mit zusammengezogenen Augenbrauen. Ich schiebe die Hände in die Taschen und drehe ihm den Rücken zu.

»Was meinst du mit ›nicht trauen‹? Die Geschichte mit seinem Dad?«, frage ich Emily schnell, weil ich nicht weiß, wie viel Zeit mir bleibt, bevor Tom mich rausschmeißt.

»Seinem Dad?« Emily zieht die Nase kraus und sieht mich verwirrt an.

»Callie hat mir erzählt, dass er Nick rausgeschmissen hat.«

»Oh.« Emily senkt die Stimme. »Du meinst, wegen der Sache mit seinem kleinen Bruder.«

Ihr Atem riecht nach Alkohol und Zigarettenrauch. Ihre Augen sind rot.

»Echt krass.« Emily spielt am Brilli in ihrem Nasenflügel herum. »Keiner weiß, was wirklich passiert ist, aber Nick hat einen kleinen Halbbruder. Seine Stiefmutter ist kurz weggegangen, also zum Einkaufen oder so, und als sie zurückkam, stand der Krankenwagen vor dem Haus. Angeblich wurde Nick sauer, weil der Kleine zu ihm ins Zimmer kam, und hat ihn gegen die Wand geschleudert. Der Junge ist mit dem Kopf gegen eine Kante geknallt und hatte einen Hirnschaden, sodass er eine Weile in so einer Klinik bleiben musste.«

Mir dreht sich der Magen um. Ich will mir gar nicht vorstellen, wie der Schädel eines kleinen Jungen gegen eine Wand kracht.

»So krass, echt«, sagt Emily wieder und starrt ins Leere. Dann ist sie auf einmal wieder voll da, schüttelt den Kopf.

»Ich meine, das ist komplett anders, als jemanden *umzubringen*«, sagt sie leise. »Aber jetzt sagen alle, dass er sich verdrückt hat. Warum sollte er abhauen, wenn er nichts Schlimmes getan hat?«

Emily hat offensichtlich nie *Auf der Flucht* gesehen – etwas, worauf ich sie vielleicht aufmerksam machen würde, wenn ich nicht versuchen würde, dieselbe Frage in Bezug auf meine Schwester zu beantworten.

Emily blickt über meine Schulter und dann auf einmal ganz

aufmerksam in ihren Becher, als wäre er das Interessanteste auf der Welt. Als ich mich umdrehe, sehe ich, wie Tom den Tisch hinter uns abwischt und leere Gläser einsammelt.

»Also, was machst du hier überhaupt?«, fragt sie, nicht unfreundlich, sobald der Wirt zum nächsten Tisch weitergeht.

»Ich suche nach jemandem, der mal nebenan gearbeitet hat«, antworte ich. »Er heißt Joe Faber.«

»Hm. Kenn ich nicht.« Emily spielt wieder an ihrem Nasenpiercing herum. »Versuch's doch mal über Facebook. Bist du bei Facebook?«

Nur um meinen alten Fayette-Freundinnen hinterherzuspionieren. »Ich bin nicht oft online.«

»Ich schick dir 'ne Anfrage, wenn ich heimkomm, ehrlich«, nuschelt Emily. Ich bezweifle, dass sie sich überhaupt an unsere Unterhaltung erinnern wird, wenn sie nach Hause kommt.

»Ich muss wieder zu den Jungs. Die Happy Hour ist bald rum.« Sie umarmt mich mit einem Arm, bevor sie zu einem Haufen Typen am Billardtisch rüberstolpert. Eine massige Gestalt taucht vor mir auf, als ich schon auf dem Weg zur Tür bin. Tom, der Barmann.

»Tut mir leid«, murmle ich. »Bin schon weg.«

»Ich hab gehört, du suchst nach Joe Faber?« Er hat einen Furcht einflößenden Bariton, aber sein Gesichtsausdruck ist nicht bedrohlich. Vielleicht liegt es an dem roten Räuberbart. Ich nicke.

»Was um alles in der Welt will ein Mädchen wie du von Joey Faber?«, fragt Tom.

»Ich muss jemanden finden, der für ihn gearbeitet hat.« Ich schlinge die Arme um den Oberkörper. »Er heißt Danny.«

»Joe hat die Stadt schon vor einer Weile verlassen.« Tom runzelt die Stirn.

Es könnte am Schlafmangel liegen, oder vielleicht werde ich in diesem Schuppen hier auch noch verrückt, aber ich habe das

Gefühl, gleich die Fassung zu verlieren. Tom starrt mich an, den Stapel aus leeren Gläsern in der Armbeuge.

Ich drücke mir die Handballen in die Kuhle unter die Augen. Blinzle heftig. *Reiß dich gefälligst zusammen.* »Ich bin bloß auf der Suche nach meiner Schwester – sie war mal mit einem Typen zusammen, der für Joe gearbeitet hat.«

Toms Miene wird freundlicher. Er wechselt den Gläserstapel in den anderen Arm und wirft sich den Wischlappen über die Schulter. »Joes Exfrau, Melissa, ist noch hier. Aber selbst wenn sie weiß, wo er steckt, wird sie es dir vermutlich nicht sagen.«

Es ist trotzdem etwas. Ich lasse zu, dass ich zum ersten Mal an diesem Tag eine Art Hoffnungsschimmer verspüre. »Wissen Sie, wo sie wohnt?«

»In dem roten Haus in der Main Street, gegenüber von der abgebrannten Kirche. Aber sag nachher nicht, ich hätte dich nicht gewarnt.«

»Danke. Das ist mir eine große Hilfe.«

Tom überrascht mich, indem er mir die Hand hinstreckt. Meine Finger verschwinden völlig in seiner fleischigen Pranke. Sie ist feucht von dem Lappen.

»Irgendwie«, sagt er und blickt mich forschend an, »kommst du mir bekannt vor.«

Ich zucke mit den Schultern und kann es plötzlich kaum erwarten, hier rauszukommen. »Wahrscheinlich hab ich so ein Allerweltsgesicht.«

Ich werde ihm ganz sicher nicht verraten, dass ich eine Lowell bin. Er war so nett zu mir, das will ich nicht kaputtmachen.

15

Als ich zu den Greenwoods zurückkomme, ist es schon dunkel. Das Verandalicht brennt, und Maggie hat wegen mir die Tür noch nicht abgeschlossen. Ich gebe mir Mühe, leise zu sein. Die Küche ist dunkel, und aus dem Wohnzimmer dringt Gemurmel. Maggie und Rick. Ich mache mich auf den Weg nach oben.

Callies Zimmertür ist geschlossen. Meine Beine kribbeln so vom vielen Radfahren, dass ich mich nur noch hinlegen will. Ich werde ihr morgen früh von Joe Fabers Frau berichten.

Als ich aufwache, ist es draußen immer noch dunkel. Ich rolle mich auf die Seite und greife nach meinem Handy auf dem Nachttisch. Es ist Viertel vor eins.

Das Fenster ist weit geöffnet. Draußen knarrt die Veranda. Da ist jemand.

Wahrscheinlich eine Katze, beruhige ich mich und schlucke den Kloß in meinem Hals herunter. Dann stehe ich doch auf und schleiche zum Fenster. Eine Person in einem Sweatshirt mit hochgezogener Kapuze huscht die Einfahrt hinunter. Im Lichtschein der Außenbeleuchtung sehe ich blonde Haare aus der Kapuze hervorlugen.

Callie.

Ich klopfe gegen das Fliegengitter. Das zwitschernde Geräusch lässt Callie innehalten. Ich klopfe wieder.

Nun sieht sie zum Fenster hinauf, wie eine Ratte im Käfig. Sie duckt sich hinter Maggies Van, und ein paar Sekunden später vibriert mein Handy mit einer Nachricht. Maggie muss Callie meine Nummer gegeben haben.

Geh wieder ins Bett, steht da.

Das werde ich ganz sicher tun. Ist Callie wirklich so bescheuert, sich zu einem Quickie mit Ryan rauszuschleichen, wo sie bei Maggie doch sowieso schon knietief in der Scheiße sitzt? Wenn sie erwischt wird, könnten Rick und Maggie sie damit bestrafen, dass sie mich nach Hause schicken. Ich schreibe zurück.

Ich komm runter.

Die dünne Mondsichel spendet gerade so viel Licht, dass ich meine Sneakers finden kann. Ich nehme mein Sweatshirt von der Schaukelstuhllehne, wo ich es gestern hingehängt habe, und merke dabei, dass es zusammengefaltet ist. Ich rieche daran. Gewaschen ist es auch. Ich muss daran denken, was Maggie gestern über mich gesagt hat – dass womöglich ich Callie einrede, wir hätten das Falsche getan –, und frage mich, ob sie wohl nur aus Mitleid nett zu mir ist.

Aber solche Gedanken bringen mich nicht weiter. Hastig ziehe ich alles an und öffne die Zimmertür so behutsam, als wäre sie aus Glas.

Im Flur bleibe ich kurz stehen, um zu lauschen, ob ich jemanden geweckt habe, aber das einzige Geräusch hinter Maggies und Ricks Tür ist das Summen der Klimaanlage. Ich ziehe die Ärmel über die Hände und husche nach unten.

Callie sitzt hinterm Lenkrad des Vans. Sie entriegelt die Beifahrertür und funkelt mich an. »Ich hab jetzt echt keine Zeit dafür. In ein paar Stunden steht mein Dad auf.«

Ich unterdrücke ein Schnauben. »Braucht Ryan mehr als ein paar Minuten?«

Callie schaut mich beleidigt an. »Du hast doch keine Ahnung, wovon du redest.«

Ihre Finger wandern zu ihrem Scheitel. Sie zittern.

»Callie. Was ist denn los?«

»Es geht um Nick«, sagt sie. »Er ist in einem Motel an der

Interstate 95. Er hat mir eine Nachricht geschickt und mich um Hilfe gebeten.«

Emily hat behauptet, Callie und Nick würden sich nicht nahestehen. Warum zum Teufel lässt sie dann alles stehen und liegen und fährt mitten in der Nacht zu ihm? »Hilfe?«

»Bloß Geld und Essen und so«, sagt sie. »Bis sie rausgefunden haben, wer es wirklich war, und er nach Hause zurückkann.«

Mit anderen Worten, einem möglichen Tatverdächtigen in einer Mordermittlung helfen. »Das ist echt keine gute Idee. Was, wenn deine Mom es rausfindet?«

»Ich werde jetzt nicht aus diesem Auto steigen.« Callie umklammert das Lenkrad. Ihre Fingerknöchel sind ganz weiß.

Also schnalle ich mich demonstrativ an. »Dann mal los.«

»Tessa …«

»Nein.« Ich bin selbst schockiert darüber, wie energisch ich klinge. »Du wirst nicht ganz allein in irgendein zwielichtiges Motel fahren, um dich mit einem Typen zu treffen. Auch wenn du glaubst, ihm vertrauen zu können, du weißt es einfach nicht.«

Ich hatte fest damit gerechnet, dass Callie mit mir streiten würde, aber sie klappt den Mund zu und startet den Motor. Sie schweigt, bis wir die Bundesstraße erreichen und sie an einer Tankstelle hält.

Dort parkt sie. »Kommst du mit?«

Ich schnalle mich ab und folge ihr in den Supermarkt, wobei ich mich frage, was wir hier machen. Drinnen zieht Callie achtzig Dollar aus dem Geldautomaten und verschwindet dann zwischen den Regalen. Ich drücke mich in der Zwischenzeit bei den Zeitschriften herum und werfe einen Blick auf die Zeitung von gestern. Auf der Titelseite geht es um irgendeinen wichtigen Taliban-Chef, den sie gefangen haben.

An der Kasse treffe ich Callie wieder, wo sie eine Tüte Chips, einen Liter Orangenlimo, Trockenfleisch und einen Proteinriegel mit Schokogeschmack aufs Band legt. Gerne würde ich sie fragen, was genau der Plan ist, abgesehen vom offensichtlichen, nämlich dafür zu sorgen, dass Nick Durchfall bekommt. Aber Callie bringt mich um, wenn ich vor der Kassiererin etwas sage. Sie hat wieder diesen Gesichtsausdruck.

Als wir im Auto sitzen, gibt Callie eine Adresse in die Navi-App ihres Telefons ein. Eine Frauenstimme weist uns an, auf den Highway zu fahren. Callie blickt starr geradeaus.

Ich schaue aus dem Fenster. »Warum bist du dir so sicher, dass er sie nicht umgebracht hat?«

»Nick ist einfach nicht clever genug.« Die Art, wie Callie das sagt, legt nahe, dass sie darüber mehr nachgedacht hat, als ich glaubte. »Einen Tatort so zu präparieren, dass es aussieht wie einer der Monster-Morde? Nick dachte, Wladimir Putin ist eine Figur aus *Twilight*.«

In Callies Stimme schwingt fast so etwas wie Zärtlichkeit mit. Ich dagegen frage mich, ob diese Liebenswerter-Trottel-Geschichte keine Show ist und Nick seine Kumpel an der Nase herumführt.

Laut Navi sollen wir die nächsten zehn Meilen auf der I-95 bleiben.

Schließlich erreichen wir das Doyle Motor Inn, das sich neben einem Fast-Food-Restaurant und einem Sexshop namens Playtime Boutique befindet. Nick hat Zimmer 112, unter einer Treppe und neben einer Eismaschine mit Außer-Betrieb-Schild.

Callie klopft an die Tür. Ich stehe hinter ihr und spiele am Reißverschluss meines Sweatshirts herum, während ich mir vorstelle, wie Maggie oder Rick aufwachen und merken, dass wir beide weg sind.

Schritte sind zu hören, dann kurze Stille. Das Rasseln einer Kette. Nick öffnet die Tür und seine Miene verdunkelt sich, als er mich entdeckt. »Du hast jemanden mitgebracht?«

»Hi«, sage ich. »Ich bin Tessa.«

»Ist schon okay«, meint Callie. »Lass uns einfach rein.«

Nick tritt zur Seite und schließt dann hinter uns die Tür ab. Im Zimmer riecht es nach Zigaretten. Im Fernsehen läuft eine Soap ohne Ton. Nick schaltet ihn aus. »Ist dir jemand gefolgt?«

»Wer sollte mir denn nachts um eins folgen?«, gibt Callie zurück.

Nicks Blick ruht auf mir. Ich drehe mich nach der Tür um, einfach nur um mich zu versichern, dass wir einen freien Fluchtweg haben, falls dieses kleine Treffen in die Hose gehen sollte.

Callie legt die Supermarkteinkäufe auf einem der zwei Betten ab, und Nick stürzt sich sofort auf das Trockenfleisch, wobei er die Tüte mit den Zähnen aufreißt. Callie setzt sich und streicht über die Tagesdecke. Auf einmal wirkt sie nervös.

»Vielleicht sollten wir Ryan anrufen«, sagt sie. »Und ihn fragen, ob er mit seinem Onkel reden kann …«

»Was zum Teufel glaubst du, mache ich hier, Callie?« Nick klingt, als würde ihm der Arsch auf Grundeis gehen. »Die wollen nicht mehr reden. Die wollen mich in den Knast stecken.«

Er wirft die Tüte beiseite, wischt sich mit den Händen übers Gesicht. »Die Bullen wollten eine DNS-Probe. Da hab ich Panik bekommen.«

»Warum hast du sie ihnen nicht einfach gegeben?«, frage ich. »Dann könnten sie dich ausschließen.«

Nick sieht mich an, als wolle er sagen: *Wer zur Hölle bist du?*

»Warum hast du es nicht gemacht?« Callies Tonfall ist scharf, worauf seine Aufmerksamkeit wieder bei ihr ist.

Nick knackt mit den Fingerknöcheln. »Weil sie an dem Morgen bei mir vorbeigekommen ist und wir Sex hatten.«

Callie atmet mit einem leisen Zischen aus. »Mein Gott. Du Idiot. Warum hast du das den Cops nicht einfach gesagt?«

»Ach nee. Hab ich ja«, fährt Nick sie an. »Aber Aris bescheuerte

Schwester hat ihnen erzählt, Ari wäre den ganzen Tag mit *ihr* zusammen gewesen. Ihr Dad wollte nicht, dass Ari mich weiter trifft, und Katie hatte Angst, er würde sie fertigmachen, weil sie Ari gedeckt hat.«

Nick steht auf und beginnt, im Zimmer hin und her zu laufen. Plötzlich bleibt er stehen und zeigt auf Callie. »Was denkst du, wem die Bullen glauben? Ich geb denen doch keine DNS, damit sie dann sagen, ich hätte Ari vergewaltigt. Nicht nach dem, was mit meinem Computer passiert ist.«

»Deinem Computer?« Callie wedelt vor ihrem Gesicht herum. Eine Fliege summt an uns vorbei und knallt gegen das Fenster. Sie nimmt erneut Anlauf und *klatsch, klatsch.*

»Sie wollten ihn haben, also hab ich ihn ihnen gegeben«, sagt Nick. »Da haben sie dann Aris Eintrag bei Connect gefunden. Sie wollten wissen, wie ich ihn entdeckt habe, und meinten immer wieder, ich muss doch echt sauer gewesen sein, als ich rausfand, dass meine Freundin fünfhundert Dollar in der Woche verdient, indem sie andere Typen vögelt.«

Nick geht zum Tisch rüber, der an der Wand steht. Er nimmt ein Telefonbuch und schlägt damit gegen die Scheibe. Statt der Fliege ist dort nun ein gelblicher Fleck. Der Knall lässt mich zusammenzucken. Nick starrt mich an, blinzelt, als überlege er immer noch, warum ich hier bin. Er schüttelt den Kopf.

»Ich wusste, was Ari macht«, sagt er, weder speziell an Callie noch an mich gerichtet. »Sie hat mir die Website schon vor Monaten gezeigt.«

»Sie hat sie dir *gezeigt?*«, frage ich. »Während ihr *zusammen* wart?«

»Erstens«, sagt Nick, »waren wir nie lange zusammen. Und außerdem wollte ich ihr nicht vorschreiben, was sie zu tun hat. Sie hat da fünf Mal so viel verdient wie mit Babysitten, mit einer Stunde Arbeit.«

Bei der Art, wie er *Arbeit* sagt, dreht sich mir der Magen um, als hätte Ari ihr Geld bei McDonald's an der Fritteuse verdient statt im Auto von irgendeinem Typen an der I-95.

»Letzten Herbst hat sie ihr Foto an diese Model-Website geschickt«, erzählt Nick. »Doch dann hat sie rausgefunden, dass es dort gar nicht ums Modeln ging. Wenn sie Geld verdienen wollte, musste sie mit Männern skypen und, na ja, halt vor laufender Kamera Dinge tun. Das hat sie eine Weile gemacht – ihr wisst ja, dass sie alles gemacht hat, wenn man ein bisschen nett zu ihr war oder ihr gesagt hat, dass sie hübsch ist.«

Traurigkeit überkommt mich. Ein Seitenblick auf Callie zeigt mir, dass sie die Augen auf die Tagesdecke gerichtet hat. Ari hat was mit einem Kerl angefangen, von dem sie wusste, dass Callie ihn mag. Sie hat wegen ein bisschen Aufmerksamkeit von einem Mann ihre beste Freundin verloren. Und dann hat jemand sie für immer ausgelöscht.

Nick trinkt einen Schluck Limo. »Ari hat das Geld geliebt, aber die Männer gehasst. Das waren echte Widerlinge. Sie hat dann angefangen, sich mit einem anderen Mädel von der Website zu unterhalten, die Männer über dieses Online-Netzwerk getroffen hat, bevor die Kontaktanzeigen dort abgeschafft wurden. Und die meinte, man verdiene viel mehr Geld, wenn man die Typen persönlich trifft. Außerdem würden sie dann nicht hinter einem Bildschirm sitzen und hätten deshalb nicht das Gefühl, alles sagen oder tun zu können. Das Mädel hat Ari von Connect erzählt und ihr geholfen, alles einzurichten. Ari kam immer zu mir, um an meinem Computer ihre Seite upzudaten, damit ihr Dad sie nicht erwischt«, fährt Nick fort. »Aber die vom Polizeilabor haben natürlich nur gesehen, wie oft die Website in meiner Browserchronik auftaucht, und bevor ich richtig verstehe, was da abgeht, halten sie mich fünf Stunden lang fest und wollen, dass ich zugebe, dass *ich* die Seite aufgerufen hab.

Als hätte ich Ari gestalkt und die ganze Zeit geplant, sie umzubringen.«

Nick bleibt stehen und lässt sich auf den Schreibtischstuhl fallen. »Wenn sie ihr Handy hätten, würden sie diese ganzen Perverslinge sehen, die ihr über diese Website Nachrichten geschickt haben. Aber das hat ihr Mörder mitgenommen. Zusammen mit dem Armkettchen, das ich ihr geschenkt hab.«

Mein Herz schlägt auf einmal schneller. »Armkettchen?«

Nick dreht sich von uns weg. Wischt in seinem Gesicht herum. »Das war bloß so ein albernes Perlending. Ich hab's in den Sachen von meiner Mom gefunden, aber Ari fand es super, also hab ich gesagt, sie kann's behalten.«

»Woher weißt du, dass der Mörder es mitgenommen hat?«, frage ich. »Haben die Bullen dir gesagt, dass sie ausgeraubt wurde?«

»Ich schätze mal.« Nick reibt sich die Augen. »Ich meine, sie wollten wissen, was sie normalerweise trug, und als ich ihr Handy und das Armband beschrieben habe, meinten sie, sie hätten keines von beiden gefunden.«

Ich schaue zu Callie hinüber, die mich mit zusammengekniffenen Lippen ansieht.

»Das Monster hat die anderen Mädchen auch ausgeraubt«, sage ich.

Nick fährt herum und sieht mich an. »Wer zum Teufel ist das Monster?«

»Wyatt Stokes, der Serienmörder«, sage ich. »Hat vor zehn Jahren vier Frauen im Umkreis von Fayette umgebracht. Wieso weißt du gar nichts davon?«

»Ich bin erst vor vier Jahren hierher gezogen«, antwortet Nick. »Was hat das mit Ari zu tun?«

Auf Callies Gesicht kann ich deutlich lesen, dass sie dasselbe denkt wie ich: Wenn Nick lügt, dann verdient er einen Oscar für seine Leistung.

»Der Mord an Ari ist ähnlich«, sagt Callie vorsichtig.

»Und warum haben sie's dann auf mich abgesehen?«, fragt Nick. »Wenn es ein Serienmörder war, sollten sie dann nicht nach dem suchen?«

Callie und ich antworten nicht, doch dann bricht Callie das Schweigen. »Du versteckst dich besser«, sagt sie. »Nach der Sache mit deinem Computer sieht es nicht gut für dich aus.«

»Ihr müsst mir glauben, dass ich es nicht war«, sagt Nick. »Außerdem, wenn ich es getan hätte, warum sollte ich sie dann an der I-95 liegen lassen, wo man sie findet? Mein Haus steht auf fünf Morgen Land. Ich hätte sie unter der Scheune vergraben können.«

So langsam verstehe ich, weshalb sich die Polizei auf Nick eingeschossen hat. »Vielleicht solltest du das so nicht zu den Bullen sagen«, rate ich ihm.

Callie wirft einen Blick auf ihr Handy. »Wir müssen los.« Sie gibt Nick die achtzig Dollar. »Geh nirgendwohin, und rede mit niemandem, bis Tessa und ich ein paar Dinge geklärt haben. Du schuldest mir was.«

»Ich schulde dir mein Leben«, sagt Nick, der uns zur Tür begleitet.

Im orangefarbenen Lichtschein der Straßenlaternen draußen wirkt Callies Miene düster. »Das wollen wir nicht hoffen.«

Sobald wir das Motel verlassen haben, fallen mir eine Million Fragen ein, die ich Nick nicht stellen konnte. Wenn Ariel ihm von ihren Kunden erzählt hat, vielleicht hat sie jemand Spezielles erwähnt, der ihr unheimlich war. Vielleicht hat sie an jenem Morgen was über den Mann gesagt, den sie an dem Abend treffen wollte, als sie umgebracht wurde, ein Hinweis auf seine Identität.

Bereits nach zehn Minuten der halbstündigen Fahrt fallen Callie fast die Augen zu. Ich rüttle an ihrem Arm.

»Ich hab in einer alten *Gazette*-Ausgabe was gefunden«, erzähle ich. »Einen Artikel über Loris Tod … Da stand, dass sie mit ihrer Namenskette beerdigt wurde.«

»Ja, und?« Callie schaltet die Scheibenwischer ein. »Die hatte sie immer an.«

»Hat sie sie vor dem Schlafengehen ausgezogen?«

Callie denkt einen Moment lang nach. »Nein, sie hat das Ding nie abgelegt, weil sie zu viel Angst hatte, es zu verlieren.«

»Dann hatte sie die Kette wohl auch an, als sie umgebracht wurde.«

»Ja. Ich meine, alles andere wäre seltsam gewesen.«

»Er hat ihre Kette nicht genommen«, sage ich. »Von allen anderen Mädchen hat er eine Trophäe mitgenommen, ein Schmuckstück, aber Lori hat er eine Kette gelassen, auf der ihr *Name* stand.«

Inzwischen prasselt der Regen in gleichmäßigem Rhythmus auf die Windschutzscheibe.

»Wie …« Callie bricht ab. Ihr Mund steht offen. »Wie konnte die Polizei etwas so Wichtiges übersehen?«

»Das haben sie nicht«, sage ich leise.

Callie hört schweigend zu, während ich ihr von Rae Felices Mutter erzähle, die Jahre später berichtet hat, dass Raes Medaillon fehlt. Als ich fertig bin, ist ihr die Bestürzung deutlich anzusehen.

»Heilige Scheiße.« Sie erhöht die Geschwindigkeit der Scheibenwischer und starrt auf die Straße, während sie das Lenkrad fester umklammert. »Heilige *Scheiße*.«

»Ich meine, es ergab nie einen Sinn, dass Stokes Lori auswählen würde«, sage ich. »Wer auch immer sie umgebracht hat … das war was Persönliches.«

»Aber warum?«, flüstert Callie. »Wer kann sie *so sehr* gehasst haben.«

Halte dich bloß von mir fern.

Ein einziges Detail kann eine ganze Geschichte verändern. Das verstehe ich jetzt. Eine Kette. Ein Anruf. Die kleinsten Dinge entscheiden über Leben und Tod eines Menschen.

Es ist nicht an mir zu entscheiden, welche Details wichtig sind. Auch das begreife ich jetzt.

»Joslin.« Nur mühsam bringe ich ihren Namen heraus. »Sie und Lori haben an dem Abend telefoniert. Sie haben gestritten, ich weiß nicht, über was. Ich hab es gehört, als ich auf dem Klo war. Lori hat immer wieder gesagt: ›Lass mich gefälligst in Ruhe!‹, und als sie aufgelegt hat, hab ich auf Wahlwiederholung gedrückt. Da ging der Anrufbeantworter bei mir zu Hause dran.«

Callie schweigt. Vor uns bremst ein Auto abrupt ab. Callie steigt voll in die Eisen, wodurch wir nach vorn geschleudert werden. Als mein Schädel wieder zurück gegen die Kopfstütze knallt, denke ich: *Sie wird es Maggie erzählen, und dann ist alles vorbei.*

»Die Polizei hat Jos verhört«, fahre ich fort. »Und sie hat nichts von dem Telefonat erzählt. Ich dachte, wenn ich sie verpetze, muss sie ins Gefängnis, weil sie die Polizisten angelogen hat. Je älter ich wurde, umso weniger ergaben die Dinge in dieser Nacht einen Sinn … Sie könnte gelogen haben, weil sie es war. Sie könnte Lori umgebracht haben.«

Callies Miene wirkt verschlossen. Sie sieht aus, als wäre sie in Gedanken ganz woanders. Irgendwann sagt sie: »Warum hast du mir das nie erzählt?«

»Callie, sie war meine Schwester. Wenn du es irgendwem weitererzählt hättest … Ich wusste nicht, was mit ihr passieren würde. Ich weiß, ich hab Mist gebaut, und wenn ich die Wahrheit gesagt hätte, dann hätten sie nicht nur Stokes ins Visier genommen. Wenn Jos Lori umgebracht hat, dann ist es meine Schuld, dass sie davongekommen ist.«

»Tessa«, Callies Tonfall ist energisch. »Du hast nichts falsch gemacht.«

Ich entspanne mich ein wenig. Mir war nicht klar, wie dringend ich diese Worte von Callie hören musste.

»Aber wenn Jos sie ermordet hat …«, wende ich ein.

Callie hebt die Hand. »Du hörst mir nicht zu. Das kann so nicht passiert sein.«

»Wovon redest du?«

»Das Fenster zum Gästezimmer«, sagt Callie. »Stokes – ich meine, wer auch immer Lori geholt hat – hat das Fliegengitter zerschnitten, um reinzukommen.«

Ich zerbreche mir den Kopf auf der Suche nach dieser Information. Das Fenster wurde in keiner der veröffentlichten Prozessabschriften erwähnt. Ich habe sie alle gelesen. »Bist du dir sicher?«

»Ja, wir mussten es ersetzen lassen, bevor wir das Haus verkauft haben«, antwortet Callie. »Denk doch mal nach. Joslin hätte Loris Fenster nicht zerschneiden müssen, um in ihr Zimmer zu kommen.«

»Weil sie wusste, wo ihr den Ersatzschlüssel aufbewahrt.«

Die Greenwoods waren noch nicht dazu gekommen, Lori einen Hausschlüssel nachmachen zu lassen, aber sie kam und ging, wie es ihr passte, indem sie den Schlüssel benutzte, der unter einem von Callie angemalten Stein versteckt lag. Wie oft waren wir zu viert vom Freibad zum Mittagessen zurückgegangen, Callie, Jos und ich in unsere Handtücher gewickelt, während Lori den Schlüssel hervorholte, um die Tür zu öffnen, wenn Maggie nicht zu Hause war?

»Jos hätte problemlos durch die Haustür spazieren können, wenn sie ins Haus hätte kommen wollen«, sagt Callie. »Das ergibt keinen Sinn.«

Es stimmt. Ein zerschnittenes Fliegengitter deutete darauf hin, dass ein Fremder in Loris Zimmer eingedrungen war.

»Warum hat Lori das Fenster nicht zugemacht?«, frage ich

Callie. »Sie wusste doch, dass wir draußen jemanden gesehen haben … Warum hat sie das Fenster nicht abgeschlossen, wenn sie im Erdgeschoss schläft?«

»Wir hatten im Gästezimmer keine Klimaanlage.« Callie wickelt das Ende einer Haarsträhne um die Fingerspitze. »Es wäre zu heiß zum Schlafen gewesen. Vielleicht hat sie auch einfach nicht geglaubt, dass wirklich jemand dort draußen war.«

Ein neuer Gedanke kommt mir. »Oder vielleicht hat sie jemanden erwartet.«

»Du meinst, einen Kerl?« Callie runzelt die Stirn. »Lori hatte doch am College einen Freund.«

Ich lehne den Kopf zurück und schließe die Augen. »Vielleicht war es ganz anders. Es könnte doch sein, dass sie sich hier mit den falschen Leuten eingelassen hat.«

Callie schnaubt. »Du meinst Drogen? So war Lori nicht.«

Am Ende dieses Satzes schwingt ein stummes *Aber* mit: *Aber deine Schwester schon.*

Ich weiß nicht, ob Joslin Drogen nahm. Es würde jedenfalls ihr Verhalten in den Monaten, bevor sie die Stadt verlassen hat, erklären – sie war launisch, abgemagert und kam oft erst mitten in der Nacht nach Hause. Aber sie trauerte auch um Lori. Jos verheimlichte irgendetwas über diese Nacht, in der Lori starb. Mir war nie in den Sinn gekommen, dass sie noch etwas anderes quälen könnte.

»Danny könnte ein Dealer gewesen sein«, überlege ich laut. »Meine Mom und Jos haben sich wegen ihrer Beziehung zu ihm gestritten, weil er von der Schule geflogen ist und so.«

Callie denkt schweigend darüber nach. Dann sagt sie: »Wenn Lori herausgefunden hätte, dass Danny mit Drogen dealt, wäre sie ausgerastet.«

Und er könnte sie umgebracht haben, damit sie nichts verrät.

»Jos war in dieser Nacht angeblich mit Danny zusammen«,

sage ich. »Vielleicht hat er Jos bedroht, damit sie nicht sagt, was sie über den Mord weiß. Sie könnte Fayette verlassen haben, um von ihm wegzukommen.«

Callie ist wieder still.

»Was?«, frage ich. »Das glaubst du nicht?«

»Es ist nicht so, dass ich es nicht glaube«, sagt sie. »Es würde eine Menge Dinge erklären, wenn die beiden da irgendwie mit drinhingen. Aber wenn es stimmt, und wir Danny finden … dann wird unser geringstes Problem sein, ob er mit uns reden will, verstehst du?«

Das tue ich. Aber deshalb werde ich trotzdem nicht lockerlassen. Wenn Danny die Person ist, vor der meine Schwester seit Jahren auf der Flucht ist – wenn er Lori ermordet hat und ich es irgendwie beweisen kann –, dann muss sie sich nicht mehr verstecken.

Meine Schwester hat Lori nicht umgebracht. Ich wäge diese Möglichkeit ab. Zum ersten Mal seit Jahren glaube ich es. Ich wünsche mir mehr als alles andere, dass es stimmt.

Meine Schwester hat Lori nicht umgebracht.

Wenn ich herausfinde, wer es war, kommt sie vielleicht endlich zu mir nach Hause.

16

Wir können uns unbemerkt zurück ins Haus schleichen. Ich habe noch nicht lange geschlafen, da wache ich mit einem heftigen Druck auf der Blase wieder auf. Die Kuckucksuhr sagt, dass es zehn nach vier ist. Auf der anderen Seite des Flurs höre ich die Dusche. Rick, der sich für die Arbeit fertig macht. Ich warte auf das Geräusch der sich öffnenden Badtür und Ricks Schritte rüber ins Schlafzimmer, doch nichts davon passiert.

Ich kann es nicht länger halten, also muss ich die Toilette im Erdgeschoss benutzen.

In der Küche brennt Licht. Als ich von der Toilette komme, sehe ich Maggie am Tisch sitzen, den Kopf in die Hände gestützt. Sie blickt zu mir auf und blinzelt. Ich rieche Muffins. Der Timer am Herd tickt.

»Backst du?«, frage ich. *Um vier Uhr morgens?*

Maggie reibt sich die Augen. Die Haut darum herum wirkt gerötet und wund. »Ich konnte nicht schlafen. Da hab ich gedacht, ich mach was, das ich später den Kouchinskys vorbeibringen kann.«

Als ich mich neben sie setze, greift sie nach meiner Hand und klammert sich fest, als säßen wir in einer Achterbahn, kurz bevor es in die Tiefe geht. »Da kommen furchtbare Erinnerungen hoch.«

Ich weiß noch, wie Maggie Rick angebrüllt hat, als sie an jenem Abend nach Hause kamen, nachdem er an Loris Zimmertür geklopft hat und keine Antwort erhielt. *Was soll das heißen, Lori ist weg?* Ich weiß noch, wie Maggie und Rick voller Panik einen VERMISST-Flyer mit Loris Foto drauf zusammengebastelt haben. Ich sehe immer noch den Papierstapel auf dem alten Küchentisch der Greenwoods vor mir. Sie hatten nicht einmal die Gelegenheit, alle Flyer aufzuhängen, bevor die Polizei ihre Leiche fand.

»Erinnerst du dich überhaupt noch an sie?«, flüstert Maggie. Ich weiß, sie meint Lori, nicht Ari.

»Sie liebte die frühen Morgenstunden.« Maggie lächelt. »Sie konnte nie länger schlafen als bis sechs. Das war unglaublich.«

Ein Erinnerungsfetzen taucht in meinem Kopf auf: Lori in ihren glänzenden schwarzen Leggings und einem limettengrünen Sporttop. Den Pony mit einem weißen Stirnband zurückgebunden. Sie ging jeden Morgen joggen, sogar im Regen. Maggie war nicht begeistert, dass sie darauf bestand, allein zu laufen. Lori prahlte immer damit, dass sie in Philadelphia auch ständig joggen ging, und Philly war schließlich wesentlich gefährlicher als Fayette.

Vielleicht hatte er Lori deshalb ausgewählt, falls es doch das Monster war und nicht jemand, den sie kannte. Vielleicht hatte er alle deswegen ausgesucht und ihre Leichen gut sichtbar zurückgelassen, um zu zeigen, dass er ihnen eine Lektion erteilt hatte. *Ihr glaubt, ihr seid sicher, aber das seid ihr nicht.*

Maggie zieht ihre Hand zurück. Sie beugt sich nach vorn über den Tisch und stützt das Kinn auf den Handballen. »Meine Schwester hat nach dem Tod ihres Mannes eine schwierige Zeit durchgemacht. Deshalb fing Lori an, ihre Sommerferien hier zu verbringen. Die Sauferei … Unser Vater hatte damit Probleme.«

Dann verstummt sie, hat sich wieder im Griff. Mir ist klar, dass Maggie zu dem Vorfall mit der Wodkaflasche unter Callies Bett nie mehr als das sagen wird. Die Zahlen auf dem Display des Ofentimers zählen von einer Minute herunter.

»Ich mache mir Sorgen um Callie«, sagt Maggie. »Ich weiß, dir muss es vorkommen, als hätte sie ein bequemes Leben gehabt, aber sie kommt nicht gut mit Enttäuschungen zurecht. Sie hat tagelang geweint, nachdem du weg warst.«

Ich hatte mir vorgestellt, so etwas eines Tages von Maggie zu hören, und ich hatte immer erwartet, dass es mir dann besser damit ginge, dass Callie mich hat fallen lassen. Stattdessen verspüre ich eine unerklärliche Sehnsucht nach meiner eigenen Mutter. Sie hat sich um Joslin und mich so viele Sorgen gemacht, dass es schien, als hätte die Sorge im Lauf der Jahre ihren Körper ausgemergelt, ihre Kurven und die weichen Stellen aufgezehrt, auf die ich als kleines Kind meinen Kopf gebettet hatte.

Ich frage mich, ob Annette sich wohl immer noch Sorgen um mich macht, wo auch immer sie jetzt ist. Und ob, falls ich sie finde, von meiner Mutter noch irgendetwas übrig sein wird.

Nach meiner Unterhaltung mit Maggie krieche ich zurück ins Bett, aber schlafen kann ich nicht mehr. Sobald es einigermaßen hell ist, gehe ich wieder nach unten, wobei ich sehe, dass Callies Tür offen und ihr Zimmer leer ist.

Auch in der Küche ist sie nicht, wo Maggie die inzwischen abgekühlten Muffins auf einer Platte anrichtet.

»Guten Morgen, Liebes.«

»Hallo«, sage ich und muss gähnen. »Wo ist denn Callie?«

»Dienstags arbeitet sie immer im Fitnessstudio«, sagt Maggie. »Twirling-Unterricht für Vorschulkinder. Mittags kommt sie wieder zurück.«

Ich will nicht warten, bis Callie wiederkommt, und dann erst zu Joe Fabers Exfrau fahren. Ich hatte gehofft, die Dame auf dem Weg zur Arbeit abzupassen – falls die frühere Mrs. Faber berufstätig ist. Wenn ich sie verpasse, muss ich warten, bis sie zurückkommt.

Maggie leert ihre Kaffeetasse und stellt sie in die Spüle. »Nachdem ich geduscht habe, bringe ich die hier zu den Kouchinskys rüber, falls du mitkommen möchtest.«

Etwas in mir verschließt sich. Ich muss daran denken, dass ich es nach der Trauerfeier nicht mal geschafft habe, zu Ariels Familie nach vorn zu gehen, und ich spüre eine Welle der Scham.

Prompt verhasple ich mich. »I-ich wollte eigentlich Gram zurückrufen …«

Das ist auch gar nicht gelogen, nicht wirklich. Sie hat mir seit gestern Morgen zwei Nachrichten hinterlassen.

»Oh, gut«, sagt Maggie. »Ich hab mich schon gefragt, wann du wohl mit ihr redest. Sie macht sich bestimmt schon Sorgen um dich.«

Ich lächle und gehe wieder nach oben. Dabei versuche ich, mir keine Gedanken darüber zu machen, dass Maggie bemerkt hat, dass ich die ganze Woche nicht mit Gram gesprochen habe. Ich will gar nicht wissen, was ihr sonst noch so aufgefallen ist.

Das schlechte Gewissen plagt mich weiterhin, als ich mich in die Garage schleiche, um Callies Fahrrad zu holen, sobald Maggie unter der Dusche ist. Schuldgefühle, Schuldgefühle, Schuldgefühle. Ich fühle mich schlecht, weil ich Maggie auch noch angelogen habe, zusätzlich zu all den Dingen, die ich ihr verheimliche. Und weil ich meiner Großmutter ausweiche.

Manchmal habe ich den Eindruck, Schuldgefühle sind die einzigen Gefühle, zu denen ich in der Lage bin.

Die abgebrannte Kirche sehe ich als Erstes. Ein trauriges altes Gebäude mit geborstenen Fenstern und verkohlten Mauern. Ein Elektrobrand im Keller, 2001. Man muss schon ein sehr spezieller Menschentyp sein, um fast fünfzehn Jahre lang direkt gegenüber zu wohnen und sich nie darüber zu beschweren, dass das Gebäude nicht abgerissen wird.

Auf der anderen Straßenseite steht ein Haus, umgeben von einem Maschendrahtzaun, der bis an die Grundstücksgrenze reicht. Wenn man in der Einfahrt parken will, muss man erst aus dem Wagen steigen und das Tor öffnen. Ein Pick-up-Truck mit einem Nummernschild von New Jersey parkt halb auf dem Rasen, halb auf dem Kies.

Ich werfe einen Blick in den Briefkasten. Oben auf dem Stapel liegt ein Werbeprospekt, der an Melissa Lawrence adressiert ist.

Bellen. Das Knallen einer Fliegengittertür. Eine Frau brüllt mich von der Veranda aus an: »Ich hab doch gesagt, du sollst die Zeitung am Tor lassen und fertig!«

Zwei sehr große Hunde rennen mit fliegenden Lefzen auf mich zu, wobei der Sabber in alle Richtungen spritzt. Kurz vor dem Tor kommen sie zum Stehen. Auf der Seite befinden sich drei leere Stahlnäpfe. Zwei Hunde. Drei Näpfe.

Ich erstarre, aber nicht wegen der Hunde, die inzwischen gegen das Gittertor springen. Die Frau kommt die Einfahrt herunter, wobei der Kies unter ihren Jagdstiefeln knirscht.

Wenn man höflich sein will, würde man Melissa Lawrence als eine Frau bezeichnen, »die sich zu helfen weiß«. Da ich nicht so höflich bin, denke ich, dass Melissa Lawrence der Typ Frau ist, der einem die Nase bricht, wenn man sie nur schief ansieht.

»Bist du taub?«, brüllt sie mich an, während ihr die Hunde um die Beine streifen. Einer stellt sich auf die Hinterläufe und stemmt die Pfoten gegen Melissas Brust. Sie zuckt nicht einmal zusammen unter seinem Gewicht, sondern schubst ihn bloß runter, greift nach einem knorrigen Hundeknochen von der Größe meines Kopfes und schleudert ihn quer übers Grundstück. Die Hunde jagen hinterher, wobei sie versuchen, sich gegenseitig aus dem Weg zu stoßen.

Melissa mustert mich von Kopf bis Fuß. Sieht weder Flugblätter noch ein Klemmbrett in meiner Hand. Stützt die Hände in die Hüften.

»Ich kenn dich nicht«, sagt sie.

»Ich suche Joe Faber«, sage ich.

Melissa starrt mich aus seltsam hervorquellenden Augen an. »Hat ihn jemand gesehen?«

»Nein. Ich hatte gehofft, Sie hätten das.«

Sie stößt ein hohles, verschleimtes Lachen aus. »Joey weiß genau, dass er sich mir nicht weiter als bis auf zehn Meilen nähern darf. Worum geht's hier?«

»Um einen Kerl – einen Mann – namens Danny«, antworte ich. »Er hat für Mr. Fabers Firma gearbeitet.«

»Ja, ich kannte Danny. Er war mit Joes Jungs befreundet.« Melissas Stimme ist hart geworden. Es macht mich nervös, aber trotzdem ist da dieser Hoffnungsschimmer, dass ich vielleicht eine Verbindung zu Danny habe.

»Kennen Sie seinen Nachnamen?«, frage ich.

»Hatte nie einen Grund, danach zu fragen. Die haben immer ihre Mädels mitgebracht und sich dann in die Scheune verzogen.«

»War dieses Mädchen auch dabei?« Ich falte das Foto von Lori auf, das ich aus dem *Gazette*-Artikel ausgeschnitten habe. Melissa wirft einen Blick darauf. Ihre Miene verfinstert sich.

»Meinst du, ich weiß nicht, wer das ist?« Sie muss unwillkürlich husten, spuckt dann auf den Boden. »Ja, die hab ich schon mal gesehen.«

»Hier?«, hake ich nach. »Lori war hier?«

Melissa nickt. »Ein oder zwei Mal, mit dieser dürren Kleinen, mit der Danny rumgemacht hat. Einmal haben sie drüben in der Scheune Party gemacht, und die Blonde hat sich irgendwie aufgeregt und ist gegangen. Danach hab ich sie nie wiedergesehen.«

»Die andere« – ich bringe es nicht über mich, den Namen meiner Schwester auszusprechen – »die ist nicht mitgegangen?«

»Sie hat versucht, die Blonde zum Bleiben zu überreden, aber die war total außer sich«, sagt Melissa. »Wahrscheinlich hat Tommy oder Mike sie angebaggert. So, wie ich die kenne.«

»Wo sind die jetzt?«, frage ich. »Joes Söhne?«

Der Ausdruck auf Melissas Gesicht zeigt mir, dass ich zu weit gegangen bin. »Joe hat sie in einen anderen Bundesstaat gebracht. Das hab ich der Polizei gesagt, und mehr weiß ich auch nicht.«

Hat die Polizei die Fabers nach Loris Tod befragt? Soweit ich weiß, war Wyatt Stokes der Einzige, auf den sie sich konzentriert haben.

Melissa macht sich auf den Weg zurück zum Haus.

»Bitte«, rufe ich. »Ich suche meine Schwester. Dannys Freundin.«

Ich stelle mich darauf ein, dass sie mich ignorieren wird, aber Melissa bleibt stehen. Was aus ihrem Mund kommt, ist allerdings noch unerwarteter.

»Deine Schwester macht nur Ärger«, sagt sie. »Das machen sie alle. Komm ja nicht wieder hierher, um nach ihnen zu fragen.«

Gellend ruft sie nach den Hunden, die ihr brav ins Haus folgen. Aus dem Augenwinkel sehe ich, wie sich die Vorhänge am Fenster bewegen. Ich glaube, sie beobachtet mich, als ich gehe.

Maggie ist nicht da, als ich zurückkomme. Vermutlich immer noch bei den Kouchinskys. Sie hat mir eine Nachricht geschickt, dass sie mir einen Schlüssel aufs Fensterbrett im Schuppen gelegt hat, mit der strengen Anweisung, ihn bei mir zu behalten, sobald ich drinnen bin. Im Haus ist es still, abgesehen vom Summen der Klimaanlage im Wohnzimmer.

Ich gieße mir ein Glas Eistee ein und leere es in einem Zug. Dann spüle ich das Glas, trockne es ab und stelle es zurück in den Schrank, damit niemand merkt, dass ich in der Küche war. Obwohl Maggie mir bestimmt schon hundert Mal gesagt hat, dass ich mir nehmen darf, was immer ich möchte.

Dann setze ich mich an den Computer. Während er summend hochfährt, hole ich das inzwischen zerknitterte Zeitungsfoto von Lori aus der Tasche und lege es auf den Tisch.

Dannys Nachnamen habe ich zwar immer noch nicht, aber dafür zwei andere – Tommy und Mike Faber. Eine Suche nach ihren Namen in Kombination mit »Fayette« fördert ihre Konterfeis zutage. Oder eher, ihre Polizeifotos.

Thomas J. Faber und Michael E. Faber aus Fayette, Pennsylvania, wurden neun Monate vor Lori Cawleys Ermordung verhaftet und saßen aufgrund eines Drogendeliktes dreißig Tage in Haft. Der Link unter den Fotos funktioniert nicht.

Ich suche nach den Namen der Faber-Brüder zusammen mit Loris Namen. Wenn die Polizei die Familie Faber befragt hätte, dann hätte sicher einer der Cyber-Detektive Wind davon bekommen. Es gäbe ein ganzes Forum zur Analyse von Tommy und Mike Fabers Vergangenheit und ihrer möglichen Rolle im Fall Lori.

Doch ich finde nichts – selbst wenn ich direkt in den Forenarchiven suche. Ich probiere es bei den Cyber-Detektiven, den Crime Watchers und bei »Gerechtigkeit für Stokes«, eine Website, auf der ausschließlich die Monster-Fälle diskutiert werden. Dann gehen mir die Ideen aus.

Am Tag nach Loris Ermordung erhielt die Polizei eine Reihe von Hinweisen bezüglich eines Mannes, der ein paar Blocks von den Greenwoods entfernt wohnte. Einige Leute hatten ihn an jenem Morgen die Straße auf und ab fahren sehen, als würde er die Häuser unter die Lupe nehmen. Die Polizei sprach ihn schließlich von allen Verdachtsmomenten frei, nachdem sie mit ihm gesprochen und erfahren hatten, dass er nach einer entlaufenen Katze suchte.

Trotzdem sind die Foren voll von Kommentaren, dass die Polizei sich diesen Typen genauer hätte anschauen sollen. Sie haben sogar seinen Namen herausgefunden und dass er als Sexualstraftäter registriert war. In seinem ersten Jahr am College wurde er mit seiner Highschool-Freundin auf dem Rücksitz seines Wagens erwischt.

Er hätte zu den Verdächtigen zählen müssen, argumentieren die Online-Detektive. Sie fanden die Nummer seiner Arbeitsstelle heraus und posteten sie im Netz.

Der Mann verlor seinen Job und zog irgendwann fort aus Fayette.

Falls die Polizei die Faber-Jungs also wegen ihrer Bekanntschaft mit Lori Cawley befragt haben sollte, ist es ihnen gelungen, dass niemand davon erfahren hat.

Ich lösche die Chronik meiner Suchanfragen und schalte den Computer aus. Wahrscheinlich sollte ich mich nicht länger wie ein Arsch verhalten und meine Großmutter anrufen.

Ich muss sie sowieso ein paar Dinge fragen.

Weil ich von der Klimaanlage im Erdgeschoss eine Gänsehaut auf den Armen habe, gehe ich zum Telefonieren nach oben. Gram nimmt ab, kurz bevor sich der Anrufbeantworter einschalten würde. Sie atmet schwer, als wäre sie draußen im Garten gewesen und hätte zum Telefon hetzen müssen.

Sofort habe ich ein schlechtes Gewissen, weil Gram früher oft einfach nicht ans Telefon gegangen ist und Leute erst nach Tagen zurückgerufen hat. Am Anfang der achten Klasse habe ich eine Phase durchgemacht, in der ich dauernd dachte, sie wäre tot, und da war das eine ziemlich große Sache.

Wenn ich von der Schule nach Hause kam und Gram nicht da war, bekam ich Panik und rief sie tausend Mal auf dem Handy an, obwohl es immer entweder nicht geladen war oder in der Küchenschublade lag. Ich klopfte an alle Türen des Wohnblocks und fragte, ob jemand sie gesehen hätte, bevor ich die Nachrichten einschaltete, um nach schrecklichen Autounfällen zu forschen.

Einmal kam sie lächelnd um die Straßenecke spaziert, die Taschen voll mit glatten Steinen vom Strand. Sie hatte spontan beschlossen, einen Spaziergang zu machen, nachdem sie das in all den Jahren, die ich bei ihr gelebt hatte, noch nie getan hatte.

Ich schrie sie an: »Wozu gibt es verdammte Handys?«

Ein paar Monate später brachte sie mich zu einer Kinderpsychologin, da ich immer noch wütend auf sie war. Die inoffizielle Diagnose lautete: »Verlustängste mit leicht depressiven Tendenzen.« Man verschrieb mir fünf Milligramm Lexapro. »Das reicht nicht mal, um einen Terrier zu betäuben«, hörte ich Gram ihrer Freundin June in Albany am Telefon zuflüstern.

»Wie schön, dass du auch mal zurückrufst«, knurrt Gram, aber ich weiß, dass sie nicht wirklich sauer ist.

»Hallo.«

»Ganz schön still hier ohne dich«, sagt sie, was wohl ein Witz sein soll, da ich selbst beim Furzen kaum ein Geräusch mache.

»Was hast du so gemacht?«, erkundige ich mich.

»Ach, nicht viel. Ich gehöre inzwischen zu diesen alten Leuten, die nichts tun, als den ganzen Tag auf die Post zu warten.« Und nach einer kurzen Pause fügt sie hinzu: »Ich dachte, dass du schnell wieder nach Hause kommen würdest.«

»Will ich auch«, sage ich. »Kann ich dich was fragen?«

»Klar.«

Ich setze mich aufs Bett und überkreuze die Beine zum Schneidersitz. »Hast du was von meiner Mom gehört?«

Grams angestrengtes Atmen dringt aus dem Hörer. »Du weißt doch, dass ich dir das erzählt hätte. Nettie und ich haben unsere Schwierigkeiten, aber es steht mir nicht zu, dir deine Mutter vorzuenthalten.«

Ich nicke, auch wenn Gram mich nicht sehen kann, und fahre mit dem Finger das Paisley-Muster auf der Tagesdecke nach.

»Was ist mit meiner Schwester? Hat sie je Kontakt zu dir aufgenommen?«

»Tessa.« Im Tonfall meiner Großmutter schwingt eine Warnung mit. »Ich glaube nicht, dass es dir guttut, in dieser Stadt herumzuhängen. Es klingt für mich, als würde es nur schmerzhafte Erinnerungen aufwühlen, die du besser hinter dir lassen solltest.«

»Zehn Jahre, Gram«, sage ich. »Zehn Jahre und wir haben überhaupt nichts von ihnen gehört. Findest du das nicht seltsam? Vielleicht stecken sie in Schwierigkeiten oder noch schlimmer!«

»Ich weiß nicht, was du von mir hören willst.« Grams Stimme klingt belegt.

Ich umklammere mein Handy fester, nehme all meinen Mut zusammen. »Ich möchte, dass du mir sagst, wer Joslins Vater ist.«

»Tess, darüber haben wir doch schon gesprochen. Er wollte nichts mit ihr zu tun haben.«

»Sie ist bei Glenn gewesen«, sage ich. »Joslin hat ihn besucht, bevor er gestorben ist. Ich kann sie nicht finden, aber vielleicht hat sie auch ihren echten Vater aufgespürt. Dann könnte er wissen, wo sie steckt.«

Gram seufzt, ein schwerer *Ich-bin-zu-alt-für-all-das*-Seufzer. »Schätzchen, du hast das Herz am rechten Fleck, aber man wird es dir brechen, wenn du so weitermachst.«

Mir wird eng in der Brust. Gram nennt mich sehr selten Schätzchen – ihre hartnäckige Weigerung, Kosenamen zu verwenden, ist, ihrer Ansicht nach, ein Beweis dafür, dass sie mich wirklich liebt. So ist sie einfach. *Schätzchen* ist kein Zeichen von Zuneigung. *Schätzchen* ist eher eine Warnung.

Aber das wird bei mir nicht mehr funktionieren.

»Ich bitte dich sonst nie um was«, sage ich zu Gram, obwohl es mich innerlich zerreißt, diese Karte auszuspielen. »Bitte, sag mir einfach, wer Joslins Vater ist.«

Gram seufzt. »Warte kurz.«

Ich höre am anderen Ende ihre Fliegengittertür zuschlagen. Es raschelt, und ich sehe sie vor mir, wie ich sie schon tausendmal gesehen habe, in ihrem Schaukelstuhl sitzend und sich mit einem Fuß an der Veranda abstoßend, während sie an ihrer Zigarettenschachtel herumnestelt.

»Annette war neunzehn«, sagt Gram. »Sie kam zu mir und war völlig aus dem Häuschen, als würde sie gleich platzen vor lauter guten Neuigkeiten … Als sie erzählte, dass sie schwanger ist, da habe ich einfach … Ich habe nicht so reagiert, wie sie gehofft hatte. Ich habe ihr gesagt, dass ein Baby ihr Leben verändern würde und sie sich besser gut überlegen soll, ob sie es behalten will.«

Gram holt tief Luft. Dann folgt ein kurzes Schweigen. Ich würde alles darauf verwetten, dass sie sich eine Zigarette anzündet. »Der Vater war älter als sie. Er hatte einen Job auf einer Ölbohrinsel in Louisiana in Aussicht. Ich habe deine Mutter gefragt, ob das wirklich das ist, was sie sich vom Leben erhofft. Allein mit einem Baby in einer Zweizimmerwohnung zu sitzen, während er Dreizehn-Stunden-Schichten auf der Bohrinsel schiebt. Aber sie ist trotzdem mitgegangen.«

»Das hast du mir schon erzählt«, erinnere ich sie sanft, denn langsam lässt ihr Gedächtnis nach. »Und da hast du das letzte Mal mit ihr gesprochen.«

Gram atmet tief aus, und ich stelle mir vor, wie die Rauchfäden aus ihrer Nase kommen. »Ja, ich weiß. Aber sie hat mich ein paar Monate später noch mal angerufen.«

Ich erstarre. Das ist nicht die Version, die ich bisher kannte. »Wie meinst du das?«

»Sie war völlig aufgelöst. Wollte, dass ich zu ihr komme. Sie hatte das Baby verloren.«

Verloren. Also gestorben. Das Baby war nicht Joslin.

»Ich habe ihr gesagt, sie soll nach Hause kommen«, berichtet Gram. »Tess, ich habe sie angefleht, und du weißt, dass ich das normalerweise nicht tue. Aber sie wollte bei Alan bleiben, obwohl er von der Aussicht auf ein Baby gar nicht begeistert gewesen war. Sie war fix und fertig, er war erleichtert.«

Wieder holt Gram Luft. »Ich nehme an, als sie wieder schwanger wurde, mit deiner Schwester, wurde alles noch viel schlimmer. Zu diesem Zeitpunkt hat sie nicht mehr mit mir gesprochen, weil ihr nicht gefallen hat, was ich zu sagen hatte.«

Meine Mutter hat ein Baby verloren. Ich könnte noch ein Geschwister haben – oder vielleicht hätte Annette dieses eine Kind gereicht, und ich wäre gar nie geboren worden, wenn er oder sie überlebt hätte. Ich hatte immer das Gefühl, dass Joslin und ich meiner Mutter nicht genügten – dass wir nie ihrer Vorstellung vom Kinderhaben entsprachen.

Aber jetzt, wo ich das mit dem ersten Baby weiß, kommt es mir vor, als hätten wir gar nie eine Chance gehabt.

»Weißt du noch, wie Alan weiter hieß?«, frage ich.

»Oh, Tessa. Das ist fünfundzwanzig Jahre her. Natürlich erinnere ich mich nicht mehr.«

Wenn sie nur eine halbe Sekunde weniger lang gezögert hätte, hätte ich ihr vielleicht glauben können.

Um zehn nach zwölf höre ich unten die Haustür. Als ich runterkomme, lässt Callie gerade ihre Sporttasche auf die Wohnzimmercouch fallen. Sie hat enge schwarze Lycra-Shorts und ein East-Stroudsburg-University-T-Shirt an. Callie trägt dauernd ESU-Klamotten, als sollten die Sachen sie daran erinnern, dass ihre Zeit in Fayette bald abläuft.

Auch für mich erfüllen sie diese Funktion. All das hier wird irgendwann vorbei sein. Ich kann nicht den ganzen Sommer in Fayette verbringen, und wenn wir nicht bald Antworten bekommen, kehre ich mit mehr Fragen nach Florida zurück, als ich bei meiner Ankunft hatte.

»Hallo«, sagt Callie, nachdem sie einen Schluck aus ihrer Wasserflasche getrunken hat. »Wo ist meine Mom?«

»Bei den Kouchinskys«, antworte ich. »Da ist sie vor zwei Stunden oder so hingefahren.«

»So, wie ich sie kenne, hilft sie wahrscheinlich Aris Mutter beim Hausputz oder so«, meint Callie. »Was vermutlich heißt, dass Daryl nicht da ist. Er würde das sonst nie zulassen.«

Bei der Vorstellung, wie Maggie in der Küche der Kouchinskys herumfuhrwerkt, schmutziges Geschirr abwäscht und eine Bestandsaufnahme vom Kühlschrank macht, bevor Daryl nach Hause kommt, wird mir etwas klar.

»Glaubst du, er wusste von Ari?«, frage ich. »Das mit dem Online-Kram.«

Callie schüttelt den Kopf. »Dann hätte es Mord und Totschlag gegeben …« Sie bricht abrupt ab. »Das ist doch verrückt. Sie war seine *Tochter*.«

»Ich weiß«, sage ich. »Aber, ich meine, es muss einen Grund gegeben haben, warum das Monster nach all den Jahren wieder angefangen hat zu morden. Falls er herausgefunden hat, dass seine Tochter eines dieser Mädchen war …«

Callie schnaubt. »Daryl Kouchinsky, das Monster?«

»Ich weiß auch nicht.« Irgendwie bin ich schlecht drauf. »Wir haben ja sonst keine echten Verdächtigen.«

»Was ist mit Danny?« Callie nimmt noch einen Schluck aus ihrer Flasche. »Hast du seinen Nachnamen herausgefunden?«

»Nein, aber dafür habe ich Joe Fabers Exfrau gefunden«, antworte ich. »Ich war heute Morgen bei ihr. Sie wohnt immer noch in der Stadt, gegenüber von der verlassenen Kirche.«

Callie verschluckt sich beinahe. »Die verrückte Tussi mit den Rottweilern?«

»Genau die.« Ich setze mich in Ricks Sessel. »Erinnerst du dich an zwei Jungs, die möglicherweise mit Jos und Lori unterwegs waren? Tommy und Mike Faber. Dannys Kumpel.«

Callie schüttelt den Kopf. »Lori hatte mit Jungs nichts zu tun, als sie hier war.«

Nicht, weil die nicht an ihr interessiert gewesen wären. Denn das waren sie. Aber Lori hatte einen festen Freund, einen Kerl aus Delaware, der bei ihr auf dem Campus im Wohnheim wohnte. Ein Maschinenbaustudent. In jenem Sommer rief sie ihn jeden Abend vor dem Schlafengehen an, und sie redete immer davon, dass sie ihn Ende Juli besuchen fahren würde.

»Joe Fabers Exfrau hat gesagt, dass Lori mal mit Jos bei ihnen war.« Ich erzähle Callie die Geschichte, wie Lori angeblich allein und total aufgebracht früher gegangen ist. Dass Joslin sie allein und aufgewühlt hat *gehen lassen*.

Beim Anblick von Callies Gesichtsausdruck wird mir erst richtig bewusst, wie schwer der Verrat meiner Schwester an Lori wiegt. Jos hat Danny Lori vorgezogen – Danny und seine schmierigen Kumpels, die irgendetwas getan hatten, wodurch Lori sich nicht mehr sicher gefühlt hat.

Doch was Callie am meisten beschäftigt, ist die Tatsache, dass Melissa Lawrence die Polizei erwähnt hat.

»Die Fabers haben einfach so die Stadt verlassen? Und niemand hat sich darüber gewundert?«

»Es muss Leute gegeben haben, die sie gedeckt haben«, spekuliere ich. Möglicherweise war meine Schwester eine von ihnen. »Die Fabers wurden hier wegen eines Drogendelikts festgenommen«, fahre ich fort. »Dasselbe könnte Danny auch passiert sein. Ich schlage vor, wir gehen zur Polizei und forschen nach, ob es dazu was in den öffentlichen Archiven gibt.«

Callie runzelt die Stirn. »Du meinst, in Fayette auf der Polizeiwache?«

»Wir würden ja nichts über die Morde sagen«, argumentiere ich. »Alles, was die wissen müssen, ist, dass wir nach Informationen suchen, weil wir eine verschollene Familienangehörige finden wollen.«

Bei Callie fällt der Groschen. »Joslin.«

Die Polizeiwache der Stadt South Fayette ist ein sandfarbener Kasten mit zwei Eingängen, einer zum Einbuchten von Verhafteten und einer für die Polizeibehörde. Ich dirigiere Callie auf einen der Parkplätze beim zweiten Eingang und sehe dabei, dass sie das Lenkrad wieder fest umklammert hält. Als wir das letzte Mal hier waren, saßen wir beide stundenlang in getrennten Räumen und tranken Apfelsaft, während die Beamten unsere Aussagen aufnahmen.

Es läuft mir kalt den Rücken hinunter.

»Ich frage nur nach meiner Schwester«, beruhige ich Callie. »Du musst überhaupt nichts sagen.«

»Okay.«

Aber auch ich habe einen unangenehmen Geschmack im Mund. Wenn es irgendeine Möglichkeit gäbe, den Kontakt mit der Polizei zu vermeiden, würde ich sie natürlich auch vorziehen.

Der Eingangsbereich ist gerade groß genug, um seinen Hauptzweck zu erfüllen – Beschwerden von Leuten aufzunehmen, die Anzeige gegen ihren miesen Nachbarn erstatten wollen, der seinen Laubbläser schon morgens vor acht im Einsatz hat, oder die Meldung gestohlener Autoradios. Der Raum mit seinen weißen Wänden und dem Linoleumboden hat überhaupt nichts Bedrohliches an sich. An der Wand neben den Stühlen im Wartebereich hängt eine Karte von Fayette. Daneben steht ein Getränkeautomat.

Ich bedeute Callie, dass sie sich hinsetzen soll, während ich zur Anmeldung gehe. Da ist niemand. Nur eine verlassene Tupperschüssel mit den durchweichten Überresten eines Salats. Hinter dem Empfangstresen piepst ein Funkgerät, gefolgt von unverständlichem Genuschel.

Dann Lachen. Zwei Männer. Das Lachen kommt aus einem Zimmer ein Stück den Flur runter, nicht aus dem Funkempfänger. Ein junger Mann spaziert zum Empfangstresen, in der Hand einen braunen Umschlag, und lacht in sich hinein. Als er mich erblickt, bleibt er abrupt stehen.

»Kann ich helfen?«

»Ich muss mit jemandem über eine vermisste Person sprechen.«

»Sind Sie hier, um eine Anzeige aufzugeben?«, fragt er und über seiner Zunge sehe ich einen Kaugummi weiß aufleuchten.

Ich zögere. »Nein. Ich habe eine Frage zu einer alten Anzeige.«

»Wie lange liegt sie zurück?«

»Äh. Acht Jahre.«

Der Beamte blinzelt, offenbar unschlüssig, was er damit anfangen soll. Aus der Nähe sehe ich, wie jung er wirklich ist. Kleine rote Pickel zieren sein Kinn. Er kann nur ein paar Jahre älter sein als ich. Das bisschen Hoffnung, jemanden zu finden, der mich ernst nimmt, verpufft. Er sieht mich nicht einmal an, sondern starrt über meine Schulter.

»Callie?«, fragt er verwundert.

Ich drehe mich um. Callie ist auf ihrem Stuhl so tief nach unten gerutscht, dass es aussieht, als würde sie schmelzen. Der Versuch, sich unsichtbar zu machen.

»Hallo, Eli«, sagt sie, nicht unfreundlich. Er lächelt. Sie nicht.

»Lange nicht gesehen«, sagt Eli. »Was machst du hier?«

»Ich helfe nur Tessa. Sie sucht nach ihrer Schwester.« Den zweiten Teil sagt Callie langsam, ganz bewusst. Elis Blick wandert wieder zu mir.

»Ah, okay«, sagt er. »Ich bin hier nur für den Papierkram zuständig. Ich sage einem der Kollegen Bescheid, dass ihr da seid.«

Eli verschwindet den Gang hinunter, und ich setze mich neben Callie, die eine alte Ausgabe von *U. S. News & World Report* durchblättert, ohne auch nur eine der Seiten richtig anzusehen. Dann legt sie die Zeitschrift zur Seite und holt ihr Handy heraus. Ich bin mir nicht sicher, ob es in meinem Kopf summt oder ob das nur das Geräusch des Getränkeautomaten ist. Um mich zu beschäftigen, lese ich die Schlagzeilen der Broschüren, die im Warteraum verteilt liegen. »Anti-Vergewaltigungs-Selbstverteidigung«, »Hochrisikofaktor Alkoholmissbrauch«, »Sicherheitstipps für Studenten«. Alle zusammengenommen erzählen sie eine Horrorstory.

»Wer ist Eli?«, frage ich Callie.

»Ryans Kumpel. Er hat ein Jahr vor uns Abschluss gemacht.« Sie blickt nicht von ihrem Handy auf.

»Und was ist dann das Problem?«

Sie rutscht unruhig auf ihrem Sitz herum. »Ich will nicht, dass sich herumspricht, dass wir hier sind.«

Sie meint, sie will nicht, dass Maggie davon erfährt.

Draußen im Flur wird gesprochen. Ein Beamter in Zivil führt jemanden in den Wartebereich.

»Hier will mich jemand sprechen?«

Eine dröhnende Männerstimme. Callie neben mir hat den Kopf tief über ihr Handy gebeugt.

Als ich aufblicke, sehe ich auch, warum. Die Stimme gehört Charlie Volk, dem Polizisten, der Wyatt Stokes verhaftet und unseren Eltern erzählt hat, dass Callie und ich dabei helfen könnten, ihn ins Gefängnis zu bringen.

17

Charlie Volks Blick fällt auf mich, und er macht eine einladende *Dann-komm-mal-mit*-Geste. Seine Haare sind inzwischen weiß. Sein Hemd war vermutlich auch einmal weiß, bevor er es durchgeschwitzt hat. Meine Knie werden selbst im Sitzen weich. *Tessa, steh auf.*

Ich zwinge mich aufzustehen und werfe einen Blick auf Callie, die auf ihrem Stuhl versteinert zu sein scheint. Auf keinen Fall wird sie sich von der Stelle rühren. Also folge ich Volk allein den Gang hinunter. Er schnauft schwer und versucht, die zehn zusätzlichen Kilos zu manövrieren, die er zugelegt hat, seit ich ihn das letzte Mal gesehen habe. Er dreht sich nicht zu mir um, und da wird mir plötzlich klar: Er weiß gar nicht, wer ich bin.

»Nehmen Sie Platz, nehmen Sie Platz.« Volk scheucht mich in sein Büro. Ich lasse mich auf den Stuhl gegenüber von seinem Schreibtisch sinken, während mein Herzschlag laut in meinen Ohren pocht. Er knüllt eine fettige Serviette zusammen und wirft sie in die Burger-King-Tüte auf seinem Tisch, bevor er diese beiseitewischt.

Ich habe irgendwo gelesen, dass man Charlie Volk nach den Reaktionen auf *Entlarvung des Monsters* in Rente schicken wollte. Die Filmemacher hatten ihn als sturen, stümperhaften Polizisten dargestellt, der sein Mindesthaltbarkeitsdatum überschritten hatte und nicht zugeben wollte, dass er sich bei Stokes geirrt hatte.

In der Zeitung stand auch etwas von einem Gerichtsverfahren – dass Charlie Volk zu seiner Rolle im Monster-Fall stand und sich trotz des Drucks weigerte, sich brav zur Ruhe zu setzen. Von einem Vergleich war die Rede gewesen …

… woraufhin Volk zu einem Schreibtischjob versetzt wurde.

Scheiße.

»Also. Vermisstenanzeige.« Volk lässt sich in seinen Stuhl plumpsen, wobei das Leder unter ihm ein *Pffft* von sich gibt. Als er nach seiner Computermaus greift, stößt er mit dem Ellbogen einen Bilderrahmen um. »Verdammt.«

Er stellt das Bild wieder hin, und ich kann den Blick nicht davon losreißen. Er ist darauf mit zwei Mädchen und einer Frau zu sehen. Eines der Mädchen trägt den typischen Talar samt Hut einer Absolventin. Auf der Schärpe steht *University of Virginia.*

Ich habe eine Tochter in Lori Cawleys Alter. Viele von uns hier bei der Polizei haben Töchter. Dieser Fall betrifft uns ganz persönlich.

Auf einmal bin ich wieder acht Jahre alt und rieche Charlie Volks Truthahn-Senf-Sandwich-Atem in meinem Gesicht. *Erzähl mir einfach alles, was in dieser Nacht passiert ist, Schätzchen. Es gibt keine falschen Antworten.*

Aber es gab doch eine falsche Antwort, und das wussten wir. Unsere Geschichten mussten übereinstimmen. Wenn meine Aussage nicht zu der von Callie passte, würde der Mann, der Lori wehgetan hatte, nicht bestraft werden.

Was ist mit seinem Gesicht? Tessa, war das jemand, den du vorher schon mal gesehen hast? Falls ja, ist es wichtig für uns, dass du uns das sagst.

Volk wusste, dass Callie mich geweckt und mir erzählt hatte, es wäre der Mann aus dem Freibad. Als einer der anderen Beamten auf dem Revier einen Kollegen rufen wollte, um mich zu befragen, wies Volk ihn an, sich nicht die Mühe zu machen, er würde das selbst übernehmen.

Dieses Arschloch wusste genau, was er tat, als er Callie und mich dafür benutzte, einen Haftbefehl für Stokes zu erwirken.

Am liebsten würde ich in hohem Bogen über seinen Schreibtisch kotzen.

Nun habe ich zu lange geschwiegen, und Charlie Volk sieht mich prüfend an. »Sie kommen mir irgendwie bekannt vor.«

»Mein Name ist Tessa Lowell.«

Charlie Volk nimmt die Brille ab, wischt sich den Schweiß von der Nase. »Tessa Lowell. Ich fass es nicht!«

»Ich bin auf der Suche nach meiner Schwester, Joslin«, sage ich.

Doch Charlie Volk starrt mich bloß an. »Sorry. Das ist jetzt echt der Hammer, dich hier so erwachsen zu sehen. Tessa … die kleine Tessa L.«

Ich schlucke schwer. »Meine Schwester?«

»Ach ja, ach ja.« Volk schüttelt seine Maus, und sein Computer erwacht summend zum Leben. »Wann hast du sie das letzte Mal gesehen?«

»Sie ist abgehauen, als sie siebzehn war. Da hatte sie sich gerade von diesem Typen getrennt. Kann sein, dass es einen Akteneintrag über ihn gibt«, sage ich. »Danny Irgendwie.«

Volk nimmt die Brille von der Nase und studiert mit zusammengekniffenen Augen den Monitor. »Meinst du Danny Densing? Hier steht, dass wir ihn 2006 wegen Drogenbesitz verhaftet haben.«

Danny Densing. »Wie haben Sie – ist sein Name aufgetaucht, als Sie den meiner Schwester eingegeben haben?«

Volk scrollt weiter runter. »Die Polizei von Arnold hat uns aufgefordert, ihn wegen eines Vorfalls bei ihnen in der Stadt zu verhören. Wie es aussieht, war Joslin Lowell sein Alibi.«

Arnold. Normalerweise hätte mir dieser Name nichts gesagt. Alles, was ich je über Arnold wusste, war, dass man sich dort besser nicht allein erwischen lassen sollte. Doch neulich in der Bibliothek hatte ich in der *Gazette* diese Titelgeschichte über eine Meth-Küche gesehen, die in der Nacht von Loris Ermordung in die Luft geflogen war.

Meine Schwester hat der Polizei erzählt, Danny wäre mit ihr zusammen gewesen. Er muss sie gebeten haben, für ihn zu lügen, weil er irgendwie in diese Explosion verwickelt war.

Und ohne es zu wissen, gab er Joslin damit ein Alibi für den Mord an Lori.

»Die Explosion dieses Crystal-Meth-Labors«, sage ich. »Die dachten, Danny hätte was damit zu tun, richtig?«

Volk runzelt die Stirn. »Dazu kann ich nichts sagen. Der Fall ist noch nicht abgeschlossen. Die anderen beiden verdächtigen Personen sind aus dem Bundesstaat geflohen, und wir haben nicht genug Beweismaterial, um eine Auslieferung zu beantragen.«

Ich könnte wetten, er spricht von Tommy und Mike Faber. Also ist es möglich, dass die Bullen sie nie mit Loris Tod in Verbindung brachten und Melissa Lawrence angenommen hat, ich würde mich wegen der Sache mit der Explosion nach ihnen erkundigen.

Hatte Lori herausgefunden, dass die Jungs das Meth kochten, wegen dem dann dieses Haus explodiert war? Mussten sie sie umbringen, damit sie den Mund hielt?

»Deine Schwester hat sich mit ein paar üblen Gesellen eingelassen«, sagt Volk wie das Echo meiner eigenen Gedanken. »Wie kommt es, dass sie nie jemand vermisst gemeldet hat?«

Das Blut weicht mir plötzlich aus dem Kopf. »Was?«

Volk runzelt wieder die Stirn und lässt den Finger über das Scrollrad seiner Maus wandern. »Wenn jemand eine Vermisstenanzeige aufgegeben hätte, wäre das hier vermerkt.«

Wut schießt heiß durch meine Adern, und ich fühle mich plötzlich wund und kampfbereit. Ich wünschte, meine Mutter wäre jetzt hier, damit ich sie packen und schütteln könnte, bis sie mir sagt, weshalb sie meine Schwester – ihre *Tochter* – nicht vermisst gemeldet hat, obwohl sie mir erzählt hatte, dass die Polizei Joslin finden und nach Hause bringen würde.

Wo seid ihr zwei? Ich spüre die Worte in mir aufsteigen wie Gallenflüssigkeit, als wäre die einzige Möglichkeit, mich abzureagieren, sie laut herauszuschreien.

Wo seid ihr, und was zum Teufel habt ihr zu verbergen?

Im Eingangsbereich warte ich gar nicht erst auf Callie, sondern marschiere schnurstracks am Empfangstresen und Elis lahmem Abschiedswinken vorbei zur Tür hinaus. Callie stürmt mir hinterher.

»Was ist passiert?«

»Los, gehen wir.«

Sie bleibt einige Schritte hinter mir, entriegelt aber den Wagen. Ich schnalle mich an und starre geradeaus, während Callie den Motor anlässt und die Klimaanlage einschaltet, aber nicht losfährt.

»Was ist passiert?«, wiederholt sie.

»Ich weiß jetzt seinen Namen. Danny Densing.«

»Du weißt, was ich meine«, sagt sie. »Hat Volk sich an dich erinnert?«

»Ja. Aber er hat nichts über Stokes gesagt.« Ich balle die Hand zur Faust, damit sie nicht zittert. »Niemand hat meine Schwester je als vermisst gemeldet.«

Callie ist sprachlos. »Hast du … mal überlegt, nach deiner Mom zu suchen?«

Lieber würde ich sterben, als Callie zu erzählen, dass ich versucht habe, sie zu finden, und der einzige Hinweis von einer Sechsjährigen in einer Wohnwagensiedlung kam. Ich verberge das Gesicht in den Händen.

Auf das, was Callie als Nächstes tut, bin ich nicht vorbereitet – sie berührt mit den Fingerspitzen sanft meine Schulter. Die Worte verlassen in einem Atemzug meinen Mund: »Ich mag nicht, wenn man mich anfasst.«

Ruckartig zieht Callie die Hand zurück, als hätte sie sich verbrannt. »Tut mir leid.«

Stattdessen klemmt sie nun die Hände zwischen die Knie.

Ich schließe die Augen. »Zuerst müssen wir Danny finden«, sage ich, denn was wäre die Alternative? *Meine Mutter versteckt sich vor dem Monster.*

Außerdem, wie sollte meine Mutter uns helfen können? Die Ereignisse, die dazu geführt hatten, dass sie vor zehn Jahren mit mir zu dieser Tankstelle gefahren war – dass sie kaum noch aus ihrem Zimmer kam, nachdem mein Vater verurteilt worden war, dass sie Joslin nicht als vermisst gemeldet hatte –, lassen nur einen Schluss zu.

Meine Mutter war schon lange weg, bevor sie aus meinem Leben verschwand.

»Joslin hat den Bullen erzählt, dass sie in der Nacht, als Lori ermordet wurde, mit Danny zusammen war«, sage ich. »Sie glauben, er und die Fabers waren in die Explosion einer Meth-Küche verwickelt.«

Callie denkt über diese Information nach. »Wenn deine Schwester an dem Abend also doch nicht mit Danny zusammen war, was hat sie dann gemacht?«

»Ich weiß es nicht, aber hoffentlich weiß Danny es.« Ich mache eine Pause. »Wie hoch ist wohl die Wahrscheinlichkeit, dass ein Typ, dem ein schweres Drogendelikt zur Last gelegt wird, im Telefonbuch steht?«

Callie schnaubt. Der Knoten in meinem Hals löst sich ein wenig. Sie legt einen Gang ein und verlässt den Parkplatz. *Danny Densing*. Ich stelle mir vor, wie ich mir den Namen innen aufs Handgelenk schreibe, obwohl ich ihn nie vergessen könnte, jetzt, wo ich ihn gehört habe.

Wir machen einen Umweg über den Drugstore, weil Callie ihr Rezept einlösen muss. Während sie am Apothekenschalter

Schlange steht, spaziere ich zwischen den Regalen auf und ab, auch wenn ich nichts brauche. Ich habe einfach nur keine Lust, dumm herumzustehen. Stattdessen versuche ich zu erraten, was für Medikamente Callie wohl nimmt. Glückspillen vielleicht, wie Gram früher.

Ich sehe, wie die junge Frau vorn an der Kasse eine Flasche von diesem Gatorade-Zeug kauft, das man kleinen Kindern gibt, wenn sie sich die Seele aus dem Leib kotzen. Beinahe hätte ich sie für Ariel gehalten, was natürlich nicht sein kann, weil Ariel tot ist. Ariel, die immer einen roten Erkältungsmund und eine Schniefnase hatte und die einen immer hemmungslos direkt nach dem Naseputzen angefasst hat.

Von dem Gang mit den Kosmetikartikeln aus beobachte ich Katie Kouchinsky, bis ich Callies Stimme hinter mir höre.

»Was machst du denn da?« Als auch sie Katie entdeckt, bleibt sie abrupt stehen. Keine von uns beiden macht Anstalten, sich bemerkbar zu machen, bis Katie ihr Wechselgeld einsteckt, sich umdreht und mir direkt in die Augen sieht.

»Hi«, flüstert sie. Katies Stimme war immer das größte Unterscheidungsmerkmal zwischen ihr und ihrer Schwester. Ariel hatte eine Stimme, bei der die Lehrer zusammengezuckt sind – sie schien nie zu merken, wie laut sie war, selbst wenn sie über etwas tendenziell Peinliches sprach wie den Kauf eines Sport-BHs.

»Hallo«, sagt Callie freundlich. Katie wirkt, als wäre sie plötzlich in Treibsand geraten. Sie rührt sich nicht vom Fleck, als wir näher kommen.

»Es tut mir so unendlich leid«, redet Callie weiter. »Ich wollte es dir eigentlich persönlich sagen – gestern.«

»Das war für uns alle hart.« Man hört Katie deutlich an, dass sie Callie nicht als Teil von *uns* betrachtet, was Callie zu verletzen scheint. Ich beneide sie nicht. Das ist das Beste daran, außen vor zu sein – man muss sich nie Gedanken darüber machen, woran man bei den Leuten ist.

»Ich muss jetzt los«, sagt Katie hastig. »War nett, dich zu sehen.«

»Warte mal«, sagt Callie. »Hast du der Polizei erzählt, Ari sei an dem Tag, als sie verschwunden ist, mit dir zusammen gewesen?«

Aus Katies Gesicht weicht alle Farbe. »Woher weißt du ...«

Callie senkt die Stimme. »Nick sagt, sie war bei ihm.«

»Du hast mit Nick gesprochen? Wann?«

Callie macht einen Schritt auf Katie zu. »Du hilfst deiner Schwester nicht, indem du lügst.«

Katie zuckt zusammen. Ich weiß, Callie will nicht grausam sein; sie hatte schon immer eine kalte Nüchternheit an sich, wenn sie ein Ziel verfolgte. *Tessa, du musst die Stiefschwester sein, weil* ich *wie Aschenputtel aussehe und du nicht.*

Tränen glitzern an Katies Wimpern. »Ich habe nur getan, worum sie mich gebeten hat. Du hast ja keine Ahnung, was mein Dad macht, wenn er rausfindet, dass ich deswegen auch gelogen habe. Ich muss jetzt los.«

Callie legt ihr die Hand auf den Unterarm, woraufhin alle Spannung aus Katie zu weichen scheint.

»Wir wissen das mit der Website«, flüstert Callie. »Und ich weiß, dass du auch Bescheid weißt. Vielleicht hat Ari dir was erzählt, das der Polizei helfen könnte, ihren Mörder zu finden.«

»Aber sie glauben, dass Nick es getan hat.« Katie blinzelt. »Die Polizei war heute Morgen bei ihm zu Hause und hat nach dem gesucht, womit er es getan hat.«

Ich zucke zusammen. Was auch immer die Beamten bei Nick suchen, um eine Mordwaffe handelt es sich nicht. »Was haben sie dir darüber erzählt, wie sie gestorben ist?«

»Nicht viel.« Katie wischt sich kurz über die Augen. »Das dürfen sie auch nicht, weil es ihre Ermittlungen behindern würde.«

Eine Waffe. Katie glaubt, der Mörder ihrer Schwester hätte sie erschossen oder erstochen – die Polizei hat Ariels Schwester also noch nicht einmal mitgeteilt, dass sie erdrosselt wurde.

Ich öffne den Mund, aber Callie stößt mich mit dem Ellenbogen an.

»Katie, ich hab da was über Ari gehört«, sagt sie stattdessen. »Nämlich dass sie sich vor ihrem Tod möglicherweise mit einem Mann getroffen hat … hat sie dir erzählt, ob sie vor irgendeinem der Männer von der Website Angst hatte?«

Katie schüttelt den Kopf. »Sie war so vorsichtig damit, wen sie ausgesucht hat. Sie hat gesagt, die wären einfach nur einsam und nett. Einer wollte noch nicht mal Sex mit ihr haben.«

»Hat sie über diesen Typen sonst noch was erzählt?«, hakt Callie nach.

»Nein. Jetzt muss ich aber *wirklich* gehen.« Katie wickelt den Griff ihrer Plastiktüte fester um ihr Handgelenk. »Ich soll nicht mit Fremden über Ari reden.«

Katie schiebt sich an uns vorbei, und wir sehen zu, wie sie durch die Schiebetür verschwindet. Callies Miene ist entschlossen, als wäre es völlig an ihr abgeprallt, dass Katie sie gerade als Fremde bezeichnet hat.

»Glaubst du, dieser Kerl könnte das Monster sein?«, fragt sie mich.

»Keines der Mädchen wurde vergewaltigt«, antworte ich. »Das sollten wir im Hinterkopf behalten.«

Callie ist still, als wir das Geschäft verlassen – gerade noch rechtzeitig, um zu sehen, wie Katie in einen Pick-up steigt, der am Randstein des Parkplatzes mit laufendem Motor wartet. Das Beifahrerfenster ist offen, wodurch wir freie Sicht auf Daryl Kouchinsky am Steuer haben.

Er schaut Katie an, dann uns. Er macht ein grimmiges Gesicht. Bevor er losfährt, sagt er etwas zu seiner Tochter, woraufhin alle Farbe aus ihrem Gesicht weicht.

18

Dieser eine Blick von Daryl Kouchinsky hat bei Callie etwas angerichtet. Eine ohnehin schon lockere Schraube vollends gelöst.

»Vielleicht hattest du recht, was ihn betrifft. Katie hat gesagt, sie darf nicht über Ari reden«, erklärt sie mit zitternder Stimme. »Vielleicht weiß Katie etwas über ihren Dad – es könnte ja sein, dass sie nur so getan hat, als hätte sie keine Ahnung, wer es war.«

»Ich weiß nicht.« Ich schnalle mich an, auch wenn Callie keine Anstalten macht, den Parkplatz zu verlassen. »Es könnte auch sein, dass Daryl einfach nicht will, dass die Kinder etwas sagen, was dann in der Zeitung landet. In den Nachrichten war nie die Rede davon, dass Ari als Callgirl gearbeitet hat.«

»Du weißt genau, dass er ihr etwas angetan hätte, wenn er herausgefunden hätte, was sie macht.« Callies Miene wird noch entschlossener, als sie den Motor startet. »Er hat sich überhaupt nicht unter Kontrolle. Erinnerst du dich an den Hund?«

Ich nicke, während Callie den Parkplatz verlässt und nach Hause fährt. Als Kind habe ich mich oft gefragt, ob Daryl Kouchinsky wohl mal jemanden umgebracht hat. Manche Menschen tragen ihre Gewaltbereitschaft wie Gewichte um den Hals. Man sah es an der Krümmung seiner Schultern, der gebeugten Linie seines Rückens.

Es gibt Menschen, die gerne anderen wehtun, die schnell einen Grund dafür finden. Menschen, die ihre eigenen Töchter umbringen, gehören zu der Sorte, von der ich gerne glauben möchte, dass es sie nicht gibt.

»Katie wusste irgendetwas, das sie nicht gesagt hat«, fährt Callie fort. »Sie versucht, ihren Dad zu schützen.«

»Oder sie versucht, sich selbst vor ihm zu schützen.«

Die restliche Fahrt schweigen wir. Als Callie in die Einfahrt einbiegt und das Auto abstellt, bewegen sich die Vorhänge am Fenster. Maggie weiß, dass wir wieder da sind. Und sie sieht nicht gerade glücklich aus.

»Hast du eigentlich vorher gefragt, ob wir das Auto haben können?«, erkundige ich mich.

Callie zögert. »Ich dachte, sich zu entschuldigen wäre einfacher, als um Erlaubnis zu fragen.«

»Wenn sie das Gefühl hat, dass ich dich in Schwierigkeiten bringe, wird sie mich wegschicken.«

»Ach, jetzt komm.« Callie stellt den Motor ab. »In ihren Augen kannst du doch nichts falsch machen. Du musst mir unbedingt mal dein Geheimnis verraten.«

In ihrem Tonfall liegt ein Hauch von Verbitterung. Sie weiß nicht, dass das nicht stimmt. Wir haben alle eine gewisse Kapazität zu verzeihen, und vielleicht ist die von Maggie größer als die von Durchschnittsmenschen.

Aber die Dinge, die ich ihr verheimlicht habe, sind unverzeihlich.

Da Callie und Maggie eine hitzige Diskussion im Wohnzimmer führen, kann ich nicht an den Computer, um nach Danny Densing zu suchen. Also beschließe ich, den restlichen Kram meines Vaters aus dem Gefängnis zu durchforsten, um herauszufinden, ob er mir vielleicht irgendeine Art von Hinweis hinterlassen hat, wie ich meine Mutter oder Jos aufspüren kann. Ich gehe ins Gästezimmer hinauf und wühle in der Tüte mit seinen Zeichnungen herum, bis ich die finde, nach der ich suche.

Bear Creek, 1986.

Mit dem, was ich über die Geschichte unserer Familie weiß, könnte ich kaum einen Schuhkarton füllen. Mein Vater war eines von fünf Kindern, aber drei davon waren Halbgeschwister. Seinen Bruder habe ich mal kennengelernt, als ich noch ganz klein war. Er wohnte zwei Tage bei uns und verschwand dann mit einer Schachtel, in der meine Mutter ihren Schmuck aufbewahrte, und dem Einmachglas voller Vierteldollarmünzen, das Jos auf ihrer Kommode stehen hatte.

Man fand seine Leiche ein Jahr später in einem Crack-Haus in Philadelphia. Lungenentzündung oder so was.

Der Vater meines Vaters ist tot. Die Mutter meines Vaters, eine fettleibige Frau in einem geblümten Hauskleid, starb, als ich noch ein Baby war. Eines von nur vier noch existierenden Fotos zeigt mich auf ihrem Knie in ihrem Haus in New Castle. Kurz nachdem das Foto aufgenommen worden war, bekamen sie und meine Mutter Streit, und meine Mutter ließ nicht mehr zu, dass mein Vater uns mit dorthin nahm. Grandma Lowell starb ein paar Jahre später.

Und das ist alles, was ich über die Familie meines Vaters weiß. *Meine* Familie.

Trotzdem reicht es wie schon erwähnt aus, um mit Überzeugung sagen zu können, dass die Lowells nicht zu der Sorte von Leuten zählten, die Immobilien besitzen. Und falls doch, war mein Vater definitiv keiner, der eine solche Information für sich behalten hätte. Er gehörte zu den Männern, die vor dem Müllmann damit prahlten, was für einen großen Haufen sie am Morgen geschissen hatten. Er gab auch mit mir an, vor den gruseligen Männern, die bei uns vorbeikamen.

Das ist meine Tessy da drüben. Sie ist so clever.

Aber es ist schon möglich, dass die Familie meines Dads mal eine Hütte in Bear Creek besessen hat, vor sehr langer Zeit. Sie könnten sie verkauft haben, bevor er meine Mutter kennenlernte.

Auf einmal wird mir eng in der Brust, als würde jemand von beiden Seiten an einem Gummiband ziehen. Es gibt so viel, was ich nie über ihn erfahren werde – Dinge, die er mir vielleicht irgendwann erzählt hätte, wenn wir die Gelegenheit dazu gehabt hätten. Wenn er geblieben wäre. Wenn meine Mutter nicht alles in ihrer Macht Stehende getan hätte, um ihn aus unserer Erinnerung auszulöschen, sobald er weg war.

Jetzt scheint der einzige Weg zu ihr über ihn zu führen.

Das Computerzimmer ist immer noch belegt, also rufe ich übers Handy die Auskunft an, obwohl das mindestens drei Dollar oder so kostet und Gram sicher einen Anfall bekommt, wenn sie die Rechnung sieht. Ich lasse mich mit dem Rathaus von Bear Creek verbinden.

Der Betreiber stellt mich durch, und dann darf ich erst einmal zwei Klavierversionen von Beatles-Songs hindurch warten, bevor jemand abnimmt.

»Äh, hallo.« Irgendwie habe ich vergessen, wie man spricht, wie so oft, wenn ich telefonieren muss. »Ich wollte fragen, ob Sie einen Eintrag zu einem Haus in Bear Creek haben. Eine Hütte.«

»Wie heißt denn der Besitzer?«

»Glenn Lowell.«

Tippgeräusche. Ein Seufzer. Ich habe sie bereits gelangweilt. »Unter dem Namen gibt es nichts.«

»Gibt es jemand anders mit dem Nachnamen Lowell?«

Kurzes Schweigen. Ein Seufzer.

»Hören Sie zu, ich verrate Ihnen mal was«, sagt die Frau. »Da oben am Berg gibt es nicht viel. Und die Leute, die dort wohnen … von denen wird man keine Adresse finden, weil es keine gibt.«

»Wie meinen Sie das?«

»Hausbesetzer«, antwortet sie. »Jede Menge verlassene Hütten aus der Zeit, als Bear Creek noch ein Skigebiet war. Die Leute wohnen darin und bauen noch mehr davon.«

»Das ist erlaubt?«

»Natürlich nicht. Aber wir haben nicht die Ressourcen, um Tausende von Quadratkilometern nicht kartografierten Wald zu bewachen. Solange sie keinen Ärger machen, schicken wir da selten Beamte hoch.«

Steuerhinterziehung. Unerlaubtes Bauen. Klingt ganz nach den Lowells. Jetzt kommen wir der Sache näher.

Zum Abendessen gibt es heute Tacos. Während der Geruch des brutzelnden Fleischs die Treppe hinaufzieht, streckt Callie den Kopf zu mir ins Zimmer.

»Ist sie sauer?«, frage ich.

Sie schüttelt den Kopf. »Nee, ich denke, es geht wieder für 'ne Weile. Sie glaubt auch, dass es hilft, ein bisschen unterwegs zu sein, um das mit Ari zu verarbeiten.«

Callie kommt herein. »Im Internet habe ich nichts über Danny Densing gefunden. Aber dann fiel mir ein, dass ich ja das hier habe.« Sie legt ein Jahrbuch der Fayette Highschool aufs Bett, aufgeschlagen bei den Porträts der Absolventen. *Jahrgang 2003* steht oben drüber.

»Warum hast du das?«, will ich wissen.

»Ich hab die Fotos für unser Jahrbuch gemacht«, antwortet sie. »Der Beratungslehrer hat mir eine Kiste mit alten Ausgaben gegeben, die bis in die Achtziger zurückreichen.«

Das Adrenalin kribbelt bis in meine Zehenspitzen. *Sie könnte auf irgendeinem der Schnappschüsse drauf sein.* Meine Schwester, wie sie mit Freundinnen am Rand des Fußballfelds herumhängt, bevor sie von der Schule abgegangen ist. Callie scheint meine Gedanken zu lesen.

»Schau dir das mal an.« Sie zeigt auf das Foto eines Mädchens mit braunen Haaren und breitem Lächeln. Breit im Sinne von: *Seht nur meine großen Zähne samt Zahnfleisch in ihrer ganzen Schönheit.*

Anne Marie Jones. Das Zitat unter ihrem Bild, das sie ausgesucht hat, stammt aus *Sex and the City*.

»Erinnerst du dich noch an die?«, will Callie wissen.

Ich kannte Anne Marie Jones nicht wirklich, abgesehen davon, dass sie genauso langweilig war wie ihr Name. Joslin hat sie nicht mit nach Hause gebracht, weil wir das einfach nie machten. Und Anne Marie war auch keine wirkliche Freundin. Sie und Joslin arbeiteten zusammen in der Bäckerei.

Jos liebte diesen Job, auch wenn sie dafür morgens um halb fünf aufstehen musste. Sie arbeitete vorn an der Theke, wo sie Butterkekse abwog und Kuchenschachteln mit Zwirn zuband. Sie hoffte, ihr Chef würde sie irgendwann beim Backen und Dekorieren helfen lassen. Meine Schwester hatte schon immer geschickte Hände, wie eine Bildhauerin. Im Garten bastelte sie für mich Feen aus Zweigen und Blättern und band ihnen mit Grashalmen Blütenblattflügel auf den Rücken, so mühelos, als wäre es Bindfaden.

»Sie war mit Lori und Joslin ein paarmal im Kino«, sagt Callie.

Ja, das war sie, jetzt fällt es mir wieder ein. Und Joslin beschwerte sich darüber, weil Anne Marie sich selbst eingeladen hatte. Jos sprach über Anne Marie, als wäre die bloße Tatsache, mit ihr in einem Raum zu sein, ungefähr so schlimm wie ein Geiseldrama, aber Lori ließ sich nie eine Gelegenheit entgehen, neue Freundschaften zu schließen.

»Ist sie immer noch hier?«, frage ich.

Callie nickt. »Angeblich heißt sie inzwischen Anne Marie Hahn. Wie die Boathouse-Hahns. Sie hat deren Sohn geheiratet oder so.«

Ich werde mich hüten, mir Hoffnungen zu machen. Joslin hat niemandem erzählt, warum sie abgehauen ist oder wohin sie wollte, und am allerwenigsten irgendeiner Klette, mit der sie sich mal einen Sommerjob geteilt hat. Aber wenn Anne Marie reich geheiratet hat – zumindest für die Verhältnisse hier –, dann nimmt sie sich vermutlich wichtig. Wichtige Leute wissen oft ziemlich viel. Oder sie glauben es zumindest.

Anne Marie Hahn wohnt in einem zweistöckigen Haus, das wohl nicht ganz der Traumvilla entspricht, die sie sich von ihrem Gatten erhofft hat. Das merke ich daran, dass uns Anne Marie – sobald Callie sagt, sie sei Lori Cawleys Cousine – hereinbittet, strahlt und ohne jede Scham erklärt, sie habe es »ganz gut erwischt«, als wir ihr ein Kompliment wegen des Hauses machen.

Im Wohnzimmer gleich neben dem Flur brüllen sich zwei Kinder die Seele aus dem Leib.

»Äh, ich bin gleich wieder da«, sagt Anne Marie. »Der Kindergarten geht nur bis Juni, den Sommer über habe ich keine Unterstützung.«

Callie gibt einen mitfühlenden Laut von sich, während ich mich frage, was für eine verdammte Unterstützung eine Frau wohl brauchen könnte, die nicht arbeitet. Ich starre die Wand an, um mir nichts anmerken zu lassen. Sie ist himmelblau gestrichen und mit einem schwarzen Wandtattoo verziert, das verkündet: *Leben. Lachen. Liebe.* Daneben hängen Bilderrahmen, in die das Wort *Familie* eingeprägt ist. Fast so, als würde Anne Marie versuchen, sich selbst von etwas zu überzeugen.

Offenbar habe ich geschnaubt, denn Callie funkelt mich an. »Ich finde das irgendwie hübsch«, sagt sie.

Im Wohnzimmer legt Anne Marie eine Wriggles-DVD für die Jungs ein. Eine DVD. Typisch Fayette. Hier nutzen sie nicht mal Netflix.

Beide Jungs sind blond. Beide jünger als fünf Jahre. Einer starrt Callie und mich an, und seine Oberlippe kräuselt sich beim Anblick der Fremden. Der andere verlangt jammernd nach Gummibärchen, und Anne Marie fährt ihn an, dass er nach dem Mittagessen welche haben kann.

»Puhhh.« Sie kommt zurück zu uns in den Flur. Ihr Lächeln ist so breit und falsch, dass ich den Blick abwenden muss. »Wow, ihr zwei seid echt so erwachsen geworden. Der Wahnsinn.«

Dann schlägt sie vor, dass wir uns »nach hinten raus« setzen. Nachdem sie uns am Verandatisch untergebracht hat, verschwindet sie wieder im Haus, um wenige Minuten später mit einem Karton Orangensaft, einigen Gläsern und zwei Flaschen Wasser zurückzukommen.

Sie stützt die Ellbogen auf den Tisch und legt das Kinn auf die gefalteten Hände. Ich kann nicht so genau sagen, ob sie mich oder Callie anstarrt. Ihre hervorquellenden Hundeaugen scheinen fast ins Leere zu blicken.

Offensichtlich weiß sie, wer ich bin, denn sie sagte: *Ihr seid so erwachsen geworden,* aber direkt angesprochen hat sie mich nicht.

»Und, wie geht's euch?« Sie strahlt wieder, als wären wir alte Freundinnen, die mal wieder zum Quatschen vorbeikommen. Ich betrachte den Saft und die Becher, und irgendwie tut mir Anne Marie leid.

Callie sieht mich an.

»Mein Vater ist gestorben«, sage ich. *Pathos.*

Anne Maries Miene wird mitfühlend. »Das tut mir leid. Kann ich irgendetwas für dich tun?«

Menschen in Trauer hassen diese Frage, habe ich mir sagen lassen. Sie ist nicht mehr als eine bescheuerte Plattitüde. Aber ich kann natürlich mit einem *Nun ja, es gäbe da schon etwas …* kontern.

Ich räuspere mich. »Ich bin auf der Suche nach meiner Schwester.«

Anne Marie runzelt die Stirn. »Ich habe von Joslin nichts mehr gehört, seit sie abgehauen ist.«

»Das hat niemand«, mischt sich Callie nun ein. »Deshalb suchen wir nach Danny.«

»Danny Densing?« Die Falte zwischen Anne Maries Augenbrauen wird tiefer, so verwirrt ist sie, und sie trinkt schnell einen Schluck Saft. »Aber er und Joslin waren doch gar nicht mehr zusammen, als sie weggegangen ist.«

Das wusste ich natürlich. Nicht dass meine Schwester uns je erzählt hätte, dass sie und Danny sich getrennt hatten, aber ich sah es in ihrem Gesicht. In den Monaten vor ihrem Verschwinden kam Danny immer mal wieder vorbei, um sie zu besuchen, aber es schien, als wäre sie jedes Mal noch in der Bäckerei. Manchmal kam sie erst weit nach zehn Uhr abends nach Hause und wollte nicht darüber reden, wo sie gewesen war.

Ging sie ihm aus dem Weg, weil sie Angst vor ihm hatte? Wusste sie, dass er etwas mit der Explosion in Arnold zu tun hatte – oder vermutete sie gar noch Schlimmeres?

»Weißt du, wo Danny jetzt wohnt?«, frage ich Anne Marie.

»Oh Gott, nein«, sagt sie. »Das Letzte, was ich gehört habe, war, dass er irgendwo in einem Autohaus arbeitet.«

Anne Marie reicht mir einen Becher Orangensaft. Bevor ich davon trinken kann, landet eine Mücke darin. Ich stelle den Becher ab, während sie Callie einschenkt, die beteuert, keinen Durst zu haben.

»Ehrlich gesagt, ich dachte immer, dass Joslin irgendwann zurückkommt«, plappert Anne Marie weiter. »Ich meine, sie hat davon geredet, sich irgendwo eine Wohnung zu nehmen, und ich habe zu ihr gesagt: ›Jos, hast du eine Ahnung, was es kostet, allein zu leben?‹«

Also hat meine Schwester *doch* jemandem von ihren Plänen

erzählt. Ich greife nach dem Becher, damit meine Hände etwas zu tun haben, dann fällt mir die Mücke wieder ein.

»Ich kann gar nicht fassen, dass sie dich einfach so *zurückgelassen* hat.« Anne Marie legt ihre Hand auf meine, aber ihr Blick weicht mir immer noch aus. »Du warst doch noch ein Kind.«

Genau wie Joslin, zumindest dem Gesetz nach. »Ja. Das war hart.«

Anne Marie schüttelt den Kopf. »Und nach allem, was ihr beide durchgemacht habt, mit dem Prozess.«

Callie rutscht auf ihrem Stuhl herum. »Um ehrlich zu sein, wollte ich ein bisschen über Lori reden. Ich weiß nicht, wie gut du dich an sie erinnerst …«

»Natürlich erinnere ich mich an sie«, beteuert Anne Marie. »Lori war so ein Schatz.«

Mir entgeht ihr kurzer Seitenblick zu mir nicht, fast wie eine Anschuldigung. *Lori war ein Schatz. Joslin nicht.* Prompt frage ich mich, ob Anne Marie etwas über meine Schwester weiß, das sie nicht sagt.

»Wir wollen nur … wir versuchen nachzuvollziehen, was in dem Sommer damals passiert ist«, erklärt Callie vage.

Anne Marie reißt die Augen auf. »Ach, ihr Ärmsten. Ihr macht euch Sorgen, dass er rauskommen könnte, stimmt's?«

Sie beugt sich vor und fasst nach unseren Händen, als wären wir acht, nicht achtzehn. »Sie werden ihn nie, *nie*mals rauslassen. Er wird niemandem mehr wehtun können.«

Callie lächelt Anne Marie schwach an. »Oh, das wissen wir. Lori war einfach … ich vermisse sie immer noch sehr. Es ist schön, jemanden außerhalb von meiner Familie über sie reden zu hören.«

Wie sich herausstellt, gehört es zu Anne Maries Lieblingsbeschäftigungen, sich selbst reden zu hören. Und Lori hat offensichtlich in ihrer Vorstellung den Status einer Heiligen erlangt.

»Sie war älter als wir, aber sie hat sich benommen wie ein fröhliches Kind.« Anne Marie lächelt in sich hinein. »Als dieser neue Disney-Pixar-Film rauskam, wollte sie in die Mitternachtspremiere, aber Jos und mir war das zu peinlich. Also sagte Lori: ›Selbst schuld, ihr Doofis!‹, und ist allein gegangen.«

Callie hängt förmlich an Anne Maries Lippen, einen hungrigen Ausdruck im Gesicht. Da wird mir klar, dass es nicht geschwindelt war, als sie sagte, sie würde gerne andere Leute über Lori reden hören. Ich weiß, wie es sich anfühlt, wenn man jemanden vermisst – da kann man gar nicht genug Geschichten über denjenigen hören. Selbst wenn jemand bereit wäre, bis in alle Ewigkeiten über diese Person zu sprechen, würde es noch nicht reichen.

Callie räuspert sich. »Haben Lori und Joslin sich je gestritten?«

Anne Marie legt die Stirn in Falten. »Ich kann mir nicht vorstellen, wie Lori mit jemandem streitet.«

»Nicht mal eine Meinungsverschiedenheit?«, hake ich nach.

Anne Marie schweigt einen Moment lang. »Na ja – also ich habe das auch der Polizei erzählt, als sie gefragt haben, ob Lori wegen irgendetwas Kummer hatte, bevor sie starb …«

»Was hast du ihnen erzählt?« Callie beugt sich neugierig vor. Unterm Tisch stoße ich sie mit dem Knie an, um ihr zu signalisieren: *Halt die Klappe.*

»Lori kam mal in der Mittagspause vorbei, um Jos zu besuchen«, sagt Anne Marie. »Sie waren hinten auf dem Hof, und ich habe zufällig etwas mitgehört, als ich den Müll rausgebracht habe.«

Anne Marie hatte sie belauscht. Da gehe ich jede Wette ein.

»Ich weiß nicht, worüber sie sich unterhalten haben, aber Lori war irgendwie sauer, und Jos wollte nicht auf sie hören«, berichtet sie. »Ich glaube, es ging um einen Kerl.«

»Danny?«, frage ich.

Anne Marie schüttelt den Kopf.

»Oder vielleicht Mike oder Tommy?«

»Nein, ich bin mir ziemlich sicher, dass es um einen Steven ging«, antwortet sie.

Ich sehe Callie an, doch die zuckt bloß mit den Schultern.

»Wer ist denn Steven?«, frage ich.

»Keine Ahnung«, sagt Anne Marie. »Jos und ich waren mit keinem Steven auf der Schule, deshalb bin ich davon ausgegangen, dass es jemand war, den Lori von zu Hause kannte.«

Loris Freund war es jedenfalls nicht, denn der hieß Chip. Das weiß ich noch, weil Jos, als Lori ihr von ihm erzählt hat, so sehr lachen musste, dass ich dachte, gleich platzt sie – obwohl Lori darauf bestand, dass *Chip* die Abkürzung für *Christopher* war und er ein bisschen so aussah wie Matt Damon zu Zeiten von *Good Will Hunting*.

»Und du bist sicher, dass sie sich gestritten haben?«, fragt Callie.

»Ich weiß nicht. Vielleicht war es eher so was wie … eine Meinungsverschiedenheit?«, sagt Anne Marie. »Am nächsten Tag schienen sie sich wieder gut zu verstehen, als sie vorbeikamen, damit Jos ihren Lohn abholen konnte.«

Die Tür zur Küche knallt, und der jüngere der beiden Jungs – der, bei dem die *Cars*-Windel über den Bund seiner Baby-Gap-Shorts herausschaut, der mich und Callie vorhin so angestarrt hat – kommt herausgewatschelt. Er klettert auf Anne Maries Schoß und nuschelt ihr etwas ins Ohr.

»Was ist los, Spätzchen?«, fragt sie ihn.

Das Kind bricht in Tränen aus.

Callie versucht, Anne Marie noch etwas zu fragen, aber ihre Stimme wird vom Babygeheul übertönt.

»Tut mir echt leid«, schreit Anne Marie. »Aber da braucht jemand seinen Mittagschlaf.«

»Schon okay, wir müssen sowieso los«, schreit Callie zurück.

Anne Marie begleitet uns zum Gartentor und den Backsteinweg entlang zur Straße, wo wir geparkt haben. Der Kleine hat die Arme wie ein Klammeräffchen um ihren Hals geschlungen und brüllt ihr ins Ohr. Der Abschied ist kurz, abrupt.

Beim Wegfahren kann ich den Blick nicht von Anne Marie Hahn und ihrem Sohn losreißen. Ich beobachte, wie sie in ihre Welt aus *Leben, Lachen, Liebe, Familie* zurückkehrt, und ignoriere das Ziehen in meiner Brust.

19

»Bist du sicher, dass Steven keiner der Faber-Brüder ist?«, fragt Callie, als wir die Hauptstraße erreichen.

Ich zucke mit den Schultern. »Joes Exfrau hat nur von Tommy und Mike geredet.«

»Vielleicht war Steven jemand, den Lori von zu Hause kannte«, murmelt Callie.

»Warum sollten sich Lori und Jos dann wegen ihm streiten?«

»Wir wissen ja noch nicht mal, ob sie wirklich gestritten haben«, wendet Callie ein. »Woher soll Anne Marie das nach zehn Jahren noch so genau sagen können?«

»Callie, du hast Lori am Telefon nicht gehört.« Aus irgendeinem Grund fühle ich mich nach dem Besuch bei Anne Marie Hahn ganz besonders beschissen. »Lori war stinksauer.«

Callie hält das Lenkrad fest umklammert. »Ich sage ja bloß, dass es lange her ist. Ich kann mich schon nicht mehr daran erinnern, was ich heute vor einer Woche gemacht habe, und du bist dir so sicher, dass Lori in dieser Nacht damals mit Jos gestritten hat.«

Ich drehe den Kopf weg und sehe aus dem Fenster. »Manche Dinge vergisst man einfach nicht.« *Auch wenn ich wünschte, ich könnte es.*

Als wir zurückkommen, gießt Maggie gerade die Hortensienbüsche rings um die Veranda. Sie lässt den Wasserschlauch sinken, als sie uns sieht. »Wo wart ihr beiden denn?«

»Bei Luigi«, sagt Callie rasch. Das ist der Name einer italienischen Eisdiele in der Nähe des Freibads. Früher waren die

Greenwoods mit Callie und mir oft dort, einmal direkt nach einem von Callies Twirling-Wettkämpfen. Sie hat einen totalen Anfall bekommen und sich geweigert, aus dem Auto auszusteigen, weil die Leute sie dann in ihrem Kostüm und mit Make-up sehen würden.

»Wir hätten dir was mitgebracht, aber es wäre geschmolzen«, fügt Callie sicherheitshalber noch hinzu, bevor sie im Haus verschwindet.

Ich helfe Maggie beim Gießen der Pflanzen, damit sie noch das restliche Unkraut zupfen kann, bevor gegen drei Uhr die Sonne um die Ecke kommt. Sobald wir fertig sind, fängt Maggie in der Küche mit den Vorbereitungen fürs Abendessen an. Ich schleiche mich ins Wohnzimmer, wo ich neben den Benutzerhandbüchern für den Computer die aktuelle Ausgabe der Gelben Seiten gesehen hatte.

In der Annahme, dass niemand in den nächsten Stunden das Branchenbuch vermissen wird, verziehe ich mich damit nach oben und hoffe, dass Maggie nicht demnächst auftaucht, um sich zu erkundigen, ob ich schon Pläne bezüglich der Umbuchung meines Fluges habe.

Im Gästezimmer ist es stickig heiß, deshalb schließe ich nur ungern die Tür. Beim Essen gestern Abend hat Rick davon gesprochen, die mobile Klimaanlage vom Wohnzimmer ins Gästezimmer zu transferieren, damit ich nicht jede Nacht bei offenem Fenster schlafen muss. Ich habe beteuert, dass er sich die Mühe nicht machen müsse, weil ich gut klarkäme, obwohl es sich nachts so anfühlt, als läge ich auf dem Grillrost der Hölle. Ich stelle den Ventilator auf die höchste Stufe und setze mich direkt davor, das bei den Autohändlern aufgeschlagene Branchenbuch auf dem Schoß.

Es gibt drei Seiten mit Einträgen für Autohäuser allein im Landkreis Fayette. Und der ist groß, mit ungefähr dreißig verschiedenen Gemeinden. Wenn Danny Densing schlau war, hat er die Gegend verlassen.

Aber Danny war nicht schlau, als ich ihn kannte, und meiner Erfahrung nach werden dumme Menschen mit dem Alter noch dümmer. Wenn es ihm so lange gelungen ist, einer Anzeige wegen der Explosion in Arnold zu entgehen, wiegt er sich wahrscheinlich in Sicherheit. Es würde mich nicht überraschen, wenn er noch irgendwo im Landkreis weilt.

Ich rufe also beim ersten Autohaus an, Brownsville Chevrolet, und erfahre, dass dort niemand namens Dan oder Danny arbeitet. Als beim fünften Eintrag auf der Liste endlich jemand ans Telefon geht, frage ich nach Danny. Die Person am anderen Ende murmelt »Einen Moment« und stellt mich durch. Mein Magen schlägt einen Purzelbaum.

Es klickt in der Leitung. »Hier spricht Dani«, sagt eine Frauenstimme.

Ich lege auf.

Auf dem Rücken liegend hoffe ich, dass das Surren des Ventilators mich ablenkt. Ich fühle mich nämlich wie ein schwarzer Labrador, den man den ganzen Tag draußen im Hof vergessen hat. Die Haut auf meiner Nase ist verbrannt und spannt; meine Sommersprossen haben sich bestimmt verdoppelt. Wie gut, dass ich nicht eitel bin.

Dann mache ich mit der Liste der Autohäuser dort weiter, wo ich aufgehört habe. Nach knapp zwei Stunden habe ich fast alle Nummern durch. Der Geruch nach angebratenen Zwiebeln ist nach oben gezogen. Irgendwann zwischendrin habe ich gehört, wie Callie im Bad gegenüber duscht. Ein Mann geht ans Telefon.

»Hier spricht Bob.«

»Ich suche jemanden namens Danny.«

»Hab ich zwei von hier.«

Auf einmal scheint es mir den Boden wegzuziehen. Ich blicke

ins Branchenbuch, wo ich mit dem Finger die Stelle markiere. Smith's Nissan.

»Hallo?«, fragt Bob.

»Densing«, sage ich. »Ist einer von beiden Danny Densing?«

Ein Klicken. Dieser Arsch hat einfach aufgelegt. Ich halte das Handy ein Stück weg und starre ungläubig aufs Display, als ich sehe, dass der Anruf immer noch läuft. Schnell halte ich das Telefon wieder ans Ohr.

Klingeln. Er hat mich durchgestellt.

Das Telefon klingelt und klingelt, bis ein Anrufbeantworter drangeht.

»Hallo, hier ist Dan. Ich musste kurz weg, aber wenn Sie mir eine Nachricht und Ihre Nummer hinterlassen, rufe ich Sie so schnell es geht zurück.«

Es piepst. Das Blut in meinen Adern stockt, und auf einmal ist mir kalt bis auf die Knochen.

Ich muss etwas sagen, bevor das Band zu Ende ist. Also bete ich meine Nummer herunter und erkläre Danny, dass ich gerne einen Altima kaufen würde. Ich sage, mein Name ist Kelly.

Meine Hände zittern immer noch, lange nachdem ich aufgelegt habe. Ich dachte, ich könnte mir an diesem Ort hier unmöglich bei irgendetwas sicher sein, aber ich weiß ohne den Hauch eines Zweifels, dass die Stimme auf dem Anrufbeantworter Danny Densing gehört.

Während des Abendessens beobachtet Maggie mich aufmerksam – wahrscheinlich weil ich die ganze Zeit eine Hand in der Tasche habe, an meinem Handy, falls es klingelt. Rick hat für einen Kollegen die Schicht übernommen, deshalb sind wir nur zu dritt. Sobald Callie fertig ist, verkündet sie, dass sie noch zu Sabrina geht.

»Du hast ja kaum was gegessen«, stellt Maggie stirnrunzelnd

fest, aber Callie ist bereits aufgestanden und nimmt sich die Autoschlüssel vom Tresen. Sie hat sich die Haare geglättet, und auf ihrem Schlüsselbein schimmert eine frische Schicht Bodylotion.

Sie geht nicht zu Sabrina. Sie fährt zu Ryan, garantiert. Ich stelle mir die beiden unter seiner Bettdecke vor. Frage mich, wie es wohl ist, jemanden so nah an sich ranzulassen. Oder ob Callie Ryan nur benutzt, um das zu kriegen, was sie will.

Dann komme ich mir wie ein Perversling vor und höre auf.

»Bin in ein, zwei Stunden zurück«, verkündet Callie und drückt Maggie noch schnell einen Kuss auf die Backe.

Erstaunt fasst Maggie sich an die Wange.

»Aber nicht länger!«, ruft sie Callie hinterher, die bereits an der Haustür ist. »Wir müssen morgen um halb sieben starten, spätestens.«

Die Tür fällt ins Schloss, und Maggie wendet sich mir zu. »Die Mädchen, die Callie dieses Jahr trainiert, haben morgen ihr Vortanzen beim USTA in Pittsburgh. Du bist herzlich eingeladen mitzukommen.«

»Die United States … Twirling Association?«, rate ich.

Maggie lächelt, nickt. »Ich weiß, es klingt nicht wahnsinnig spannend, und es dauert den ganzen Tag, aber wir können in der Stadt was zu Mittag essen, ein bisschen Schaufenster gucken.«

Ich schiebe die Maiskörner und Limabohnen auf meinem Teller herum, während diese Information in mein Gehirn sickert. Die Greenwoods werden den ganzen Tag unterwegs sein.

»Um ehrlich zu sein …«, ich lege meine Gabel beiseite, »habe ich Pläne für morgen. Mit einem alten Freund.«

Maggie legt den Kopf schief. »Wer denn?«

»Decker Lucas.« Am liebsten würde ich im Boden versinken. Nicht nur, weil ich sie anlüge, denn Decker und ich haben keine

Pläne – zumindest noch nicht –, sondern weil sie jetzt bestimmt denkt, dass es sich um ein Date handelt.

»Oh.« Maggie blinzelt überrascht. »Decker ist ein netter Junge.«

Vielleicht bilde ich es mir nur ein, aber ihr Lächeln scheint ein wenig zu schwächeln, als wir uns wieder unseren Tellern zuwenden. Fast so, als würde sie mir nicht glauben.

Sobald ich wieder in meinem Zimmer bin, sehe ich nach, ob ich irgendwelche verpassten Anrufe oder Nachrichten habe, obwohl ich den Vibrationsalarm garantiert bemerkt hätte. Im Pyjama mache ich es mir im Bett gemütlich, die Zeichnung meines Vaters von der Hütte in Bear Creek auf der Brust.

Falls Danny mich zurückruft – falls er überhaupt mit mir spricht, sobald ihm klar ist, dass ich nicht die Altima-Käuferin Kelly bin –, wie hoch ist wohl die Wahrscheinlichkeit, dass er mit Jos in den letzten zehn Jahren Kontakt hatte?

Mein Bauchgefühl sagt mir, dass Jos unsere Mutter gefunden hat. Sie hat sie nicht in Deer Run gesucht, vielleicht weil Jos wusste, dass sie dort nicht ist.

Joslin ist älter als ich – alt genug, um sich an die Zeichnungen meines Vaters zu erinnern, sollte er sie bereits vor seiner Zeit im Gefängnis angefertigt haben. Vielleicht war sie sogar mal in Bear Creek, bevor ich auf die Welt kam.

Die Vorstellung, nur so auf Verdacht zweieinhalb Stunden nach Bear Creek zu fahren, weil meine Mom dort sein könnte, ist bescheuert. Callie würde es eine komplette Zeitverschwendung nennen.

Ich suche Deckers Nummer heraus, zum Glück habe ich sie nicht gelöscht. Ich schicke ihm eine SMS.

Was machst du morgen? Hier ist Tessa.

Eine Minute später antwortet er. *NICHTS. WARUM?*

Ich kaue auf der Innenseite meiner Backe herum. Dann: *Warst du schon mal in Bear Creek/willst du hin?*

NEIN/JA KLAR!!!

Ich kann das Grinsen nicht unterdrücken. Sieht aus, als hätte ich jemanden gefunden, der genauso verrückt ist wie ich.

20

Decker bietet mir an, mich bei den Greenwoods abzuholen, aber ich bestehe darauf, ihn am Quik Mart zu treffen. Ich will nicht, dass er denkt, es wäre ein Date oder so.

Zugegeben, ich hatte noch nie ein Date, daher die ganzen Sorgen, was ein Date ist und was nicht. Am nächsten kam ich der Sache mal in der siebten Klasse. Frank Tricarico saß im Physikunterricht hinter mir. Er war ganze fünf Zentimeter kleiner als ich und hatte die Haare immer mit Gel an den Kopf gekleistert, mit so einer kleinen Tolle vorn. Am Valentinstag schob er mir ein gefaltetes loses Blatt hin und murmelte: »Jemand hat mir gesagt, ich soll dir das geben.«

Es war eine Zeichnung von allen neun Planeten mit der Erklärung, dass er sie ausgewählt hatte, weil wir im Unterricht gerade das Sonnensystem behandelten. Dazu die Nachricht *ALLES GUTE ZUM VALENTINSTAG, TESSA!!!* und eine Telefonnummer, in Franks Handschrift.

Ich warf das Papier hinter der Schule in einen Mülleimer, bevor ich in den Bus stieg, weil ich gestorben wäre, wenn Gram die Karte je gefunden hätte. Das restliche Schuljahr über vermied ich jeglichen Blickkontakt mit Frank, selbst wenn ich ihm Zettel nach hinten weiterreichen musste.

Ich habe nie jemandem davon erzählt, aber manchmal tue ich so, als würden in meinem Kopf zwei Psychiater miteinander streiten – einer sieht genauso aus wie Dr. Marano, zu der Gram mich geschickt hat, als ich noch jünger war. Dr. Marano argumentiert, dass ich die Karte weggeworfen habe, weil ich eine unsichere Persönlichkeit habe und nicht in der Lage bin, tiefere Beziehungen einzugehen. Der zweite Seelenklempner sagt, Frank war einfach nicht mein Fall.

Ich mag den zweiten lieber.

Bevor ich bei den Greenwoods starte, verpasse ich Callies Fahrradreifen mit der Pumpe, die ich in der Garage gesehen habe, noch mal etwas Luft. Nur für den Fall, dass ich es später noch brauche. Da ich vor Decker an der Tankstelle bin, kaufe ich dort zwei Tüten Zuckerstangen und eine Flasche Eistee. Währenddessen biegt er auf den Parkplatz ein und kurbelt auf mein Winken hin das Fenster herunter. Als ich die Süßigkeiten hochhebe, damit er sie sieht, strahlt er wie ein Honigkuchenpferd.

Ich lasse mich auf den Beifahrersitz des ziemlich alt aussehenden Gefährts sinken, das neulich bei Decker in der Einfahrt gestanden hatte. Das Leder hat Risse, und das Armaturenbrett ist ausgebleicht. »Was ist denn das für ein Auto?«, frage ich.

»Ein 1992er Chevy Monte Carlo«, antwortet Decker stolz. »Hat meinem Dad gehört.«

»Cool.« Ich fahre mit dem Finger an der seitlichen Naht meines Sitzes entlang und versuche, nicht darüber nachzudenken, wie hoch wohl die Chancen sind, es in einem Auto nach Bear Mountain zu schaffen, das älter ist als wir. Als er rückwärts aus dem Tankstellenparkplatz fährt, stößt Decker gegen den Randstein, wodurch es uns einmal kurz aus dem Sitz hebt und mein Kopf fast an die Dachverkleidung knallt. Ich schließe die Augen und versuche mich zu entspannen, sobald das Motorengeräusch gleichmäßiger wird.

»Laut der Wegbeschreibung, die ich mir ausgedruckt habe, sollen wir die Interstate nehmen.« Decker kratzt sich im Nacken. »Glaube ich.«

Er zeigt auf meinen Fußraum, wo eine alte, mit Müll vollgestopfte Fast-Food-Tüte und ein Blatt Papier liegen. Ich falte es auf und überfliege die Route nach Bear Mountain. Es ist dieselbe, die ich heute Morgen über Google abgerufen und aufgeschrieben habe.

Decker fährt auf den Highway, und ich mache es mir gemütlich.

»Ich hab Benzingeld für dich«, sage ich. Dank des Bankautomaten im Supermarkt. Die Summe auf meinem Konto ist inzwischen zweistellig, was mir Sorgen bereitet, aber mit etwas Glück bin ich bald weg aus Fayette und zurück bei der Arbeit.

Decker macht eine abwehrende Handbewegung – mit der Hand, die nicht in der Süßigkeitentüte steckt. »Oh Mann, die roten hier mag ich am liebsten, was echt mies ist, weil meine Mom mich nie was mit rotem Farbstoff essen lässt.«

»Was ist denn so schlimm an rotem Farbstoff?«

»PKU«, sagt Decker, als würde das alles erklären. Als ich mit den Schultern zucke, erzählt Decker mir die Geschichte seiner Geburt, wie man bei ihm Phenylketonurie diagnostiziert hat, was bedeutet, dass er sich an einen strikten Ernährungsplan halten muss, weil er sonst Anfälle oder geistige Aussetzer bekommt.

»Jedenfalls verwendet heute sowieso niemand mehr die bösen E-Farbstoffe, aber ich bin mir ziemlich sicher, meine Mom glaubt, ich hab's deshalb nicht aufs College geschafft, weil ich damals im Kindergarten bei Kevin Bishops Geburtstagsfeier M&Ms gegessen habe.«

Ich weiß nicht, ob ich lachen soll oder nicht, aber Decker grinst.

»Also, was ist in Bear Creek?« Decker schiebt sich eine weitere Zuckerstange zwischen die Zähne und lässt sie herausragen wie eine absurd lange Zigarette.

»Meine Mom«, antworte ich. Doch da ich das Gefühl habe, es wäre nur fair, ihn darauf vorzubereiten, dass das Ganze reine Zeitverschwendung sein könnte, füge ich hinzu: »Glaube ich zumindest. Ich suche nach ihr, seit ich hergekommen bin, und dabei bin ich auf eine Zeichnung gestoßen. Ich glaube, meine Familie hat da oben eine Hütte.«

Decker wirkt verzückt und kein bisschen beunruhigt, dass wir nur wegen einer Zeichnung und einer Vermutung eine insgesamt sechsstündige Fahrt unternehmen. »Dann sind wir also so was wie Privatdetektive?«

»Ja.« Ich lächle. Fühlt sich gut an. »Genau.«

»*Cool*«, sagt Decker. »Das ist echt cool.«

»Ist es wirklich in Ordnung für dich?«, frage ich. »Du hast bestimmt was Besseres zu tun.«

»Nö. Ich hab den Job im Fahrradladen nicht bekommen«, sagt er. »Ich bin nicht qualifiziert genug.«

Den letzten Teil versieht er mit Anführungszeichen in der Luft, und ich muss lachen, obwohl der Klumpen in meinem Magen immer dicker wird.

Selbst Decker kann nicht eine fast dreistündige Fahrt lang reden. Nach etwa einer Stunde geht ihm die Puste aus. Er schaltet das Radio ein und dreht, wenn ich ihm sagen soll, wo er langfahren muss, die Lautstärke runter. Bear Mountain und die Stadt Bear Creek liegen direkt im Norden, westlich der Alleghenies. Ich hatte versucht, mir Satellitenbilder der Gegend anzeigen zu lassen, aber Google meinte quasi: *Da hab ich nix*.

Nach zwei Stunden wirken die Rastplätze mehr und mehr veraltet. Mit den steigenden Höhenmetern nimmt auch der Druck auf meinen Ohren zu, und der Radioempfang erstirbt nach und nach. Decker schaltet es irgendwann ganz aus.

»Puh, ich hab seit Ewigkeiten keine Ausfahrt mehr gesehen«, sagt er. »Wo zum Kuckuck sind wir?«

»Ich tu jetzt mal so, als hättest du nicht gerade ›zum Kuckuck‹ gesagt.« Ich studiere die ziemlich schwarze, verpixelte Karte unter der Wegbeschreibung. In der Nähe welcher Stadt auch immer wir uns gerade befinden, sie ist zumindest nicht eingezeichnet. Also wechsle ich doch wieder zum Text.

»Wir sollen an der Wigwam Road abfahren«, lese ich vor.

»Da.« Decker zeigt auf ein Schild, etwa eine Viertelmeile entfernt. »Das muss es sein.«

Er verlangsamt die Geschwindigkeit und nimmt die Ausfahrt. Es gibt keine Ampel, die das Einfädeln in die Hauptstraße erleichtern würde. Kein anderes Auto ist in Sicht. Nur ein einsames Stoppschild. Decker biegt ab, und nach etwa einer halben Meile verwandelt sich der Asphalt in Schotter, dann in eine komplett unbefestigte Straße. Wir kommen an einer verlassenen Tankstelle vorbei, deren altmodische Pumpen nahelegen, dass sie seit mindestens dreißig Jahren leer steht.

»Ich glaube, wir hätten an der Hauptstraße links abbiegen müssen«, sage ich nach einer Viertelstunde, als die nächste Abzweigung immer noch nirgends zu sehen ist. Bei der Vorstellung, uns hier oben, wo es keinen Handyempfang gibt, zu verfahren, wird mir ganz mulmig.

»Wir können ja jemanden fragen«, sagt Decker fröhlich, als wären wir in Pittsburgh und nicht am Arsch der Welt.

Wir fahren meilenweit, bevor wir einen Menschen entdecken – einen alten Mann, der in einem Gartenstuhl vor einem schindelgedeckten Haus sitzt und sich die Nägel mit dem Taschenmesser schneidet. Decker bremst ab, aber es gibt keine Einfahrt, in der wir halten könnten, bloß Gras und Erde. Mit einem Schulterzucken parkt Decker im Staub.

Der alte Mann lässt das Taschenmesser in den Schoß sinken, als wir aussteigen. »Na, ihr habt euch wohl verfahrn.«

Sein Dialekt ist breit, typisch Appalachen.

»Wir wollen nach Bear Creek«, erklärt Decker ihm.

Der Mann setzt sich in seinem Stuhl auf, als würde es jetzt interessant. »Teufel, wozu?« Sein Blick huscht über mich, dann zurück zu Decker. »Haste se in Schwierigkeiten gebracht und musst se jetzt vor ihrem Daddy verstecken?«

Er sieht mein weites T-Shirt an. Er denkt, ich bin schwanger. Schnell ziehe ich es demonstrativ über meinem Bauch flach. »Wir suchen nach jemandem.« Ich versuche, mit der Hand einen Schwarm Stechmücken von meinem Gesicht zu vertreiben, und bemerke eine halb gegessene Birne zu Füßen des Mannes. Sie wimmelt nur so von schwarzen Käfern. »Wie kommen wir dahin?«

»Den Weg zurück«, sagt er, es klingt fast so, als wäre es ein Wort. *Denwegzurück.* »Wo sich de Hauptstraße teilt, draufbleib'n.«

»Danke, Sir«, sagt Decker. »Sie haben uns sehr geholfen.«

Als wir gerade zurück zum Auto gehen wollen, räuspert sich der Mann, und wir bleiben stehen.

»Ihr wisst, was Bear Creek is?« Er hustet einen Schleimklumpen hoch und spuckt ihn aus, wobei er nur knapp die Birne zu seinen Füßen verfehlt.

»Ein ehemaliges Ski-Resort?«, sage ich.

Der Mann schaukelt nach vorn und lässt ein höhnisches Lachen hören. »Ich geb euch mal 'nen gut'n Tipp. Die da oben mögen's nich, wenn man einfach so reinschneit. Das erschreckt se.«

»Weil sie Hausbesetzer sind?«, frage ich.

»Das is noch das geringste Problem«, nuschelt der Mann. »Wer sich in Bear Creek versteckt, kann normalerweise sonst nirgends mehr hin.«

»Wow.« Decker schaut mich an. »Also Kriminelle und so?«

»Ein paar.« Der Mann greift nach seinem Messer und fängt wieder an, seine Nägel zu bearbeiten. »Stellt besser nich zu viele Frag'n da oben.«

Als wir ins Auto steigen und losfahren, habe ich ein schwarzes Loch im Bauch. Fragen sind alles, was ich zu bieten habe.

Wir fahren auf der Hauptstraße zurück Richtung Westen.

»Da.« Ich zeige auf die Gabelung und bekomme leichte Panik, weil die Abzweigung direkt vor uns ist. Decker muss den Wagen fast bis zum Stehen abbremsen, damit er um die Haarnadelkurve kommt; die Straße ist so schmal, dass tief hängende Äste am Auto entlangschaben.

Der Weg führt langsam, aber stetig bergauf. Zwischen Bäumen sehe ich das Schild einer Hüttenvermietung. Ein anderes bewirbt FREIE ZIMMER und Bargeldkaution.

»Ist das alles?« Decker bremst vor dem Schild ab. Er klingt fast enttäuscht.

Ich drehe mich in meinem Sitz, damit ich besser aus dem Fenster sehen kann. Eine Schottereinfahrt verschwindet zwischen den Bäumen, und ich kann ein paar Holzhütten erkennen. Auf der Veranda der nächstliegenden steht eine Frau über einen Grill gebeugt. Sie hat uns den Rücken zugedreht, aber ich sehe, dass sie die Arme vor dem Bauch überkreuzt hat.

Gänsehaut breitet sich auf meinen Armen aus. Die Haltung ist vertraut. Zu vertraut. Meine Mutter stand oft so da, neben dem Fahnenmast, wenn sie bei ihrem Putzjob mal früh genug fertig war, um mich von der Schule abzuholen.

Mein Magen schlägt einen Salto. Die Frau dreht sich um, sieht uns finster an, und ich merke, dass ich den Atem angehalten habe. Sie ist nicht meine Mutter.

»Fahr weiter«, sage ich zu Decker. »Schau mal, da oben.«

Decker hebt den Blick. In der Ferne ragt ein Berg auf, dessen zwei sanfte Kuppen wie die Höcker eines Kamels wirken.

»Wir haben noch ein Stück vor uns«, sage ich. »Wir sind ja noch nicht mal am Berg.«

Decker und ich folgen weiter der Straße, vorbei an einem vermoderten Holzschild, das uns die Ankunft in Bear Creek verkündet. Ein weiteres Schild wirbt für das Ski-Resort in zehn

Meilen Entfernung, jenen Ort, der vor fünfundzwanzig Jahren dichtgemacht hat.

Die Straße den Berg hinauf mündet in eine schmale Betonbrücke. Im Fluss darunter stehen zwei Männer und fischen. Als Decker über die Brücke fährt, starren sie uns an. Ich rutsche tiefer in meinen Sitz, um ihrem Blick auszuweichen. Ich habe panische Angst, dass wir direkt in einer potenziellen Horrorfilmsituation landen, aber Decker hüpft vor Aufregung auf und ab.

»Das hier ist mal 'ne echte Provinzerfahrung!«, freut er sich, als hätte er meine Gedanken gelesen. »Und die Leute nennen uns in Fayette schon Hinterwäldler!«

»Ja«, stimme ich zu. »Aber sag das lieber nicht zu laut.«

»Oh, klar. Verstanden.« Als wir von der Brücke herunterrollen, treffen wir auf eine unerwartete Senke in der Straße, wodurch wir nach vorn geschleudert werden. Decker rutscht fast von seinem Sitz, kann sich aber fangen und zieht seinen Sicherheitsgurt enger, obwohl wir inzwischen Kriechgeschwindigkeit erreicht haben. Ein Schild zeigt zum Berg hinauf. Wir befinden uns auf einem schmalen Schotterweg mit vereinzelten Baracken und Wohnwagen links und rechts.

Zwei Frauen beobachten uns von der Veranda eines Köder- und Angelzubehörladens. Wir bleiben auf der Straße, weil es keine andere Möglichkeit gibt, und schleichen an einem Saloon, einem Frühstückscafé und einem Minimarkt vorbei.

»Was für ein hübsches kleines Städtchen«, sagt Decker. »Es gibt sogar eine Tankstelle.«

Er deutet mit dem Kopf auf einen Holzstapel vor dem Angelshop, auf den das Wort BENZIN gesprüht wurde.

»Lass uns beim Minimarkt parken«, schlage ich vor, weil es mich nervös macht, wie uns die beiden Frauen ansehen. Ich muss an die zwei Männer neben der Brücke beim Fischen denken und frage mich, ob hier alle paarweise unterwegs sind. Auf einmal bin ich noch dankbarer, dass ich Decker dabeihabe, der nun vor dem Minimarkt einbiegt. Ich springe aus dem Auto und produziere eine Staubwolke, wo meine Füße mit dem Boden in Berührung kommen.

»Habt'er euch verfahr'n?« Die Stimme kommt von der Seite des Gebäudes. Dort sitzt ein Mann auf der Kante einer Pritsche, vor sich einen Eimer mit etwas, das wie Krebse aussieht, die er schält. Bevor ich Decker daran hindern kann, tritt er vor.

»Nein, Sir. Auf Familienbesuch.«

Der Mann hält inne, eine graue, spindeldürre Kreatur in der Hand. Mein Vater pflegte zu sagen, er würde nie einen Fisch aus einem Bach in Pennsylvania anrühren. Zu viel Verschmutzung durch die Kohlekraftwerke.

»Familie«, schnaubt der Mann. Ein paar graue Flecken sprenkeln seinen Bart. Er trägt kein Hemd, und seine breiten, wettergegerbten Schultern sind tief gebräunt. Eine von ihnen ziert eine Narbe, wie ein brauner Strich, der einen Satz abschneidet.

Ich finde meine Stimme wieder. »Sie heißt Annette, aber vielleicht nennt sie sich auch anders. Sie hat helle Haut, ist mittelgroß …« Dann gerate ich ins Stocken, weil mir auf einmal klar wird, dass ich mich nicht mehr wirklich daran erinnern kann, wie meine Mutter aussieht. Es ist, als hätte mich jemand aufgefordert, sie zu malen, und alles, was ich zustande bringe, ist ein Strichmännchen ohne besondere Merkmale. Panik steigt in mir auf. Decker beobachtet mich neugierig.

»Äh, sie hat Sommersprossen auf den Armen«, fahre ich fort. »Hellbraune Haare. Und am Hals hat sie so einen Fleck … eine Art Verfärbung.«

Etwas huscht über das Gesicht des Mannes. Wiedererkennen vielleicht. Er wendet seine Aufmerksamkeit wieder dem Flusskrebs zu. »So jemand kenn ich nich.«

Decker muss es auch gesehen haben – diesen Bruchteil einer

Sekunde, in der dieser Mann wirkte, als wüsste er, von wem ich rede –, denn er öffnet den Mund. Bevor ich ihn am Ärmel packen kann, sagt er: »Ich glaube, Sie können uns ein bisschen mehr erzählen als das.«

Der Mann hört auf, den Krebs zu putzen. »Ich gebe euch fünf Sekunden, hier zu verschwinden, Pfadfinder.«

Mein Herzschlag stockt. Deckers Blick folgt meinem – zu dem Messer in der Hand des Mannes. Das, mit dem er den Krebs säubert.

Ich ziehe Decker in den Minimarkt. »Die Leute hier sind ja nicht gerade freundlich«, murmelt er, während über uns die Ladenglocke bimmelt.

Im Supermarkt herrschen etwa hundert Grad. Die Deckenventilatoren können auch kaum mehr, als die heiße Luft herumzuwirbeln. Die Kasse befindet sich strategisch günstig neben der Tiefkühltruhe. Auf ein Blatt Druckerpapier hat jemand mit verlaufener Tinte geschrieben: TÜTE EIS ZWEI FÜR 3 $.

Das Mädchen hinter der Kasse beachtet uns kaum. Ihr Gesicht ist jugendlich, aber sie hat die Art müde Haut, mit der sie entweder für dreißig noch sehr gut oder für zwanzig sehr schlecht aussieht.

Decker hat den ganzen Eistee getrunken, deshalb steuern wir direkt den Kühlschrank mit den Wasserflaschen an. Ich öffne die Tür und nehme mir eine, während Decker nach einer Cola greift.

»Lass mich diesmal das Reden übernehmen«, sage ich, als wir uns dem Tresen nähern.

»Okay, okay.«

Die Kassiererin blickt auf und blinzelt uns an.

»Hallo«, sagt Decker. Ich stoße ihn mit dem Ellenbogen an.

»Hi«, sagt die Frau, langsam, zögerlich, während sie unsere Getränke eintippt.

»Ich hatte gehofft, Sie könnten mir vielleicht weiterhelfen«, sage ich.

Sie erstarrt ein wenig. »Aha?«

»Der Berg«, sage ich. »Da leben doch Leute oben in den Wäldern, oder?«

Nun verschränkt sie die Arme vor der Brust.

Ich senke die Stimme. »Ich bin nicht hier, um irgendwen zu verraten. Ich suche nur jemanden.«

Die junge Frau kratzt sich im Nacken. Wirft einen Blick zur Tür. »Ja, da oben wohnen 'ne ganze Menge Leute. Der Sheriff kam vor ein paar Monaten und hat Bußgeld von ein paar gefordert, aber sie kommen immer irgendwie zurück.«

»Wie viele Häuser gibt's denn da oben?«, frage ich. »Wenn ich mich umsehen würde …«

»Wer hier an die Türen klopft, hat schnell 'nen Gewehrlauf vor der Nase.« In ihrer Stimme liegt nun eine Schärfe – die in mir den Eindruck erweckt, dass sie doch älter ist als ich. »Wenn du den Weg hier hoch gefunden hast, dann suchst du nach irgendjemandem, der nicht gefunden werden will.«

»Nicht irgendjemand«, erwidere ich. »Meine Mom.«

Die Miene der jungen Frau wird ein bisschen weicher. Neben mir steckt Decker die Hände in die Taschen seiner Shorts und wippt zurück auf die Fersen. Er muss sich körperlich zusammenreißen, um den Mund zu halten.

»Ist das der einzige Ort zum Einkaufen hier in der Gegend?«, frage ich die Verkäuferin.

»Der nächste liegt zwanzig Meilen weiter südlich.«

Ich beschreibe Annette, wie ich sie in Erinnerung habe. Die Frau nickt, ein schnelles, fast unmerkliches Senken des Kopfes.

»Ja. Sie kommt hier vorbei, manchmal.«

Das Adrenalin schießt mir bis in die Zehenspitzen. *Meine*

Mutter ist hier. Ich versuche, nicht allzu aufgeregt zu klingen. »Wann war das letzte Mal?«

Sie zuckt mit den Schultern. »Letzte Woche vielleicht.«

Mir wird ganz schwindelig. *Letzte Woche.* »Wenn Sie sie sehen, könnten Sie ihr bitte ausrichten, dass ihre Tochter sie sucht?«

Die Kassiererin zögert, dann nickt sie. »Dann solltest du wohl deine Nummer hierlassen.«

Sie schiebt mir einen Stift und einen alten Kassenbon hin. Ich kritzle meine Handynummer hintendrauf. Kurz entschlossen schreibe ich noch *Tessa* darunter.

»Danke«, sage ich atemlos.

Die junge Frau nickt, und die Art, wie sie mir in die Augen sieht, gibt mir das Gefühl, dass ich ihr trauen kann. Wenn meine Mutter zum Einkaufen herunterkommt, wird sie erfahren, dass ich hier war, dass ich nach ihr suche.

Als wir den Supermarkt verlassen, beobachtet uns der Typ mit den Flusskrebsen misstrauisch. Er unterhält sich inzwischen mit einem anderen Mann mit kahl rasiertem Kopf und leeren schwarzen Augen. Schnell schaue ich weg.

»Also, was jetzt?«, will Decker wissen. »Sollen wir den Berg hoch und nachsehen, ob deine Mom dort oben ist? Mein Auto schafft dieses Gelände nicht, aber wir könnten uns von jemandem mitnehmen lassen.«

»Äh. Ich weiß nicht.« Ich werfe Decker einen Blick zu, der ihm hoffentlich klarmacht, dass er *verdammt noch mal leise sein soll.* Die Männer beobachten uns immer noch, und sie wirken alles andere als begeistert.

Decker blickt zum Berg hinauf, wobei er die Augen gegen die Sonne abschirmt. Rauch steigt über den Baumwipfeln auf und wabert kräuselnd Richtung Gipfel. *Das könnte das Feuer meiner Mutter sein.*

»Es dauert noch eine Weile, bis es dunkel wird«, meint Decker.

»Blöd, dass wir keine Stiefel oder langen Hosen oder eine Taschenlampe dabeihaben, aber …«

»Decker«, stoße ich zwischen zusammengebissenen Zähnen hervor. Die Männer kommen nun auf uns zu.

Der neue Typ ist dünn wie eine Bohnenstange, und über den tief hängenden Jeans stechen seine Hüftknochen hervor. In dem Tattoo, das seinen ganzen Arm bedeckt, erspähe ich ein Hakenkreuz.

Er ist nur halb so groß wie der Flusskrebsmann, aber doppelt so bedrohlich. Ich spüre, wie Decker neben mir ganz still wird.

»Hey Kumpel«, sagt der Skinhead, und sein Gesicht ist dabei nur wenige Zentimeter von Deckers entfernt. »Du und deine Schlampe, ihr solltet euch jetzt verpissen.«

Decker hebt abwehrend die Hände. Sie zittern. »Wir wollen keinen Ärger. Sie sucht bloß nach ihrer Mom.«

Der Typ lässt seine Fingerknöchel knacken. Auf jeden ist ein Buchstabe tätowiert, aber ich kann das Wort nicht entziffern. »Ist mir scheißegal, was ihr hier macht«, sagt er. »Ihr seid hier nicht willkommen.«

Mühsam stoße ich die Worte hervor: »Komm, Decker, wir gehen.«

Er widerspricht nicht. Mit schnellen Schritten steuern wir aufs Auto zu, wo Decker mehrere Anläufe braucht, um aufzuschließen.

»Weißt du«, sagt er, sobald wir uns drinnen eingeschlossen haben, und atmet dabei ganz flach, »wir könnten durch die Stadt fahren und nach einem anderen Weg hoch auf den Berg suchen.«

Ich starre durch die Windschutzscheibe auf die ausgedehnte Waldfläche, die sich die Flanke des Bear Mountain hinauf erstreckt. Hunderte von Quadratmeilen unbekanntes Gelände. Wir müssten das Auto verstecken, den Rest des Weges zu Fuß gehen. Ich weiß nicht, welcher Tod schlimmer ist – der durch die

Hände des Skinheads und des Flusskrebsmannes oder sich auf dem Berg zu verlaufen und den Elementen schutzlos ausgeliefert zu sein.

»Was nun?«, fragt Decker, als ich nicht reagiere.

Ich fahre mit dem Finger innen über die Autotür, um sicherzugehen, dass sie wirklich abgeschlossen ist. »Wir sehen zu, dass wir schnell hier wegkommen.«

21

Decker spürt, dass ich auf der Rückfahrt nicht wirklich in Gesprächslaune bin. Er bietet mir eine der Süßigkeitentüten an, aber ich schüttle den Kopf und sehe aus dem Fenster.

»Meinst du, dieser Typ war ein Rechtsradikaler?«, fragt er mit vollem Mund.

»Ich denke schon.« Und in Anbetracht seiner Reaktion auf uns würde ich vermuten, dass er auf irgendeiner Beobachtungsliste des FBI steht. »Tut mir leid, dass ich uns in Lebensgefahr gebracht habe. Es war eine bescheuerte Idee.«

»Nee, war es nicht«, sagt er. »Ich meine, jetzt weißt du, dass deine Mom tatsächlich hier lebt, oder?«

Als ich daraufhin zu Decker rüberschaue, lächelt er mich aufmunternd an. Ich lächle zurück, während er seine Aufmerksamkeit wieder der Straße zuwendet.

Ich lehne den Kopf an die Scheibe und sehe zu, wie der Berg im Seitenfenster verschwindet. Das Adrenalin von vorhin im Minimarkt ist abgebaut, und stattdessen macht sich Hoffnungslosigkeit breit. Plötzlich bin ich mir sicher, dass meine Mutter in absehbarer Zeit nicht mehr dorthin zum Einkaufen kommen wird.

Sie muss etwas essen, argumentiere ich mit mir selbst. Doch meine Gedanken wandern zu den Männern beim Fischen im Fluss. Ich stelle mir das Wild vor, das durch die Wälder des Berges streift. Es gibt andere Möglichkeiten, sich zu ernähren.

Doch in meinem Herzen weiß ich, dass das nicht zu ihr passt. Sie konnte ja kaum meine Schwester und mich durchbringen, nachdem mein Vater und sein Einkommen weg waren.

Jos war immer wie Daddy. Sie wusste, wie man überlebt. Meine Mutter und ich können froh sein, wenn wir irgendwie über die Runden kommen.

Dann fällt mir ein, dass es in Bear Creek ja kein Mobilfunknetz gibt. Wie hoch sind wohl die Chancen, dass meine Mutter überhaupt ein Handy besitzt?

Im Laden gibt es sicher ein Telefon, das sie benutzen kann. Entlang der Straße habe ich Stromleitungen gesehen.

Und die eine Frage, die ich nicht beantworten will: Wird sie mich überhaupt anrufen, wenn sie die Nachricht bekommt?

Ungefähr zwanzig Minuten nachdem wir Bear Creek verlassen haben, sobald wir auf der Interstate sind, haben wir wieder Empfang. Mein Handy vibriert in der Tasche. Eine einzelne, lange Vibration, das Signal für eine Mailboxnachricht.

Ich klappe das Telefon auf und bin überrascht, keinen verpassten Anruf verzeichnet zu sehen, aber während wir in Bear Creek waren, ging der wohl direkt auf die Mailbox. Mit zitternden Fingern tippe ich meine PIN ein.

»Hallo, Kelly. Hier spricht Dan von Smith's Nissan. Rufen Sie mich doch zurück, damit wir über diesen Altima sprechen können! Wir haben da gerade ein interessantes Angebot …«

Ab da höre ich gar nicht mehr richtig zu, sondern warte nur auf die Rückrufnummer. Jetzt kann ich froh sein, dass ich immer zu faul war, eine Begrüßungsnachricht auf die Mailbox zu sprechen. Es summt in meinen Ohren, und ich kann nicht richtig denken, so laut wummert Deckers Linkin-Park-Song. Dazu trommelt er aufs Lenkrad.

Aber ich könnte Danny sowieso nicht zurückrufen, solange Decker dabei ist. Wenn es hier jemanden gäbe, dem ich vertrauen kann, dann wäre das höchstwahrscheinlich Decker, aber ich kann Danny die schwierigen Fragen über meine Schwester nicht stellen, wenn Decker zuhört.

Wenn Decker von meinem Verdacht wüsste, in was Joslin möglicherweise verwickelt ist – wenn er den wahren Grund dieses Ausflugs auf der Suche nach meiner Mutter kennen würde –, wäre vermutlich ganz schnell Schluss mit seiner *Die-Abenteuerhelden-Tessa-und-Decker*-Fantasie.

Auf dem Weg Richtung Süden kommen wir ein paarmal in dichten Verkehr. Es ist die längste Fahrt meines Lebens. Was, wenn Danny nicht mehr da ist, bis wir zurückkommen? Ich werde den quälenden Gedanken nicht los, dass ich zu spät sein werde, weil er merken wird, dass etwas faul ist, bevor ich ihn zu fassen kriege. Vielleicht hört er meine Nachricht noch mal ab und erkennt an meiner Stimme, dass ich nicht wirklich ein Auto kaufen will.

Es ist schon nach fünf, als wir schließlich in Fayette ankommen. Decker biegt in die Einfahrt der Greenwoods ein. Der Minivan ist weg, das heißt, Callie und Maggie sind noch nicht aus Pittsburgh zurück.

»Ruf mich mal an«, platzt Decker heraus. Seine Ohren werden rot. »Wenn du was von deiner Mom hörst, meine ich. Gib mir Bescheid.«

»Ja, mach ich.« Ich öffne die Tür und springe aus dem Auto. Dann strecke ich den Kopf noch mal hinein. »Hey … danke.«

»Jederzeit. Freunde, schon vergessen?«

Ich hatte in Fayette vieles erwartet, aber ganz sicher nicht, Freunde zu finden. Ich bin froh, dass ich mich getäuscht habe.

Mit einem Winken schließe ich die Tür. Decker winkt zurück, und beim Abbiegen auf die Straße nimmt er mit dem Kotflügel die Biomülltonne der Greenwoods mit. Sie ist zum Glück leer, deshalb hebe ich sie auf und ziehe sie zur Garage zurück.

Da ich keine Zeit mit dem Aufschließen der Tür verlieren will, gehe ich direkt durchs Tor nach hinten in den Garten, wo ich mich ins Gras setze, den Rücken an den Zaun gelehnt.

Damit ich auch wirklich die richtige Nummer wähle, höre ich Dannys Nachricht noch mal ab und bin mir danach noch sicherer als gestern, dass er es ist. Dann spiele ich die Nachricht ein drittes Mal ab. Natürlich reine Verzögerungstaktik.

Tessa, jetzt sei kein verdammter Feigling.

Ich wähle. Beim zweiten Klingeln nimmt jemand ab.

»Hier spricht Dan.« Sein Tonfall ist aufgekratzt, fröhlich. Bereit für einen Verkauf. Mir bleibt echt die Luft weg. Der Kerl, den ich kannte, nuschelte immer mit Kaugummi oder Tabak im Mund herum.

»Danny?«, frage ich und fühle mich dabei ganz klein mit Hut.

Er hält inne, als wäre es schon eine Weile her, seit ihn das letzte Mal jemand so genannt hat. »Wer ist da?«

Ich packe eine Handvoll Gras, um mich zu verankern. »Mein Name ist Tessa Lowell. Erinnerst du dich an mich?«

Diesmal ist die Pause länger. »Woher hast du diese Nummer?«

Die Freundlichkeit ist aus seiner Stimme gewichen. Ich umklammere das Handy fester. »Bitte – bitte leg nicht auf.« Ich klinge, als wäre ich außer Atem.

»Hör zu, ich weiß nicht, worum es hier geht, aber ich habe wirklich viel zu tun …«

»Ich bin in Fayette«, sage ich schnell. »Und ich suche Joslin.«

Danny schnaubt. »Ich hab ganz sicher keinen blassen Schimmer, was mit ihr passiert ist.«

Was mit ihr passiert ist. Nicht, *wo sie ist.* Mein Magen krampft sich zusammen.

»Ich versuche nicht, dich zu verraten oder so was«, versichere ich. »Aber ich weiß, dass du sie als dein Alibi benutzt hast, für die Nacht, in der das Haus in Arnold explodiert ist. Ich muss wissen, ob sie in der Nacht damals wirklich mit dir zusammen war.«

Ich kann die Rädchen in Dannys Gehirn förmlich rattern

hören. Wie viel weiß ich wohl? Fast bin ich geschockt, als er mir antwortet, statt einfach aufzulegen.

»Nein, Jos war damals nicht bei mir«, sagt er seufzend. »Ich hab das behauptet, weil ich da in eine ziemlich schlimme Scheiße reingerutscht bin, aber das ist zehn Jahre her. Jetzt bin ich sauber, und ich habe nichts mehr von ihr gehört, seit sie abgehauen ist.«

»Weißt du, wo sie an dem Abend tatsächlich war?« Ich spüre die Hoffnung in mir anschwellen wie ein Luftballon.

»Keine Ahnung«, sagt Danny. »Als ich sie angerufen habe, um zu fragen, was sie vorhat, meinte sie, sie wäre auf dem Weg zum Haus ihrer Freundin, um dich abzuholen.«

Sie war auf dem Weg zu den Greenwoods? Das ergibt keinen Sinn. Jos hätte mich nicht mitten in der Nacht abgeholt, wenn nicht irgendetwas Schlimmes passiert wäre. Und falls sie mich tatsächlich holen wollte, kam sie offensichtlich nie dort an.

»Bist du noch da?«, fragt Danny.

Ich schlucke und hoffe, dass es das Hämmern in meiner Brust beruhigt. »Es ist nur … sie hat mich gar nicht abgeholt.«

»Ich weiß.« Danny klingt ernst. »Ich schätze, sie hat es nicht mehr rechtzeitig geschafft. Jos hatte Glück. Wenn sie da gewesen wäre, hätte es vielleicht sie erwischt.«

Glück, vielleicht. Oder Joslin hat es *doch* rechtzeitig zu den Greenwoods geschafft. Nur eben nicht, um mich abzuholen.

Das zerschnittene Fliegengitter könnte ein Ablenkungsmanöver gewesen sein. Meine Schwester war nicht dumm – wenn sie Lori umgebracht und ihre Leiche wie eines der Opfer des Monsters arrangiert hatte, würde sie auch dafür gesorgt haben, dass es so aussah, als wäre jemand ins Haus eingebrochen.

»Hör zu, Kleine, ich will ja, dass du sie findest, aber sie und ich, das war *Monate* bevor sie verschwunden ist, vorbei«, meint Danny. »Ich bin der Letzte, dem sie erzählt hätte, wo sie hinwill.«

Nein. Nein, bist du nicht. Du kennst meine Mutter nicht. Sie *ist die letzte Person, der Jos das erzählt hätte.*

»Nachdem Lori gestorben ist – war Jos da irgendwie anders?«, frage ich zögernd, weil ich Danny keinen Hinweis darauf geben will, *warum* Jos anders gewesen sein könnte. »Hat sie irgendwas gesagt oder getan … irgendwas Seltsames?«

»Ich meine, klar, sie war echt depri drauf wegen Lori.«

Depri. Als ginge es darum, dass die Eagles im Super Bowl verloren haben. Jos war fix und fertig nach Loris Tod. Sie hat Extraschichten bei der Arbeit geschoben, kam dann nicht aus dem Bett, um mir zu helfen, mich für die Schule fertig zu machen. Auf einmal wird mir klar, dass Danny meine Schwester nie wirklich gekannt hat und er nur ein weiteres Gespenst ist, hinter dem ich herjage.

»Sie hat gesagt, dass sie sich mit ihrer Mom viel streitet«, berichtet Danny. »Dass sie, wenn es dich nicht gäbe, da schon längst weg wäre.«

Meine Augen brennen, aber ich kann nicht zulassen, dass meine Gefühle mich jetzt aus der Fassung bringen. »Hat sie irgendwas über ihren leiblichen Vater gesagt? Vielleicht wollte sie zu ihm ziehen?«

»Das ist wohl das, worüber sie und ihre Mom – ich meine natürlich auch deine Mom – gestritten haben.« Am anderen Ende ist ein leises Zischen zu hören, so, als hätte Danny gerade eine Dose geöffnet. »Sie wollte wissen, wer ihr Dad ist, und deine Mom hat es ihr nicht gesagt, weil sie nicht wollte, dass Jos ihn trifft.«

Alan Irgendwie, der Mann, dem meine Mutter nach Louisiana gefolgt war. Der Mann, der das Baby nicht wollte, das es nicht geschafft hat, und der meine Mutter misshandelt hat, sobald Jos auf der Welt war.

»Hat Jos ihn je gefunden?«, frage ich.

»Ich weiß nicht«, sagt Danny. »Aber ich hoffe es. Sie hat es verdient zu erfahren, wo sie herkommt.«

Ich frage mich, ob meine Mutter Jos ihren Vater genau deshalb verheimlicht hat. Sie wollte meiner Schwester die Erkenntnis ersparen, dass Alan in Louisiana sie nicht wollte. Vielleicht hat Annette bloß versucht, sie zu beschützen, und Jos war zu dickköpfig, um das zu kapieren.

»Danke, Danny«, sage ich. »Würdest du – rufst du mich an, falls dir noch was einfällt, das mir helfen könnte, sie zu finden?«

»Klar. Hey, Kleines«, fügt er noch leise hinzu, als ich das Gespräch eigentlich schon beenden will. »Viel Glück. Bestell Jos Grüße von mir, wenn du sie findest.«

Nachdem ich aufgelegt habe, muss ich schnell nach oben rennen, wo mein Ladegerät liegt. Ich habe nur noch einen Strich auf der Batterieanzeige, und von jetzt an werde ich mein Handy immer aufgeladen bei mir tragen, die ganze Zeit. Nur für den Fall, dass meine Mutter anruft.

Auf der Seite liegend betrachte ich mein Telefon auf dem Kissen neben mir.

Ich habe Danny gefunden. Nun muss ich mich entscheiden, ob ich ihm glaube.

In Gedanken entwerfe ich ein Szenario. Die Nacht von Loris Ermordung. Danny ist mit Mike und Tommy Faber in Arnold, und alles geht mächtig in die Hose, als die Meth-Küche explodiert. Danny begreift, dass er jemanden braucht, der bezeugt, dass er sich in Fayette aufgehalten hat, und ruft Joslin an. Die wiederum sagt, dass sie mich bei den Greenwoods abholen wird. Sie hat sich gerade mit Lori am Telefon gestritten, aber davon erzählt sie Danny nichts.

Oder vielleicht doch, und Danny hat diesen Teil nur der Einfachheit halber ausgelassen. Jos könnte Danny erzählt haben, dass Lori weiß, was die Jungs da in Arnold treiben. Möglicherweise haben die Fabers das mitgekriegt und Panik bekommen, weil ihnen klar wurde, dass Lori sie mit der Explosion in Verbindung bringen könnte. Sie beschließen, sie zu töten, und machen sich auf den Weg zurück nach Fayette.

Aber es ist unwahrscheinlich, dass Danny und die Fabers in der Lage gewesen wären, Fayette rechtzeitig zu erreichen, um Lori umzubringen und ihre Leiche beiseitezuschaffen, nachdem ihr Drogenlabor in die Luft gegangen war. In dem Zustand, in dem sie sich vermutlich befanden, hätte sie garantiert jemand in der Nachbarschaft der Greenwoods bemerkt, falls sie dort gewesen wären. Drei verschiedene Leute sahen den verdächtigen Mann, der sich an jenem Nachmittag in der Straße herumtrieb und seine Katze suchte.

Direkt vor dem Mord hatte niemand irgendetwas Auffälliges bemerkt. Das wahrscheinlichste Szenario ist, dass der Mörder allein war oder nicht verdächtig aussah.

Unten wird die Haustür geöffnet. Dann Stimmen. Maggies und Callies. Ich erstarre, als wäre ich ein Einbrecher. Irgendwie fühlt es sich falsch an, hier zu sein, während die beiden unterwegs waren.

Die Stimmen werden lauter – sie streiten. Ich strecke den Kopf aus der Tür, damit ich sie besser hören kann, aber ich kann nur verstehen, dass Maggie versucht, Callie zu beruhigen. Vorsichtig schleiche ich in Richtung Treppe.

»Callie, du kannst da nicht einfach reinmarschieren –«

»Er war das.« Callie klingt hysterisch. »Mr. Kouchinsky hat das getan. Ich weiß es.«

Ich kann nicht anders: Ich gehe die ersten drei Stufen hinunter, bis man mich sieht. »Daryl hat was getan?«

Maggie und Callie blicken zu mir hoch. Maggie zögert.

»Katie Kouchinsky ist im Krankenhaus«, sagt Callie. Ihr Eyeliner ist verschmiert. »Eine ihrer Freundinnen, die wir heute mit zu den Testspielen genommen haben, hat gesagt, dass Katie genäht werden musste.«

Callies Bein zittert so sehr, dass es aussieht, als würde es gleich unter ihr nachgeben. Sie dreht sich zu Maggie um. »Du verstehst das nicht. Ich muss sie sehen …«

»Dann bring ich dich später hin«, verspricht Maggie. »Zuerst muss ich mich ums Abendessen kümmern.«

»Es muss aber jetzt sein. Mom, bitte!«

Maggie seufzt. »Aber falls Daryl da ist, gehst du sofort wieder, verstanden? Und Tessa soll dich fahren. Du bist viel zu durcheinander.«

Ich erwarte, dass Callie etwas faucht wie *Niemals*. Sie dreht sich um, als würde sie gleich die Treppe hinaufstürmen, doch stattdessen streckt sie die Hand übers Geländer und reicht mir ihre Autoschlüssel.

»Das ist allein meine Schuld«, murmelt Callie. Wir sind auf der Schnellstraße, auf dem Weg ins Saint-Francis-Krankenhaus. Das Fayette Mercy wäre näher, aber Callie glaubt, dass Mrs. Kouchinsky Katie aus der Stadt weggebracht hat, um Fragen zu vermeiden.

Callie hängt tief in ihrem Sitz, die Füße auf dem Armaturenbrett. »Er hat gesehen, wie Katie mit uns geredet hat. Er muss kapiert haben, um was es ging.«

»Wo ist Daryl jetzt?« Ich halte den Blick auf die Straße gerichtet. Ich bin in Pennsylvania noch nie auf dem Highway gefahren, deshalb bin ich hoch konzentriert. Den Sitz musste ich praktisch bis direkt ans Lenkrad vorschieben, denn Callie ist viel größer als ich.

»Ich weiß nicht.« Callie zieht die Knie an die Brust. »Abby meinte, Katie hat behauptet, sie wäre die Treppe runtergefallen. Sie wollen die Polizei nicht einschalten.«

Meine Gedanken umkreisen einander und landen wieder bei diesem Hund, wie sie es immer tun, wenn ich an Ariels Vater denke.

»Was, wenn er sie zusammengeschlagen hat, damit sie den Mund hält?« Die Worte sprudeln nur so aus Callie heraus. »Die Leute sagen, er hätte ihr an dem Tag, als sie Ari gefunden haben, wehgetan, erinnerst du dich? Vielleicht war das gar nicht, weil er wütend war, dass Katie Ari gedeckt hat, sondern weil er glaubt, Katie weiß etwas über ihn, etwas, das beweisen könnte, wer er wirklich ist …«

»Callie, beruhig dich erst mal«, sage ich. »Das klingt logisch, aber was willst du denn machen? Ins Krankenhaus stürmen und Katie befragen? Ihren Vater beschuldigen, Ari umgebracht zu haben?« Ich seufze. »Katie hat sowieso schon eine Scheißangst vor ihm. Wenn sie etwas weiß, wird sie es uns nicht erzählen.«

Callie runzelt die Stirn. Darüber hat sie sich offensichtlich noch keine Gedanken gemacht.

Der Parkplatz der Ambulanz ist voll, deshalb parke ich drüben auf der Besucherseite des Krankenhauses. Callie springt schon aus dem Wagen, bevor ich den Motor ausgeschaltet habe.

»Deine Mom hat recht«, sage ich, als wir den Platz überqueren. »Falls Daryl hier ist, machen wir uns ganz schnell wieder aus dem Staub.«

Callie schweigt. Sie lässt ihre Fingerknöchel knacksen und blickt starr geradeaus.

»*Callie.*« Ich packe sie am Ellenbogen.

»Okay. Mann.« Sie macht sich von mir los, als wir den Gehweg neben dem Eingang zur Ambulanz erreichen.

Die Türen öffnen sich mit einem Zischen. Dann treten wir erst einmal zur Seite, damit zwei Sanitäter einen älteren Herrn auf einer Bahre hineinrollen können. Seine Augen sind geschlossen, sein Mund leicht geöffnet.

Ich war noch nie in einem Krankenhaus. Als Kind hatte ich keine Knochenbrüche. Radfahren war das Gefährlichste, was meine Mutter mir erlaubte, und selbst dabei holte ich mir bloß aufgeschürfte Ellenbogen und eine Narbe am Knie, so lang wie ein Fingernagel.

Ich hatte Chaos in der Ambulanz erwartet: Blut, Eisbeutel, Schwestern, die mit Rollwagen herumrennen. Aber es ist still, abgesehen vom Fernseher in der Ecke, auf dem alte Folgen von *Dr. Phil,* einer Psychologieshow, laufen. Die Stühle im Wartebereich sind alle besetzt, aber niemand ist sichtbar krank oder verletzt.

Callie steuert auf die Anmeldung zu und sagt, dass wir Katherine Kouchinsky besuchen möchten. Die Dame tippt etwas in ihren Computer.

»Sie wird heute entlassen«, antwortet sie.

»Ich muss sie trotzdem jetzt sehen.« Callie hat wieder diesen sturen Zug um den Mund.

Die Dame seufzt. »Bitte hier eintragen.«

Callie und ich schreiben nacheinander unsere Namen in das Buch, während die Angestellte zwei Besucheraufkleber ausdruckt. Ich nehme beide an mich und folge Callie durch die Tür neben dem Empfang, nachdem die Frau für uns den Summer betätigt hat.

Hier erwarten uns Reihen von Vorhängen an Metallstangen, von denen einige zurückgezogen sind und den Blick auf Betten mit kranken Menschen freigeben. Eine ältere Frau im Nachthemd hustet und spuckt in eine rosafarbene Schüssel. Noch nie in meinem Leben habe ich mich so sehr als Eindringling gefühlt und wünsche mir, ich hätte darauf bestanden, im Auto zu warten.

Callie geht zielstrebig an den Patienten vorbei auf einen Tisch in der Mitte des Raumes zu. Dort erkundigt sie sich, wo Katie

Kouchinsky liegt. Eine Schwester zeigt auf eine mit Vorhängen abgetrennte Ecke neben dem Badezimmer.

»Sie zieht sich gerade an«, ruft sie Callie hinterher. Doch diese ignoriert die Schwester und schiebt sich einfach am Vorhang vorbei. Als ich ihr folge, stehe ich plötzlich Ruth Kouchinsky gegenüber.

»Oh«, sagt sie und tritt einen Schritt zurück. Auf dem Bett zieht Katie gerade ihr Top über. Sie hält inne, den Kopf halb durch den Halsausschnitt geschoben, und starrt Callie und mich an.

Ihre Unterlippe ist genäht worden und auf ihrem Kinn prangt ein großer blauer Fleck. Ihr Knöchel ist verbunden und auf dem Bett hochgelagert. Mir wird auf einmal ganz schwindelig.

»Was macht ihr denn hier?«, fragt Katie und zerrt ihr Shirt vollends runter. Dann zuckt sie zusammen. Mrs. Kouchinsky klammert sich am Vorhang fest.

»Wir wollten uns erkundigen, wie es dir geht«, antwortet Callie. »Was ist passiert?«

»Ich bin die Treppe runtergefallen.« Katie wendet den Blick ab und studiert stattdessen das Krankenhausarmband an ihrem Handgelenk. »Es tut mir leid, aber könnt ihr jetzt bitte gehen?«

Katie sieht ihre Mutter, nach Unterstützung suchend, an, doch Ruth Kouchinsky schweigt. In ihren Augen glänzen Tränen.

Nun wendet Callie sich an sie. »Es gibt Leute, die Ihnen beiden helfen können.« Ihre Stimme ist tränenerstickt. Mrs. Kouchinsky sieht weg. Mir ist schlecht.

Die Schwester schiebt den Vorhang zur Seite und reicht Mrs. Kouchinsky ein Klemmbrett mit Formularen. Während sie sich darüberbeugt, um zu unterschreiben, schiebt sich Callie näher an Katie heran.

»Wenn du etwas weißt – etwas, von dem er nicht will, dass du es den Leuten erzählst –, dann wird das hier noch viel schlimmer werden.« Callie deutet mit dem Kinn auf Katies Knöchel.

»Du bist es deinem kleinen Bruder und deiner kleinen Schwester schuldig, den Mund aufzumachen. Du bist es *Ari* schuldig ...«

»Hör auf!«, sagt Katie so laut, dass ihre Mutter und die Schwester aufblicken. »Du weißt überhaupt nichts, Callie, und du hast dich vorher auch nicht um Ari gekümmert, also *hör auf*.«

Callie zuckt überrascht zusammen, und auch ich schnappe nach Luft. So habe ich Katie noch nie erlebt, und Callie geht es eindeutig genauso.

»Sie beide sollten jetzt gehen.« Die Krankenschwester deutet auf Callie und mich.

Mit zitternden Händen zeigt Callie auf Katie. »Werden Sie denn gar nichts deswegen unternehmen?«

»Kommen Sie.« Die Schwester stellt sich hinter uns, um uns von Katie wegzubugsieren. Draußen vor dem Vorhang bleibt Callie noch einmal stehen und blickt über die Schulter zurück.

»Wenn es sein muss, rufe ich den Sicherheitsdienst«, erklärt die Schwester und hebt die Hand.

»Callie«, flüstere ich. »Wir sollten gehen.«

»Sie – ihr Dad hat ihr das angetan.« Callie hat vor Wut Tränen in den Augen. »Sie müssen die Polizei rufen.«

»Liebes, wir können überhaupt niemanden rufen, wenn die Betroffenen das nicht wollen.«

»Katie ist siebzehn; und sie könnte in Gefahr sein«, mische ich mich ein, denn plötzlich nervt mich die Gleichgültigkeit der Schwester. »Gibt es denn kein Gesetz, das vorschreibt, dass Sie jemanden informieren müssen?«

Die Züge der Krankenschwester werden weich. »Es ist ein verstauchter Knöchel und eine aufgeplatzte Lippe. Das Mädchen kann tatsächlich die Treppe runtergefallen sein«, sagt sie. »Sie möchte keine Anzeige erstatten. So etwas erleben wir jeden Tag, und sie hat recht, dass Sie beide es nur noch schlimmer für sie machen, wenn Sie versuchen, sich einzumischen.«

Callie fällt die Kinnlade runter. Die Schwester führt uns bis hinaus vors Gebäude und lässt uns erst auf dem Gehweg stehen. Eine Frau schiebt einen kleinen Jungen, der den Arm in der Schlinge trägt, im Rollstuhl neben uns die Rampe hinunter.

Wir stehen am Eingang, und keine von uns macht Anstalten, zum Auto zurückzugehen. Irgendwo hinter uns ertönt ein Martinshorn.

»Die Krankenschwester hat nicht ganz unrecht«, sage ich. »Falls es stimmt, dass Mr. Kouchinsky Ari umgebracht hat und jetzt das Gefühl hat, dass es brenzlig wird, wer weiß, was er dann tut.«

Vor ein paar Jahren gab es in Florida eine große Geschichte. Das Ganze war in einer Stadt, nicht weit von Grams Wohnort entfernt, passiert. Ein ehemaliger Börsenmakler sollte wegen Veruntreuung ins Gefängnis. Vorher erschoss er jedoch seine Frau und die drei Kinder, zündete dann das Haus an und tötete sich selbst. Ein Schauer überläuft mich.

»Wenn ich recht habe, was ihn betrifft …«, Callie bricht ab. »Tess, wir hätten dazu beitragen können, dass er nicht noch jemanden umbringt. Wenn wir gesagt hätten, dass wir das Gesicht des Mannes nicht gesehen haben, hätten sie weiter nach dem Monster gesucht.«

»Du ziehst voreilige Schlüsse«, warne ich sie. »Es gibt keine Beweise dafür, dass Aris Vater das Monster ist.«

»Ist es denn wichtig, wer das Monster ist?«, krächzt Callie, wobei ihr die Worte fast im Hals stecken bleiben. »Er könnte immer noch dort draußen sein – Loris Mörder ist immer noch da draußen –, wegen uns.«

Es bringt nichts, ihr zu sagen, dass sie sich keine Vorwürfe wegen Aris Tod machen soll. Inzwischen habe ich gelernt, dass die Menschen das dauernd tun, wenn sie sich schuldig fühlen. Sie glauben, sie hätten eine Kettenreaktion vielleicht verhindern können, wenn sie sich auch nur in einer Sache anders verhalten hätten.

Ich hatte das immer für einen sinnlosen Gedanken gehalten. Ich dachte, wenn man sich weigert, die Rolle zu spielen, die das Universum für einen auserkoren hat, übernimmt sie einfach jemand anders. Ich hatte mir eingeredet, wenn Callie und ich nicht gegen Stokes ausgesagt hätten, hätte die Kanzlei des Staatsanwalts jemand anders gefunden.

Ich habe mir eingeredet, dass Stokes für die anderen Morde ins Gefängnis gewandert wäre, auch wenn Lori Cawley in jener Nacht nicht getötet worden wäre. Die Rolle des Monsters war einfach vom Universum für Wyatt Stokes vorgesehen.

Ich weiß nicht, ob ich das immer noch glaube. Ich weiß nicht, ob ich es je wirklich geglaubt habe oder ob es nur der Panzer ist, den ich aufgebaut habe, um mich vor meiner eigenen Schuld zu schützen.

Nie hätte ich damit gerechnet, dass ausgerechnet Callie an dieser Rüstung kratzen würde. Sie war sich immer so sicher gewesen, dass Stokes Lori umgebracht hatte, sie hatte nie auf jemanden hören wollen, der etwas anderes in Erwägung zog.

Trotzdem tröstet mich das nicht. Ich fühle mich, als würde ich bei Nacht aus einem Hafen treiben, als hätte jemand die Kette des Ankers unter mir gekappt.

Mühsam hole ich Luft und sehe zu Callie hinüber. »Du musst dich von den Kouchinskys fernhalten«, warne ich. »Wenigstens fürs Erste.«

»Okay«, erwidert sie, etwas zerstreut. »Kann ich die Schlüssel haben?«, fragt sie auf dem Weg zurück zum Auto. »Ich kann jetzt wieder fahren.«

Widerspruchslos händige ich sie ihr aus. Ich bin müde und habe keine Lust, noch mal über den dunklen Highway zu navigieren. Sobald ich auf dem Beifahrersitz sitze, schiebe ich die

Hand in die Tasche, schließe die Finger um mein Handy und warte darauf, dass es klingelt.

Während der gesamten Heimfahrt lasse ich die Hand dort.

Genauso beim Abendessen, das ich einhändig zu mir nehme, während Callie Maggie anlügt und behauptet, Katie hätte nur ein paar Kratzer.

Als es Zeit fürs Bett ist, lege ich das Telefon neben mich aufs Kissen und versuche einzuschlafen, während ich immer noch darauf warte, dass meine Mutter anruft.

Vibrationen. Mein Handy klingelt, und ich bin so orientierungslos, dass ich es aus Versehen auf den Boden werfe.

Nachdem ich es aus dem Spalt zwischen Nachttisch und Bett gefischt habe, runzle ich die Stirn, als ich die Nummer auf dem Display sehe.

Warum ruft mich Callie aus ihrem Zimmer an? Die Kuckucksuhr sagt, dass es ein Uhr morgens ist.

»Hallo?«, krächze ich und schlucke mühsam.

»Äh, hallo, Tessa?« Es ist eine Männerstimme. »Ryan hier.«

»Wo ist Callie?« Ich setze mich auf, bin plötzlich hellwach.

»Sie ist bei mir. Es gibt da ein kleines Problem.«

»Wovon redest du?«, zische ich flüsternd.

»Äh … sie kann in ihrem Zustand nicht mehr fahren, aber sie weigert sich, ohne ihr Auto zu gehen – und jetzt schreit sie mich an.«

Tatsächlich höre ich Callie im Hintergrund brüllen. Eine weitere Stimme – ebenfalls männlich – versucht offenbar, sie zu beruhigen.

»Wo seid ihr?«, frage ich panisch und spule bereits eine Million Möglichkeiten ab, wie das hier in einer Katastrophe enden könnte.

Ryan seufzt. »In einem Motel an der Interstate. Wie heißt es?« Die letzte Frage richtet er in den Raum.

»Doyle Motor Inn«, antwortet eine gedämpfte Stimme im Hintergrund. Ich weiß, wem sie gehört.

»Callie ist betrunken bei Nick Snyder im Hotel?«, zische ich.

»Ich erklär dir das dann persönlich«, sagt Ryan. »Wenn ich dich abholen komme, könntest du dann ihr Auto zurückfahren? Ich muss um fünf zur Arbeit und kann meinen Truck hier nicht stehen lassen.«

Ich werfe noch mal einen Blick auf die Uhr. »Na gut. Aber nur, wenn du mir wirklich *alles* erzählst, was passiert ist. Alles.«

Ryan steht mit laufendem Motor einige Häuser von den Greenwoods entfernt, weil sein Truck laut ist. Sobald ich seine Nachricht bekomme, dass er da ist, jogge ich die Straße hinunter. Ich trage immer noch meine Schlafanzughose, die kaum mehr ist als eine Boxershorts, und habe mir auch nicht die Mühe gemacht, einen BH anzuziehen.

Ryan fährt bereits los, bevor ich richtig die Beifahrertür zumachen konnte.

»Was ist passiert, verdammt?«, will ich wissen.

Ryan reibt sich das Kinn. Er wirkt gereizt. »Wir waren so gegen zehn bei mir, Callie und ich. Mir war klar, dass sie die ganze Zeit gewusst haben muss, wo Nick steckt: Ich bin ja nicht blöd.« Ryan seufzt. »Also hab ich mir diese Geschichte ausgedacht, dass mein Onkel angeblich weiß, wo Nick sich versteckt, und die Bullen ihn morgen früh verhaften werden.«

»Und sie ist prompt hingefahren, um ihn zu warnen?«, frage ich. Callie ist so verdammt berechenbar. Das wird uns noch mächtig Ärger einbringen.

Ryan kurbelt das Fenster hoch, sobald er auf der Schnellstraße ist, damit er nicht den Verkehrslärm übertönen muss. »Sie hat mich direkt zu seinem Motel geführt.«

»Das ist nicht das erste Mal«, sage ich. »Wir waren neulich abends schon dort.«

Ryans Kiefer arbeiten, und ich komme mir ziemlich dumm vor, dass ich es nicht schon früher kapiert habe. Ich meine, schließlich habe ich die Zeichen gesehen – Callie, die Ari als Schlampe bezeichnet, Callie, die alles stehen und liegen lässt, um Nick mitten in der Nacht zu helfen –, aber bisher hatte ich eins und eins nicht zusammengezählt.

Nick war der Typ, den Callie mochte, aber der was mit Ari anfing. Nick war der Grund, weshalb die beiden nicht mehr befreundet waren.

»Tut mir leid«, entschuldige ich mich. »Ich hab vergessen, dass Callie und du …«

An dieser Stelle breche ich ab. Ich habe kein Wort für das, was Callie und Ryan sind.

»Schon okay«, sagt er. »Wir sind nicht … Sie kann machen, was sie will.«

Doch es liegt eine gewisse Schärfe in seinem Tonfall. Bevor ich nachbohren kann, schaltet Ryan das Radio ein. Ein Classic-Rock-Sender, WFCN, der Lieblingssender meines Vaters. Sowohl in seinem Autoradio als auch im Gettoblaster, den er auf der Veranda stehen hatte, war WFCN eingestellt. Ich kannte den Text von »Stairway to Heaven«, bevor ich lesen konnte.

Als ich noch ganz klein war, so drei oder vier, brachte ich immer den Text von AC/DCs »Dirty Deeds Done Dirt Cheap« durcheinander, einem Song, der mindestens zwei Mal am Tag gespielt wurde. Ich dachte, der Sänger würde *dry your nuts* statt *drive you nuts* singen, was mein Vater urkomisch fand. Wenn seine Kumpels vorbeikamen, rief er: »Tessy, sing doch mal ›Dirty Deeds‹ für uns!«, und alle lachten, wenn ich zu der Stelle mit *enough to dry your nuts* kam. Sie johlten und hielten sich die Bäuche, außer meiner Mutter, und ich konnte nie verstehen, weshalb sie so sauer auf mich war, wo ich doch alle zum Lachen brachte.

Ein Grunge-Song aus den Neunzigern holt mich in die Gegenwart zurück. Offensichtlich hat sich die Definition von *Classic Rock* seit meiner Kindheit verändert. Nur ausnahmsweise wünsche ich mir, es wäre mal etwas beim Alten geblieben.

Nick lässt uns ins Motelzimmer herein. Er stinkt nach Hasch, und seine Augen sind blutunterlaufen.

»Komm schon, Mann«, sagt Ryan entnervt. »Du legst es doch darauf an, geschnappt zu werden.«

»Is mir egal.« Nick ist betrunken und aggressiv. Dieser Zustand ist mir vertraut, denn ich kannte eine Menge aggressiver Säufer.

Callie sitzt auf einem der beiden Betten, den Rücken ans Kopfteil gelehnt. Ihre Augen sind geschlossen.

»Los, gehen wir.« Ich rüttle an ihrem Knie. »Bevor deine Eltern aufwachen.«

Callie stöhnt. Ich muss mich beherrschen, sie nicht zu ohrfeigen. Wegen eines Typen riskiert sie, dass man mich nach Hause schickt. Wegen eines dummen Kerls, der falsche Entscheidungen trifft und noch nicht mal sonderlich gut aussieht.

Ich schüttle Callie mit beiden Händen, um sie aufzuwecken. »AUF JETZT!«

Mit immer noch geschlossenen Augen schwingt sie ein Bein über die Bettkante. Da bemerke ich die leere Flasche Captain Morgan auf dem Fußboden. Ryan auch.

»Du hast zugelassen, dass sie die ganze Flasche trinkt?«, brüllt er Nick beinahe an.

»Ich schreib ihr nicht vor, was sie zu tun hat«, erwidert der. Es liegt eine ganz leichte Betonung auf dem *Ich,* was Ryan offensichtlich nicht entgeht. Er wirkt sauer.

»Komm schon«, murmelt er. Gemeinsam müssen wir Callie stützen, obwohl sie behauptet, dass sie allein gehen kann.

»Sei still!«, zische ich ihr ins Ohr. »Du hast schon genug Mist gebaut, okay?«

»Hey, jetzt sei mal nicht so streng mit ihr«, mischt Nick sich ein. »Sie ist die Einzige, die noch zu mir hält.«

Ich will ihm gerade sagen, dass er gefälligst die Schnauze halten soll, aber Ryan unterbricht mich. »Ach, und ich bin also nicht auf deiner Seite, bloß weil ich der Meinung bin, dass du dich stellen solltest? Sehr nett.« Sein Gesicht ist ziemlich rot.

»Willst du etwa, dass ich für etwas in den Knast gehe, das ich nicht getan hab?«, fragt Nick, auf dem Bett hockend. Ryan schüttelt den Kopf, sieht Nick dabei aber nicht an.

Als dieser nun aufsteht, läuft es mir kalt den Rücken runter.

»Du glaubst, *ich* war das?« Sein Gesicht ist ganz dicht vor dem von Ryan. »Ist es das, was du denkst?«

Callie wimmert. Ich ziehe sie weg von Ryan, der Nick finster anstarrt.

»Ich weiß nicht mehr, was ich denken soll, Mann«, murmelt er. »Zumindest verhältst du dich wie ein Verbrecher.«

Nick sieht aus, als würde er gleich zuschlagen, also schiebe ich Callie und Ryan schnell aus dem Zimmer. Nick packt die Klinke, damit ich die Tür nicht schließen kann. Mir bleibt fast das Herz stehen.

»Du glaubst, dass ich es nicht war.« Nick sieht mir direkt in die Augen. Seine Lider sind schwer und seine Aussprache etwas verwaschen, aber sein Ton ist nachdrücklich. »Das sehe ich. Du musst auf Connect gehen. Diesen Typen finden.«

»Einer der Männer wollte keinen Sex.« Meine Gedanken sind wie Schnellfeuer in meinem Kopf. »Hat sie mal von ihm erzählt?«

Jetzt wirkt Nick wacher. »Captain. Das war sein Benutzername. Captain irgendwas.«

»Bist du sicher?«, frage ich.

»Ja, sie mochte Captain. Meinte, er wäre älter und seine Frau sei vor Kurzem gestorben«, sagt Nick. »Ich habe der Polizei von ihm erzählt, aber die haben wohl geglaubt, ich hätte mir das bloß ausgedacht.«

»Tessa, wir müssen los«, ruft Ryan. Ich schaue zu den beiden hinüber und sehe, dass Callie quer über den Asphalt gekotzt hat.

»Wir müssen rausfinden, wer Captain ist«, sagt Nick zu mir. »Schau dich mal bei Connect um, okay?«

Bevor ich antworten kann, hat er mir die Tür vor der Nase zugeknallt.

Ich habe ein komisches Gefühl im Bauch, während Ryan und ich Callie ins Auto packen. Erst als ich hinterm Steuer sitze, fällt mir auf, dass Nick gesagt hatte, *wir* müssten Captain finden.

Keine Ahnung, wann dieses *wir* passiert ist, aber es gefällt mir nicht.

Callie ist während der gesamten Fahrt nicht bei Bewusstsein. Ab und zu beuge ich mich hinüber, um sicherzugehen, dass sie noch atmet. Wie gut, dass ich aufgepasst habe, welche Strecke Ryan zum Motel gefahren ist, denn Callie ist definitiv nicht in der Lage, mir Anweisungen zu geben, wie wir zurückkommen.

Als ich in die Einfahrt einbiege, rüttle ich sie wach. Sie wimmert.

»Reiß dich zusammen«, zische ich. »Du hast echt Scheiße gebaut.«

»Warum?«, nuschelt sie.

»Wenn wir erwischt werden, schickt deine Mom mich nach Hause.«

»Willst du das denn nicht?«, heult sie. »Zurück in dein schönes Leben in Florida und vergessen, dass es mich je gab?«

Ich bin völlig überrumpelt. Glaubt sie das wirklich, oder

spricht da Captain Morgan aus ihr? *Sie* ist doch diejenige, die so getan hat, als gäbe es *mich* nicht mehr. Sie hat ihr Leben mit ihren Freundinnen weitergelebt, während ich die letzten zehn Jahre über jeden einzelnen Tag an Wyatt Stokes gedacht habe. Während Callie sich mit Alkohol und Highschool-Partys betäubt hat, bin ich jeden Tag direkt nach Hause, um die Foren abzuklappern – ein Ritual, das zur Sucht wurde. Schule, nach Hause zu Gram, Arbeit, nach Hause zu Gram. Und dazwischen keine einzige menschliche Beziehung von Bedeutung.

Mein Leben wurde ein selbst errichtetes Gefängnis, weil ich ein Gefängnis verdiente. Callie ist ihrer Strafe bisher nur ausgewichen.

Ich kriege die Worte nicht an dem Kloß in meinem Hals vorbei. Ich habe die Nase voll von ihr, von diesem Ort. Wenn es sein muss, werde ich in mein Gefängnis in Florida zurückkehren, denn es ist allemal besser als das hier.

Und weil ich zu dem Schluss gekommen bin, dass es sich gerade um einen absoluten Tiefpunkt handeln muss, geht in diesem Moment natürlich das Licht im Wohnzimmer an. Maggie schaut aus dem Fenster, direkt zu uns.

22

Maggie sieht mich weder an, noch spricht sie mit mir. Schweigend helfen wir Callie die Treppe hinauf und in ihr Bett. Maggie murmelt etwas Unverständliches, an ihre Tochter gewandt, doch die reagiert nicht. Ihr Kopf rollt auf die Seite.

Sie ist völlig weggetreten.

Schließlich wendet Maggie sich doch an mich. »Was ist passiert?«

Es liegt mir auf der Zunge zu behaupten, dass wir im STI waren und alles ein wenig außer Kontrolle geraten ist. Aber selbst ich würde in meinem Aufzug nicht in eine Bar gehen. Das würde Maggie mir nicht abkaufen.

Wenn ich sage, dass ich Callie dort abholen musste, erstattet Maggie garantiert Anzeige, weil sie Callie Alkohol ausgeschenkt haben.

»Ich musste sie abholen«, antworte ich zögerlich. »Bei einem Freund.«

»Welcher *Freund?*« Maggies Tonfall ist scharf. Diese ganze Szene – ihr wütendes Gesicht, Callies praktisch lebloser Körper, die Twirling-Trophäen um uns herum – fühlt sich völlig unwirklich an.

Ich kann Ryan da nicht mit reinziehen. Und die Wahrheit wäre noch schlimmer. »Sie hat mich gebeten, es nicht zu sagen.«

»Verdammt noch mal, Tessa.« Maggie schlägt die Hände vors Gesicht. Wahrscheinlich fragt sie sich, seit wann meine Loyalität Callie gilt statt ihr. »So eine Antwort erwarte ich eher von meiner Tochter.«

Mein Herz krampft sich zusammen. Ihrer *Tochter*, was ich natürlich nicht bin. »Es tut mir leid.«

»Wir reden morgen früh. Ich will Rick jetzt nicht aufwecken.« Ohne mich noch einmal anzusehen, verschwindet sie.

Doch am nächsten Morgen reden wir nicht. Als ich aufwache, sind Maggie und Rick bereits weg. Auf dem Küchentisch liegt ein Zettel.

Sind bei Oma. Sind nachmittags wieder da. Im Kühlschrank gibt es Aufschnitt fürs Mittagessen.

Kein Wort über die Scheiße, in der Callie und ich stecken. Aber mein Bauchgefühl sagt mir, wenn Maggie nach Hause kommt, wird sie mich garantiert darauf ansprechen, wie lange ich noch vorhabe, in Fayette zu bleiben.

Mir läuft die Zeit davon. Und alles, was ich habe, sind einzelne Versatzstücke, von denen ich nicht mal sicher weiß, ob sie zum selben Puzzle gehören.

Ich habe *Die Entlarvung des Monsters* so oft gesehen, dass ich den Text quasi auswendig kann, aber es gibt eine Zeile, die mir immer im Kopf herumgeht. Die Aussage eines Privatdetektivs, der den Fall unentgeltlich übernahm, nachdem Stokes ins Gefängnis kam.

Ich habe immer gesagt, dass eine einzige Person diesen Fall in sich zusammenstürzen lassen kann – eine Person, die etwas gesehen hat oder etwas weiß und damit nicht zu den Behörden geht.

Ich schenke mir ein Glas Orangensaft ein und werfe einen Blick auf die Uhr über dem Spülbecken. Es ist kurz nach acht. Dann gehe ich nach oben und klopfe an Callies Zimmertür. Als sie nicht aufmacht, gehe ich einfach hinein.

Sie liegt mit dem Gesicht zur Tür, den Mund leicht geöffnet. Schnarchend. Es ist stickig und heiß hier drin, weil gestern Nacht niemand die Klimaanlage eingeschaltet hat. Nachdem ich das nachgeholt habe, schließe ich die Tür wieder hinter mir.

Seit ich für meine Mutter meine Nummer hinterlassen habe, sind keine Anrufe mehr gekommen. Ich lege mein Handy neben mir aufs Bett und greife hinters Kopfteil, wo ich die Sachen meines Vaters verstaut habe.

Was hätte ich zu ihm gesagt, wenn ich noch rechtzeitig da gewesen wäre? Was hätte er zu mir gesagt?

Es tut mir leid, Baby. Das waren seine letzten Worte an mich, bevor er fortging. In der Zeitung stand, er hätte im Gerichtssaal geweint. Er sah Manuel Gonzalo in die Augen und erklärte, wie leid es ihm tue, dass er nie wieder würde gehen können. Mein Vater spielte die Rolle des reuigen Sünders und bettelte um ein mildes Urteil, doch vergebens. Er bekam »lebenslänglich«.

Nachdem die Geschworenen verkündet hatten, dass Stokes zum Tode verurteilt wurde, grinste er. Das zeigen die Videoaufnahmen. Als die Filmemacher ihn danach fragten, drückte er seine Zigarette aus und blickte direkt in die Kamera, sein pockennarbiges Gesicht wirkte fahl.

»Letzte Woche haben sie einen Typen aus meinem Block hingerichtet«, sagte Stokes. »Sie haben drei Wärter und einen Taser gebraucht, bis er nicht mehr gebrüllt hat wie eine angeschossene Kuh. So werde ich nicht gehen.«

»Wie werden Sie dann gehen?«, hatte der Reporter gefragt.

»Auf jeden Fall werde ich nicht Matthäus 6.14 zitieren«, sagte Stokes. »So viel steht, verdammt noch mal, fest.«

Vor einer Weile hatte ich den Vers nachgeschlagen. Es ging darin um Vergebung. Da fällt mir die Bibel in der Tüte meines Vaters wieder ein. Als ich sie herausgekramt habe, lehne ich mich mit dem Rücken ans Kopfteil und schlage das Buch auf meinen Oberschenkeln auf.

Beim Blättern zum Neuen Testament fällt mir ein Zettel in den

Schoß. Ein Lesezeichen vielleicht. Bei genauerem Hinsehen stelle ich fest, dass es sich um den Fetzen eines Briefumschlags handelt.

In der Ecke über der Briefmarke ist ganz blass rosafarbene Tinte zu erkennen. Ich halte mir das Papier ganz dicht vor die Augen und versuche, den Namen des Poststempels zu entziffern.

E-A-S-T-O. Der Rest ist abgerissen. Easton, Pennsylvania, vielleicht? Ich glaube, es gibt ein Easton in Lehigh Valley, nicht weit von Allentown.

Ist das möglich? Hat Joslin meinem Vater ins Gefängnis geschrieben?

Ich drehe den Papierfetzen um. Auf die Rückseite ist eine Telefonnummer gekritzelt, in der Handschrift meines Vaters. Kein Name, nur eine Nummer.

Ich krame mein Handy zwischen den Sachen aus dem Bett hervor und wähle.

Nach dem zweiten Klingeln nimmt eine Frau ab. »Hallo?«

Ihre Stimme kommt mir nicht bekannt vor. Enttäuschung macht sich breit. Ich habe mir einen Hauch von Hoffnung erlaubt, dass Joslin oder meine Mutter rangehen würden.

»Wer ist da?«, fragt die Frau verärgert. Sie klingt erschöpft, wütend. »Wer sind Sie?«

Vor lauter Panik lege ich auf. *Dumm, dumm.* Die richtige Reaktion wäre ein schlichtes *Entschuldigung, wer ist denn da?* gewesen.

Während ich versuche, Mut für einen zweiten Anlauf zu sammeln, gehe ich nach unten. Bisher hatte ich kein Frühstück, und ich denke, ich sollte etwas essen.

Als ich gerade eine Scheibe Putenbrust aufrolle, fängt mein Handy an zu vibrieren, aber die Nummer auf dem Display ist nicht die, die ich vor ein paar Minuten gewählt habe.

Ich kenne sie nicht – auch nicht die Vorwahl.

Auf einmal höre ich meinen Herzschlag ganz laut in den Ohren. Sie könnte es sein.

Obwohl ich nicht bereit bin – ich werde nie bereit sein –, gehe ich ran.

»Hallo?« Es ist eine Frauenstimme. Nicht die Frau von vorhin. Aber auch nicht meine Mutter.

»Wer spricht denn da?«, frage ich.

Es klickt in der Leitung. »Hier spricht Agent Morgan Doherty vom Federal Bureau of Investigation. Die eigentliche Frage ist aber: Wer sind *Sie,* und weshalb haben Sie bei der Familie eines verschwundenen Kindes angerufen?«

»Was? Ich hatte keine Ahnung, wen ich anrufe«, antworte ich schockiert. »Das tut mir leid.«

Am anderen Ende der Leitung ist ein tiefer Seufzer zu hören. »Hab ich mir schon gedacht«, sagt Agent Morgan Doherty, jetzt ruhiger. Sie klingt müde. »Seit Jahren hat niemand mehr das Hinweistelefon benutzt. Seien Sie in Zukunft vorsichtiger mit Ihren Telefonscherzen, verstanden?«

Das war kein Scherz, möchte ich sagen, aber alles, was ich rausbringe, ist: »Es tut mir leid. Das wusste ich nicht.«

»Schon in Ordnung«, sagt sie und seufzt wieder. »Es ist einfach nur enttäuschend für die Familie Stevens, das ist alles.«

Agent Doherty legt auf, und ich lasse beinahe das Handy fallen.

Stevens.

23

Ich lasse die Putenbrust auf der Arbeitsplatte liegen und laufe ins Wohnzimmer hinüber. Der Computer ist bereits an – Rick hat ein Pokerspiel mittendrin abgebrochen. Ich mache das Fenster klein und öffne ein neues, um nach *Stevens vermisst* zu suchen.

Das Ergebnis kommt sofort.

Macy Stevens, das letzte Mal lebend gesehen 1994 in Tennessee. Kurz vor ihrem zweiten Geburtstag. Die Mutter, Amanda Stevens, hatte Macy eigentlich bei ihren Eltern abgeben sollen, damit sie sich mit Freundinnen in einer Disco treffen konnte. Aber sie kam nie bei ihren Eltern an.

Am nächsten Morgen meldeten Amandas Eltern, Robin und Bernie Stevens, Amanda und Macy als vermisst. Ein Beamter fuhr zu der Wohnung, die Amanda gemietet hatte, wo ihm eine hysterische Amanda berichtete, dass jemand das Kind gestohlen hatte.

Dann kam alles ans Licht. Die Polizei fand heraus, dass Amanda, statt die halbe Stunde zu ihren Eltern zu fahren, um ihnen das Baby zu bringen, die kleine Macy allein schlafend in ihrem Bettchen zurückgelassen hatte, während sie in die drei Kilometer entfernte Disco ging. Amanda sagte, sie wäre zwei Mal in die Wohnung zurückgekehrt, um nach Macy zu sehen, und beide Male hätte das Kind geschlafen. Erst als sie frühmorgens nach Hause kam, hätte sie entdeckt, dass Macy verschwunden war.

Amanda bestand den Lügendetektortest nicht, doch es gab nicht genug Beweismaterial, um sie mit mehr als Vernachlässigung der Aufsichtspflicht zu belasten. Das FBI startete eine groß angelegte Suchaktion nach Macy, doch aus Tagen wurden Wochen, dann Monate.

Im Wikipedia-Eintrag gibt es die Zeichnung eines Mannes, den irgendeine Frau in Michigan mit einem Mädchen auf dem Arm gesehen haben will, auf die Macys Beschreibung passt, nur wenige Tage nach ihrem Verschwinden. Ich atme auf – voller Erleichterung –, weil es unmöglich mein Vater gewesen sein kann. Der Mann war nämlich Afroamerikaner. Und der Hinweis war als »nicht glaubwürdig« eingestuft worden.

Die Aasgeier stürzten sich sofort auf Amanda Stevens. Brenda Dean, Moderatorin beim Legal News Network, war die Erste, die die Fotos veröffentlichte, die Amandas Freundinnen dem Sender anonym gemailt hatten. Amanda, wie sie Rauch von einem Joint in die Kamera bläst. Amanda, wie sie Tequila aus dem Bauchnabel einer Freundin trinkt. In einem inzwischen berüchtigten Telefoninterview machte Brenda Dean laut Wikipedia mit Amanda Stevens kurzen Prozess und nagelte sie auf die Aussage »Ich habe meine Tochter geliebt« fest, als würde Amandas Verwendung der Vergangenheitsform beweisen, dass Macy tot war.

Die Öffentlichkeit ging mit Amanda brutal ins Gericht, aber niemand war so schlimm wie Brenda Dean. Vier Jahre nach Macys Verschwinden wurden Brendas »Wo ist Baby Macy?«-Beiträge so schonungslos, dass der Staatsanwalt schließlich einwilligte, Amanda Stevens genauer unter die Lupe zu nehmen. Es kam allerdings nichts dabei heraus. Falls Amanda wusste, was mit ihrer Tochter passiert war, schwieg sie hartnäckig.

Jahre später sickerten vorab Kapitel aus Brenda Deans geplantem Buchprojekt zu dem Fall durch. Dean versprach darin einen Knaller, der beweisen würde, dass Amanda schuldig war: Angeblich ging aus Gerichtsunterlagen hervor, dass Amanda Stevens bei den Behörden beantragt hatte, Macy rechtlich für tot erklären zu lassen, und zwar weniger als ein Jahr nach deren

Verschwinden – damit sie sich die Lebensversicherung auszahlen lassen konnte, die sie auf Macy abgeschlossen hatte.

Amanda schnitt sich in der Badewanne ihrer Eltern die Pulsadern auf, nachdem in den Nachrichten darüber berichtet worden war.

2006 erstatteten Amandas Eltern Anzeige gegen LNN und Brenda Dean und behaupteten, die durchgesickerten Informationen hätten die Öffentlichkeit dazu veranlasst, Amanda so lange zu drangsalieren, bis sie sich das Leben nahm. Die beiden Parteien einigten sich in einem Vergleich auf eine unbekannte Summe, die angeblich im mittleren siebenstelligen Bereich lag.

Macy wurde 2008 offiziell für tot erklärt. Die Familie Stevens setzte eine Belohnung von 100 000 Dollar für Informationen aus, die Hinweise auf die Identität des Täters liefern und zu einer Festnahme führen würden. Zu diesem Zeitpunkt waren jedoch die meisten Menschen davon überzeugt, dass Macys Mörderin in Wirklichkeit ihre inzwischen tote Mutter gewesen war.

Außer vielleicht mein Vater.

Er hatte die Nummer des Hinweistelefons notiert. Hatte er je dort angerufen? Wie ich meinen Vater kenne, unternahm er wahrscheinlich einen verzweifelten Versuch, an die Belohnung zu kommen, obwohl er in seiner Zelle von dieser großen Geldsumme nie hätte profitieren können.

Aber ich kenne meinen Vater nicht, nicht wirklich. Ich kannte ihn gerade mal acht Jahre – mein gesamtes Leben, bis er ins Gefängnis kam, aber nur einen kleinen Teil seines Lebens. Ich wusste nichts von Bear Creek. Ich wusste nichts davon, dass er religiös geworden war.

Ich weiß nichts über das Leben meines Vaters, bevor er meine Mutter kennenlernte. Ich weiß nicht, wo er 1994 lebte, als Macy Stevens gekidnappt und umgebracht wurde. Es konnte durchaus Tennessee gewesen sein.

Ein nervöses Summen beherrscht meinen Körper. Hässliche Gedanken formen sich in meinem Kopf.

Ein Mord – jetzt zwei. Darum geht es, hatte ich gedacht. Inzwischen habe ich das Gefühl, als wäre ich in ein Kaninchenloch gefallen, in dem Lori und Ariel nicht einmal eine Rolle spielen, und alles, was ich unten finden werde, sind grässliche Wahrheiten über meine eigene Familie.

Nebenan drehen die Hunde durch. In der Einfahrt wird eine Autotür zugeschlagen, und ich weiß, dass Maggie und Rick zurück sind. Also lösche ich schnell meine Suchanfragen und öffne Ricks Fenster im Computer wieder. Er war dabei gewesen, mehr Guthaben zum Pokern zu kaufen.

Als die beiden hereinkommen, räume ich gerade in der Küche die Packung mit dem Aufschnitt weg.

»Hallo, Süße«, begrüßt mich Maggie. Ihre Stimme klingt irgendwie nervös. Sie wirft Rick einen Blick zu, und ich weiß genau, was los ist.

Sie will nicht, dass er das mit letzter Nacht herausfindet. Und da Rick das Haus selten ohne Maggie verlässt, außer um zur Arbeit zu gehen, kann sie das, was passiert ist, nicht vor Montagmorgen zur Sprache bringen.

Was mir etwas Zeit verschafft. Wenn auch vermutlich nicht genug.

Nachdem ich im Gefängnis von Fayette angerufen und eine Nachricht für Wanda hinterlassen habe, dass ich mit ihr über die Aufzeichnungen der Telefonanrufe meines Vaters sprechen möchte, klopfe ich an Callies Zimmertür. Als sie mich hereinruft, öffne ich die Tür vorsichtig einen Spalt. Sie sitzt auf der Bettkante und zieht die Bürste durch ihre nassen Haare. Ich hatte nicht einmal gehört, dass sie aufgestanden war oder geduscht hatte.

»Und, wie viel Ärger bekomme ich?« Ihre Stimme klingt kratzig.

Ich zucke mit den Schultern. »Deine Mom hat nichts gesagt.«

»Scheiße.« Callie hört auf, ihre Haare zu bürsten. »Das ist nicht gut.«

Da hören wir Maggie von unten rufen.

»Callie! Hier ist jemand für dich.«

»Verdammt.« Callie wischt sich die Augenwinkel, dreht ihre nassen Haare zu einem Knoten. Auf der Treppe sind Schritte zu hören. Wer auch immer es ist, Maggie hat ihn oder sie nach oben geschickt.

Dann taucht Ryan auf der Türschwelle auf, unsicher, ob er eintreten soll. »Ähm. Ich wollte nur sehen, ob alles in Ordnung ist bei dir.«

»Mir geht's bestens«, erwidert Callie frostig.

Ryan kratzt sich im Nacken und streckt sich, wodurch sein Bizeps voll zur Geltung kommt. »Können wir reden oder so?«

»Das können wir auch vor Tessa.« Callie legt die Bürste beiseite, um zu zeigen, dass es ihr letztes Wort ist.

Ryan sieht mich kurz an. »Ja, gut. Okay.«

Ich setze mich gegenüber von Callie aufs Bett, während Ryan sich in den lilafarbenen schalenförmigen Sessel in der Ecke sinken lässt. Das Ding ist viel zu klein für ihn.

»Ich weiß, du bist sauer, weil ich dir gefolgt bin«, sagt er. Callie runzelt die Stirn, was mir zeigt, dass dies so ziemlich die beeindruckendste Entschuldigung ist, die sie von Ryan je wegen irgendwas bekommen hat.

»Du wirst deinem Onkel erzählen, wo Nick ist, stimmt's?«, fragt sie.

»Denkst du das wirklich von mir?« Ryan pfeift leise. »Ich war schon vor dir mit ihm befreundet.«

»Okay, was machen wir dann, als seine *Freunde?*«, fragt Callie.

»Captain«, sage ich. Beide drehen den Kopf in meine Richtung. »Nick meinte, der Typ, von dem Katie uns erzählt hat, der, der keinen Sex mit Ariel haben wollte, also ein Teil seines Benutzernamens ist ›Captain‹ oder so. Nick hat der Polizei von ihm erzählt, aber die haben ihn nicht ernst genommen.«

»Das wissen wir doch gar nicht«, widerspricht Ryan abwehrend. »Vielleicht verfolgen sie diese Spur ja.«

»Wir haben doch nichts zu verlieren, wenn wir ein paar Rastplätze abklappern und uns umhören«, sagt Callie. »Wir können mit Buckstown anfangen. Das liegt außerhalb von Mason, und ich glaube, eines der ersten Opfer wurde dort zuletzt gesehen.«

Ryan wirkt sprachlos. »Hier geht es überhaupt nicht um Nick, oder? Ihr glaubt wirklich, es ist das Monster.«

Callies Kinn zittert. »Ich weiß es nicht. Aber falls ja, dann werden die Bullen es nicht zugeben.«

Ryan reibt sich das Gesicht. »Callie. Ihr könnt nicht allein nach diesem Typ suchen.«

»Na gut«, sagt sie störrisch mit einem Seitenblick auf mich. »Dann kannst du uns ja begleiten.«

Ryan seufzt. Ich möchte eigentlich auch nicht den Abend damit verbringen, die Interstate hoch und runter zu fahren. Ich möchte Callie von dem bizarren Telefonat mit der FBI-Agentin erzählen und von der möglichen Verbindung zwischen meinem Vater und der verschwundenen Macy Stevens.

Aber Callie hat beschlossen, dass sie Ryan vertraut und er uns helfen darf. Also muss ich jetzt den Mund halten, bis ich entschieden habe, ob ich genauso denke.

Das Buckstown Travel Center ist fünfundvierzig Minuten Fahrt Richtung Süden entfernt. Eine halbe Stunde mehr und wir wären an der Grenze zu Ohio. Wir haben beschlossen, hier anzufangen, weil Rae Felice vor ihrem Verschwinden an diesem Ort das letzte Mal gesehen wurde. Auch Ari hätte das Monster hier treffen können.

Ryan parkt auf dem Rastplatzgelände. »Falls hier irgendwelche Frauen arbeiten, haben sie vermutlich Angst, nach dem, was mit Ari passiert ist. Wir müssen aufpassen, was wir sagen.«

»Wir können ja behaupten, dass wir jemanden suchen«, schlage ich vor. »Callies Schwester zum Beispiel. Sie ist weggelaufen, seit Wochen hat niemand was von ihr gehört, und wir vermuten, dass sie sich an einem der Rastplätze rumtreibt.«

Callie ist still. Als sie meinem Blick im Außenspiegel begegnet, weiß ich, dass sie an Joslin denkt. Dass auch sie einen dieser Orte aufgesucht haben könnte, nachdem sie abgehauen ist, um eine Mitfahrgelegenheit in einen anderen Bundesstaat zu finden. Sie könnte in die Drogenszene abgerutscht sein oder in die Prostitution. Oder noch schlimmer. Das haben damals alle angenommen, denn für Ausreißer gibt es kein Happy End.

»Das wäre schon mal ein Anfang«, sagt Ryan. »Aber vielleicht reden sie selbst dann nicht.«

»Das werden wir ja sehen.« Callie öffnet die Tür und springt aus dem Truck.

Der Rastplatz besteht aus einem Restaurantbereich mit Burger King, Dunkin' Donuts und Subway. Daneben gibt es Toiletten und einen Kiosk, der Snacks und Straßenkarten von Pennsylvania verkauft. Alles wirkt zu neu, zu familienfreundlich. Keine Trucker, die auf den Parkplatz pissen, oder Mädchen in kurzen Lederröcken, die um den Zigarettenautomaten herumlungern. Es ist ganz anders als die Orte entlang der Interstate, an die ich mich aus Kindertagen erinnere.

Auch Ryan merkt, dass es aussichtslos ist. »Wir sollten wenigstens rumfragen.«

Callie bleibt stehen und zieht ihr Handy heraus. Über ihre

Schulter hinweg sehe ich, dass sie bei jemandem auf der Facebookseite ist. Die von Emily Raymes.

Im Dunkin' Donuts ist die Schlange am kürzesten, also stellen wir uns an und warten, bis uns eine ältere Dame, ungefähr in Grams Alter, fragt, was sie für uns tun kann.

»Wir suchen jemanden«, sagt Ryan. »Ihre Schwester.«

Er stupst Callie an, damit sie der Frau Emilys Foto zeigt. Die Frau blinzelt.

»Sie ist weggelaufen«, erklärt Ryan. »Wir machen uns Sorgen, dass sie in Schwierigkeiten steckt. Vielleicht hier herumhängt ... mit den falschen Leuten.«

»Da seid ihr hier an der falschen Adresse, Kleiner«, sagt die Frau. »Diesen Rastplatz haben sie schon vor Jahren gesäubert. Solche Leute kommen hier nicht mehr her. Ihr wisst schon, die per Anhalter unterwegs sind«, fährt sie fort und deutet unser Schweigen als Unverständnis. Sie senkt die Stimme. »*Zuhälter.*«

Sie hat einen starken Dialekt, vielleicht aus Georgia.

»Danke.« Callie wirkt so niedergeschlagen, dass ich beinahe glauben könnte, dass sie wirklich eine Schwester hat.

»An eurer Stelle würde ich es mal beim Midway Truck Center versuchen«, sagt die Frau. »Aber geht da nicht hin, wenn es dunkel ist, und auf gar keinen Fall ohne ihn.« Sie zeigt mit einem dicklichen Finger auf Ryan. Wir bedanken uns und treten beiseite, damit sie die Kunden nach uns bedienen kann.

»Wartet kurz«, rufe ich Callie und Ryan zu, die bereits auf den Ausgang zusteuern. »Ich komm gleich nach.«

Fünf Minuten später geselle ich mich mit einer Tüte Pommes und einer Diet Coke von Burger King zu ihnen. Callie verzieht das Gesicht, als ich damit in den Wagen steige.

»Was denn?« Ich schiebe mir eine Pommes in den Mund und biete Ryan und Callie die Tüte an. »Wenn wir schon unterwegs sind, muss man das wenigstens ausnutzen.« Außerdem hab ich heute außer einer Scheibe Putenbrustfilet noch nichts gegessen.

Ryan nimmt sich eine Handvoll Pommes, während Callie Würgegeräusche macht und das Fenster runterkurbelt. Ich trinke einen Schluck von meiner Cola. Sie tut mir ja leid, aber es ist nicht meine Schuld, dass sie verkatert ist.

Das Schicksal meint es nicht gut mit ihr: Laut Navi brauchen wir bis zum Midway Truck Center eine ganze Stunde. Selbst *mir* wird in Ryans Truck hintendrin irgendwann schlecht. Wir fahren schweigend und sehen zu, wie der Himmel sich langsam perlmuttrosa verfärbt.

Das Midway Truck Center entspricht optisch so ziemlich dem Inbegriff eines Albtraums. Neben einem LKW mit Oregon-Nummernschild pinkelt ein Mann direkt auf den Gehweg und hebt kaum den Blick, als Ryan auf eine freie Parklücke einbiegt.

Es gibt einen kleinen Supermarkt und ein Dairy-Queen-Schnellrestaurant. Wir steigen aus und machen uns auf den Weg zum Supermarkt, wo Callie und ich uns im Hintergrund halten, während Ryan an der Kasse das Foto von Emily vorzeigt.

»Er meinte, wir sollten mal im Dairy Queen fragen«, berichtet er dann. »Angeblich hängen die ›Truckstop-Huren‹, die ›Lizards‹, da gerne rum.«

Callie runzelt die Stirn. »Lizards?«

»So nennen die Fernfahrer die Prostituierten«, sage ich.

»Ich frage lieber nicht nach, woher du das weißt«, murmelt Callie auf dem Weg zur Tür.

Der Begriff tauchte mehrfach im Zusammenhang mit Kristal Davis auf. Ein »Lizard« bietet für gewöhnlich Sex im Tausch gegen Geld für Drogen. Bevor die Polizei alle Morde in einen Zusammenhang gebracht hat, gingen viele, die Kristal Davis gekannt hatten, davon aus, dass sie umgebracht wurde, weil sie versucht hatte, den falschen Fernfahrer zu beklauen.

Ich entdecke sie an einem Tisch in der Nähe der Toiletten – drei Frauen. Sie sind eindeutig keine Familie: eine ist Hispano, eine dunkelhäutig und eine weiß. Auf dem Tisch vor ihnen liegen zusammengeknüllte Burgerschachteln.

Das Gesicht der weißen Frau ist pockennarbig, und ihre Arme sind von violetten Flecken übersät. Heroinspuren.

Sie mustert uns mit zusammengekniffenen Augen über den Deckel ihres Getränkebechers hinweg. Dann stößt sie die Frau neben sich an, und das Lachen verstummt.

»Gibt's ein *Problem?*«, will die Dunkelhäutige wissen. Ihren Hals schmückt das Tattoo eines dornigen Rosenzweigs, der sich um den Namen Micah rankt.

Callie und Ryan bringen kein Wort heraus, also mache ich den Mund auf, obwohl diese Frauen mir eine Höllenangst einjagen. »Wir suchen jemanden«, sage ich.

»Tja, wir kennen keinen jemanden.« Der Frau mit den Fixerspuren fehlt ein Schneidezahn. Neben ihr rutscht die am jüngsten wirkende des Trios – die bisher stumm war – auf ihrem Sitz herum und studiert aufmerksam ihren Trinkhalm.

»Können wir euch vielleicht ihr Foto zeigen?«, fragt Callie kleinlaut.

Micah stellt ihren Becher ab. »Vielleicht könnt ihr euch verpissen, denn woher soll ich wissen, dass ihr nicht für die Bullen arbeitet.«

»Hör zu, wir wollen keinen Ärger oder so.« Ryan klingt so dermaßen nach Bulle, dass es mir schon peinlich ist. »Wir haben nur Angst, dass unsere Freundin sich mit irgendeinem Kerl rumtreibt, der ihr was antun könnte.«

»Dann tut ihr eurer Freundin keinen Gefallen, wenn ihr nach ihr sucht«, grunzt die ohne Zahn. »Am besten ihr geht husch, husch nach Hause ins Bettchen.«

»Ja, denn bald tauchen hier die bösen Männer auf.« Micah wackelt mit einer schwarz nachgemalten Augenbraue. Die beiden lachen und hauen auf den Tisch, wodurch das jüngere Mädchen zusammenzuckt. Ryan murmelt: »Lasst uns von hier verschwinden«, und wir machen uns auf den Weg zum Ausgang. Kurz bevor wir das Diner verlassen, ruft uns eine der beiden noch hinterher, ob wir eine Zigarette haben.

Frustriert balle ich die Hände zu Fäusten, während ich mit der Schulter die Tür des Dairy Queen für Callie und Ryan aufhalte. Ich bilde mir zwar nicht wirklich ein, besonders cool zu sein, aber ohne Kleinstadt-Barbie und -Ken hätte ich diese Frauen vielleicht zum Reden gebracht.

»Na, das lief ja mal super«, grummelt Ryan, als wir wieder auf dem Parkplatz stehen. Callie sieht aus, als käme sie direkt aus einer Knastdoku.

»Ihr hättet mich das machen lassen sollen«, sage ich. »Die hatten das Gefühl, wir hätten uns gegen sie verbündet.«

Callie räuspert sich und deutet mit dem Kopf über meine Schulter. Die jüngste des Trios steht hinter mir.

»Die sind immer so, wenn sie Angst haben«, sagt sie leise. »Shanice ist aufgeflogen, als sie versucht hat, was von 'nem Undercover-Bullen zu kaufen, und dann wurde dieses Mädchen in Mason umgebracht …«

Sie schlingt die Arme um den Oberkörper. »Ich bin Pam.«

In ihrer Stimme liegt ein ganz leichtes Zögern, als wäre das nicht ihr richtiger Name. Sie wirkt nicht viel älter als wir. Garantiert findet sich ihr Konterfei auf einem Vermisstenposter irgendwo an einem Laternenpfahl.

»Habt ihr das Foto da?«, fragt sie. »Vielleicht kann ich ja helfen.«

Callie zieht ihr Handy heraus und zeigt Pam Emilys Bild. Pam schüttelt den Kopf. »Nee, die kenn ich nicht. Aber das heißt nicht, dass sie hier nicht mal vorbeigekommen ist. Viele Mädels kommen hier vorbei.«

»Was ist mit der, die umgebracht wurde?«, frage ich. »Hast du die mal hier gesehen?«

Wieder schüttelt Pam den Kopf. »Sie war keine von uns. Was ich so gehört habe, hat sie Connect benutzt. Manchmal treffen diese Frauen die Männer hier, aber sie habe ich nie gesehen.«

»Benutzen viele Fernfahrer diese Website?«, bohre ich nach.

Pam wirkt, als wäre ihr das Thema unangenehm. »Nein. Darüber Männer zu suchen ist echt nicht clever. Wir machen's nicht. Ich meine, ich hab da echt schon Horrorstorys gehört.«

»Was ist mit einem Typen, der sich Captain nennt?«, mischt Ryan sich ein. »Unsere Fr – ihre Schwester hat einen seltsamen Kerl über Connect kennengelernt. Er wollte gar keinen Sex von ihr.«

Pams Gesichtsausdruck verändert sich, und in mir keimt ein Hoffnungsschimmer auf.

»Wir passen aufeinander auf«, sagt sie. »Wir haben so was wie eine Liste von Männern, von denen man sich fernhalten sollte. Ihr dürft aber niemandem davon erzählen, okay?«

Callie und ich nicken. Ryan nicht. Ich funkle ihn an.

»Na gut«, sagt er.

Pam zögert immer noch. »Okay, also ich hab am Penn Welcome Center an der 81 gearbeitet, bevor sie das dichtgemacht haben. Da ging's heftig zu, also schlimmer als hier. Eine Frau hat mich quasi bei sich aufgenommen. Ich kann euch ihren Namen oder so nicht sagen, weil sie mich darum gebeten hat. Aber sie hat auch in einem Strip Club getanzt, der damals auf der anderen Straßenseite war.«

Pam senkt die Stimme. »Eines Abends haben wir über Männer geredet, von denen man sich besser fernhalten sollte, und sie hat mir erzählt, dass sie vor vier Jahren beim Tanzen diesen Typen kennengelernt hat. Sie hat ihn mit ihrem Auto auf den Rastplatz mitgenommen. Und es war genauso, wie ihr gesagt habt – er wollte sie nicht anfassen und gar nix. Sie war völlig genervt und hat dann von sich aus damit angefangen, aber er hat sie ins Gesicht geschlagen. Sie hat versucht, sich zu wehren, da hat er sie *gewürgt*.«

Callie neben mir erstarrt.

»Dann ist sie ohnmächtig geworden und so, und als sie wieder aufgewacht ist, stand ihr Auto im Wald und der Typ hat ihren Kofferraum durchwühlt. Aber sie hat immer ein Teppichmesser dabeigehabt. Sie hat also so getan, als wäre sie immer noch bewusstlos.« Pam macht eine dramatische Pause. »Als er die Tür aufgemacht hat, hat sie ihm das Gesicht zerschnitten. Weil er ihre Autoschlüssel hatte, ist sie um Hilfe schreiend davongerannt. Er hat sie noch eine Weile verfolgt, aber irgendwann hat er aufgegeben, und sie konnte entkommen.«

»Jedenfalls«, schließt Pam, »hat mich das an euren Captain-Typen erinnert, weil sie meinte, er hätte eine Art Uniform angehabt. Sie hat jahrelang nicht darüber gesprochen, weil sie dachte, er wäre Bulle und würde sie finden und fertigmachen, versteht ihr?«

Ich schlucke, weil ich keinen Ton herausbringe. »Hat sie dir irgendwas darüber erzählt, wie er ausgesehen hat?«

»So wie alle anderen.« Pam verdreht die Augen. »Mitte vierzig vielleicht. Mittelgroß, leichte Glatze. Sie hat aber gesagt, ich soll auf zwei Dinge achtgeben.«

Wir beugen uns alle drei gespannt vor.

»Seine Augen«, flüstert Pam. »Sie hat gesagt, seine Augen sind freundlich.«

Callie sieht mich an. Ich weiß, was sie denkt. Wenn das der Captain ist, dann hat er keine Ähnlichkeit mit Daryl Kouchinsky.

»Und das andere?«, hakt Ryan nach. »Worauf du ihrer Meinung nach achtgeben sollst.«

»Ach so, ja, sie hat ihn mit dem Messer ziemlich erwischt«, antwortet Pam. »Also muss er eine Narbe im Gesicht haben.«

Pam studiert ihre Fingernägel, die bis aufs Fleisch abgeknabbert sind. »Ich weiß nicht. Ich musste in letzter Zeit an ihn denken, seit dieses Mädchen umgebracht wurde. Wahrscheinlich ist er nicht der, mit dem eure Freundin abhängt«, fügt sie schnell hinzu. Mitgefühl liegt in ihrem Blick.

Am liebsten würde ich Pam sagen, dass wir gar keine Freundin vermissen, aber hinter all ihrer Unschuld spüre ich eine starke Frau, die sich nicht so leicht unterkriegen lässt. Eine Frau, der es nicht gefallen würde, angelogen worden zu sein.

Wir bedanken uns bei Pam und machen uns auf den Weg zum Wagen. Callie bleibt stehen, als hätte sie etwas vergessen. Als Ryan und ich uns umdrehen, sehen wir, wie sie zwanzig Dollar aus ihrer Hosentasche zieht und Pam gibt. Misstrauisch beobachte ich, wie Callie etwas sagt und Pam nickt.

»Was hast du zu ihr gesagt?«, frage ich sie, als Callie uns eingeholt hat.

»Nur, dass sie auf sich aufpassen soll.« Irgendetwas in Callies Verhalten hat sich verändert, seit wir hierhergekommen sind – als wäre all ihre Selbstsicherheit verschwunden. Schweigend steigen wir ein und treten den Heimweg an. Vom Rücksitz aus beobachte ich ihr Gesicht im Außenspiegel.

Sie blinzelt die gesamte Fahrt über kaum, als hätte sie Angst einzuschlafen, jetzt, wo sie endlich aufgewacht ist.

24

Irgendwo auf Höhe der Ausfahrt vierzig breche ich das Schweigen im Auto.

»Ich glaube, der Typ, den Pam uns beschrieben hat, ist der Captain, und ich glaube, er ist das echte Monster.«

Ryan reagiert nicht.

»Sag mir, dass ich mich deiner Meinung nach täusche.« Im Rückspiegel begegne ich seinem Blick. »Du riskierst, dass dein Onkel Schwierigkeiten bekommt, weil du uns erzählst, wie Ariel getötet wurde. Du hast Nick nicht verpfiffen, und du bist heute Abend mit uns mitgekommen. Du glaubst doch auch, dass sie den falschen Kerl für die Monstermorde eingebuchtet haben.«

Ryan schweigt.

»Und falls du es noch nicht weißt, Callie und ich haben Stokes in der Nacht in ihrem Garten gar nicht wirklich gesehen«, fahre ich fort. »Wir waren noch Kinder, und sie haben uns manipuliert, um die Aussage zu bekommen, die sie wollten.«

Callie lehnt den Kopf gegen die Fensterscheibe. Ich weiß nicht, ob sie sauer auf mich ist, weil ich Ryan das alles erzähle. Vielleicht wusste er es bereits. So oder so bleibt seine Miene ausdruckslos. Manche Leute kann man nur schwer durchschauen.

Nach einer bedeutungsvollen Pause macht Ryan schließlich den Mund auf. »Wenn das Monster Ari umgebracht hat, warum hat er dann wieder damit angefangen? Warum riskiert er nach all den Jahren, geschnappt zu werden? Das ergibt keinen Sinn.«

»Er hat versucht, ein anderes Mädchen umzubringen. Wenn Pams Freundin nicht entkommen wäre, hätte er sie auch getötet«, sage ich. »Vermutlich hat er danach beschlossen, sich eine

Weile zurückzuhalten, falls sie irgendjemandem von ihm erzählt hat. Er ist schlau genug, um all die Jahre nicht entdeckt zu werden. Offensichtlich kennt er sich mit Gesetzen aus. Vielleicht ist er sogar …«

»Sag es nicht«, schneidet Ryan mir das Wort ab. »Dass er ein Bulle sein könnte.«

»Warum? Der Mann, den Pam beschrieben hat, klingt absolut nicht nach deinem Onkel.«

»Tessa«, Callies Stimme klingt scharf. »Sei einfach still.«

Einen Moment lang herrscht Ruhe, bis Ryan wieder anfängt. »Bulle oder nicht, niemand wird einer Prostituierten auch nur ein Wort glauben. Nick ist der Einzige, der bestätigen kann, dass es diesen Captain-Typen gibt, und ohne den Chatverlauf auf Aris Handy gilt sein Wort so gut wie nichts.«

»Er wird es wieder tun«, sage ich leise. »Wenn er glaubt, dass er damit durchkommt, wird er es wieder tun.«

»Ich hab da eine Idee.« Aus Callies Tonfall höre ich heraus, dass sie vermutlich schon die ganze Zeit darüber nachgedacht hat. »Wir können etwas tun. Um ihn rauszulocken.«

»Auf gar keinen Fall«, sagt Ryan. »Ich kann mir denken, was du vorhast, und das ist bescheuert …«

Auch mir dämmert, wovon sie vermutlich sprechen.

»Aber es könnte funktionieren«, schalte ich mich ein und merke, wie meine Zehenspitzen kribbeln. »Wir erstellen ein falsches Profil auf allen Escort-Websites, um ihn zu ködern. Wir wissen, auf was für einen Typ er steht. Dünn, große Augen. Einsam.«

»Das ist gefährlich und wird *nicht* funktionieren.« Ryan umklammert fest das Lenkrad. »Dieser Typ muss gerade in höchster Alarmbereitschaft sein. Wenn er schlau genug ist, zehn Jahre lang unerkannt zu bleiben, merkt er garantiert, wenn irgendwo eine Falle ist.«

»Dann müssen wir ihn eben davon überzeugen, dass wir echt sind«, beharre ich. »Er kann keine Polizei riechen, weil es keine gibt.«

»Und wenn er uns kontaktiert, dann erfahren wir ja, wo er uns treffen will.« Callie klingt ganz aufgeregt. »Aber statt ihn zu treffen, bleiben wir im Auto sitzen, bis wir ihn gesehen haben. Das Foto zeigen wir dann der Polizei.«

Gleich haben wir die Ausfahrt nach Fayette erreicht. Callie legt Ryan die Hand aufs Knie. Es ist die erste annähernd zärtliche Geste, die ich zwischen den beiden gesehen habe.

»Wenn du das wärst – wenn du dich in etwas so getäuscht hättest und dadurch jemand verletzt wurde, würdest du dann nicht auch alles tun, um es wiedergutzumachen?«, fragt sie.

Obwohl sie mich nicht ansieht, weiß ich, dass sie mit mir spricht. Ich weiß, sie signalisiert auf ihre Weise, dass sie bereit ist zu akzeptieren, dass sie sich getäuscht hat, was auch immer das bedeuten mag. Dass wir, selbst wenn wir nie erfahren werden, was wirklich in jener Nacht mit Lori passiert ist, wenigstens einen Teil des Schadens wiedergutmachen können, den wir angerichtet haben, wenn wir das Monster finden, das Ari getötet hat.

Ich habe trotzdem ein ungutes Gefühl im Bauch. *Alles tun, um es wiedergutzumachen.*

Gram sagt immer, die Menschen bekommen am Ende das, was sie verdient haben. Aber konnte das Ende von allem wirklich einfach darin bestehen, den Captain zu finden?

Wenn das Wiedergutmachen nicht das Ende dieses zehnjährigen Albtraums bedeutet, was ist es dann?

Ryan lässt uns unten an der Einfahrt der Greenwoods aussteigen.

»Du darfst deinem Onkel aber nichts davon erzählen«, schärft Callie ihm noch durchs Wagenfenster ein.

»Dir ist schon klar, dass wir es irgendwann jemandem sagen müssen?«, kontert Ryan.

Callies Miene ist wie versteinert. Ryan schnaubt. Schüttelt den Kopf.

»Was denn?«, will Callie wissen.

»Ich weiß nicht, warum du das tust«, sagt er leise.

»Was tun?«, fragt sie. Ich trete einen Schritt zurück und wünsche mir, ich könnte mich in Luft auflösen.

Ryan schüttelt wieder den Kopf. »So tun, als würdest du keine Hilfe brauchen, obwohl alles in dir danach schreit.«

Vielleicht habe ich Ryan Elwood unterschätzt. Callies Lippe zuckt, aber sie erwidert nichts. Wir schweigen beide, während Ryan losfährt und seine Rücklichter am Ende der Straße verschwinden.

»Er hat recht«, sage ich schließlich. »Damit, dass wir es jemandem sagen müssen. Uns läuft die Zeit davon, und ich kann nicht ewig hierbleiben.«

Ich bekomme keine Antwort von Callie, stattdessen schreit sie plötzlich erschrocken auf. Hinter dem Minivan kauert eine Gestalt. Daryl Kouchinsky taucht aus dem Schatten auf und versperrt uns den Weg zum Haus.

Alles passiert so schnell, dass ich nicht reagieren kann. Noch ehe ich mich rühren kann, kreischt Callie laut auf, woraufhin Daryl sie fluchend am Hals packt und einhändig hochhebt. Dann schleudert er sie gegen den Minivan. Ihr Kopf knallt gegen die Scheibe.

»Ich hab gehört, du hast gestern meine Tochter besucht«, knurrt er. »Versuchst du, ihr irgendwelche Flausen ins Hirn zu setzen, du kleine Schlampe?«

Callie will den Kopf schütteln, aber Daryl drückt seinen Daumen in ihre Luftröhre, sodass sie sich nicht bewegen kann.

Ich renne zu einem der Blumentöpfe entlang der Einfahrt. Er

ist dermaßen schwer, dass ich ins Wanken gerate, als ich ihn so hoch hebe, wie ich nur kann. Dann lasse ich ihn von hinten auf Daryls Kopf hinuntersausen.

Daryl taumelt rückwärts. Plötzlich habe ich Angst, ich könnte ihn umgebracht haben. Callie sackt weinend zu Boden. Doch Daryl hat sich bereits wieder aufgerappelt und dreht sich nun, etwas benommen blinzelnd, zu mir um. Er macht einen Schritt auf mich zu, doch als auf der anderen Straßenseite Rufe zu hören sind, hält er mitten in der Bewegung inne.

»Callie? Was ist da los?«, schreit eine Frau von ihrer Veranda herüber, das Telefon in der Hand.

Daryl läuft nun auf seinen Truck zu, der vor dem Haus der Nachbarn geparkt ist. Beim Herfahren hatten wir ihn gar nicht bemerkt.

Die Nachbarin überquert rennend die Straße, aber ich habe bereits die Haustür der Greenwoods erreicht und rufe nach Maggie. Schritte poltern die Treppe herunter, während ich mich umdrehe und wieder die Auffahrt hinunterlaufe.

Callie kauert immer noch neben dem Minivan. Sie schnappt nach Luft und hält sich den Hals. Die Frau von gegenüber ist am Telefon.

»Ja, sie wurde überfallen«, erklärt sie und gibt die Adresse der Greenwoods durch. Zitternd hocke ich mich neben Callie. Womöglich habe ich mir ein bisschen in die Hose gemacht. In diesem Moment kommen Maggie und Rick um die Ecke gebogen und machen erschrockene Gesichter.

»Was ist passiert?«, ruft Maggie. »Was, zum Teufel, ist passiert?«

»Daryl«, krächzt Callie.

Rick schlägt mit der flachen Hand auf das Auto und verkündet, dass er seine Schlüssel holt. »Den schnapp ich mir«, höre ich noch.

Aber Maggie packt Rick am Ärmel und kreischt, dass er das

gefälligst lassen soll, während die Nachbarin versucht, die beiden zu beruhigen, weil sie immer noch den Notruf am Telefon hat. Maggie lässt sich neben Callie auf den Boden sinken und nimmt ihr Gesicht in beide Hände.

»Mir geht's gut«, sagt Callie. Dann wiederholt sie es noch mal und sieht in meine Richtung. »Tess …«

»Was?« Maggies Kopf fährt herum. Sie registriert meine erdverschmierten Hände, den zerbrochenen Blumentopf in der Einfahrt.

Ein Schluchzen entfährt ihr, bevor sie mich an ihre Brust zieht. Maggie hält mich so fest, dass in meinem Kopf nur ein einziges Wort auftaucht: *Sicherheit.*

Schließlich löse ich mich von Maggie, weil ein Krankenwagen am Straßenrand hält, dicht gefolgt von einer Polizeistreife. Zwei Sanitäter reißen die Türen des Krankenwagens auf und rollen eine Trage heraus. Rote und blaue Lichter flackern über den Vorgarten.

»Verdammt noch mal«, schimpft Callie. »Mir geht's *gut.*«

Doch Maggie will nichts davon hören. Sie sorgt dafür, dass Callie in den Krankenwagen verfrachtet wird. Drüben am Briefkasten streitet Rick lautstark mit dem Polizeibeamten, der aussieht, als wäre er kaum volljährig.

»*-u-c-h-i-n-s-k-y*«, buchstabiert Rick. »Ich kann Sie gerne jetzt sofort zu ihm fahren …«

»Sir, das ist wirklich nicht nötig.« Der Polizist hebt die Hand. Er drückt einen Knopf an seinem Funkgerät am Gürtel und weist die Person am anderen Ende an, eine zweite Streife zum Haus der Kouchinskys zu schicken. Dann zeigt er mit seinem Kugelschreiber auf mich.

»Sie waren auch dabei?«

Ich beschreibe, was passiert ist – dass Daryl uns aufgelauert hat, ich ihm mit dem Blumentopf eins übergezogen habe und er abgehauen ist, als die Nachbarin nach draußen kam. Als der Streifenbeamte mich fragt, ob es einen Grund gibt, weshalb Mr. Kouchinsky Callie tätlich angegriffen hat, zögere ich und blicke Hilfe suchend zu Rick hinüber.

»Wir haben seine Tochter gestern im Krankenhaus besucht«, sage ich dann. »Jemand hat sie verprügelt, und es ist nicht gerade ein Geheimnis, dass Callie denkt, er war das.«

Ricks Mund wird zu einem dünnen Strich. Der Beamte schreibt etwas auf seinen Notizblock. Ein weiterer Streifenwagen hält, als der Krankenwagen mit Callie und Maggie losfährt. Rick weist mich an, im Haus zu warten, und verspricht, mich zu rufen, falls die Beamten noch weitere Fragen an mich haben.

Mit wackligen Knien gehe ich die Treppe hinauf. Oben ziehe ich meinen Pyjama an und schließe mich im Bad ein. Dort übergebe ich mich in die Toilette – saures, ekliges Adrenalinschock-Erbrochenes. Anschließend putze ich mir die Zähne und gehe wieder nach unten. Die blinkenden Lichter der Polizeistreife tauchen das Wohnzimmer in Rot und Blau.

Ich muss mit irgendjemandem über das reden, was gerade passiert ist. Über *alles,* was in den letzten acht Stunden passiert ist. Aber wenn ich Gram erzähle, dass ich heute Abend zuerst mit Prostituierten an einem Autohof geredet und dann einen Mann mit einem Blumentopf niedergeschlagen habe, steigt sie womöglich ins Flugzeug und kommt her.

Ich muss weg von diesen Lichtern im Wohnzimmer, bevor mein Kopf explodiert. Also gehe ich hinüber in das kleine Arbeitszimmer und setze mich an Ricks Computertisch, wo ich mich zwinge, diese Durch-die-Nase-einatmen-durch-den-Mund-ausatmen-Übung zu machen. Sie beruhigt mich tatsächlich so weit, dass meine Finger nicht mehr zittern, als ich an der Maus rüttle, um den Computer aufzuwecken. Während Callie in der Notaufnahme ist, kann ich genauso gut noch ein bisschen über Macy Stevens nachlesen und versuchen, diesen Anruf irgendwie einzuordnen.

Auf dem beliebtesten Foto hält Macy einen Plüschfrosch im Arm. Ihre hellbraunen Haare sind oben auf dem Kopf zu einem kurzen Pferdeschwanz zusammengebunden. Ich klicke mich durch weitere Fotos: Macy in Strumpfhosen, ein Weihnachtsgeschenk auf dem Schoß. Macy in einem Hochstuhl, der Mund verschmiert mit etwas Klebrigem, Orangefarbenem.

Ein Alterungsbild zeigt, wie Macy heute, mit siebenundzwanzig, aussehen könnte. Das Gesicht lächelt nicht, aber es ist trotzdem bemerkenswert. Sie sieht aus wie Amanda Stevens, mit riesigen grünen Augen und milchweißem Teint. Als ich das Bild vergrößere, stockt mir plötzlich das Blut in den Adern.

Auf den anderen Fotos vorhin war es mir gar nicht aufgefallen – diese kleine, leuchtend pinkfarbene Schnittwunde an Macys Kinn. Eine Wunde, die sich im Lauf der Jahre in eine Narbe verwandeln würde.

Ich vergrößere das Foto noch weiter und zoome hinein, während mein Puls in meinen Ohren wummert.

Ist die Verletzung auf derselben Seite?

Nein.

Doch.

Dann nehme ich mir noch mal Macys Alterungsbild vor. Der Mund stimmt nicht – sie hat Amanda Stevens' volle Oberlippe nicht geerbt. Aber ihre Augen, ihr leicht spitzes Kinn – ich habe nicht den leisesten Zweifel, dass sie es ist.

Joslin.

Dieser Scheißkerl.

Mein Vater hat Macy Stevens nicht umgebracht und ihre Leiche versteckt. Sie hat den Großteil ihres Lebens bei ihm in Fayette gewohnt.

25

Ich brauche irgendjemanden, der sich das Foto ansieht. Jemand, der mir sagt, dass ich definitiv völlig bescheuert bin, auch nur auf die Idee zu kommen, dass Macy Stevens meine Schwester ist.

Gram geht zu Hause nicht ans Telefon, obwohl ich es zweimal versuche. Ein kurzer Blick auf die Uhr versetzt mir einen Stich der Panik. Es ist fast neun. So spät ist Gram nie unterwegs!

Also versuche ich es auf dem Handy und bin ebenso erstaunt, als sie abnimmt, wie sie es ist, von mir zu hören.

»Tessa?«

»Ich hab's zweimal auf dem Festnetz versucht«, beschwere ich mich.

»Ich bin spazieren«, erwidert Gram mürrisch wie immer, wenn ich mir mal wieder Sorgen mache. Dieses Mal halte ich ihr aber nicht meinen üblichen Vortrag über Frauen, die abends allein spazieren gehen und dann, angekettet an den Boiler, im Keller irgendeines Psychos wieder aufwachen.

Dieses Mal komme ich direkt zum Punkt: »Du musst mir sagen, wer Joslins Vater ist.«

Gram schnappt nach Luft. Ich stelle mir vor, wie ihr die für Florida so typische feuchte Luft den Atem raubt, bis ihr Herz stehen bleibt. »Tessa, ich hab dir doch schon …«

»Das war *gelogen.*« In mir löst sich irgendetwas auf, bis meine Innereien nur noch aus einem Haufen elektrischer Drähte bestehen. Ich bin ein Bündel Dynamit, das nur darauf wartet, dass jemand das Falsche sagt. »Ich habe verdammt noch mal die Schnauze voll davon, angelogen zu werden!«

»Angelogen?« Gram klingt sauer. »Der einzige Mensch, der dich angelogen hat, ist deine Mutter, Tessa. Sie hat dich mir verheimlicht. Meine andere Enkelin habe ich noch nicht einmal kennengelernt.«

Sie ist nicht deine Enkelin. Ich kann es nicht sagen. Werde es nicht sagen. Sonst denkt Gram noch, mein Aufenthalt in Fayette hätte mir den Verstand geraubt.

Und wenn ich es laut ausspreche – dass ich glaube, dass Joslin als Kind gekidnappt wurde –, dann bedeutet das auch, dass ich glaube, dass sie nicht wirklich meine Schwester ist. Selbst nach allem, was sie getan hat – die Lügen, ihr Verschwinden, sich nicht mehr bei mir zu melden –, hätte ich immer noch das Gefühl, sie zu verraten.

Also sage ich das Erstbeste, was mir in den Sinn kommt. »Ich habe eine Geburtsurkunde, oder?«

»Wie bitte? Natürlich hast du das. Die hast du doch gebraucht, um deinen Führerschein zu beantragen. Weißt du nicht mehr?«

Nicht mehr genau. Gram hat sich um den ganzen Papierkram gekümmert, weil ich so nervös war, dass ich zweimal durch die Prüfung gerasselt bin. Aber *natürlich* habe ich eine Geburtsurkunde. Ich bin am 18. Dezember in Fayette geboren. An diesem Morgen schneite es. Sogar mein Vater erinnerte sich daran, obwohl er selbst zugab, dass er ab 1994 die meisten Tage in einem Whiskey-Nebel verbrachte.

Aber was ist mit Joslin? Falls sie wirklich Macy Stevens ist, hat sie garantiert keine Geburtsurkunde.

Hat Joslin es herausgefunden? Wahrscheinlich ja, und deshalb ist sie auch weggelaufen. Aber warum hat sie dann keinen Kontakt zur Familie Stevens aufgenommen? *Hallo, ich bin eure tote Enkelin.* Tränenreiche Familienzusammenführung vor laufender Kamera, so was in der Art. Die meisten gehen davon aus, dass Macy Stevens ein Haufen Babyknochen ist, für immer die grinsende Zweijährige mit Plüschfrosch.

»Tessa, worum geht es hier? Was ist denn los?« Gram klingt panisch. Ich atme einmal tief ein und aus.

»Nichts«, sage ich. »Nichts ist los. Ich will nur … ich muss beweisen, dass Glenn nicht Joslins Vater ist, falls sie zurückkommt und sein Geld will. Ohne den Namen ihres Vaters kann ich ihre Geburtsurkunde nicht finden.«

Gram reagiert nicht sofort, wahrscheinlich hat sie gemerkt, dass ich lüge. Mein Vater starb, ohne auch nur einen einzigen mickrigen Penny zu hinterlassen.

»Tessa«, beginnt sie. »Ich habe dir manche Sachen nur deshalb verschwiegen, um dir Kummer zu ersparen, den du nicht brauchst.«

»Gram. Bitte sag mir, wie er heißt.«

»Alan Kirkpatrick.« Gram seufzt. »Ich habe ihn nie gemocht. Manche Menschen sind einfach nicht gut, Tessa, und ich wusste, dass das auch für ein Kind von Annette und ihm gelten würde.«

Eine Polizeisirene ist zu hören, aber das ist bei Gram, nicht bei mir. Ihre Stimme wird zittrig. »Ich habe nie besonders intensiv nach deiner Schwester gesucht, weil ich Angst hatte vor dem, was ich finden würde.«

Sie hat keine Ahnung. Das höre ich an ihrem Tonfall.

Es bedeutet, dass Gram nichts damit zu tun hatte, mit dieser verworrenen Kette von Ereignissen, die dazu führte, dass meine Eltern ein gestohlenes Kind als ihr eigenes aufzogen.

Ich hasse mich dafür, dass ich es überhaupt in Erwägung gezogen habe.

Rick kommt zurück ins Haus. Er erzählt mir, dass Maggie angerufen hat, um zu sagen, dass Callie sofort untersucht wird. Die Polizei hat bereits Beamten losgeschickt, um Daryl Kouchinsky abzuholen. Ich lausche nickend und werfe ab und an ein »Oh, okay« ein. Sobald er seufzend das Zimmer verlässt, rufe ich Callie an.

Mailbox. Ich lege auf, ohne eine Nachricht zu hinterlassen, und frage mich, wann ich beschlossen habe, Callie von meiner Schwester und Macy Stevens zu erzählen. Ich habe keinen Grund anzunehmen, dass sie mir glauben wird, und mir wird klar, dass viele Menschen das nicht tun würden. Decker vielleicht.

Vielleicht die FBI-Agentin, die mich am Nachmittag zur Schnecke gemacht hatte, weil ich bei den Stevens angerufen hatte. Müssen sie nicht allen Hinweisen nachgehen, die sie bekommen, selbst wenn es etwas so Absurdes ist wie eine Achtzehnjährige, die glaubt, ihre Schwester, die sie seit zehn Jahren nicht mehr gesehen hat, sei Macy Stevens? Die Schwester, von der sie nicht einmal ein Foto besitzt.

Ich gehe nach oben und verkrieche mich im Gästezimmer. Dort bleibe ich, selbst als ich nach Mitternacht die Haustür und dann Schritte auf der Treppe höre. Gemurmel. Jemand schaltet das Licht im Flur an. Dann wieder aus. Jemand benutzt das Bad.

Meine Tür wird einen Spalt geöffnet. Schnell kneife ich die Augen zu und zucke sicherheitshalber noch ein bisschen. Wenn es darum geht, Schlaf vorzutäuschen, bin ich Profi. In jenen Nächten, in denen mein Vater mich mit ins Boathouse nahm, lag ich auf dem Heimweg hinten auf dem Rücksitz und tat so, als würde ich tief und fest schlafen, damit er mich dann ins Haus trug.

Maggie macht das Licht nicht an. Sie setzt sich auf meine Bettkante.

»Ich wünschte, du wärst hier gewesen«, flüstert sie. »All die Jahre … Alles wäre anders gewesen, wenn sie dich an ihrer Seite gehabt hätte.«

Ich bin mir nicht sicher, ob sie weiß, dass ich wach bin, oder ob sie das nur sagt, weil sie glaubt, ich schlafe.

Nachdem sie gegangen ist, kann ich nicht einschlafen. Callie offenbar auch nicht. In meinen Gedanken spielen wir ein Spiel: Wer kann am längsten wach bleiben. Ich höre sie in ihrem Zimmer umhergehen und ihren Schreibtischstuhl über den Holzboden rollen, bis ich irgendwann nach vier im Nichts versinke.

Ich wache von einem Klopfen auf. Callie kommt zu mir ins Zimmer, ihren Laptop in der Hand.

Ihre offenen Haare gleichen ungekämmter Seide. Callie gehörte schon immer zu den Mädchen, die bereits beim Aufwachen schön sind. Die violetten Male an ihrem Hals treten allerdings recht heftig hervor.

Weil sie meinen Blick bemerkt, fasst sie hin. »Ist es so schlimm?«

Ihre Stimme klingt, als würde sie innen an einer Blechdose kratzen. Sie zuckt selbst zusammen.

Ich ziehe die Knie an die Brust. »Geht's dir …«

»Alles gut.« Callie setzt sich zu mir aufs Bett, statt in den Schaukelstuhl wie bisher. »Ich hab eine ganz leichte Gehirnerschütterung, deshalb tickt meine Mom natürlich fast aus.«

»Daryl Kouchinsky hat versucht, dich zu erwürgen. Ich finde, da kannst du ausnahmsweise mal nachsichtig mit ihr sein.«

Callies Mundwinkel zucken, aber ihr Lächeln erstirbt, bevor es richtig da ist. »Sie haben ihn aufs Präsidium gebracht und halten ihn dort fest, bis ich entschieden habe, ob ich Anzeige erstatten will.«

»Entschieden?«

Callie winkelt die Beine an, sodass sich ihre Fußsohlen berühren, und wippt mit den Knien. »Du hast doch gesehen, was er mit Katie angestellt hat, bloß weil sie mit mir geredet hat. Ich will es nicht noch schlimmer für sie machen. Deshalb werde ich nur eine einstweilige Verfügung beantragen.« Sie sieht mir in die Augen. »Ich glaube nicht mehr, dass er es ist.«

»Ich auch nicht.« Pam sagte, der Captain sei durchschnittlich groß. Niemand mit klarem Verstand würde Daryl Kouchinsky je als durchschnittlich bezeichnen. Er gehört zu den Männern, die sich ducken müssen, um durch eine Tür zu gehen.

»Wie dem auch sei.« Callie seufzt. Sie klappt ihren Laptop auf und dreht den Bildschirm in meine Richtung. »Ich hab heute Nacht das hier gebastelt.«

Zu sehen ist eine Seite auf Connect für eine Zwanzigjährige namens »Sasha«, die den Herren in Fayette und den Westmoreland Counties ihre Dienste anbietet. Und auch bereit ist, weiter zu fahren.

Sasha war eine American-Girl-Puppe, die Callie als Kind besaß. Keine dieser coolen historischen Puppen, über die es sogar ganze Bücher gab, sondern eine von denen, die extra so gemacht wurden, dass sie aussehen wie du. Sasha hatte sogar Fußball- und Twirling-Outfits genau wie Callie.

»Hübscher Name«, sage ich, während Callie weiter runterscrollt. Mein Herz macht einen Satz. Dort prangt ein Über-die-Schulter-Spiegelbild-Selfie eines jungen Mädchens. Sie trägt ein Bikinihöschen, und die langen blonden Haare fallen ihr über den Rücken. Ich erkenne Callies Handyhülle – sie ist mintgrün mit den Umrissen einer Pusteblume darauf, deren Samen wie durch einen unsichtbaren Luftzug verstreut werden.

»Mein Gesicht habe ich weggelassen«, erklärt sie. »Die anderen zeigen ihre Gesichter auch alle nicht. Und es gibt noch einen Haufen ähnlicher Websites – übel viele, um genau zu sein –, also hab ich es auf denen auch gepostet.«

Ich muss wegschauen. »Das gefällt mir nicht. Ich finde, wir sollten das nicht tun.«

Callie klappt den Computer zu. »Du weißt doch, dass wir es

nicht mal in Erwägung ziehen würden, wenn es eine andere Möglichkeit gäbe.«

Ich schlucke. »Und was jetzt?«

»Wir warten ab«, antwortet sie. »Dann sehen wir, ob er Interesse zeigt.«

Ich erzähle Callie, dass ich vielleicht einen Hinweis auf Joslin habe, damit sie mir die Schlüssel des Minivans leiht, während Maggie und Rick unterwegs sind. Callie will natürlich mitkommen, aber ich erinnere sie daran, dass Maggie ausflippt, wenn sie erfährt, dass ihre Tochter nicht brav im Bett liegt.

Mein erster Halt ist der Computerraum der Bibliothek. Ich gebe die Nummer von Callies Ausweis ein, woraufhin eine graue Box mit einem Timer für meine Internetsession auftaucht.

Ich suche nach *Geburtsurkunde* und bekomme einen Link zu einem Archiv, das damit wirbt, mehr als 4,6 Millionen Einträge in seiner Datenbank zu haben. Um auszuprobieren, ob es funktioniert, tippe ich den Mädchennamen meiner Mutter ein: Annette Mowdy. Geburtsort: Florida.

2 Einträge gefunden. Ohne bezahlte Mitgliedschaft kann ich die eingescannten Geburtsurkunden nicht genauer anschauen, aber sie wirken zumindest echt.

Dann suche ich nach Joslin Mowdy in Pennsylvania.

Keine Einträge gefunden.

Als Nächstes versuche ich Joslin Kirkpatrick und, als da ebenfalls nichts kommt, Joslin Lowell, obwohl meine Schwester den Namen meines Vaters erst annahm, als sie schon etwas älter war.

Keine Einträge gefunden.

Ich bohre den Finger durch das Loch in meiner Jeans. Das muss ein Irrtum sein. Oder meine Mutter hat gelogen, was den Geburtsort meiner Schwester betraf. Ihre Geschichte ging folgendermaßen: Sie verließ Joslins Vater, zog nach Pennsylvania, bekam ein Baby, lernte Glenn Lowell kennen, als das Kind zwei Jahre alt war, und Glenn und meine Mutter heirateten ein Jahr später.

Aber es gibt keine Einträge für eine Joslin Mowdy oder Joslin Kirkpatrick irgendwo in den Vereinigten Staaten. Die Suchmaschine fragt mich, ob ich *Justine Mowdy* oder *Jason Kirkpatrick* meine.

Ich schließe die Website und werfe einen Blick über die Schulter, weil ich auf einmal fürchte, jemand könnte gemerkt haben, dass ich nicht von hier bin, und mir Ärger machen, weil ich Callies Ausweis benutze. Doch die Leute an den anderen Computern sitzen wie ausdruckslose Zombies vor ihren Bildschirmen. Hoffentlich sehe ich nicht auch so aus.

Ich suche noch einmal nach Macy Stevens und blättere ein Fotoalbum durch, das die Zeitschrift *People* vor fünf Jahren online gestellt hat. Anscheinend fasziniert sie die Menschen noch immer. Macy Stevens ist Amerikas Baby. Die Öffentlichkeit lechzt ebenso sehr nach Antworten wie ihre Familie.

Die Vorstellung, dass sie letzte Woche als sechsundzwanzigjährige Brandy Butler in die Justizvollzugsanstalt von Fayette County spaziert ist, ist der Wahnsinn.

Ich überfliege den Artikel. Ein Zitat sticht mir besonders ins Auge: *In einem Interview mit Cynthia Chan von 2004 erklärten Robin und Bernie Stevens, dass sie glauben, ihre Enkelin sei immer noch am Leben. Vielleicht wäre sie auf dem Adoptionsschwarzmarkt verkauft worden. Die Justiz versprach, weiterhin allen Hinweisen nachzugehen, betonte jedoch, dass Menschenhandel mit Babys in den Vereinigten Staaten äußerst selten sei.*

Cynthia Chan war die Moderatorin von *This Evening* auf NBC, bevor Diane Sawyer oder irgendjemand anders sie von ihrem Posten vertrieb. Gram hat sich die Sendung manchmal angesehen. Chan war eine ordentlich frisierte, unaufgeregte Frau, die nickend in ihrem Ledersessel saß, während ihre Gäste weinten.

Ich finde ihr Interview mit der Familie Stevens auf YouTube und stöpsele meine Kopfhörer an den Computer. Das Video ist vierzig Minuten lang. Den Anfang überfliege ich, denn da scheinen Amandas Eltern vor allem Amandas Unschuld zu beteuern.

Amanda wurde mit neunzehn schwanger. Der Vater des Kindes kam bei einem Motorradunfall ums Leben. Amanda hatte es nicht leicht. Aber sie liebte Macy und hätte ihr niemals etwas angetan.

Nach zwanzig Minuten fragt Cynthia Chan die Stevens, was ihrer Meinung nach mit ihrer Enkelin passiert sei.

»Ich glaube, sie wurde verkauft«, erklärt Robin Stevens mit der Entschiedenheit einer Frau, die sich etwas in den Kopf gesetzt hat und verdammt sein will, ihre Meinung zu ändern, bevor nicht anderweitige Beweise vorliegen. Ich bin sprachlos. Sie erinnert mich dermaßen an Joslin. Im Hinterkopf höre ich meinen Vater murmeln:

Sture Göre. Kommt ganz nach ihrer Mutter.

Auf dem Bildschirm tupft sich Robin Stevens die Augen mit einem Taschentuch ab. Selbst im Sitzen ist sie nur halb so groß wie ihr Mann. Sie trägt die Haare zum Bob geschnitten und in einem Kirsch-Cola-Ton gefärbt. Dann rückt sie ihre schwarze Katzenaugen-Brille zurecht. »Macy war ein bezauberndes, gesundes kleines Mädchen. Haben Sie eine Ahnung, wie viel für ein gesundes weißes Baby auf dem Schwarzmarkt gezahlt wird?«

Das Video muss laden. Ich klicke das Fenster zu, denn ich habe sowieso genug gehört.

Wanda wirkt nicht überrascht, mich zu sehen. Sie legt einen Papierstapel zur Seite und seufzt. Ein schwerer Seufzer, der ihren ganzen Körper erfüllt.

»Ich schon wieder«, sage ich.

»Süße, ich weiß nicht, ob ich dir helfen kann.« Sie wirkt schuldbewusst, was mir signalisiert, dass sie meine Nachricht bekommen und entschieden hat, nicht zu reagieren.

Ich beuge mich über den Tresen. »Es ist wichtig. Ich habe etwas in den Sachen meines Vaters gefunden. Ich glaube, er wusste etwas über ein verschwundenes Mädchen.«

Wanda dreht sich in ihrem Schreibtischstuhl um. Brüllt über die Schulter nach hinten: »Bill, ich mach jetzt Mittagspause.«

Dann steht sie auf. Ich gehe einen Schritt auf die Sicherheitstür zu.

»Nein, du bleibst, wo du bist«, grummelt sie.

Stattdessen kommt sie zu mir und bedeutet mir, ihr nach draußen zu folgen. Seitlich vom Gebäude gibt es einen kleinen Hof für Angestellte mit zwei langen Picknicktischen, wo drei Beamte von Plastiktabletts essen.

Wanda und ich setzen uns an den freien Tisch. Mir fällt auf, dass sie gar kein Mittagessen mitgebracht hat.

»Geht es hier um Macy Stevens?«, fragt sie.

Ich spüre einen Stich der Ernüchterung. »Ich habe eine Telefonnummer gefunden. Als ich dort anrief, ist etwas Seltsames passiert. Eine FBI-Agentin rief mich zurück und meinte, die Nummer wäre eine Hotline für ein verschwundenes Kind.«

Ich hatte erwartet, dass Wanda überrascht sein würde, mich vielleicht auffordern würde fortzufahren. Stattdessen seufzt sie.

»Dein Vater hat versucht, die Familie eines berühmten verschwundenen Kindes zu erpressen«, sagt sie. »Und da war er nicht der Erste. Im Lauf der Jahre hat mindestens ein Dutzend Insassen behauptet, dieses kleine Mädchen, Macy Stevens, umgebracht zu haben.«

Ich blinzle.

»Falsche Geständnisse«, erklärt Wanda. »Sie sitzen lebenslange Gefängnisstrafen ab und langweilen sich. Behaupten, etwas über einen prominenten Mord zu wissen, zum Beispiel wo die Leiche ist, nur um die Polizei auf eine wilde Suche zu schicken und Aufmerksamkeit auf sich zu lenken. Das passiert andauernd.«

»Aber das klingt nicht nach meinem Vater«, widerspreche ich. »Er saß ja nicht mal wegen Mord im Gefängnis. Was, wenn er wirklich etwas wusste?«

»Er hat bei der Hinweis-Hotline angerufen und gesagt, er würde ihnen verraten, wo Macy ist«, erwidert Wanda, »aber nur, wenn sie ihm zuerst die Belohnung geben.«

»Und dann hat er nie wieder ein Wort darüber verloren?«

Sie schüttelt den Kopf.

Und das ist es: Das Einzige, von dem ich nie gedacht hätte, dass es mich kaputt macht, hat seinen ersten Riss hinterlassen.

Der Beweis, dass mein Vater bis zum Ende ein Stück Dreck war.

26

Als ich in die Main Street einbiege, vibriert mein Handy in der Tasche. Das Letzte, was ich jetzt brauchen kann, ist ein Strafzettel wegen Telefonierens am Steuer, und hier kann ich nirgends halten, außer ich quetsche mich in eine ganz schmale Lücke. Auf keinen Fall will ich nach Florida zurückgeschickt werden, weil ich aus Versehen Maggies Auto demoliert habe.

Das Handy hört auf zu klingeln, und Panik steigt in mir auf. Wenn sie es ist und ich sie verpasse, dann habe ich vielleicht nie wieder eine Chance.

Meine Mutter.

Ich quetsche mich in eine Lücke auf dem Parkplatz der Post, als das Telefon wieder zu klingeln beginnt. Hektisch ziehe ich es aus der Tasche. Es ist Callie.

»Wo bist du denn?« Ihre Stimme ist immer noch kratzig, aber besser als heute Morgen. »Ich hab versucht, dich zu erreichen.«

»Ja, hab ich gemerkt.« Mein Herz klopft immer noch. Ich bin sauer auf Callie, einfach nur weil sie Callie ist und nicht Annette. Bis sie sagt: »Du musst kommen. Ich glaube, er hat mir eine Nachricht geschickt.«

Als ich bei den Greenwoods ankomme, sitzt Callie im Schneidersitz auf ihrem Bett, den Laptop vor sich.

»Er hat nichts von einem Treffen gesagt oder so«, berichtet sie atemlos. »Aber sein Benutzername …«

Ich lasse mich neben sie aufs Bett plumpsen und drehe den Laptop zu mir.

Persönliche Nachricht von cpt818:

Was macht ein nettes Mädchen wie du auf so einer Website?

Ich sehe Callie an. »*CPT* könnten einfach gefälschte Initialen sein oder etwas, um die Leute auf eine falsche Fährte zu führen.«

»Sieh dir sein Foto an.« Sie zeigt auf den Bildschirm.

Das Profilbild zeigt einen Mann mit schwarzem Hut und Fliegerbrille. Er zielt mit dem langen Lauf eines Gewehrs direkt in die Kamera. »Das sieht für mich aus wie ein Screenshot aus einem Film«, sage ich.

»Der Unbeugsame«, meint Callie begeistert. »Das ist Captain, der Bösewicht aus *Der Unbeugsame*.«

Ich sehe sie an. »Du hast den Film gesehen?«

Sie schüttelt den Kopf. »Ich hab Ryan das Bild in die Arbeit gemailt, und er hat es sofort erkannt. Ich hab dir doch gesagt, er kann uns nützlich sein.«

Den letzten Teil ignoriere ich. »Was willst du ihm sagen?« Das Blut pocht in meinen Ohren. *Das könnte er sein. Das Monster.*

Callie denkt einen Augenblick nach, bevor sie tippt: *Wie kommst du darauf, dass ich ein nettes Mädchen bin?*

Captain antwortet nicht. Das Icon in der Ecke zeigt, dass er sich ausgeloggt hat. Callie schlägt sich die Hand vor den Mund.

»Scheiße«, nuschelt sie durch ihre Finger hindurch. »Was hab ich falsch gemacht?«

Ich stehe auf und gehe in Callies Zimmer umher. Scheiße ist richtig. Am liebsten würde ich etwas kaputt machen oder mich aus ihrem Fenster beugen und schreien: *Scheiße, Scheiße, Scheiße!*

Wir hatten diesen Hurensohn am Haken. Wir hatten ihn, und er ging uns durch die Lappen.

Am nächsten Morgen beteuert Callie, dass es ihr besser geht und sie fit genug für den Shopping-Ausflug zu den Briarwood Outlets ist, von dem Maggie und sie gesprochen haben. Ich bin immer noch so niedergeschlagen, weil unser Plan, den Captain in eine Falle zu locken, nicht funktioniert hat, dass ich mich nicht wehre, als Maggie vorschlägt, ich solle mitkommen.

Bei Pottery Barn sucht Callie sich dunkelblau-weiße Bettwäsche für ihr Wohnheimzimmer aus. Als wir an einem Old Navy Shop vorbeikommen, wirbt ein Schild im Fenster mit zwei Paar Shorts für zwanzig Dollar.

Maggies Gesicht leuchtet auf. »Oh, ich könnte neue brauchen.«

Callie verdreht die Augen, aber Maggie zerrt uns in den Laden an einen Tisch mit Shorts in allen erdenklichen Farben.

»Ich brauche aber bloß ein Paar«, erklärt sie, während sie die Stapel durchwühlt. Callie steht derweil mit dem Handy in der Hand gähnend in einer Ecke. Maggie findet Shorts in meiner Größe und wirft sie mir zu. »Warum probierst du die nicht mal an? Es wäre doch eine Schande, ein so gutes Angebot nicht zu nutzen.«

Ich weiß, dass sie mir bloß deshalb eine kurze Hose kaufen will, damit ich in meiner Jeans nicht immer so schwitzen muss.

»Danke«, sage ich. Ich verschwinde mit der Hose in der Umkleidekabine. Sobald ich sie anhabe, begutachte ich mich im Spiegel. Meine Beine sind bleich, aber meine Nase zieren ein paar Sommersprossen mehr, weil ich so viel draußen in der Sonne war. Meine Haare umrahmen mein Gesicht in weichen Wellen statt des Krauskopfs, mit dem ich in Florida jeden Tag zu kämpfen habe.

Rein äußerlich wirkt es so, als hätte mir die Zeit in Fayette gutgetan.

Die Tür der Umkleide klappert, und ich mache erschrocken einen Satz zurück, obwohl ich angezogen bin. Callie kommt herein, ihr Blick ist wild.

»Schau mal.« Sie hält mir ihr Handy vor die Nase.

Sie ist auf Connect und hat ihre persönlichen Nachrichten abgerufen.

Hast du heute Abend schon was vor, Süße? – CPTN

»Heilige Scheiße«, flüstere ich.

Es klopft an der Tür. »Und, Tess, wie passt die Hose?« Es ist Maggie.

»Prima«, krächze ich. »Ich glaube, ich nehme sie.«

Nachdem Maggie davongeschlendert ist, tippt Callie eine Antwort an Captain. Ich halte ihre Finger fest.

»Was machst du denn da?«, zische ich.

Doch sie befreit sich aus meinem Griff. »Ich *muss* antworten. Wenn ich einfach verschwinde, wird er misstrauisch.«

»Kannst du ihn nicht noch mehr fragen? Irgendwas, das uns einen Hinweis darauf gibt, wer er ist?« Auf einmal ist nicht mehr genug Sauerstoff in der Umkleidekabine.

»Wenn er das Monster ist, ist er zu clever dafür«, wispert Callie. »Du weißt, dass wir das tun müssen.«

Ich schiebe meine zitternden Hände in die Taschen der kurzen Jeans und sehe zu, wie Callie dem Captain schreibt.

Ich hab um zehn Feierabend. An was genau hattest du denn gedacht?

Rick ist um halb elf im Bett. Callie und ich schauen unten im Wohnzimmer einen Film, in entgegengesetzten Ecken des Sofas kauernd. Maggie werkelt in der Küche herum, schaltet die Spülmaschine ein. Gegen elf streckt sie den Kopf herein, um uns eine gute Nacht zu wünschen.

Wir haben gerade einen weiteren Film angefangen. »Wir gehen ins Bett, sobald der aus ist«, meint Callie und unterstreicht ihre Worte mit einem Gähnen.

»Okay.« Maggie küsst uns beide auf den Scheitel. Dann höre ich, wie sie drei Mal an der Haustürklinke rüttelt, um sicherzugehen, dass abgeschlossen ist, obwohl Daryl Kouchinsky die Nacht in einer Zelle verbringen wird.

Maggie verschwindet nach oben, und Callie und ich sind still. Eine Dreiviertelstunde lang schauen wir einen *The-Fast-and-the-Furious*-Film, dann vibriert Callies Handy mit einer Nachricht.

»Ryan wartet ein Stück die Straße runter«, verkündet sie.

Wir lassen den Fernseher und das Licht an, weil Maggie sowieso denkt, dass wir noch eine Weile wach sind und fernsehen. Das Westfield-Plaza-Einkaufszentrum liegt zwanzig Minuten von Fayette entfernt. Wenn der Captain pünktlich ist und alles nach Plan läuft, sind wir in einer Stunde zurück.

Besagter Plan ist, in Callies Worten, »ganz einfach«: Wir warten im Dunkeln in Ryans Truck, bis der Captain kommt. Dann notieren wir uns sein Nummernschild, machen ein Foto und hauen ganz schnell ab, bevor ihm klar wird, dass Sasha nicht kommt.

Genau wie bei einem Feuerwerkskörper gilt: Wenn wir das Timing versauen, fliegt uns alles um die Ohren.

Ryan hat zwei Häuser weiter geparkt. Ohne Licht. Er begrüßt uns mit einem Nicken, als wir einsteigen, aber seine Augen schimmern besorgt im Dunkeln.

»Ich kann gar nicht glauben, dass wir das wirklich tun«, murmelt er, als er den Wagen anlässt.

Der Motor erstirbt stotternd, und wir holen alle gemeinsam Luft. Doch sobald Ryan den Zündschlüssel noch mal dreht, ertönt das gleichmäßige Brummen unter uns. Vor mir auf dem Beifahrersitz klammert sich Callie am Türgriff fest, ihre Knöchel sind ganz weiß.

Wir erreichen das Einkaufszentrum fünfzehn Minuten zu früh. Alle Geschäfte sind dunkel, abgesehen von einer zwielichtig wirkenden Bowlingbahn auf der gegenüberliegenden Seite.

»Da.« Ich zeige auf den Parkplatz neben der Bowlingbahn. »Dort ist es am dunkelsten. Wenn wir dort warten, kann er den Truck nicht sehen.«

Im Seitenspiegel beobachte ich, wie Callie den Mund aufmacht, um zu protestieren. »Wir haben aber gesagt, dass Sasha ihn vor Target trifft.«

»Tessa hat recht«, meint Ryan. »Wir müssen bis zur letzten Minute auf Distanz bleiben.«

»Damit er dann denkt, es gibt keine Sasha, und abhaut?« Callie runzelt die Stirn. »Einer von uns sollte sich hinter der Mülltonne drüben bei Target verstecken, um eine gute Sicht auf sein Nummernschild zu haben.«

»Genau auf die Art landet man dann *in* einer Mülltonne«, schimpft Ryan.

Ich bin still, weil ich über Callies Argument nachdenke. Ryan dreht sich zu mir um.

»Was denn?« Er runzelt die Stirn.

»Sie hat nicht ganz unrecht«, sage ich. »Er könnte wegfahren, bevor wir den Parkplatz überquert haben, und dann haben wir seine Autonummer nicht. Ich könnte mich hinter dem Müllcontainer verstecken und hintenrum zum Best Buy laufen, sobald ich sie mir gemerkt habe. Dort könnt ihr mich dann abholen.«

Ryan umklammert das Lenkrad. »Niemand verlässt diesen Truck.«

»Wir haben schon eine Menge riskiert. Ich werde nicht riskieren, dass er entkommt.« Callie hat ihre sture Miene aufgesetzt. Seufzend legt Ryan den Gang ein.

»Du merkst dir das Nummernschild, und dann haust du ab, verstanden?«, schärft er mir ein.

Vielen Dank. Ich hatte eigentlich vor, noch ein bisschen herumzutrödeln, würde ich am liebsten sagen. Ich weiß, dass er überhaupt nur einwilligt, weil ich es bin und nicht Callie.

Wir haben noch eine Viertelstunde, bevor der Captain Sasha treffen soll. Ryan fährt zu Target hinüber, wo ich aus dem Auto springe.

Dann parkt er wie besprochen drüben bei der Bowlingbahn. Die Straßenlaternen über mir werfen ihr orangefarbenes Licht auf den Gehweg. Ich weiche ihrem Schein aus und schleiche um die Seite des Gebäudes herum, wo der Müllcontainer steht.

Dort gehe ich neben einer weggeworfenen, nassen Plastiktüte in die Hocke. Meine Blase zwickt. Mir fällt ein, dass ich als Kind beim Versteckenspielen jedes Mal aufs Klo musste. Ich überlege, ob ich hier hinten hinpinkeln könnte, aber es ist bereits zehn vor zwölf, und womöglich kommt der Captain zu früh.

Stattdessen klappe ich mein Handy auf. Ich habe bereits eine Nachricht von Callie. *Man sieht deine Füße.*

Also verändere ich meine Position und schaue auf die Uhr. Es ist erst eine Minute vergangen. Ich könnte schwören, die Zeit tickt langsamer. In Gedanken gehe ich alle Katastrophenszenarien in meinem Repertoire durch. Der Captain ist nicht derselbe Mann, der Pams Freundin angegriffen hat. Der Captain ist tatsächlich Bulle, aber einer von den guten, und er kommt, um Sasha festzunehmen.

23 Uhr 56. Autoscheinwerfer wandern über den Asphalt. Ich verrenke mir den Hals, um besser sehen zu können.

Ein silberner Subaru Forester hält mit laufendem Motor neben der Laterne, die am weitesten vom Laden entfernt ist, etwa fünfzehn Meter von mir entfernt. Der Wagen parkt und schaltet die Lichter aus, nicht aber den Motor, genau wie der Captain es Sasha angekündigt hatte.

Er ist zu früh. Natürlich. Mein Atem geht flach, und ich kann mich nicht bewegen.

Komm schon, Tessa. Ganz vorsichtig neige ich den Kopf, aber ich kann das Nummernschild von hier aus nicht erkennen. Er ist zu weit weg. Es ist zu dunkel. Neben mir auf der Backsteinwand blinkt ein rotes Licht, und ich erstarre.

Vorsichtig blicke ich auf. Eine Kamera zeigt auf den Eingang des Geschäfts. Das war mir vorher gar nicht aufgefallen. Deshalb hat der Captain so weit weg geparkt: Er wusste, dass ihn die Überwachungskamera dann nicht aufzeichnen kann. Ich bekomme Gänsehaut am Rücken.

Schnell schreibe ich Callie: *Kann nichts erkennen. Bleibt, wo ihr seid.*

Ich versuche, meine Möglichkeiten einzuschätzen. Weniger als zehn Meter von Captains Wagen und den Laternen entfernt steht eine Reihe Einkaufswagen neben einer Baumgruppe. Wenn ich schnell bin, kann ich hinter die Wagen huschen, ohne dass er mich sieht. Von dort aus sollte ich sein Nummernschild lesen können.

Bleib einfach im Dunkeln.

Ich hole tief Luft und stehe auf. Dann renne ich.

Genau in dem Moment, als die Scheinwerfer des Subarus wieder angehen, ducke ich mich hinter die Einkaufswagen. Es ist hell genug, um das Nummernschild erkennen zu können: CRK-1841.

»Scheiße«, murmle ich, als der Captain offenbar einen Gang einlegt. Das Fahrerfenster wird heruntergelassen, und ein Arm im Jeanshemd taucht auf.

Dann streckt der Captain den Kopf aus dem Fenster und sieht sich auf dem Parkplatz um. Sein Blick streift dabei die Einkaufswagen, verweilt aber nicht auf meinem Versteck.

Durch eine Lücke kann ich sein Gesicht erkennen. Er hat eine Glatze und einen Bart, und mir stockt der Atem.

Er ist es.

Ich weiß, wer das Monster ist.

Ein Lichtschein wandert über den Target-Parkplatz. Aber nicht der des Captains – Ryans Truck. Der Captain dreht den Kopf, beobachtet, wie der Truck sich ihm nähert. Es sieht aus, als würde er etwas vor sich hin murmeln. Dann tritt er aufs Gas. Ohne sein Fenster zuzumachen, jagt er über den Parkplatz davon.

Ich renne los, direkt vor Ryan, der quietschend anhält. Durch die Windschutzscheibe kann ich Callies kreidebleiches Gesicht erkennen.

Schwungvoll öffne ich die Tür und klettere über sie hinweg auf den Rücksitz.

»Konntest du das Nummernschild entziffern?«, fragt Callie atemlos, während Ryan gleichzeitig schimpft: »Du warst VIEL zu nah dran. Er hätte dich bemerken können …«

»Ich hab ihn gesehen«, sage ich. »Ich habe sein Gesicht gesehen, und ich weiß, wer er ist.«

Die beiden sind still.

»Er arbeitet im Gefängnis«, sage ich. »Er ist ein verdammter Gefängniswärter.«

27

Er hatte mir die Tüte mit den Sachen meines Vaters übergeben. Er hatte mich angelächelt, und ich hatte gedacht: *Er sieht aus, als hätte er auch eine Tochter.* Dann bin ich gegangen und habe nie mehr an ihn gedacht.

»Captain ist der Aufseher in *Der Unbeugsame*«, sagt Ryan leise. »Verdammt.«

»Wie sah er aus?«, flüstert Callie.

»Wie Pam ihn beschrieben hat. Mit Glatze, aber er hatte einen Bart. Mittelgroß.«

»Was ist mit der Narbe?«

Ich muss meinen Arm auf den Türgriff legen, um mich abzustützen. »Konnte ich nicht sehen. Aber ich war nicht nah genug dran, und vielleicht wird sie auch von seinem Bart verdeckt.«

»Ich bitte meinen Onkel, das Nummernschild zu überprüfen«, sagt Ryan. »Dann haben wir einen Namen.«

»Das brauchst du nicht.« Callie dreht sich um und zeigt mir das Display ihres Handys. Sie ist auf der Homepage des Gefängnisses, auf einer Seite namens »Unsere Mitarbeiter«.

»Ist er das?« Sie zeigt auf einen weißhaarigen Mann in einem dunkelblauen Polizeijackett. Captain Phillip Swain, Strafvollzugsleiter.

Ich schüttle den Kopf und scrolle weiter nach unten. Auf seinem Foto lächelt er.

Er hat freundliche Augen.

Justizvollzugsbeamter James »Jimmy« Wozniak.

Dieser Drecksack ist noch nicht mal Captain.

Jay Elwood hat keine Klingel. Ryan klopft an die Tür, bis drinnen ein Hund fast durchdreht. Im Flur geht ein Licht an, und eine Männerstimme beruhigt den Hund.

Ryans Onkel öffnet die Tür und sieht Ryan blinzelnd an. »Was habt ihr angestellt?«

Er denkt, wir sind hier, weil er uns aus der Patsche helfen soll. Ich weiß nicht, warum, aber irgendwie tröstet mich das.

»Nichts«, antwortet Ryan, als ein riesiger weißer Schäferhund sich an ihm vorbeidrängt und seine Nase zuerst Callie und dann mir zwischen die Beine schiebt.

»Sammy, Platz!« Detective Elwood zerrt am Halsband des Hundes. »Das gehört sich nicht.« Sobald Sammy brav zu seinen Füßen liegt, wendet er sich wieder an Ryan und hält die Tür für uns auf. »Weiß deine Mom, dass du hier bist?«

Ich trete über die Schwelle und erschrecke fast, so stark riecht es nach Hund und chinesischem Essen. Direkt neben dem Eingang befindet sich eine Wäschekammer, auf deren Holzfußboden sich jede Menge Socken stapeln. Ryans Onkel schiebt sie mit dem Fuß aus dem Weg und führt uns in die Küche.

»Okay, was ist los?« Er verschränkt die Arme vor der Brust.

Callie sieht Ryan an.

»Seid ihr wegen Ari Kouchinskys Mord noch an irgendjemand anders dran außer an Nick?«, fragt Ryan.

Jay Elwood holt eine halb leere Orangensaftflasche aus dem Kühlschrank, lässt sich auf einen der Küchenstühle sinken und streckt die Beine aus. »Du weißt, dass ich das nicht beantworten kann.«

Ryan sieht seinem Onkel fest in die Augen, und es wirkt, als wollten sie herausfinden, wer zuerst wegschaut. »Wenn es so wäre, könnte das dann vielleicht Jimmy Wozniak sein?«

Jay lehnt sich in seinem Stuhl zurück. Betrachtet Ryan skeptisch. »Der, der im Gefängnis arbeitet?«

Ryan nickt.

»Ist ein netter Kerl«, sagt Ryans Onkel. »Macht eine Menge Gerichtsfahrten.«

Ryan zieht sich einen Stuhl näher zu Jay heran und setzt sich. »Wir glauben, dass er sich mit Ari getroffen hat. Nick hat von diesem seltsamen Typen erzählt, den sie über Connect kennengelernt hat, und seine Beschreibung passt genau auf einen Mann, der versucht hat, eine Prostituierte in Ridgefield umzubringen.«

Jay richtet sich auf. »Moment mal, jetzt mal ganz langsam. Woher habt ihr das alles?«

Callie senkt den Blick, was Jay nicht entgeht. Er knallt die Saftflasche so heftig auf den Tisch, dass ich an meinem Platz im Türrahmen zusammenzucke. »Habt ihr euch etwa mit Prostituierten *unterhalten?*«

»Du musst uns glauben«, sagt Ryan. »Jimmy Wozniak benutzt Connect, um Mädchen zu finden, die er dann tötet.«

»Er könnte das Ohio-River-Monster sein«, füge ich hinzu. »Er hat Ari auf genau dieselbe Weise umgebracht wie diese anderen Mädchen.«

Ryan zuckt zusammen.

»Woher wisst ihr, wie Ari gestorben ist?« Jays Stimme ist gefährlich ruhig. »Hat euch das etwa Elliot Banks, der *Kaffeejunge,* erzählt?«

Callie starrt Ryan an. »Du hast behauptet, du hast die Details von deinem *Onkel.*«

Ryan wirkt wie ein geprügelter Hund. »Ich wollte Eli nicht in Schwierigkeiten bringen.«

»Unglaublich«, murmelt Jack und ballt die Hand auf dem Tisch zur Faust. »Der kleine Scheißer kann was erleben. Genauso kriegt die Presse ihre Infos.«

»Wir haben niemandem sonst etwas erzählt«, beteuert Ryan schnell. Dann zeigt er auf Callie und mich. »Findest du nicht, dass die zwei ein Recht darauf haben, Bescheid zu wissen? Schließlich haben sie gegen den Kerl ausgesagt, von dem *dein Laden* behauptet, er sei das Monster. Wenn auch nur die geringste Möglichkeit besteht, dass die Polizei sich getäuscht hat, dann sollten die beiden das wissen.«

Officer Elwood reibt sich das Gesicht. »Geh nach Hause, Ry.«

Ryans Unterlippe zuckt. »Du musst dir Jimmy Wozniak vorknöpfen. *Bitte,* Onkel Jay.«

»Ich hol mir seine Akte und schaue, ob es irgendwelche Warnhinweise gibt«, verspricht Jay, während er uns zur Haustür begleitet. »Mehr kann ich wirklich nicht tun.«

Jay pfeift, als er uns die Tür aufhält, woraufhin Sammy sich zu ihrer vollen Größe aufrichtet, hochspringt und Ryan die Pfoten auf die Brust legt. »Ich kann gar nicht fassen, dass du hinter meinem Rücken herumgeschnüffelt hast«, sagt Ryans Onkel. »Was hast du dir nur dabei gedacht, Ry?«

Ryan wird rot und schiebt Sammy sanft von sich runter.

»Haltet euch von diesem Typ fern«, warnt Jay. »Falls er tatsächlich etwas damit zu tun hat und er jetzt gewarnt ist …«

Ich werde stocksteif. Callie neben mir sieht aus, als würde sie gleich ohnmächtig werden. Jay schüttelt bloß den Kopf und schließt die Tür.

Auf dem Heimweg sagt keiner von uns ein Wort.

Nachdem Ryan uns noch bis zur Haustür begleitet hat, verschwindet Callie sofort in ihrem Zimmer. Ich liege im Gästezimmer unter dem Bett und kann nicht schlafen. Das Ticken der Kuckucksuhr ist, als würde jemand an meinem Gehirn rütteln. Schließlich krieche ich heraus, nehme die Häkeldecke und gehe nach unten.

Während der Computer hochfährt, schaue ich ohne Ton fern und frage mich, ob Jimmy Wozniak wohl auch nicht schlafen kann, jetzt, wo er vermutet, dass Sasha nicht echt war. Begreift er, dass ihm jemand auf der Spur ist?

Ich ziehe die Decke fest um meine Schultern. Sobald der Internetbrowser offen ist, suche ich nach *Macy Stevens' Narbe*.

In einem Forum bekomme ich einen Treffer, woraufhin ich mich durch das Gelaber arbeite. Anscheinend behauptete Amanda, als die Polizei sie danach fragte, dass Macy sich das Kinn an einem niedrigen Glastisch aufgeschlagen hätte. Aber als die Beamten mit Amandas Freundinnen sprachen, erinnerten sich ein paar von ihnen, dass sie mal eine Bemerkung zu der Narbe gemacht hatten. Und daraufhin hatte Amanda erwidert: *Wenn sie groß ist, wird sie das daran erinnern, nicht so eine kleine Nervensäge zu sein.*

Jahre später schienen alle Brenda Deans Meinung zu teilen, dass Macys Narbe nicht von einem Unfall stammte.

Die Stimme meiner Mutter erfüllt meinen Kopf. Ich sehe sie vor mir, vor dem Fernseher hockend, zwei Finger ans Kinn gelegt, während sie die Grausamkeiten in den Abendnachrichten verfolgt. Irgendetwas über eine Frau, die ihr Neugeborenes ertränkt hatte.

»Es gibt in der Hölle einen speziellen Ort für Menschen, die ihren eigenen Kindern wehtun«, sagte sie.

Über mir knarrt eine Diele. Schnell fahre ich den Computer runter und lasse mich mit der Decke auf die Couch sinken, wo ich so tue, als würde ich schlafen.

Ich höre Schritte auf der Treppe. Callies Stimme. »Was machst du denn hier unten?«

Ich setze mich auf. »Ich konnte nicht schlafen.«

Sie nimmt am anderen Ende des Sofas Platz, schlägt die Beine übereinander. »Ich auch nicht.«

Nach einer kurzen Pause sagt sie: »Wusstest du, dass man bei zwei Opfern graue Fasern gefunden hat?«

Ich nicke. Der Richter ließ die Fasern vor Gericht nicht zu, weil sie als »nicht beweiskräftig« eingestuft worden waren. Einige in den Foren behaupten, die Fasern könnten nicht von Stokes stammen. Es handelte sich um Polyester, und die Durchsuchung von Stokes' Wohnwagen brachte kein einziges Kleidungsstück aus diesem Material zum Vorschein.

Der Richter behauptete, die Fasern könnten von irgendjemandem stammen, mit dem die Opfer in Kontakt gekommen waren, und außerdem hätte sich Stokes der Kleidung entledigen können, die er während der Morde getragen hatte.

»Die Uniform der Justizvollzugsbeamten ist grau«, murmelt Callie.

Ich weiß, sie wartet darauf, dass ich es sage. Also tue ich ihr den Gefallen.

»Wir müssen morgen früh zum Büro des Staatsanwalts.«

Callie schließt die Augen. Ihr Gesicht schimmert im Licht des Fernsehers graublau. »Meine Mom wird mir das nie verzeihen. Uns.«

Ich kann nicht das sagen, was sie hören will, nämlich dass Maggie irgendwann verstehen wird, dass wir das Richtige tun. »Ich weiß.«

»Glaubst du, wir finden jemals heraus, was mit ihr passiert ist?«

Mir ist klar, dass sie jetzt von Lori spricht. Ich höre die Mutlosigkeit in ihrer Stimme, die Angst davor, dass Stokes freikommt, ohne dass Loris wahrer Mörder seinen Platz einnimmt.

»Keine Ahnung«, gebe ich zu. »Aber vielleicht ist das hier der erste Schritt. Sie werden ein neues Verfahren eröffnen, und das ist schon mal etwas.«

Callie gähnt im Dunkeln. Sie schaltet den Fernseher aus, legt sich auf die Seite und streckt die Beine aus, bis sie meine berühren. Auch ich lege mich hin.

Keine von uns schläft ein, aber wir bleiben so, teilen uns die Couch und die Decke wie früher, als wir noch nicht wussten, dass es wirklich Monster gibt.

28

Callie rüttelt mich wach. Die Decke hat sich um meine Füße gewickelt. Laut der Kabelanschlussbox unter dem Fernseher ist es sieben Uhr.

»Ich habe Mom einen Zettel hingelegt, dass wir im Café frühstücken und dann ins Freibad gehen«, sagt sie.

Ich trage immer noch dieselben Klamotten wie gestern. Callie reicht mir die Shorts, die wir im Outlet gekauft haben. Ich nehme sie mit aufs Klo unten im Flur, wo ich die Etiketten abreiße und mich hineinzwänge.

»Macht das Gericht überhaupt so früh auf?«, frage ich Callie, als ich wieder herauskomme.

»Um acht«, sagt sie, »aber ich will, dass wir die Ersten sind.«

Außerdem will sie sich verdrücken, bevor Maggie aufwacht. Wahrscheinlich könnte ich ihr auch nicht in die Augen sehen.

Im Auto lese ich mir die Kurzbiografie der neuen Staatsanwältin auf Callies Handy durch. Sie war fünfzehn Jahre lang Pflichtverteidigerin, bevor sie vor drei Jahren zur Staatsanwältin ernannt wurde. Das ist gut, denn dann kennt sie auch die andere Seite des Gesetzes und hat möglicherweise Verständnis für Stokes' Fall.

Sie ist außerdem für die Todesstrafe. Was nicht verwunderlich ist, hier in Pennsylvania. Aber trotzdem nicht so gut.

»Was ist denn?« Callie sieht mich an.

»Mir wurde nur gerade etwas klar. Wenn Stokes einen neuen Prozess bekommt und ihn verliert, werden sie die alten Morde nicht noch einmal aufrollen.« Ich schlucke. »Dann bleibt Wozniak auf freiem Fuß. Er wird weiterhin in dem Gefängnis arbeiten dürfen, wo sie Stokes töten werden.«

»Sag das nicht.« Callies Finger zucken. Ich weiß, dass sie versucht, sich zu beherrschen, um nicht an ihren Haaren zu ziehen. Während der zwanzigminütigen Fahrt zum Gericht hält sie das Lenkrad ganz fest umklammert.

Auf der anderen Straßenseite parken zwei Übertragungswagen von Nachrichtensendern. Vor dem Gericht steht ein gepanzertes Fahrzeug mit der Aufschrift FAYETTE COUNTY STRAFANSTALT.

Mir wird elend. Und ich weiß, dass auch Callie es spürt. Irgendetwas ist da im Gange.

Ein Sicherheitsbeamter hält uns an, als Callie auf den Parkplatz einbiegen will. Sie lässt das Fenster herunter, woraufhin der Beamte uns mit schräg gelegtem Kopf mustert.

»Haben die Damen einen Termin?«

Callie sieht mich an. »Nein«, gibt sie zu.

»Heute kein Zutritt«, sagt er.

»Warum? Ist etwas passiert?«

»Anhörung eines Häftlings von großem öffentlichem Interesse«, erklärt er. »Wenn Sie also nicht zum befugten Personal gehören, muss ich Sie bitten umzudrehen.«

»Eine Anhörung?« Callie sieht mich wieder an, als wüsste ich Bescheid. *Ein Häftling von großem öffentlichem Interesse.* Das kann nicht sein. Der Richter hat doch noch nicht mal einen Termin für Stokes' Berufungsverfahren festgelegt.

Womöglich kommen wir bereits zu spät.

Callie hat sich schon für eine neue Taktik entschieden. »Sir, das ist ein Notfall. Wir müssen wirklich ganz dringend mit jemandem aus dem Büro der Staatsanwältin sprechen …«

»Für Notfälle ist die Polizei zuständig.« Der Wachmann klopft aufs Dach des Wagens, als wolle er sagen: *Los, weg jetzt.*

Nur wenige Meter von uns entfernt, in der Feuerwehrgasse vor dem Gerichtsgebäude, führen zwei Beamte einen Mann im

Trainingsanzug aus dem Polizeifahrzeug. Er ist spanischer Abstammung, und seine Hände und Füße sind in Ketten gelegt.

»Callie. Er ist es nicht«, flüstere ich, während Erleichterung mich wie eine Flutwelle überrollt.

»Tut mir leid«, entschuldigt sich Callie beim Wachmann. An ihrem Tonfall höre ich, dass es ihr genauso geht.

»Schon okay. Fahren Sie da rechts ran, und machen Sie einen U-Turn, sobald frei ist«, erklärt er uns. Callie befolgt seine Anweisungen, um ein weiteres Gefängnisfahrzeug durchzulassen. Sie hat bereits ihr Handy in der Hand, als der Wachmann auch dieses Fahrzeug anhält.

»Wen rufst du an?«, frage ich.

»Ryan«, antwortet sie. »Aber er geht nicht ran.«

Neben uns wird eine Tür zugeschlagen. Ich beobachte, wie ein Mann aus dem Gefängnistransporter steigt. Er öffnet den Laderaum, damit ihn der Wachmann inspizieren kann. Dabei pfeift er vor sich hin und sieht über die Schulter.

Er entdeckt unser Auto am Straßenrand. Als er mich anlächelt, weicht mir das Blut aus dem Kopf.

Er ist es.

Schnell schaue ich weg, als Callie das Handy vom Ohr nimmt und den Kopf dreht.

»Lass dir nichts anmerken«, flüstere ich. »Starr ihn nicht an.«

Callie schweigt. Vorsichtig hebe ich den Blick. Jimmy Wozniak beobachtet uns jetzt aufmerksamer. Der Wachmann sagt etwas zu ihm, und er nickt. Er steigt wieder in seinen Transporter und fährt auf den Parkplatz.

»Wir müssen hier weg«, dränge ich Callie. Sie legt aus Versehen den falschen Gang ein und tritt dann zu heftig aufs Gas, sodass wir gegen den Randstein rumpeln. Der Wachmann kommt genervt auf uns zu.

»O mein Gott«, wimmert Callie, aber sie reißt sich zusammen, um den U-Turn zu machen. Ich winke dem Wachmann entschuldigend zu, als wir davondüsen.

»Alles okay.« Ich grabe die Fingernägel in den Türgriff. »Woher soll er wissen, dass wir …«

»Meine Handyhülle«, keucht Callie. »Er hat mich am Telefon gesehen, und meine Handyhülle …«

Sie muss den Satz nicht beenden.

Ihre Handyhülle ist auf dem Foto zu sehen, das wir benutzt haben, um Jimmy Wozniak gestern Abend auf den Target-Parkplatz zu locken. Ich schlucke.

»Alles in Ordnung, es ist alles in Ordnung«, sage ich, als würde es durch die Wiederholung wahr werden. Callie zerrt bereits an ihrem Pony.

»Was sollen wir denn jetzt machen? Ich will nicht bis morgen warten, um mit der Staatsanwältin zu sprechen.«

»Wir können anrufen und eine Nachricht hinterlassen.« Ich versuche, ruhig zu bleiben, als könnte ich dadurch die Kontrolle behalten. »Uns bleibt noch genug Zeit.«

Callie atmet tief durch, aber das flaue Gefühl in meiner Magengrube breitet sich immer weiter aus. Ich weiß nicht, ob uns noch genug Zeit bleibt, aber fürs Erste muss sie das zumindest glauben.

Sobald wir nach Hause kommen, ruft Callie vom Handy aus im Büro der Staatsanwältin an. Sie sitzt in ihrem Sessel und verdreht jedes Mal die Augen, wenn sie erneut weiterverbunden wird. »Gibt es denn wirklich niemanden, bei dem ich jetzt eine Nachricht hinterlassen kann?«

Der Knoten aus Angst in meinem Bauch, der seit unserer Fahrt zum Gericht heute Morgen stetig gewachsen ist, explodiert schließlich. »Lass mich mit ihnen reden.«

Callie lehnt sich im Sessel zurück, als ich versuche, ihr das

Handy aus der Hand zu reißen. Mit wildem Blick hält sie das Mikro zu. »Was soll das? Lass mich!«

Auf einmal merke ich, dass ich mit meiner anderen Hand ihr freies Handgelenk umklammert habe. Sofort lasse ich los und bekomme plötzlich keine Luft mehr. Ich laufe nach oben und verstecke mich im Gästezimmer.

Vielleicht ist es eine Panikattacke oder schlimmer. Vielleicht habe ich nun wirklich den Verstand verloren. Wer soll uns glauben, dass Jimmy Wozniak das Ohio-River-Monster ist? Der einzige Grund, weshalb sie uns Kindern damals überhaupt Beachtung geschenkt haben, war, dass sie unsere Aussage brauchten.

Niemand hat uns wirklich zugehört.

Ich schließe die Augen und sehe Lori vor mir. Ich sehe Baby Macy Stevens und ich sehe meinen Vater, ganz ausgemergelt, wie er auf seiner Gefängnispritsche Blut spuckt.

Die Tür des Gästezimmers wird aufgerissen, und ich schreie erschrocken auf. Callie sieht mich verwirrt an.

Ich fasse mir an die Brust. »Du hast mich zu Tode erschreckt.«

»Tut mir leid.« Sie setzt sich neben mich aufs Bett. »Alles in Ordnung? Du siehst aus, als würdest du gleich ohnmächtig werden.«

»Alles gut.« Aber ich bringe die Worte kaum heraus. Mein Herz hämmert so laut, und meine Brust ist so eng, dass ich fast keine Luft bekomme. Ich liege auf der Seite und blinzle, um die flackernden Punkte vor meinen Augen zu vertreiben.

»Du bist total am Durchdrehen.« Callie beugt sich mit besorgter Miene über mich. »Möchtest du eine Valium?«

Ich nicke. Sie verschwindet, und ich ziehe die Beine an die Brust, umschlinge die Knie mit den Armen. Die Minuten vergehen, und mein Puls beruhigt sich. Ich brauche gar kein Valium mehr. Stattdessen setze ich mich auf und warte darauf, dass Callie zurückkommt. Meine Knie fühlen sich an wie Pudding.

Ein Blick auf die Wanduhr sagt mir, dass Callie seit fast zehn Minuten weg ist. Sie muss von irgendetwas abgelenkt worden sein. Leicht zittrig erhebe ich mich vom Bett und gehe nach unten.

»Callie?«, rufe ich.

Als ich das Wohnzimmer betrete, kommt keine Antwort. Aus dem Flur sehe ich auf der Kücheninsel ein Glas Wasser stehen. Daneben eine Flasche mit Valium, mit Margaret Greenwoods Namen auf dem Etikett.

Und Callies Handy.

Ich strecke den Kopf zur Hintertür hinaus und rufe noch einmal ihren Namen. Nichts außer den Hunden nebenan, die bellen wie verrückt.

Ich laufe ins Wohnzimmer, ziehe die Vorhänge zur Seite. Der Minivan parkt immer noch in der Einfahrt. Ich öffne die Haustür und rufe nach Callie. Dann nach Maggie, weil ich sie noch gar nicht gesehen habe, seit wir vom Gericht zurück sind.

Callie würde niemals ohne ihr Handy irgendwohin gehen.

Er ist uns gefolgt, denke ich, und mir wird übel.

Ich betrachte die Kücheninsel. Stelle mir vor, wie das Monster zur Hintertür hereinkommt und zu ihr sagt, dass sie alles stehen lassen und mitkommen soll. Sie hat nicht geschrien; vielleicht hatte er eine Waffe. Aber die Hunde nebenan haben definitiv sein Auto gehört.

Von Callies Handy aus wähle ich den Notruf und sage, ich müsste eine Entführung melden. Ob sie bitte Jay Elwood schicken könnten.

29

Ein Streifenwagen mit Blaulicht, aber ohne Sirene hält vor dem Haus. Zwei uniformierte Beamte steigen aus und mustern das Gebäude. Eine von ihnen ist eine Frau, die nun etwas in ihr Funkgerät spricht.

»Wo ist Detective Elwood?«, frage ich.

»Haben Sie den Notruf abgesetzt?«, will der andere Beamte wissen, der am Steuer gesessen hatte. Es ist derselbe wie in der Nacht von Daryls Angriff auf Callie.

»Ja, und ich habe darum gebeten, dass man Jay Elwood …«

Er hebt die Hand. »Sie müssen sich jetzt erst einmal beruhigen und mir erzählen, was passiert ist.«

Ich weiß, wie das hier wirken muss. In der Küche gibt es keinerlei Anzeichen eines Kampfes. Es sieht aus, als wäre Callie einfach davonspaziert, und ich habe keine Zeit zu erklären, weshalb ich weiß, dass sie das nicht tun würde. Nicht jetzt.

»Sie kam nicht nach oben, als ich nach ihr gerufen habe, also bin ich runtergelaufen, und da habe ich gesehen, wie ein Mann sie zwingt, in seinen Wagen zu steigen«, lüge ich. »Er hatte eine Waffe.«

»Tessa?«

Als ich mich umdrehe, sehe ich Maggie am Ende der Einfahrt, in Shorts und einem verschwitzten T-Shirt. Sie nimmt ihre Kopfhörer ab und betrachtet die Polizisten mit großen Augen. »Was ist los?«, ruft sie mir zu. »Wo ist Callie?«

»Ma'am, lassen Sie uns am besten ins Haus gehen«, sagt die Beamtin.

»Nein, ich will wissen, was zum Teufel hier los ist.« Maggie kommt über den Rasen auf mich zu. Der andere Polizist stellt sich ihr in den Weg und hält sie an den Schultern zurück.

»Tessa, was ist passiert?«, ruft Maggie.

Ich bringe meinen Mund nicht dazu, die Worte zu formen. Am Ende der Straße ertönt eine Sirene. Zwei weitere Polizeistreifen und dahinter ein blauer Ford Escape, mit Jay Elwood am Steuer.

Maggie brüllt inzwischen die Polizistin an. Ich nutze die Gelegenheit und renne auf Jay Elwoods Geländewagen zu. Er steigt aus und kommt direkt zu mir.

»Was ist passiert?«

»Er hat sie entführt«, keuche ich. »Wir haben ihn heute Morgen vor dem Gericht gesehen, und er muss uns nach Hause gefolgt sein …«

»Wer?«, ruft Jay und stellt sein Funkgerät leiser.

»Jimmy Wozniak. Er hatte eine Waffe«, lüge ich wieder, weil die Wahrheit uns nicht genug Zeit verschaffen wird, Callie zu finden, bevor er sie tötet.

»Was für ein Auto hat er gefahren?«, bellt Jay.

Ich zögere, und Jay sieht aus, als würde er mich am liebsten erwürgen. Als wüsste er, dass ich lüge. Blitzschnell denke ich nach. Wozniak hätte niemals genug Zeit gehabt, seinen Subaru zu holen, wenn er uns hierher gefolgt war.

»Einen weißen Transporter«, platze ich heraus. »Vom Gefängnis.«

Jay fährt sich mit der Hand übers Kinn. Der Polizist, der mich befragt hat, kommt zu uns herübergetrabt. Er wirkt verwirrt.

»Gebt eine Fahndung nach dem Fahrzeug heraus. Ich will, dass alle Einsatzkräfte nach ihr suchen«, erklärt Jay ihm. Dann wendet er sich wieder mir zu. »Steig in den Wagen. Ich muss dich zu einem Phantombildzeichner bringen.«

»Ich hab doch schon gesagt, es war Jimmy Wozniak …«

»Ich kann aber sein Foto nicht rausgeben, sondern nur ein Phantombild. Steig ein.«

Über die Schulter werfe ich einen Blick auf Maggie. Sie drückt das Handy ans Ohr und hält sich mit der anderen Hand den Mund zu. Wahrscheinlich fleht sie Rick an, nach Hause zu kommen. In mir brennt eine weitere Sicherung durch.

Ich nicke mechanisch und steige in Jays Auto.

Mit einer Hand lenkt er den Geländewagen rückwärts auf die Straße, mit der anderen gibt er die Informationen an die Zentrale durch. Als wir über ein Schlagloch poltern, hüpft mir mein Magen bis hoch in den Hals.

»Wir werden sie nicht rechtzeitig finden.« Meine Stimme ist ein ersticktes Quäken.

Jay stellt den Polizeifunk stumm. »Die nächsten paar Stunden sind entscheidend. An deiner Stelle würde ich also versuchen zu helfen, statt mit mir zu streiten.«

Ich presse die Kiefer aufeinander, bis meine Backenzähne knirschen. Dann wiederhole ich meine Lüge, dass Jim Wozniak Callie gezwungen hat, in den Gefängnistransporter zu steigen.

Mittendrin piepst Jays Polizeisender. »Haben Meldung bekommen, dass verlassenes Fahrzeug gesichtet wurde. Bewaldetes Gebiet nahe der Interstate.«

Zwei Regentropfen rinnen über die Windschutzscheibe, woraufhin Jay die Scheibenwischer einschaltet, aber ich merke, dass seine Aufmerksamkeit dem Funk gilt. »Schicken Highway-Streife hin, um nachzusehen …«

Ich starre Jay so lange an, bis er den Kopf in meine Richtung dreht. »Er hat einige seiner Opfer entlang der Interstate abgelegt.«

Jay kneift sich in die Nase, murmelt irgendetwas Unverständliches. Dann hält er sich das Funkgerät ans Ohr. »Auf Verstärkung warten. Ein Detective ist unterwegs.«

Er klatscht eine blaue Kugel auf sein Armaturenbrett, deren Licht sich um sich selbst dreht. Nach einem Blick auf meinen Sicherheitsgurt gibt Jay Gas. Er fährt an der Abzweigung zum Polizeirevier vorbei auf den Highway.

»Du bleibst im Wagen«, schärft er mir ein. »Egal, was wir da oben finden, du bleibst hier, verstanden?«

Er glaubt, sie ist bereits tot. Vor meinen Augen verschwimmt alles. Grüne und braune Bäume, blaues Licht, graue Straße – sie vermischen sich miteinander wie in einem Farbkreis.

Genau das sollte nicht passieren.

Die Polizeizentrale funkt die genaue Position des Fahrzeugs durch. Ich werfe einen Blick auf Jays Tacho. Er fährt fast hundertfünfzig Sachen. Aus dem Winkel meines Gehirns, wo ich Informationen ablege, von denen ich nicht weiß, ob ich sie noch einmal brauche, krame ich eine alte Physikformel heraus. Die Kraft dieses fahrenden Autos entspricht der Hälfte seiner Masse mal seiner Geschwindigkeit im Quadrat.

Ich habe keine Ahnung, wie viel dieses Auto wiegt oder wie ich das in Kilogramm umrechnen soll. Aber ich komme zu dem Schluss, dass die Kraft ausreicht, um uns umzubringen, sollten wir mit irgendetwas kollidieren.

Wahrscheinlich würde es ganz schnell gehen. Schmerzlos. Zumindest weniger langsam, als zu hören, wie die Polizei Maggie erklärt, dass so viele Leben möglicherweise zerstört wurden, weil sie mich bei sich aufgenommen hat.

Jay bremst ab, als wir eine Lücke in der Leitplanke erreichen. Wald erstreckt sich zu beiden Seiten des Highways. Der nächste Rastplatz ist meilenweit entfernt. Er steigt aus und verriegelt die Türen. Lässt den Blick über die Böschung schweifen.

Unten steht ein weißer Transporter.

Jay steigt wieder in den Escape und startet den Motor. »Halt dich fest«, sagt er.

Der Motor heult auf. Zweige kratzen am Fenster entlang, als Jay die Böschung hinunterfährt. Er parkt neben dem Transporter und springt aus dem Wagen. Mit gezogener Waffe nähert er sich dem hinteren Fenster.

Sein Gesichtsausdruck zeigt, dass der Transporter leer ist.

Ein Schrei durchschneidet die Luft.

Jay hebt die Waffe und wirbelt herum. Ich sehe sie zuerst.

Jimmy Wozniak, der Callie wie einen Schild vor sich hält. Er hat einen Arm um ihren Oberkörper geschlungen, mit dem anderen drückt er ihr eine Pistole an die Schläfe. Nur wenige Meter vom Auto entfernt.

»Steigen Sie wieder in den Wagen«, bellt Wozniak Jay an, laut genug, dass ich ihn durchs Fenster hören kann. Er wirkt dabei jedoch ganz gelassen, wie jemand, der es gewohnt ist, Befehle zu erteilen.

»Das kann ich nicht«, gibt Jay zurück. »Jimmy, richtig? Lassen Sie uns reden, Jimmy.«

Wozniak reißt Callies Gesicht nach oben. Ich kann sehen, dass sie weint. »Ich gehe nicht ins Gefängnis«, sagt er. »Lieber sterbe ich, als mit diesen Tieren Scheiße zu fressen.«

»Legen Sie die Waffe weg, dann reden wir darüber«, brüllt Jay. »Kommen Sie, Jimmy. Sie haben doch eine Frau? Kinder?«

»Ich weiß, was Sie vorhaben«, gibt Wozniak zurück. »Haben Sie eine Ahnung, was die da drin mit einem Wärter anstellen?«

»Sie müssen nicht dorthin.« Jays Arme zittern, als er die Pistole hebt. »Man wird Sie irgendwohin verlegen, wo niemand weiß, wer Sie sind …«

Wozniak lächelt. »Es gibt keinen Ort auf der Welt, an dem sie nicht wissen werden, wer ich bin.«

Wozniak hat seine Wange an die von Callie gedrückt – selbst wenn Jay ein Sniper wäre, wäre er nicht in der Lage, Wozniak zu erschießen, ohne sie ebenfalls zu treffen.

Wozniak wusste, dass es so enden würde. Er hatte begriffen, dass wir ihn entlarvt hatten und dass sie ihn nach all den Jahren finden würden. Das Monster kam hierher, um zu sterben, und hat Callie mitgenommen.

»Jimmy, tun Sie das nicht!«, ruft Jay. »Denken Sie an Ihre Familie.«

Callie zuckt unter dem Griff des Monsters. Sie sagt etwas zu ihm, das ich nicht hören kann. Er blickt auf sie herab.

Wozniaks Finger bewegt sich am Abzug. Ein Schuss. Ich schreie auf und werfe mich gegen das Armaturenbrett.

Das Monster sackt in sich zusammen. Callie stolpert nach hinten, drückt sich an einen Baumstamm. Ihr Mund ist zu einem stummen Schrei geöffnet. Blut und Hirnmasse kleben in ihren Haaren, auf ihrem Gesicht.

Jay Elwood betrachtet benommen die Pistole in seiner Hand. Ich kann das Zittern gerade so lange unterdrücken, um vom Beifahrersitz nach draußen zu stolpern.

»Sie hätten sie umbringen können«, kreische ich.

Jay dreht sich um und sieht mich fassungslos an. »Ich habe nicht geschossen.«

Callie klammert sich immer noch an den Baum. »Ich … ich habe ihn gefragt, ob er Lori umgebracht hat.«

Sie richtet den Blick auf seine Leiche, aber ich kann nicht hinsehen. Außerdem kenne ich die Antwort bereits, denn Wozniaks Lippen haben sich nicht bewegt, bevor er sich das Hirn rausgepustet hat.

Falls das Monster Lori Cawley getötet hat, ist die Wahrheit soeben mit ihm gestorben.

30

Als mich ein Polizeibeamter am Krankenhaus absetzt, ist es bereits dunkel. Man wird mich erst zu Callie lassen, wenn sie unsere Aussagen getrennt aufgenommen haben. Die Dame an der Pforte sagt mir, dass Maggie und Rick bei Callie im Zimmer sind. Sie wurde noch nicht von einem Beamten befragt, aber man wird gleich jemanden schicken, der mit mir spricht.

Ich setze mich auf einen Stuhl vor dem Geschenkeladen. Mir ist kalt, und mein Handyakku ist leer. Ich bin nicht allein. Ein kleines Mädchen hüpft vor mir herum, schwingt den Oberkörper mit ausgestreckten Armen von rechts nach links. Ihre Zöpfe fliegen hin und her, und die Perlen an den Enden stoßen klackend gegeneinander. Sie beobachtet mich unter ihrem Pony hervor. Als ich ihr zuwinke, verschwindet sie im Laden.

Ich rede mir ein, dass alles gut wird, wenn Maggie selbst herunterkommt, um mit mir zu sprechen. Wenn sie Rick schickt, bedeutete das, dass sie wütend auf mich ist, weil Callie wegen mir fast gestorben wäre.

Das kleine Mädchen mit den Zöpfen verlässt den Laden. Sie hat sich an eine Frau geklammert, die am Handy telefoniert. Ich beobachte, wie ihnen weitere Menschen folgen, und stelle eine Rangliste der weniger schlimmen bis ganz schlimmen Gründe für einen Krankenhausbesuch auf. Eine Frau mit Luftballon und Teddybär. Weniger schlimm. Ein Mann mit zwei Kindern und einem totenbleichen Gesicht. Sehr schlimm.

Alle gehen zu den Aufzügen hinüber. Keine Spur von Maggie oder Rick.

Es ist bereits eine Viertelstunde vergangen, aber ich kann mich nicht überwinden, die Pförtnerin zu bitten, noch einmal in Callies Zimmer anzurufen.

Zwanzig Minuten. Zwei Polizeibeamte kommen durch die Schiebetüren herein. Sie gehen einfach an mir vorbei, als wäre ich gar nicht da.

Eine halbe Stunde. Ich beobachte, wie eine Frau sich dem Pförtnertisch nähert und die Arme um den Körper schlingt, als wäre ihr kalt.

»Ist Tessa Lowell hier?«, fragt sie.

Ich setze mich auf. Diese Stimme ... es ist, als wäre ich in jene Nacht an der Tankstelle zurückversetzt.

Tessa, Kleines, steig ins Auto.

Wo fahren wir hin, Mommy?

Ich stehe auf. Starre den Rücken der Frau an. »Mom?«

Sie dreht sich zu mir um, und ihre Augen werden groß. Dann eilt sie auf mich zu. Bleibt wie angewurzelt stehen, als sähe sie einen Geist vor sich.

»Tessa«, flüstert sie. Dann schlingt sie ihre knochigen Arme um mich. Selbst wenn ich gewollt hätte, ich hätte sie nicht umarmen können, so fest drückt sie mich an sich.

»Du tust mir weh«, krächze ich.

Meine Mutter lässt mich los. Lächelt und fährt mit der Hand durch meine lockigen Haare. Ich war so in Eile, als ich gemerkt habe, dass Callie verschwunden ist, dass ich sie nicht einmal zusammengebunden habe. »Du hast dir die Haare abgeschnitten«, stellt meine Mutter in einem einzigen traurigen Atemzug fest.

»Wie – woher weißt du, dass ich hier bin?« Ich kann nicht fassen, dass *sie* hier ist. »Hast du meine Nachricht bekommen?«

Meine Mutter nickt. »Heute Morgen. Ich habe stundenlang versucht, dich anzurufen«, sagt sie. »Aber da war immer deine Mailbox dran, deshalb bin ich hierher gefahren. Ich bin zu den

Greenwoods, und dort hat mir eine Nachbarin gesagt, dass alle im Krankenhaus sind – Tessa, ich hab mir solche Sorgen gemacht.« Meine Mutter packt meine Unterarme. Fasst nach meinem Gesicht. Ich drehe mich weg.

»Sieh mich an«, flüstert sie. »Ich kann gar nicht glauben, dass du es bist.«

Ich bin nicht in der Lage, etwas zu erwidern. Ich möchte sie ansehen und mein Gesicht an ihre Schulter drücken, um zu testen, ob sie immer noch nach altem Leder und diesem Pfefferminzöl riecht, das sie früher zur Magenberuhigung genommen hat.

Sie ist meine Mutter, aber sie ist eine Fremde.

»Ist Joslin hier?«, frage ich.

Annette blinzelt. »Warum sollte deine Schwester hier sein?«

»Sie hat Daddy besucht«, antworte ich. »Kurz bevor er gestorben ist.«

Die Gesichtszüge meiner Mutter entgleisen. »Glenn ist tot?«

Ich kann nicht anders: Ich packe ihren Arm und vergrabe die Nägel darin. »Wo zur Hölle bist du gewesen? Wo ist Jos?«

»Mach hier jetzt keine Szene«, zischt meine Mutter. »Lass uns in der Cafeteria reden.«

Am liebsten würde ich sie anschreien, dass ich nirgends mit ihr hingehe, bevor sie mir nicht die Wahrheit über meinen Vater, Joslin und Macy Stevens gesagt hat. Aber wenn meine Mutter etwas hasst, dann sind es Szenen in der Öffentlichkeit.

Ich suche uns einen Tisch in der Cafeteria, solange sie sich einen Kaffee und für mich eine heiße Schokolade holt. Während sie in der Schlange steht, halte ich den Blick fest auf ihren Rücken geheftet, als könnte sie wieder verschwinden, wenn ich sie auch nur eine Sekunde lang aus den Augen lasse. Beim Bezahlen sieht sie über die Schulter. Als hätte auch sie Angst, ich könnte plötzlich weg sein.

Sie lächelt, als sie mit den Tassen auf mich zukommt. Ich muss den Blick abwenden. Tue so, als wäre ich fasziniert von dem Mann im Arztkittel neben mir, der scharfe Soße über seinen Burrito gießt. Ich frage mich, wie Ärzte an einem solchen Ort essen können. Wie sie, direkt nachdem sie jemandem die Haut zugenäht haben, eine Scheibe Roastbeef durchschneiden können.

»Ich hab dir eine heiße Schokolade geholt.« Annette stellt den Styroporbecher vor mir ab. Dann setzt sie sich und sieht mich erwartungsvoll an, während ich den Deckel abnehme, damit etwas Dampf entweichen kann.

»Danke«, sage ich. Annette wirkt erfreut, als hätte ich ihr einen Gefallen getan. Dann schaut sie zu, wie ich auf die heiße Flüssigkeit puste und einen kleinen Schluck nehme. Sie hat die Hände auf der Tischplatte verknotet. »Ich konnte dich früher nie davon abhalten, von der Backmischung zu naschen. Ich musste die Schüssel oben auf den Kühlschrank stellen.«

Und Joslin ist dann auf die Arbeitsplatte geklettert, um sie für mich wieder runterzuholen. Ich verbrenne mir an der heißen Schokolade die Zunge.

Annette betrachtet mich über den Rand ihres Bechers hinweg. »Wie geht es ihr? Deiner Großmutter?« Sie schluckt. »Maggie hat mich in der Nacht damals hierher gebracht.«

»Hierher?«, frage ich. »Ins Krankenhaus?«

Sie senkt den Blick »In die Psychiatrie. Ich war eine Woche dort. Es ging mir so schlecht, Tessa, nachdem dein Vater und deine Schwester … ich habe dich im Stich gelassen. Aber sobald es mir besser ging, wollte ich dich wiederhaben. Doch inzwischen war bereits deine Großmutter gekommen, um dich zu holen.«

Ich schweige. Ich wusste nicht, dass Maggie in dieser Nacht noch einmal zu meiner Mutter gefahren war. Wieso hatte sie mir das nie erzählt?

»Wie geht es ihr?«, wiederholt Annette. »Deiner Großmutter.«

»Es geht ihr gut.«

Annette hat ihren Kaffee nicht angerührt. »Wahrscheinlich hat sie dir Dinge über mich erzählt – Lügen …«

»Lass Gram aus dem Spiel«, fauche ich, denn Wut flackert in mir auf. »Sie ist die Einzige, die in den letzten zehn Jahren für mich da war.«

Annettes Augen blitzen. »Hat sie dir in dieser ganzen Zeit ein einziges Mal gesagt, dass sie dich lieb hat?«

Ich kann sie nicht ansehen.

»Sie hat mir nie, niemals gesagt, dass sie mich lieb hat.« Annettes Augen glitzern. »Nie …«

»Ich habe gesagt, ich will nicht über sie reden.«

Annette scheint auf ihrem Stuhl in sich zusammenzusacken. »Selbst wenn ich das Geld gehabt hätte, um nach Florida zu kommen, wäre ich im Haus meiner Mutter nicht willkommen gewesen. Sie hätte nicht zugelassen, dass ich dich sehe.«

Ich schlage mit der Hand fest auf den Tisch. »Du hast nicht angerufen. Nicht ein einziges Mal. Du hättest genauso gut tot sein können.«

»Tessa, ich war innerlich tot. Ich habe meine beiden Töchter verloren …«

»Sag das nicht.« Ich fühle mich wie in Watte, seltsam unwirklich und zittrig. »Du kannst nicht so tun, als wären wir gestorben, wenn ich hier vor dir sitze.«

Auf einmal wird mir übel, ganz plötzlich und heftig. Ich zwinge mich, meiner Mutter in die Augen zu sehen. »Ist Joslin abgehauen, weil sie wusste, wer sie in Wahrheit ist? Dass ihr, Daddy und du, sie *gestohlen* habt?«

»Wovon redest du da?« Meine Mutter klingt nervös. »Tessa, ist alles in Ordnung?«

Mein Kopf fühlt sich federleicht an. Schwarze Punkte tanzen vor meinen Augen.

»Mir geht es gut.« Die Worte kleben in meinem Mund fest. »Ich will über Jos reden. Über *Macy*.«

Annette greift nach meiner Hand. Ihr Gesicht verschwimmt. »Macy? Wer ist Macy?«

Ich sacke auf meinem Stuhl zusammen, und in meinen Ohren klingelt es. »Ich glaube … ich glaube, ich werde ohnmächtig.«

»Lass uns ins Foyer gehen. Ich suche einen Arzt …«

Ich drehe den Kopf zur Seite, wo vorhin noch der Mann mit dem Burrito saß, aber er ist weg. Annette hilft mir auf die Beine, und das Blut rauscht in meinem Kopf.

»Es ist alles in Ordnung«, flüstert Annette mir ins Ohr. Meine Kräfte verlassen mich, und ich glaube, die Leute schauen mich an.

»Wir müssen raus in die Notaufnahme«, sagt meine Mutter. Sie führt mich durch den Besucherausgang hinaus. Ein Schwall frische Luft trifft auf mein Gesicht, ich spüre Feuchtigkeit auf meiner Haut. *Das ist nicht der Weg in die Notaufnahme*. Wir sind draußen. Ich krümme mich zusammen, und Annette hilft mir wieder auf, versichert mir, dass es nicht mehr weit ist.

Eine Autotür wird geöffnet, und ich krabble auf den Rücksitz, ein Pick-up-Truck, glaube ich, eine Hand in meinem Rücken. Irgendwo in der Ferne schreit eine Stimme: *Nein, nein, NEIN*, aber meine Gliedmaßen gehorchen mir nicht mehr.

Das Letzte, was ich höre, bevor alles um mich herum schwarz wird, ist die Stimme meiner Mutter.

»Endlich sind wir in Sicherheit, Tessa. Warum musstest du das tun?«

31

Wolle kratzt an meinem Gesicht. Der entfernte Duft der Rosencreme, mit der meine Schwester jeden Abend vor dem Zubettgehen ihre Hände einrieb.

Ich öffne die Augen und denke, ich habe von unserem alten Haus geträumt. Dann wird mein Blick klar, und ich sehe eine braune Strickdecke über mir liegen, die bis auf den Holzfußboden reicht. In unserem alten Haus hatten wir Teppichboden.

Als ich mich aufsetze, schießt mir das Blut in den Kopf. Mit den Fingern streiche ich über die Decke. Halte sie mir vors Gesicht und atme ein, obwohl schon der Anblick reicht. Sie gehört mir.

Sie *gehörte* mir.

Ich steige aus dem Bett und gehe mit vorsichtigen Schritten zu dem einzigen Fenster im Zimmer hinüber. Sonnenlicht fällt herein und reizt meine müden Augen.

Sonne. Es ist Morgen. Die kreisenden Gedanken in meinem Kopf beginnen, sich zu ordnen.

Jimmy Wozniak ist tot. Er hat sich direkt vor Callie und mir das Hirn rausgepustet.

Stunden auf dem Polizeirevier. Dann das Krankenhaus. Heiße Schokolade mit meiner Mutter.

Der verdammte Kakao.

Wut durchfährt mich, als ich die Tür finde. Ich rüttle am Knauf. Abgeschlossen. Ich schlage mit der Hand gegen das Holz und kreische: »Was hast du mit mir gemacht?«

Sie kommt nicht. Ich wechsle ab zwischen Klopfen und Schreien. »Was hast du mit mir gemacht. WASHASTDUMITMIRGEMACHT?«

Als meine Handfläche irgendwann rot und wund ist, werfe ich mich aufs Bett und brülle. Aber es ist sinnlos – das war mir schon in dem Moment klar, als ich aus dem Fenster geschaut habe und nichts als Himmel und Bäume sah.

Meine Mutter hat mich zum Bear Mountain gebracht, wo mich niemand je finden wird.

Als ich wieder aufwache, rieche ich gebackene Bohnen. Reglos bleibe ich auf dem Bett liegen, bis ich den Schlüssel im Schloss höre.

»Hast du Hunger?«, fragt meine Mutter.

Ich schweige.

»Ich wollte nur, dass du dich beruhigst.« Sie setzt sich ans Fußende des Bettes und balanciert eine Glasschüssel auf einem Topflappen. »Wir werden das alles gemeinsam klären.«

Dann schiebt sie mir eine Plastikgabel in die Hand und hält mir die Schüssel hin. Da erst wird mir bewusst, wie lange es her ist, seit ich das letzte Mal etwas gegessen habe.

»Was hast du in meinen Kakao getan?« Ich lege die Gabel weg und funkle sie böse an.

»Tessa …«

»Ich werde diese Scheiße nicht anrühren, bevor du mir nicht sagst, was du mit mir gemacht hast und warum.«

Meine Mutter öffnet den Mund, klappt ihn wieder zu. Sie bemüht sich zu lächeln. »Wie wäre es, wenn du mit in die Küche kommst und ich dir was anderes koche. Ich verspreche, ich werde nichts reintun. Du kannst zusehen.«

Ich folge ihr ins Wohnzimmer der Hütte. Alles besteht aus wenig stabil wirkendem Holz, als hätten es »Die drei kleinen Schweinchen« gebaut. Neben der Wohnecke mit Kamin gibt es eine Küchenzeile. Auf der anderen Seite des Zimmers befindet sich eine geschlossene Tür, daneben die Haustür.

»Es ist abgeschlossen«, warnt meine Mutter. »Und hier gibt es im Umkreis von mehreren Meilen niemanden.«

Sie lässt mich auf dem Sofa Platz nehmen, von wo aus ich die Küche voll im Blick habe. Ich sehe zu, wie sie eine Dose Bohnen öffnet und über einem Holzofen erhitzt. Mir fällt auf, dass die Arme meiner Mutter muskulös und stark wirken, und ich stelle mir vor, wie sie ihr Holz selbst hackt.

An einer der Schubladen befindet sich ein Vorhängeschloss, vermutlich weil dort die Küchengerätschaften untergebracht sind. Mir wird ganz elend. Hat sie das alles geplant, seit sie mitbekommen hat, dass ich wieder in Fayette bin?

Annette stellt die Bohnen vor mir auf den Couchtisch, der aus einem gespaltenen Baumstamm gezimmert ist. Ich ignoriere sie.

»Wenn du mir nicht sagst, wer Lori umgebracht hat, wirst du meinen verhungerten Leichnam hier raustragen.«

»Wyatt Stokes hat Lori umgebracht«, sagt meine Mutter, doch sie sieht mich dabei nicht an.

»Nein, hat er nicht«, widerspreche ich. »War es Joslin? Hat Joslin sie getötet?«

Annette starrt aus dem Fenster. Sie leugnet es nicht, aber warum sollte sie Joslin jetzt schützen? Warum mich anlügen, wenn ich sowieso hier gefangen bin und es niemandem erzählen kann?

Meine Mutter presst eine Hand an die Wange. Ihre Hände sind sonnengebräunt, schwielig. Ich stelle mir vor, wie sie sich um Loris Hals schließen.

Lass mich gefälligst in Ruhe.

Meine Mutter schützt Joslin nicht. Sie hat Joslin nie geschützt.

»O mein Gott. Lori hat es gewusst«, sage ich. »Amanda Stevens hat sich in dem Frühjahr das Leben genommen, nachdem Brenda Deans Buchprojekt bekannt wurde. Macys Foto war wieder überall in den Medien – so hat Lori es mitbekommen. Du musstest sie umbringen, damit sie den Mund hält.«

Meine Mutter sieht mich hektisch an. »Sei still.«

»Deshalb hast du nicht gegen Gram um mich gekämpft«, fahre ich fort. »Du bist mir nicht gefolgt oder hast die Polizei eingeschaltet, weil du nicht riskieren konntest, dass alle erfahren, dass du eine durchgeknallte Babyräuberin bist …«

Wie der Blitz stürzt sich Annette auf mich und schneidet mir mit einem harten Schlag ins Gesicht das Wort ab. Sie zielt jedoch zu tief und erwischt meinen Kiefer. Ich fahre mit der Zunge über meine Lippe – kein Blut. Sie starrt mich an, zuckt zurück, als könne sie selbst nicht glauben, was sie getan hat.

Niemals hatte sie Joslin oder mich geschlagen.

Ich stürze mich auf Annette, aber sie wehrt mich mit dem Unterarm ab. Zwingt mich zurück auf die Couch. Ich versuche, meine Arme aus ihrem Griff zu befreien, doch sie ist stärker.

Mein Vater hat sich getäuscht. Ich bin die Schwache.

Annette packt mein Kinn. »Mach den Mund auf.«

Ich beiße die Zähne zusammen, aber sie übt so lange Druck auf mein Gesicht aus, bis meine Augen feucht werden. Als ich den Mund öffne, hasse ich mich dafür, dass die Tränen entwischen. Annette fasst mir tief in den Mund und legt eine Tablette auf meine Zunge. Dann marschiert sie mit mir zur Küche und zwingt mich, ein Glas Wasser zu trinken. Mit der Hand hat sie meinen Nacken fest gepackt. Als ich zucke, um mir den Finger in den Hals zu stecken, hält sie meinen Arm fest.

»Wenn du sie ausspuckst, muss ich es noch mal machen«, sagt sie sanft.

Sie platziert mich aufs Sofa und setzt sich ans andere Ende, von wo aus sie mich beobachtet. Ich erwidere ihren Blick, bis sie ein zweites Paar Augen bekommt und ihr Kopf sich spaltet. Da schließe ich die Augen und muss gegen eine erneute Übelkeitswelle ankämpfen. Selbst wenn ich erbrechen könnte, was sie mir gerade verabreicht hat, wäre es zu spät. Ich fühle mich schlechter als vorhin beim Aufwachen. Die Wirkung dessen, womit sie mich betäubt, summiert sich offensichtlich.

Es kann nicht mehr als einen Tag her sein, seit Annette mich aus dem Krankenhaus entführt hat. Maggie wird mindestens achtundvierzig Stunden warten müssen, bis sie bei der Polizei eine Vermisstenanzeige aufgeben darf. Wahrscheinlich wird es noch länger dauern, bis jemand kapiert, dass ich nicht freiwillig mit meiner Mutter mitgegangen bin.

Ich fasse in meine Tasche, wo sich gestern Abend noch mein Handy befunden hat. Garantiert hat Annette es an sich genommen, wobei es mir sowieso nichts bringen würde. Der Akku war ja schon leer.

Ich tauche in diesen verschwommenen Zustand zwischen Bewusstsein und Schlaf ein und sehe mich auf einmal wieder vor acht Jahren auf dem Beifahrersitz im Auto meiner Mutter sitzen. Ich klettere hastig heraus, wobei meine kleinen Beine in Fast-Food-Verpackungen hängen bleiben, und renne quer über den Highway.

Sie hat mich einmal entkommen lassen, und der Ausdruck auf ihrem Gesicht jetzt sagt mir, dass sie das nie wieder zulassen wird.

32

Ich wache auf dem Sofa auf. Als ich die Hand hebe, um mir den Speichel wegzuwischen, der in meinem Mundwinkel eingetrocknet ist, fluche ich. Meine Handgelenke sind mit einem Kabelbinder gefesselt. Also führe ich beide zum Mund und versuche, das Plastik durchzubeißen. Mein Kiefer schmerzt, als hätte ich im Schlaf die Zähne zusammengebissen. Oder vielleicht ist es eine Nebenwirkung der Pillen.

Beim Geräusch der Haustür lasse ich schnell die Arme sinken. Die Tür schwingt auf, und Annette schiebt sich seitlich herein, einen Haufen Holzscheite im Arm.

»Ich habe Durst«, krächze ich.

Annette nickt und legt das Holz ab. »Ich setze Wasser auf.«

Ich betrachte die Kurve ihres Rückens, während sie sich über den Herd beugt. Sie zündet ein Streichholz an und lässt es auf die Späne fallen. Schiebt einen Topf über das Gitter.

»Es ist ein bisschen heiß für Tee«, sage ich.

Sie sieht mich über die Schulter hinweg an. »Das Wasser kommt aus dem Fluss. Ich koche es ab, damit man es trinken kann.«

»Du entführst mich und setzt mich unter Drogen, und dann machst du dir Sorgen, ich könnte eine Bakterieninfektion bekommen?«

Mit großen Schritten kommt Annette auf mich zu. Setzt sich ans andere Ende der Couch, wobei ihr Blick zu meinen Handgelenken wandert. »Du bist meine Tochter. Du gehörst zu mir. Verwende dieses Wort *nie wieder*.«

»Entführen?« Ich rutsche ein Stück nach oben, damit ich mich auf die Armlehne des Sofas stützen kann. Auch meine Knöchel sind mit einem Kabelbinder gefesselt. Annette beobachtet mich aufmerksam. Ihre Augen sind braun, wie die meines Vaters und meine. Ich fand es nie seltsam, dass Jos als Einzige grüne Augen hatte.

»Daddy wusste nicht, dass sie nicht deine Tochter ist, stimmt's?«, frage ich. »Sie hat es ihm im Gefängnis erzählt, vor Jahren«, fahre ich fort. »Und weißt du, was er gemacht hat? Er hat versucht, die Belohnung von Macy Stevens' Familie zu kassieren.«

Annette steht auf, um zum Herd hinüberzugehen. Sie sieht nach dem Wassertopf.

»Gram hat mir von dem Baby erzählt«, brülle ich hysterisch, weil ich sie zwingen will, mir zu antworten. »Von dem Baby, das gestorben ist.«

Annettes ganzer Körper zuckt.

»Hast du deshalb Jos gestohlen? Weil Alan kein weiteres Kind mit dir wollte?«

Schweigend öffnet sie einen Schrank und holt ein Glas heraus, eines der Marmeladengläser mit Tom und Jerry darauf, die wir früher immer aufgehoben hatten, um sie als Trinkgläser zu nutzen.

»Das hier war dein Lieblingsglas«, sagt sie mit einem schiefen Lächeln.

»Antworte mir!«, schreie ich. »Warum hast du sie geklaut?«

Sie schließt die Augen und geht für einen Moment in sich. »Man versteht erst richtig, was Angst ist, wenn man ein Kind hat, Tessa. Weißt du, was ich in den Augen dieser Frau gesehen habe, im Fernsehen, als sie begriff, dass ihr Baby fort war?«

Annette stochert im Feuer herum, bevor sie zu mir herübersieht. »Erleichterung. Keine Angst. Joslin war bei mir besser aufgehoben.«

»Das ist nicht ihr richtiger Name, verdammt noch mal!«, brülle ich. »Ihr Name war Macy!«

Es dreht mir den Magen um, als sie wieder nach dem Wasser sieht, als hätte sie mich nicht einmal gehört.

»Wir brauchen mehr Holz«, verkündet sie. »Ich gehe nach draußen vor die Tür und hacke noch welches.«

Eine Warnung schwingt in ihrer Stimme mit, so klar wie eine Glocke. Annette – Axt. Tessa – unter Drogen und betäubt. Als die Tür hinter ihr ins Schloss fällt, schließe ich die Augen. Ich werde mir nicht erlauben zu weinen, sonst gibt sie mir bloß noch mehr Schlaftabletten. Oder schlimmer, sie versucht, mich zu trösten.

Ich sehe zu, wie die Flammen im Ofen erbärmlich vor sich hin flackern. Vermutlich ist das Holz feucht vom Regen der letzten Nacht. Dann lasse ich den Blick durch die Küche schweifen. An mehreren Schubladengriffen dieselben Kabelbinder.

Erst als ich draußen das dumpfe Schlagen der Axt höre, setze ich mich auf. Stück für Stück schiebe ich mich nach vorn, bis ich die Füße auf den Boden stellen kann. Langsam, vorsichtig stehe ich auf. Ich schwanke zwar ein wenig, kann das Gleichgewicht aber halten.

Die gefesselten Knöchel fest zusammengepresst, hüpfe ich in die Küche.

Annette hat eine Schublade offen gelassen, aber mir wird elend, als ich den Inhalt sehe. Plastikgabeln und -messer, Servietten aus verschiedenen Fast-Food-Restaurants.

Beim Blick zum Herd fühle ich plötzlich das Adrenalin durch meine Adern schießen, als ich entdecke, was Annette neben dem Topf hat liegen lassen.

Ein Heftchen mit Streichhölzern.

Mühsam schiebe ich sie mit gebundenen Händen vorn in meine Hosentasche. Dann ziehe ich das T-Shirt so weit runter wie möglich und schlurfe zurück zum Sofa. Wenige Augenblicke später kommt Annette wieder herein, mit leeren Händen.

»Das Holz muss erst trocknen«, erklärt sie. »Ich fahre zum Supermarkt und hole ein paar Wasserflaschen.«

Sie kommt zur Couch und hilft mir auf die Füße.

»Was machst du da?«, frage ich sie.

»Ich kann dich nicht hier draußen lassen«, sagt sie. »Tut mir leid, Tessa.«

Mit einer Hand auf meiner Hüfte schiebt Annette mich ins Schlafzimmer. Ein Kloß bildet sich in meinem Hals, als sie mich aufs Bett setzt und meine gefesselten Beine auf die Matratze hebt.

Dabei rutscht mein T-Shirt hoch. Bevor ich es wieder runterziehen kann, landet Annettes Blick auf meiner Hosentasche. Mit ausdrucksloser Miene klopft sie mich ab. Zieht das Streichholzheftchen heraus.

Sie lässt es in ihrer Tasche verschwinden und schließt die Tür hinter sich ab. Ich schreie, bis ich völlig erschöpft bin und meine Stimme versagt.

Ich erwache mit voller Blase und einem Pochen hinter den Augen. Als ich die Arme hebe, merke ich, dass Annette den Kabelbinder durchgeschnitten hat, während ich geschlafen habe. Auch meine Knöchel sind frei. Wahrscheinlich dachte sie, sie tut mir einen Gefallen.

Draußen vor dem Fenster ruft eine Eule. Ich gehe hin und zerre an der Verriegelung. Sie gibt nicht nach.

Mein Klopfen gegen die Scheibe scheucht lediglich einen Schwarm Vögel im Baum draußen auf. Es ist dickes Glas, unmöglich, es mit bloßen Händen zu zerschlagen. Im Zimmer gibt es nichts außer dem Bett.

Ich hämmere gegen die Tür. »Ich muss pinkeln.«

Nichts.

»ICH MUSS PINKELN!«

Ich könnte weiterschreien. Ich könnte versuchen, die Tür einzutreten. Beides würde vermutlich dazu führen, dass sie mich zwingt, noch mehr Tabletten zu nehmen, oder mich wieder fesselt. Ich lasse die Hose runter und pinkle mitten ins Zimmer. Dann krieche ich zurück ins Bett.

Am nächsten Morgen sieht Annette, was ich gemacht habe. Ohne ein Wort wischt sie die Pfütze mit einem Geschirrhandtuch auf. Sobald sie fertig ist, packt sie mich an der Schulter und schleift mich ins andere Schlafzimmer.

Bevor sie mich in ein kleines, quadratisches Bad schubsen kann, entdecke ich einige Bleistiftzeichnungen, die über dem schmalen Bett an der Wand hängen.

»Hat er die gemacht?«, frage ich. »Daddy?«

»Dein Vater hat diese ganze Hütte gebaut.« Annette setzt mich aufs Klo und dreht den Hahn in der Badewanne auf. »Das ist frisches Wasser oben vom Berg.«

Ich betrachte das Rinnsal, das in die Wanne tröpfelt. »Warum hast du uns nicht hierher gebracht, als wir aus unserem Haus rausmussten?«

»Wir hatten einen Mieter«, antwortet Annette. »Wir haben über viele Jahre jeden Monat ein paar Hundert Dollar Miete kassiert, aber man kriegt hier oben keine anständigen Leute. Daddy ließ einen Mann einziehen, dem ich nicht getraut habe. Irgendwann hat er keine Miete mehr gezahlt, und wir konnten nichts dagegen machen. Als wir herkamen, um das Geld zu kassieren, stand er mit einer Flinte auf der Veranda. Es blieb uns nichts anderes übrig, als zu warten, bis er weiterzieht.«

Annette streckt einen Finger ins Wasser. Die Wanne ist nicht mal zu einem Viertel voll. »Los, rein.«

Ich verschränke die Arme vor der Brust. Meine Mutter reißt

mir das T-Shirt über den Kopf und zerrt meine Jeans herunter. Als ich in die Wanne steige, reicht mir das eiskalte Wasser gerade bis zu den Knöcheln.

»Hinsetzen.« Annette nimmt einen Becher vom Waschtisch und kippt mir Wasser über den Kopf. »Ich hab schon seit einer Weile kein Shampoo mehr auftreiben können.«

Zitternd ziehe ich die Knie an die Brust. Wasser läuft mir in die Augen.

»Ich bin froh, dass du jetzt so ruhig bist«, erklärt Annette, während sie mit den Fingern durch meine nassen Haare fährt.

Nur weil ich mir ausmale, wie ich dich im Schlaf umbringe, denke ich.

Ich esse die Bohnen aus der Dose und die Karotten aus der Dose. Ich beschwere mich nicht über den bitteren Geschmack, der offensichtlich von dem weißen Pulver stammt, das ich sie heimlich habe in den Topf schütten sehen.

Ich will nur noch schlafen. Annette kommt das sehr entgegen. Ich höre sie draußen Holz hacken, während ich im Bett liege. Sie kommt verschwitzt herein und wäscht sich, bevor sie Gemüse aus der Dose für ihr eigenes Abendessen zubereitet.

Am dritten Abend bringt sie mir eine Schüssel Mais. Ich bin zu müde, um den Kopf vom Kissen zu heben. Sie füttert mich mit der Plastikgabel, Körnchen für Körnchen. Ich schiebe sie alle in die Backenfalte wie ein Hamster.

»Ich kann das selbst«, erkläre ich.

Annette lächelt dünn. Reicht mir die Gabel. »Als ich dich das letzte Mal gesehen habe, musste man dir immer noch mit dem Reißverschluss deines Wintermantels helfen.«

Weil ich erbärmlich bin, würde ich gerne sagen. *Wegen dir kann ich mir kaum selbst ein Sandwich bestellen. Weil du wolltest, dass wir so sind, damit wir dich immer brauchen.*

Nur dass es bei Jos nicht funktionierte. Sie brauchte meine Mutter nie, im Gegensatz zu ihrer kleinen weinerlichen Schwester, die alles gleich aus der Fassung brachte. Ein Reißverschluss, der sich verklemmt hatte. Kaugummi an der Schuhsohle. *Mommymommy Jos. Jemand muss mir helfen.*

Sie geht, ohne zu merken, dass ich die Gabel unter das Laken geschoben habe.

33

Ich warte, bis der schwache Lichtschein der Öllampen im Wohnzimmer unter meinem Türspalt nicht mehr zu sehen ist, bevor ich aus dem Bett krieche.

Heute Nacht hängt nur ein Halbmond am Himmel, deshalb muss ich tastend nach ihnen suchen – den Metallschrauben, die die Metallstange unter dem Bett halten. Eine wackelt bereits unter meinem Finger. Stumm danke ich der Schwäche meines Vaters für billigen Scheiß, wobei dieser hier höchstwahrscheinlich aus dem Vorgarten von irgendjemandem stammt.

Das Ende des Gabelstiels passt nicht so in den Schraubenschlitz, wie ich gedacht hatte. Sofort wird mir heiß, und in meinem Nacken bilden sich Schweißperlen. Es wäre hilfreich, wenn ich etwas sehen könnte.

Ich neige die Gabel, sodass sie seitlich in der Schraube steckt. Dann halte ich die Luft an und drehe. Zu kräftig – das Plastik ist kurz davor zu brechen. Also verändere ich meine Position, damit ich die Gabel vorsichtig drehen und gleichzeitig von unten gegen die Schraube drücken kann.

Es dauert ein paar Minuten, doch irgendwann habe ich die Schraube gelöst. Vielleicht käme ich im Knast doch nicht so schlecht zurecht. Bis ich die Schraube in der Hand halte, bin ich komplett durchgeschwitzt. Und das war nur die erste. Ich wiederhole die Prozedur mit schweißgetränktem T-Shirt und hochrotem Gesicht.

Sobald ich die zweite Schraube gelöst habe, lockert sich die Stange. Sie fühlt sich hohl an, aber sie wird reichen. Hoffe ich. Als ich jedoch versuche, das Ende zwischen Fensterbrett und

Schloss zu klemmen, rutscht es immer wieder weg. Mir wird schmerzhaft bewusst, dass ich ein echtes Brecheisen brauche.

Meine Augen brennen. Mühsam unterdrücke ich ein Schluchzen, während ich erneut die Stange hinter das Schloss klemme. Dann ziehe ich sie zu mir, bis ich das Gefühl habe, die Knochen in meinen Armen brechen.

Das Schloss macht als Erstes schlapp. Am Stück schnappt es aus dem Fenster und die Scheibe bekommt einen Riss. Nun stemme ich die Stange gegen die Scheibe, bis das Glas nachgibt, und hieve mich auf den Sims hinauf. Die Oberkante des Fensters zerkratzt meinen Rücken, aber ich bin so beschwingt, dass es kaum wehtut.

Ich bin draußen. Raus aus dieser verdammten Hütte.

Ich renne. *Stolpere* trifft es eher. Steine und Zweige bohren sich in meine weichen Fußsohlen, aber ich halte nicht inne. Obwohl es dunkel ist und ich nichts sehen kann. Ich weiß nicht einmal, ob ich den Berg hinauf- oder hinunterlaufe.

Ich bin so, so müde. Ich sehe ein Licht, eine orangefarbene Glühbirne auf einer Veranda, doch ich gehe weiter, an der Hütte vorbei. Hier draußen wird mir niemand helfen, selbst wenn es Handyempfang gäbe. Lieber wäre ich wieder bei meiner Mutter, bevor ich bei jemandem anklopfe wie dem Mann, den Decker und ich vor dem Supermarkt in Bear Creek getroffen haben. Lieber das Übel, das man schon kennt.

Ich laufe weiter, bis meine Füße blutig sind und mein Körper das Gewicht meiner Schluchzer nicht mehr tragen kann. Ich glaube, seit fast einer Stunde unterwegs zu sein, und die Stadt ist nirgends zu sehen. Stunden der Dunkelheit liegen vor mir.

Ich suche mir einen finsteren Fleck zwischen zwei Bäumen, wo der Mond nicht hinscheint, rolle mich dort zusammen und schlafe.

Die Sonne hängt in einem Meer aus Orange, Gelb und Rosa, als ich aufwache. Das Erste, was ich höre, ist das Bellen eines Hundes. Und Stimmen. Zwei verschiedene. Männer.

Ich ziehe mich in mich zurück wie eine Schildkröte. Bin überzeugt davon, dass das hier das Ende ist.

Bis einer der Männer zwischen den Bäumen auftaucht. Er trägt eine hellbraune Uniform und ein Abzeichen über der Hemdtasche. Der Schäferhund, den er an der Leine führt, entdeckt mich und fängt an zu bellen.

»Hey, Ed«, ruft der Mann, ohne den Blickkontakt zu mir zu unterbrechen. »Hier drüben.«

Jemand hat nach mir gesucht.

Der Officer streckt mir die Hand hin, während ich in den Bäumen hinter ihm das Rauschen eines Funkgeräts höre. »Bist du Tessa?«

Das Blut pocht in meinen Füßen, deren Schnitte mit Erde und Staub verklebt sind. Mein Genick schmerzt vom Schlafen auf dem Waldboden, aber ich schaffe es zu nicken und drei Worte zu krächzen: *Helfen Sie mir.*

34

Als ich aufwache, weiß ich nicht, welcher Tag ist und wohin die Männer vom Berg mich gebracht haben. Aber ich habe das Gefühl, eine ganze Weile hier gewesen zu sein und geschlafen zu haben.

Die Wände sind weiß, der Fußboden pissgelb. Kühle weiße Laken unter mir und eine Art Fernbedienung neben meinem Arm. Ich drücke auf den roten Knopf, unter dem SCHWESTER RUFEN steht.

Ein Mann in OP-Kleidung eilt herein, gefolgt vom Sheriff, der mich am Bear Mountain gefunden hat. Ich frage mich, ob sie wohl die ganze Zeit vor meiner Tür saßen und gewartet haben.

»Wie lange habe ich geschlafen?« Meine Kehle ist trocken. Der Krankenpfleger hält mir einen Pappbecher mit Wasser an den Mund.

»Ungefähr zwanzig Stunden«, antwortet der Sheriff. »Die Ärzte haben dreißig Milligramm Zolpidem in deinem Blut gefunden. Das ist dreimal so viel wie die normale Dosis.«

Während der Pfleger mir Blut abnimmt, berichtet mir der Sheriff, dass mein Handy sich fünf Meilen von Bear Creek entfernt eingewählt hat. Annette hatte versucht, es einzuschalten, um Callie zu schreiben, dass es mir gut geht und ich bei Freunden bin, aber der Akku hielt gerade so lange durch, dass es Kontakt zum nächsten Sendemast aufnehmen konnte.

»Ein Freund von dir hat der Polizei in Fayette erzählt, dass du vielleicht auf dem Weg dorthin bist«, fährt er fort. »Dexter oder so, den Nachnamen weiß ich leider nicht mehr.«

Ich nehme mir vor, Decker Lucas die größte Tüte Zuckerstangen zu kaufen, die ich finden kann.

Der Sheriff erzählt, dass ich verschlafen habe, wie die Polizei meine Mutter abgeholt hat. Ich habe verschlafen, wie Maggie im Allegheny Valley-Krankenhaus angekommen ist und die Ärzte so lange angebrüllt hat, bis man sie zu mir gelassen hat.

»Seit wann ist sie wieder weg?«, frage ich.

Der Pfleger schüttelt den Kopf und streift mir eine Blutdruckmessmanschette über. »Gar nicht. Sie ist unten und holt was zu essen.«

Callie wollte Maggie eigentlich begleiten, um mich aus Linsville abzuholen, der nächstgrößeren Stadt bei Bear Creek, wo ich im Krankenhaus lag, aber es ist erst der dritte Tag ihres vierwöchigen Aufenthalts im Healing Horizons Center für suchtkranke Jugendliche. Sie erzählt mir, dass sie sich, nachdem Jimmy Wozniak sich erschossen hatte, in ihrem Zimmer eingeschlossen und eine halbe Flasche Wodka getrunken hat. Maggie und Rick brachten sie noch in derselben Nacht in die Entzugsklinik. Sie ruft mich an, um mir das alles zu erzählen, als sie gerade meine Entlassung vorbereiten.

»Wir haben nach dir gesucht, als wir an dem Tag aus dem Krankenhaus kamen. Mein Dad hat die Polizei angerufen, als bei deinem Handy nur die Mailbox ranging«, erzählt sie leise. »Wir dachten, du bist vielleicht noch auf der Wache, aber die Pförtnerin im Krankenhaus hat uns gezeigt, dass du dich eingetragen hast … Sie hat das falsche Zimmer angerufen, deshalb kam niemand, um dich zu holen.«

Callie senkt die Stimme noch weiter, als könnte jemand mithören. »Die Polizei hat uns nicht ernst genommen. Sie meinten, du würdest sicher bald nach Hause kommen … Wenn ich nicht total daneben gewesen wäre, hätte ich dabei helfen können, nach dir zu suchen.«

»Mach dir keine Vorwürfe«, sage ich und versuche mich an einem lahmen Scherz: »Die Ärzte sagen, das psychische Trauma sollte nicht von Dauer sein.«

Callie schnauft. »Du musstest mich ja unbedingt wieder übertrumpfen, indem du dich auch kidnappen lässt, oder?«

»Du gewinnst trotzdem«, sage ich leise. »Sie hätte mich nicht umgebracht.«

Callie schweigt, und ich weiß, ich habe das Falsche gesagt. Es reicht, dass sie für immer mit der Erinnerung leben muss, wie Jimmy Wozniak ihr seine Pistole an den Kopf gehalten hat.

»Weißt du, was das Schlimmste ist?«, flüstert sie. »Stokes ist immer noch im Gefängnis.«

»Ich weiß.«

Wir hatten es uns wohl zu einfach vorgestellt: dass wir das echte Monster finden würden, Loris wahren Mörder, und Stokes sofort auf freien Fuß käme. Sein Urteil aufgrund der neuen Beweise gegen Wozniak zu revidieren wird jedoch Zeit brauchen, obwohl Loris Mörderin sich im Gewahrsam der Polizei von Bear Mountain befindet. Und obwohl vorläufige Tests bereits bestätigen, dass die DNS, die auf einigen der Opfer gefunden wurde, zu Jimmy Wozniak passt.

Die Staatsanwältin verkündete, dass sie bereit sei, einer Freilassung mit Auflagen zuzustimmen, bis die Entscheidung des Richters gefallen ist. Doch auch das braucht Zeit.

Zumindest wird er nicht hingerichtet.

»Hey«, sagt Callie leise. »Hattest du irgendeine Ahnung – wegen deiner Mom? Ich meine, Annette. Ich bin einfach … Sie machte immer den Eindruck, als würde sie euch beide so sehr lieben.«

Ich schlucke. »Nein. Ich hatte keine Ahnung.«

»Natürlich nicht«, sagt Callie schnell. »Tut mir leid, dass ich überhaupt gefragt habe. Warte kurz.«

Im Hintergrund sind Stimmen zu hören. Ein Rascheln, als würde Callie das Mikro zuhalten.

»Meine Telefonzeit ist um«, sagt sie. »Kann ich dich wieder anrufen?«

Ich nicke. Dann begreife ich. Callie will mich anrufen und nicht, weil sie muss. »Klar. Natürlich.«

Wir legen auf, und ich sehe mich ein letztes Mal im Krankenhauszimmer um. Meine Kehle ist wie zugeschnürt, und mein Herz ist schwer. Mein Heimflug ist heute Abend um Viertel vor sechs.

Ich wusste, dass dieser Moment kommen würde. Pennsylvania wieder zu verlassen. Ich hatte nur nie damit gerechnet, dass ich mit mehr gehen würde, als ich gekommen bin.

Nachdem sie vier Stunden lang darauf beharrt hatte, dass ich ihre Tochter sei und freiwillig mit ihr nach Bear Creek gekommen war, knickte Annette schließlich ein und lieferte den Detectives folgendes Geständnis:

Vor fünfundzwanzig Jahren besuchte Annette Lowell eine Tankstelle in Tennessee, wo sie zu diesem Zeitpunkt seit einem Jahr gelebt hatte. Eine junge Frau an der Zapfsäule neben ihr ließ ihre zweijährige Tochter im Auto, während sie in den Supermarkt ging, um Zigaretten zu kaufen. Als sie wieder herauskam, sagte Annette zu der Frau, was für ein bezauberndes Kind sie hätte. Die Frau bedankte sich bei ihr. Später sollte Annette aus den Nachrichten erfahren, dass ihr Name Amanda Stevens war.

Annette folgte Amanda, um herauszufinden, wo sie wohnte. Später in jener Nacht kam Annette zurück und sah, dass der Wagen der Frau nicht in der Einfahrt stand. Sie ging um das Haus herum, als sie durch ein Fenster, das einen Spalt offen stand, ein

Kind weinen hörte. Annette fand einen Ersatzschlüssel unter der Fußmatte der Hintertür, marschierte in Amanda Stevens' Wohnung und stahl Macy Stevens aus ihrem Bettchen. Sie schaffte es den ganzen Weg bis nach Pennsylvania, bevor jemand das Kind als vermisst meldete.

Als die Polizei Annette fragte, ob sie nie befürchtete, jemand könnte gesehen haben, wie sie Macy entführt hatte, sagte sie, es würde sie ohnehin nie jemand bemerken. Nachdem sie sich in Fayette niedergelassen und sich als Mutter der zweijährigen Joslin Mowdy vorgestellt hatte, nahm sie auch dort niemand wirklich wahr.

Kurz darauf lernte sie Glenn Lowell kennen. Acht Jahre später verkündete Annette Lowell ihrem Mann und Freunden in Fayette, dass sie schwanger sei. Sie behauptete, der Arzt hätte ihr bis zum Geburtstermin Bettruhe verschrieben. Während dieser Zeit verbrachte sie ihre Tage in Online-Chat-Foren für werdende Mütter. Dort traf sie eine Frau namens Taylor Lesley aus Warren, Ohio. Taylor, die im fünften Monat schwanger war, erzählte, dass sie in einem Laden für Kinderbekleidung einen Kilometer von ihrem Zuhause entfernt arbeitete und in ihrer Freizeit ausgemusterte Greyhound-Hunde rettete.

Eine Woche vor Taylors Geburtstermin fuhr Annette zu dem Laden in Warren, Ohio, und wartete, bis Taylor Lesley das Geschäft geschlossen hatte. Dann folgte sie Taylor auf den Highway und verursachte einen Auffahrunfall. Als Taylor aus dem Auto stieg, setzte Annette Pfefferspray ein und zwang sie, bei ihr hinten einzusteigen. Taylors Wagen entdeckte man eine Woche, nachdem sie als vermisst gemeldet worden war, ausgebrannt unter der Überführung.

Als man das Auto fand, war Annette längst mit Taylor in Bear Creek, wo sie sie in der Hütte gefangen hielt, bis sie ein Mädchen zur Welt gebracht hatte.

Annette kehrte eine Woche vor dem Geburtstermin, den sie ihrer Familie und Bekannten genannt hatte, nach Fayette zurück. Ihrer Familie erzählte sie, sie hätte eine Verwandte in Philadelphia besucht. Sie versteckte Taylors Kind zwei Tage lang im Schuppen, bis die neunjährige Joslin von der Schule nach Hause kam und Annette mit dem Säugling in den Armen im Wohnzimmer saß. Annette behauptete, die Hebamme sei in den frühen Morgenstunden gekommen und schon wieder weg. Glenn Lowell eilte von der Arbeit nach Hause, und sie nannten das Baby Tessa. Glenn hatte keine Ahnung, dass Annette die Schwangerschaft nur vorgetäuscht hatte – dummer Glenn Lowell, der jeden Abend betrunken hereinstolperte und nach den Frauen aus den Bars roch, die ihm das gaben, was seine zerbrechliche, bettlägerige Frau ihm nicht zu geben vermochte.

Ich konnte nicht weiter zuhören, als der Detective beschrieb, was Annette nach der Geburt mit meiner Mutter gemacht hatte. Ich weiß nur so viel: Taylor und ihr ungeborenes Kind wurden vor mehreren Jahren für tot erklärt, und ihr Ehemann, von dem sie jedoch getrennt gelebt hatte, war in diesem Fall der einzige Verdächtige gewesen. Taylors Mann war bereits einmal verhaftet worden, weil er sie tätlich angegriffen hatte, und hatte kein Alibi für die Nacht, in der seine schwangere Frau verschwand.

Die Behörden konnten nicht ganz glauben, dass eine ein Meter fünfundfünfzig große Frau in einem Toyota Camry für zwei der bekanntesten Kidnapping-Fälle der letzten zwanzig Jahre verantwortlich war. Als sie Annette fragten, weshalb sie Taylor Lesley umgebracht hatte, antwortete sie bloß, sie hätte eben gelogen und musste dann irgendwo ein Baby herbekommen.

Sie sagte, die Polizei würde Taylor Lesleys Überreste unter der Veranda der Hütte im Wald finden.

Zwei Tage nachdem ich gerettet worden war, entdeckte die Polizei eine Schmuckschatulle in Jimmy Wozniaks Schlafzimmer. Darin befand sich Folgendes:

Rae Felices Amulett,

Kristal Davis' Uhr,

Marias Perez' goldener Armreif

und Ariel Kouchinskys Armband, das Nick Snyder als dasjenige identifizierte, das einst seiner toten Mutter gehört hatte.

Es reichte aus, damit die Staatsanwältin verkündete, dass der Fall des Ohio-River-Monsters neu aufgerollt werden würde.

Einen Tag später gestand Annette Lowell, Lori getötet zu haben. Dafür versprach ihr die Staatsanwaltschaft, nicht auf die Todesstrafe zu plädieren.

Um Joslin dazu zu bringen, sich ihre Theorie anzuhören, hatte Lori ein Foto von Amanda Stevens ausgedruckt und auf die verschiedenen genetischen Ähnlichkeiten hingewiesen. Angewachsene Ohrläppchen. Grüne Augen.

Annette hatte das Foto in unserem Zimmer gefunden. Als Joslin nichts verriet, kam Annette zu dem Schluss, dass Joslin nur eine einzige Person kannte, die clever genug war, ihr Geheimnis herausgefunden zu haben.

Annette behauptet, sie wollte in jener Nacht bloß mit Lori reden. Sie fuhr zu den Greenwoods und parkte im Wald hinter dem Haus. Dann schaltete sie das Licht am Schuppen an, damit Lori herauskommen und es ausmachen würde.

Als Lori Annette sah, drohte sie damit, die Polizei zu rufen.

Annette behauptet, es sei ein Unfall gewesen. Sie hatte Lori nicht töten wollen. Als es geschehen war, bekam sie Panik und erinnerte sich an das, was sie in den Nachrichten über das Ohio-River-Monster gehört hatte.

Sie zerschnitt das Fliegengitter am Schlafzimmerfenster, damit es so aussah, als wäre Lori entführt worden.

Die Leute sagen, Annette Lowell wird nie wieder das Gefängnis verlassen.

Die Leute sagen, sie ist ein Monster.

Ich weiß, dass es stimmt. Aber ich weiß nicht, wie ich wütend auf sie sein soll, weil sie mich entführt hat, wo ich ihr doch immer noch nicht verziehen habe, dass sie mich verlassen hat.

35

Jetzt, wo ich einmal Hölle und zurück hinter mir habe, kommt mir Atlanta rückblickend gar nicht mehr so schlimm vor. Doch dieses Mal habe ich einen Direktflug nach Orlando.

Das FBI hat dafür gesorgt, dass mich ein Agent am Flughafen abholt und mich zu Gram bringt. Ich darf nicht mit ihr allein sein, bevor nicht sichergestellt ist, dass sie mit meiner Entführung nichts zu tun hatte. Ein DNS-Abgleich hat bewiesen, dass ich Taylor Lesleys Tochter bin. Die Pressekonferenz hat stattgefunden, während ich knapp zehntausend Meter über der Erde schwebte.

Vor Grams Haus stehen keine Übertragungswagen. Keine Männer in fleckigen Anzügen halten mir Mikros vor die Nase. Nur ein schwarzer SUV mit einem Virginia-Kennzeichen steht in der Einfahrt.

»Wer ist das?«, frage ich den Beamten, der mich fährt. Er ist muskulös, aber um die Körpermitte ein bisschen aufgedunsen. Die Sorte Mitarbeiter, die wahrscheinlich für den Papierkram und den Transfer vom Flughafen zuständig ist.

»Auch jemand von uns.« Der Beamte öffnet die Wagentür für mich, und ich steige aus.

Gram öffnet die Haustür. Sie hat sich noch nicht zurechtgemacht, wie sie sagen würde. Ihre Augen sind gerötet und frei von Wimperntusche. Sie stolpert auf mich zu und drückt mich an ihre Brust.

Über ihre Schulter hinweg sehe ich eine blonde Frau in einer Ecke sitzen. Sie wartet, bis Gram und ich uns voneinander gelöst haben, bevor sie sich räuspert und auf mich zukommt.

»Freut mich, dich kennenzulernen, Tessa«, sagt sie. »Ich bin Morgan Doherty. Ich glaube, wir haben bereits telefoniert.«

Ein ungutes Gefühl macht sich in meinem Bauch breit. »Sie sind für den Fall Macy Stevens zuständig.«

Agentin Doherty nickt, ein Zwinkern in den Augen.

Da kommt Joslin aus der Küche um die Ecke ins Wohnzimmer. Ihre Augen und ihre Nasenspitze sind rot. Mit einem zerknüllten Taschentuch in der Hand lächelt sie mich an.

Ich renne in mein Zimmer und knalle die Tür zu.

Als ich gerade erst hierher gezogen war, nahm Gram mich mit ins Disneyland. Ich war aus meiner Aschenputtel-Besessenheit noch nicht ganz herausgewachsen. Zwei Jahre zuvor waren die Greenwoods in Disneyland gewesen, und Callie hatte mir ihr Autogrammheft gezeigt. In diesem Moment hatte ich beschlossen, dass auch ich Cinderella *unbedingt* treffen musste. Ich wusste, dass sie natürlich nicht *das* Aschenputtel war, so wie der Weihnachtsmann im Einkaufszentrum nicht der echte Weihnachtsmann war, aber trotzdem. Ich musste sie treffen.

In den Momenten, wo ich auf meine Mutter und Joslin gleichzeitig sauer war, schloss ich mich immer im Schrank ein und tat so, als wäre ich Aschenputtel. Mein echter Vater war gestorben und hatte mich bei einer bösen Stiefmutter und Stiefschwester zurückgelassen. Ich war die verwaiste Prinzessin. Nie im Leben hätte ich gedacht, dass ich die ganze Zeit *recht* hatte!

Wie dem auch sei, als ich Aschenputtel in Disneyland schließlich entdeckte, fragte Gram, ob ich ein Foto mit ihr haben wolle. Ich erstarrte. Ich konnte meine kleinen Füße einfach nicht dazu bewegen, mich zu ihr hinüberzutragen. Aschenputtel entdeckte mich und kapierte vermutlich, dass ich ein eher schüchternes Kind war. Sie lächelte mich an. Ich flehte Gram an, mich nach Hause zu bringen.

Nie hätte ich gedacht, dass das Wiedersehen mit meiner Schwester genauso sein würde. Aber ich hatte auch nie damit gerechnet, dass meine Schwester nicht wirklich meine Schwester war.

Niemand folgt mir, als ich in mein Zimmer stürme. Vielleicht denken sie, dass ich mir nach allem, was ich durchgemacht habe, einen Ausraster erlauben darf.

Ich drücke die Wange in mein Kissen und atme tief ein. Da erst begreife ich das volle Ausmaß dessen, was ich verlieren könnte. Ich darf nicht zulassen, dass sie mich Gram wegnehmen.

Kurze Zeit später klopft es an der Tür. Gram kommt herein und setzt sich auf meine Bettkante. Sie streicht die Tagesdecke an meinen Füßen glatt.

»Du fragst dich vermutlich, was für eine Mutter ich war«, sagt sie, »dass ich so jemanden großgezogen habe.«

Als ich nichts erwidere, seufzt sie.

»Ich gehe immer wieder alles durch, was ich getan habe, auf der Suche nach einem Grund. Aber ich weiß es einfach nicht, Tessa.« Gram wischt sich verstohlen über die Augen. Ich glaube nicht, dass ich es aushalte, wenn sie anfängt zu weinen. »Ich habe sie gefüttert. Ich habe sie gewickelt. Ich habe sie von der Bushaltestelle abgeholt. Ich habe alles getan, was man für ein Kind so tut.«

Über Grams Schulter hinweg sehe ich, dass wir nicht allein sind. Joslin steht im Türrahmen. Sie trägt ein gelbes Sommerkleid. Wenn man sie so sieht, könnte man sie als hübsch bezeichnen, als zart. Wenn man dann genauer hinsieht, entdeckt man das Augenbrauenpiercing. Die Linien auf ihrer Stirn, für die sie eigentlich noch zu jung ist.

»Ich habe Annette nie wirklich kennengelernt«, sagt Gram. »Ich habe sie nie gefragt, was sie mag oder was sie will. Ich hatte keinen Platz für all diese Informationen, nicht nachdem ihr Vater gestorben war. Ich tat, was ich tun musste, um zu überleben, und blendete alles aus, was das Überleben überlebenswert gemacht hätte.«

Sie tätschelt meine Füße. »Ich sehe in dir so viel von mir, Tessa. Und manchmal ertrage ich es kaum.«

Dann steht Gram auf, schiebt sich an Joslin vorbei, die ins Zimmer kommt. Wir sehen einander an, ein seltsamer Wettkampf, wer zuerst den Blick abwendet, der mich innerlich verbrennt.

»Ich kann mir vorstellen, dass du mich hasst«, sagt sie schließlich. »Zehn Minuten. Gib mir zehn Minuten.«

Ich setze mich auf und mache auf dem Bett Platz für meine Schwester.

Jos erfuhr nie, dass Annette und Lori in jener Nacht am Telefon gestritten hatten. Sie war abgelenkt, weil Danny sie voller Panik angerufen und angefleht hatte, ihm zu helfen. Als die Polizei nach ihm fragte, log sie für Danny, und das war nicht das erste Mal. Es war nur das erste Mal, dass er so blöd war, etwas in die Luft gehen zu lassen.

Joslin glaubte anfangs nicht, dass Lori mit ihrer verrückten Macy-Stevens-Theorie recht haben könnte. Sie stritten deswegen, ein paar Tage bevor Lori umgebracht wurde – Joslin warf Lori vor, sich von der Medienschlacht um die kleine Macy blenden zu lassen.

Erst als Lori nicht mehr da war, beschlich Jos ein ungutes Gefühl, weil sie nicht auf sie gehört hatte. Jos durchwühlte Annettes Schlafzimmer und fand eine Geburtsurkunde für Joslin Mowdy. Als Vater war Alan Kirkpatrick eingetragen.

Joslin sparte monatelang auf ein Ticket nach New Orleans. In jener Nacht, als sie weglief, schlich sie sich aus dem Haus, nahm einen Greyhoundbus nach Philadelphia und von dort aus den Zug. Sobald sie in Louisiana war, fuhr sie per Anhalter zu der Adresse, die sie für Alan Kirkpatrick gefunden hatte.

Alan, ein ledergegerbter Mann, der nach Fischinnereien stank, war schockiert, als Joslin vor seiner Tür stand. Jos meinte, ihr hätte ein Blick gereicht, um zu wissen, dass er nicht ihr Vater war. Alan erzählte ihr, Annette sei schwanger gewesen, während sie zusammen waren. Das verlorene Baby war echt.

Doch Annette war wenige Monate nach der Fehlgeburt ausgezogen. Sie und Alan stritten pausenlos – über Kinder. Annette wollte welche. Alan nicht.

Joslin rief in dem Krankenhaus in Pennsylvania an, das in ihrer Geburtsurkunde stand. Dort hatte man keinerlei Einträge von ihr oder einer Annette Mowdy. Die Geburtsurkunde war eine Fälschung.

Jos fuhr zurück nach Pennsylvania, um Annette zu sagen, was sie herausgefunden hatte. Sie tauchte mitten in der Nacht bei uns auf, und da Annette begriff, dass die Wahrheit ihr dicht auf den Fersen war, spielte sie die einzige Karte aus, die ihr noch geblieben war. Sie benutzte mich. Annette erklärte Joslin, wenn sie auch nur ein Sterbenswörtchen über die Macy-Stevens-Geschichte verlieren würde, dann würde Annette mich töten, noch bevor die Polizei bei uns auftauchte.

Mit achtzehn kam sie zurück und wollte mich holen, aber da war ich bereits bei Gram. Schließlich machte sie Gram ausfindig und rief bei ihr in Florida an, während ich in der Schule war. Sie sagte Gram, dass ich zu ihr ziehen solle. Gram erklärte Jos ganz ruhig, dass am nächsten Tag Schwimmunterricht auf dem Programm stand und ich deswegen schon so aufgeregt war, dass ich meinen Badeanzug zum Schlafen anziehen wollte. Und am Wochenende würden wir nach Disneyland fahren.

Jos legte auf und rief nie wieder an.

Vor fünf Jahren kehrte Joslin nach Fayette zurück. Sie besuchte meinen Vater im Gefängnis und konfrontierte ihn mit der Macy-Stevens-Geschichte. Er behauptete, nichts zu wissen, und Joslin glaubte ihm. Sie nahm ihm das Versprechen ab, niemandem davon zu erzählen. Sie wollte abwarten, bis ich bei ihr in Sicherheit war, bevor sie der Polizei ihren Verdacht mitteilte.

Daraufhin rief mein Vater bei der Familie Stevens an. Er versuchte, die Belohnung zu kassieren. Jos wusste nichts davon, als sie ihnen über einen Link auf der Findet-Baby-Macy-Website mailte und ihnen mitteilte, dass sie vermutete, ihre Enkelin zu sein. Die Stevens warfen einen Blick auf den Namen – Lowell – und verboten Joslin, sie je wieder zu kontaktieren.

Jos war wütend wegen dieser Zurückweisung. Sie fing wieder an, daran zu zweifeln, ob Lori mit ihrem Verdacht recht hatte. Also blieb Jos in Allentown. Sie kaufte sich eine neue Identität, Brandy Butler, damit sie eine Teilzeitausbildung zur Krankenschwester beginnen konnte.

Vor vier Jahren bekamen sie und ihr Freund eine kleine Tochter. Da wurde ihr klar, dass sie von jetzt an nicht mehr nur für sich selbst verantwortlich war. Sie musste alles in ihrer Macht Stehende für die Sicherheit ihrer Tochter tun, selbst wenn das bedeutete, dass Annette nie zur Rechenschaft gezogen wurde. Jos hatte Angst, dass ihr niemand glauben würde, wenn sie an die Öffentlichkeit ging, und dass Annette sich an ihr und ihrer Tochter rächen würde.

»Ich war so dumm.« Eine Träne kullert über ihr Gesicht. »Ich habe mir von ihr einreden lassen, dass niemand *mir* glauben würde. Dass meine echte Mutter mich nicht haben wollte und meine richtige Familie mich nie akzeptieren würde.«

»Woher wusstest du, dass Daddy im Sterben liegt?«, frage ich sie.

»Ich hatte einen Google-Alert zu seinem Namen eingerichtet«, antwortet Jos. »Ein Lokalnachrichtensender erfuhr, dass er Krebs hat. Du warst noch zu klein, um dich daran zu erinnern, aber sein Fall war damals eine große Sache, weil er für wiederholte bewaffnete Überfälle ›lebenslänglich‹ bekommen hat.«

Jo greift in ihre Handtasche und zieht etwas heraus. Ein Foto.

»Das hier wollte er dir geben.« Sie legt es vor mich aufs Bett. »Ich habe versprochen, es gut aufzubewahren, bis ich dich wiedersehe.«

Ich habe dieses Foto noch nie gesehen. Ich liege auf dem Rücken, ein in Decken eingewickeltes rosafarbenes Etwas ohne Haare. Joslin beugt sich über mich, ihre Babypuppe an die Brust gedrückt. In der Ecke sitzt mein Vater in seinem Sessel und lacht.

»Ich habe immer so getan, als wärst du mein Baby.« Jos grinst. »Sie – sie hat nie wirklich zugelassen, dass ich dich mal im Arm halte. Deshalb kam er eines Abends mit dieser Babypuppe nach Hause.«

Ich spüre ein Ziehen in der Brust. Mein Vater konnte einen auf diese Weise überraschen.

»Er hat dich so geliebt«, sagt Jos. »Du warst sein Ein und Alles, glaube ich.«

»Aber es war alles eine Lüge«, flüstere ich. »Wir sind nicht mal wirklich Schwes–«

Jos nimmt mein Gesicht in beide Hände. »Stopp. Du bist meine *Schwester*. Verstanden?«

Ich schließe die Augen und neige den Kopf, bis meine Stirn ihre berührt. Auch wenn ich an ihr gezweifelt habe, auch wenn ich sie der schlimmsten Dinge verdächtigt habe, auch wenn ich mir eingeredet habe, dass ich sie nicht mehr liebe, verstehe ich es.

Sie hat so viel aufgegeben, damit mir nichts passiert. Ich werde das alles, was sie mir über die Jahre unserer Trennung erzählt hat, nie wieder vergessen.

Ich habe es ernst gemeint, als ich zu Callie sagte, dass es Dinge gibt, die man nie vergisst, so sehr man es auch möchte.

Aber zum ersten Mal seit langer, langer Zeit möchte ich mich erinnern.

EPILOG

Eine Woche bevor meine Vorlesungen in Tampa anfangen, lerne ich Joslins Tochter Alexa kennen. Wir fahren ins Disneyland, und sie besteht darauf, meine Hand zu halten, während wir Schlange stehen. Als sie eine Prinzessin in blauem Kleid mit einem langen blonden Zopf erspäht, der ihr bis zur Taille reicht, verstummt Alexa auf einmal und ihre kleinen Kinderbäckchen verwandeln sich in zwei dicke rote Erdbeeren.

Während wir in der Schlange warten, um der Prinzessin Hallo zu sagen, summt Alexa den Soundtrack zum Film mit und versteckt sich jedes Mal hinter meinen Beinen, wenn die Prinzessin in Sichtweite kommt.

»Ich muss mir dieses Lied jeden Tag zwanzig Mal anhören«, flüstert Joslin und verdreht die Augen. »Das ist wie Waterboarding für Mütter.«

Das Wort »Mütter« lässt mich innerlich zusammenzucken, denn ich bin noch nicht bereit, meine Schwester zu teilen. Nicht nachdem ich so lange auf sie gewartet habe. Aber sie sieht immer noch aus wie in meiner Erinnerung, nachdem sie sich die Haare wieder braun gefärbt hat. Wir tragen beide Sonnenbrillen und Baseballmützen für den Fall, dass uns jemand erkennt.

Die Medien waren erbarmungslos – vier Mal haben sie mir aufgelauert, zwei Mal musste ich mir eine neue Telefonnummer zulegen, und eine total unheimliche Dame ist im Walmart hinter mir die Gänge entlanggeschlichen –, aber Joslin sagt, sie hat sich noch nie so frei gefühlt.

Denk doch nur, sagt sie. *Wir können jetzt einen Reisepass beantragen. Die Welt sehen.*

Es werden bereits Bücher über meine Mutter geschrieben. Als die Geschichte bekannt wurde, druckte die *New York Post* ihr erkennungsdienstliches Foto unter der Überschrift GEBÄRMUTTERRÄUBERIN. Brenda Dean verkündete einen Zwei-Millionen-Dollar-Deal für einen Bericht über die Monster-Morde und Lowell-Entführungen mit dem Titel *Gestohlenes Leben.*

Ich lehnte die Einladung zu einem Interview ab. Bald fange ich an zu studieren, und da möchte ich wirklich nicht noch mehr Aufmerksamkeit auf mich ziehen.

Außerdem, niemand hat mir mein Leben gestohlen. Es hat immer mir gehört. Ich muss mir nur überlegen, was ich als Nächstes damit anfangen will.

Sie fanden sie, als sie begannen, die Hütte im Wald abzureißen. Bei der ersten Durchsuchung hatten sie die Kellertür übersehen, weil Annette sie mit Laub bedeckt hatte.

Das Mädchen war etwa sechs oder sieben und offensichtlich gut versorgt worden. Sie lag auf einem Sofabett, der Fußboden voll mit Schokopapierchen und Wachsstiftstumpen.

Zeichnungen von ihr und einer braunhaarigen Frau, wie sie sich an den Händen halten und Gänseblümchen pflücken.

Sie sagte zu den Beamten nur einen Satz.

»Mommy hat gesagt, ich soll hier unten bleiben und mich von niemandem rausholen lassen außer von ihr.«

DANKSAGUNG

Ich dachte, ich hätte nicht den Mumm, diese Geschichte zu schreiben. Und ich hätte es vielleicht auch nicht getan, wenn Suzie Townsend nicht gesagt hätte: »Tu's!« Danke, Suzie, dass du es immer verstanden hast.

Dieses Buch gäbe es nicht, wenn Krista Marino nicht so großes Vertrauen gehabt hätte. Danke, dass du mir geholfen hast, diese Geschichte von Grund auf zu erzählen, und dass du sie so sehr liebst wie ich. Ich fühle mich wie die glücklichste Autorin auf Erden, weil ich mit dir und allen anderen bei RHCB arbeiten darf.

Ein herzliches Dankeschön auch an alle von New Leaf Literary and Media, Margaret Riley, Larry Salz und Lucinda Moorhead. Ich danke Kathy Brady und Lindsey Culli, die unermüdlich alle meine Fassungen gelesen haben. Und meiner Familie für ihre fortwährende Unterstützung und Geduld.